Ulrike Halbe-Bauer

# Schwalben über dem Fluss

1848 in Baden



wellhöfer VERLAG

**Wellhöfer Verlag**
Ulrich Wellhöfer
Weinbergstraße 26
68259 Mannheim
Tel. 0621/7188167

**info@wellhoefer-verlag.de**
**www.wellhoefer-verlag.de**

Titelgestaltung: Uwe Schnieders, Fa. Pixelhall, Malsch
Foto und Autorenbild: Manfred Halbe
Revolutionsbild am Schwabentor wird veröffentlicht mit freundlicher Genehmigung des Freundes- und Fördervereins der Zinnfigurenklause e.V. im Schwabentor
Satz: Wellhöfer Verlag, Mannheim



ISBN 978-3-95428-231-9

Ulrike Halbe-Bauer

# Schwalben über dem Fluss

## 1848 in Baden

wellhöfer VERLAG

*Für Maria Anna Katharina Halbe*
*geb. Nicklas (1907-1988),*
*die mit dreizehn Jahren bei der Arbeit*
*in der Strumpffabrik nicht singen durfte.*

# 1

## Schuckenbruch, Ostwestfalen, 1837

*Das Mädchen rennt über das Feld, in groben Holzschuhen, die Röcke gerafft. Eine lange gerade Furche erstreckt sich vor ihr, sie rennt wie gehetzt, sodass der Sand nach allen Seiten spritzt und die Schuhe tiefe Abdrücke hinterlassen. Bis zur Böschung rennt sie, dort schleudert sie die Schuhe von sich, springt barfuß auf die Landstraße hinunter, landet auf allen Vieren. Weiter, jetzt die Schuhe in der Hand, die Straße entlang, bis sie auf der linken Seite in einen Pfad durch das Unterholz einbiegt. Büsche, ein paar Kiefern, schließlich Farnkraut unter hohen Bäumen. Sie dreht sich ein paarmal um, ob man sie von der Straße aus noch sehen kann. Geschafft! An einer Sandkuhle hält sie an und lässt sich fallen. Nach Luft schnappend liegt sie auf dem Rücken und starrt in den Baum, der sich über ihr erhebt.*

*Wie in einer Spirale wachsen Äste aus dem Baumstamm, den kräftigen unten folgen weiter oben dünne, aber alle tragen frische grüne Blätter, die im Wind schaukeln und leise flüstern. Das Mädchen überlässt sich ihrem Rhythmus, wird wie die Blätter auf und ab gewiegt, bis sich alles um sie dreht. Schließlich folgt sie dem Winken der Blätter. Die Äste beugen sich zu ihr herunter, sodass sie sich festhalten und von ihnen emporschwingen lassen kann. Sie taucht in das Blätterdach ein, wo ihre Krallenfüße auf einem der Ästchen Halt suchen. Sie putzt ihr Gefieder ein wenig mit dem Schnabel, schüttelt sich und breitet die Flügel aus, als wollte sie in die Luft aufsteigen. Doch sie verharrt in dieser Stellung. Ihr Blick gleitet über die vertraute Landschaft. Auf der Straße ist jemand mit einem Karren und seinem Esel unterwegs, am Bach steht der Schäfer Alvis in sich versunken auf seinen Stock gestützt. Wenn seine Herde auseinanderzufransen droht, treibt der Hund sie zuverlässig wieder zusammen, ohne dass der Schäfer aufschaut.*

*Die Krähe reißt den Schnabel auf, um ihr Kraak, Kraak zu rufen, und breitet die Flügel aus. Sie will sich in die Lüfte erheben und über dem Land kreisen. Doch nichts dergleichen geschieht. Ihrem Schnabel entweicht einzig ein krächzender Seufzer. Das Mädchen öffnet die Augen. Sie liegt immer noch am Boden, ein verzweifeltes Menschlein, kein schwarzer, Furcht einflößender Vogel. Sie kann es nicht fassen. Für sie gibt es keine Hilfe. Was sie getan hat, schließt sie aus der Gemeinschaft der Menschen für immer aus, nicht nur aus der des Dorfes, auch die Landjäger werden sie überall suchen. Vermutlich nicht nur in Ravensberg, sondern im gesamten Gebiet des preußischen Staates. Der ist unendlich groß, das weiß sie. Sie wird Tage, Wochen brauchen, um ihren Häschern zu entfliehen.*

*Ein Mädchen, allein unterwegs, ist leicht aufzugreifen. Und sie fällt auf. Sie ist größer als die meisten Heuerlingskinder, starkknochig und kräftig. Mit ihren dreizehn Jahren fast erwachsen, muss sie wie eine Erwachsene schuften. Jeden Tag, auf den Feldern, im Stall und vor allem in der Spinnschule. Sie beherrscht all die groben Arbeiten wie Flachs riffeln und schwingen genauso wie das Stricken von Wollstrümpfen. Feinen gemusterten Strümpfen. Jetzt muss sie weg, den Vater im Stich lassen und davonlaufen. Obwohl er nur noch sie hat, die Mutter gestorben und Peter ein Hollandsgänger geworden ist. Wird der Vater ohne sie auskommen? Ohne Vaters Große, die für zwei arbeiten kann?*

*Wovon soll sie leben, wo schlafen ohne die Hilfe von anderen? Gibt es noch jemanden, dem sie trauen kann? Vielleicht ist bereits eine Belohnung auf ihre Verhaf-*

*tung ausgesetzt. Und eine ganze Familie freut sich über das Extrastück Butter und das Fleisch, die der Vater, der große Bruder oder die Mutter mit einer Anzeige des fremden Mädchens verdienen können. Dieser jungen Frau, die sie um ein Stück Brot oder einen Schlafplatz angebettelt hat. Landjäger sind genug unterwegs. Die werden von Ort zu Ort den Haftbefehl mit der Beschreibung ihrer Person weitergeben. Sich freuen, wenn ihnen die jugendliche Verbrecherin ins Netz geht, sie in Handeisen legen und in das dunkle Loch sperren, das sie Kerker nennen.*

*Aber jetzt kann sie nicht weiter, sie muss noch ein Weilchen hier im Sand liegen, spüren, wie die glatte Sandfläche die zerfetzte Haut an ihrem Rücken kühlt, still liegen, davon träumen, sich in die Luft zu erheben und alle Verzweiflung hinter sich zu lassen. Einschlafen, träumen, sich weit weg denken. Den Hunger und den Durst vergessen. Eine andere sein. Eine, die weiß, was sie will. Die eine Lebensgeschichte hat, ohne Hunger, Verfolgung, Landjäger. Irgendwann wird sie sich erheben oder gefunden und gefangen genommen werden.*

## 2

Baden-Baden, 1846

»Sie sind abgeschmackt, meine Herren. Nichts als lüsterne Gedanken in Ihrem Kopf und dann faseln Sie von Unschuld und tiefgründigen Augen. Sie sollten wenigstens einen der empfindsamen Romane von Samuel Richardson lesen, dort können Sie einen Blick in die Frauenseele tun. Die romantische Liebe, meine Herren, das ist für Sie fremdes Land, das Sie nie betreten werden. Wie erbärmlich muss ein solches Leben sein.«

Die junge Frau, die auf dem Canapé zurückgelehnt saß, sprach leise wie zu sich selbst, in der Hand hielt sie ihr Weinglas, das sie hob, um den Herren lächelnd zuzuprosten. Aus einem Kindergesicht blickten große dunkle Augen in die Runde. Ihr Haar lag auf dem Kopf glatt an, über die Ohren fielen bis zu den Schultern gedrehte Locken. Gegen den Trend der Zeit trug sie ein lindgrünes Kleid aus zartem Musselin, dessen Dekolleté durch eine in Gold gefasste, mit einer Kamee gefüllten Brosche zusammengehalten wurde. Von der schmalen Taille fiel der Rock in üppig gebauschten Stoffbahnen bis über die Knie und gab dort den Blick frei auf geschnürte Stiefeletten mit hohen Absätzen.

Ihre fünf Gesprächspartner saßen ihr gegenüber um den Tisch herum auf gepolsterten Holzstühlen. Drei der Herren in bunten Uniformen mit Orden, Bändern und Epauletten, zwei im eng anliegenden Frack, die Hemdkragen aufgestellt, was sie dazu zwang, den Kopf ständig zu recken. Als einer der Herren seine Hand auf ihren Arm legte, entzog sie ihm den mit einer raschen Gebärde. »Beweisen Sie, meine Herren, dass Ihr Kopf nicht nur hohle Komplimente zu produzieren imstande ist, sondern Sie auch ein Herz haben. Dem, der eine empfindsame Bemerkung zustande bringt, verspreche ich den nächsten Tanz.«

Die Herren waren entzückt.

*

»Den gesamten Stapel auf 32?«

Der Croupier zog fragend die Augenbraue hoch, doch der Herr am Tisch nickte zustimmend. Seit einer Woche saß der Fabrikdirektor jeden Abend mit einem Haufen Jetons vor sich, die er stapelweise einsetzte. Die Kugel wurde angestoßen, kollerte durch die Rouletteschale, rollte aus, zögerte, entschied sich für die 17 – Pech für den Spieler, Glück für die Bank. Mit unbewegtem Gesicht harkte der Croupier die Spielmarken mit dem Rateau zu sich herüber.

»Faites vos jeux.«

Der Herr Fabrikant war heute nicht bei der Sache, stapelte neue Jetons, schob sie irgendwohin, lauschte hinter sich. Durch die offene Tür drang Gelächter, dunkle Männerstimmen, eine weibliche. Arthur Flinder zuckte zusammen. Er hatte nicht verstanden, was Henriette gesagt hatte, ihre Stimme trug nicht weit, aber der Ton des Gelächters der Männer an ihrem Tisch sagte genug. Sie hatte einfach keinen Sinn für Anstand. Warum verhielt sie sich so? Sie führten eine gute Ehe. Er war großzügig, überhäufte Henriette mit Geschenken, ließ ihr jede Freiheit, obwohl sie sich in der Öffentlichkeit skandalös aufführte. Hier in Baden-Baden fiel das nicht besonders auf, hier kurten nicht nur Mitglieder des europäischen Hochadels, die gute Gesellschaft des Großherzogtums Baden und des Königreichs Württemberg, hier war man auch an schräge Vögel gewöhnt. Man sah Damen, selbst Großfürstinnen, die in aller Öffentlichkeit Zigarillos rauchten, es gab Gerüchte von Ehebrüchen, die jedermann goutierte, und da waren Männer mit wehenden langen Haaren und Bärten, die in verrauchten Hinterzimmern verbotenen Glücksspielen im großen Stil frönten oder in aller Öffentlichkeit Gedichte deklamierten – berühmte Dichter und Musiker aus Russland, so wurde erzählt.

Wenn seine junge Frau sich daheim in Mühldingen danebenbenahm, regte ihn das weniger auf. Manchmal gefiel es ihm sogar, wenn sie die spießige, in Hierarchien erstarrte Kleinstadtgesellschaft aufstörte. Dass sie auf ihrer Stute mitten über den Marktplatz jagte und die braven Esel und Pferde der Bauern aufscheuchte, sodass die Stände und Körbe der Marktleute in Gefahr gerieten, das brachte ihm zwar Ärger ein, aber auch eine gewisse Bewunderung der Mühldinger, was für ein exotisches Paar ihnen da zugeflogen war, dieses exzentrische Dämchen und ihr englischer Ingenieur, der eine stinkende, rauchende Fabrik mit hohen Schornsteinen vor den Toren der Stadt aufgebaut hatte. In der Stadt hätte man ihn nicht geduldet, da herrschten immer noch die Zünfte mit ihren *damned* Zunftordnungen, denen sich alles unterwerfen musste. Die verarmten Handwerker der Stadt betrachteten seine Fabrik im besten Fall mit Misstrauen. Von denen würde er nie akzeptiert werden. Also was machte es, wenn seine Ehefrau ein wenig *crazy* war? Aber das hier war etwas anderes. Mit dieser Szene wollte sie ihn beleidigen, ihn vor aller Augen demütigen.

Freilich hatte er die Vierzig bereits überschritten, sein Haupthaar war gelichtet. Die Glatze hatte er schon als Bräutigam gehabt, Henriette hatte ihn ja nicht wegen seines jugendlichen Aussehens geheiratet. Er war eine stattliche Erscheinung, wenn auch nicht hochgewachsen. Das glich sein Bankkonto jedoch aus. Das war ja wohl der eigentliche Grund gewesen, warum Henriette seinen Antrag erhört hatte.

Diesmal ging sie während der Kur in Baden-Baden eindeutig zu weit. Ständig umgab sie sich mit einem Tross junger Männer. Verlor jedes Gefühl für Anstand. Kokettierte. Wenn sie sich dabei nur anmutig präsentiert und ein wenig geflirtet hätte, das hätte ihm nichts ausgemacht. Vielleicht wäre er sogar ein wenig stolz auf sie. Eine attraktive junge Ehefrau konnte seinem Ansehen nur guttun. Aber Henriette schnitt wie selbstverständlich delikate Themen an, befragte die Herren dreist und lockte offenherzige Antworten aus ihnen heraus, die sich vielleicht für Männerrunden schickten, nicht aber für die Ohren einer jungen Ehefrau.

Er wurde den Verdacht nicht los, dass solche Szenen für ihn aufgeführt wurden, um ihn zu treffen. Was hatte er ihr nur getan? Ihr zu häufig den Willen gelassen? Ihr zu wenige Pflichten auferlegt? Er war ein zärtlicher Ehemann und Liebhaber. Liebte dieses verspielte Kätzchen, ihre Seufzer, die Art, wie sie ihn umgarnte. Er gab ihr gerne nach. Sie hatte ihn erobert, nicht umgekehrt. Er hatte kaum fassen können, wie ihm geschah, als dieses Kind bei einer Gesellschaft in Stuttgart sich zu ihm auf das Sofa gesetzt hatte, um unbefangen mit ihm auf Englisch zu parlieren. Er sehe gar nicht wie ein Engländer aus, hatte sie gemeint, wie ein Mann, der Maschinen konstruierte. Auf seine Gegenfrage, wie denn ein englischer Maschinenbauingenieur aussehe, hatte sie verschmitzt lächelnd »groß und hager« erwidert.

»Vielleicht ist das so«, hatte er schmunzelnd erwidert. »Aber vielleicht sehen englische Fabrikanten so aus wie ich, denn ich bin zwar als Konstrukteur hierhergekommen, habe aber inzwischen meine eigene Fabrik. Die Flinder-Werke bei Mühldingen.« Diese Worte hatten einen staunend bewundernden Ausdruck in ihr Gesicht gezaubert.

Sie hatte begonnen, ihm von Lord Byron vorzuschwärmen, und war ihm fast um den Hals gefallen, als er zwei Sätze des Dichters rezitierte. Ob die Engländer und besonders die englischen Frauen wirklich so frei seien, wie es die Dichter behaupteten, hatte sie wissen wollen, und ob er bereits seine *Grand Tour* durch Italien absolviert habe, denn die sei für Engländer ja wohl ein *must*.

Naive Fragen, doch nie hatte ein junges Mädchen ihn so bezaubert. Jetzt fragte er sich manchmal, ob sie bloß hatte herausfinden wollen, wie es um seine finanziellen Verhältnisse bestellt war. Als die Musik mit einem Walzer eingesetzt hatte, war sie aufgesprungen, hatte sich vor ihm aufgestellt und ihm mit einer auffordernden Geste bedeutet, dass sie zum Tanz geführt werden wollte. Ein kleiner General, hatte er schmunzelnd gedacht, ein wildes Fohlen, noch nicht zugeritten. Einfach schien sie schon als Kind nicht gewesen zu sein; ihr Vater hatte sie ihm verdächtig rasch anvertraut. Das war ihm damals nicht aufgefallen, aber inzwischen hatte er reichlich Anlass gehabt, sich darüber Gedanken zu machen.

Erneutes Gelächter drang zu ihm durch. Wieder harkte der Croupier einen Stapel Jetons zu sich herüber. Er musste sich konzentrieren. Das wäre ja noch schöner, sich von seiner Frau beleidigen zu lassen und dazu sein Geld zu verlieren. Er würde sie später zur Rede stellen und jetzt umsichtig setzen. Kleinere Summen auf verschiedene Zahlen, einiges nur auf die Farbe. »Faites vos jeux.« Er schob die Jetons nach vorn, sah der Kugel zu, wie sie sich drehte, 24, es war zum Verrücktwerden.

*

Henriette ließ sich erschöpft auf einen Stuhl fallen, ergriff das Weinglas und trank es in einem Zug leer. Keiner hatte ihre Prüfung bestanden, schallend hatte sie über die Verse gelacht, welche die Herren aus irgendwelchen Balladen zitierten. Sie hatte sie wie Schulbuben ausgeschimpft, etwas anderes hatten sie nicht verdient. Als schließlich die Musik ihre Pause beendete und der Herr von Wildau sie bat, einem Unwürdigen den Tanz nicht zu versagen, blickte er in ein Gesicht, aus dem der lockere Schalk gewichen war. Einen Augenblick lang befürchtete er, Henriette bräche in Tränen aus. Aber auch das war wohl nur Pose. Sie reichte ihm seufzend den Arm, folgte beim nächsten Tanz dem Herrn Gerichtsassessor, ließ keinen aus. Nun klebten ihre Locken am Kopf, der Stoff ihres Kleides fühlte sich feucht und kalt an. Sie wollte gerade erneut nach dem Weinglas greifen, als der Kellner zu ihr trat. »Gnädige Frau, Ihr Gatte bittet Sie, sich bereitzuhalten. Er möchte aufbrechen.«

Henriette lachte. »Ich nicht. Richten Sie ihm das bitte aus.«

Der Mann zuckte zusammen. »Aber der Herr Ingenieur hat ausdrücklich gesagt ...«

»Kein Aber. Habe ich mich nicht deutlich ausgedrückt?«

»Wie Sie wünschen, gnädige Frau.« Henriette blickte hinter dem Mann her, der zögernd den Rückweg antrat. Aus den Augenwinkeln heraus konnte sie sehen, wie er mit Arthur Flinder sprach. Die drei Herren, die noch an ihrem Tisch saßen, schwiegen betreten. Ein zweites Mal wimmelte Henriette den Boten ab, der etwas von einer Kutsche murmelte, die bereits vorgefahren sei, und diesmal wie ein geprügelter Hund davonzog.

Aber als Henriette Flinder ihren Gatten aufstehen und auf sich zukommen sah, erhob auch sie sich. »Meine Herren, ich muss mich verabschieden. Die Pflicht ruft in Gestalt eines Ehemannes, der über mich gebietet. Denn die Gattin ist letztlich Sklavin ihres Herrn, selbst wenn er ein moderner Fabrikant ist aus einem Land, das sich rühmt, die Demokratie erfunden zu haben.«

Die Herren waren aufgesprungen, salutierten oder verbeugten sich, ganz nach Herkunft und Beruf. Konnten ihre Blicke kaum von ihr lösen.

Henriette ließ sich im Foyer schweigend das Cape überwerfen und draußen in die Kutsche helfen. Während der Fahrt starrte sie hinaus ins Dunkel. Dies war ihr letzter Abend in Baden-Baden gewesen. Morgen würden sie zurück nach Mühldingen reisen. Bis Karlsruhe mit diesem stampfenden schnaubenden Maschinenungeheuer, das ihren Mann so begeisterte. Die Eisenbahnstrecke durch Baden war nach Süden schon bis

Offenburg gebaut. Wie sie den Dreck, den Rauch, das Rattern und Stoßen hasste. Vor allem, wenn sich ihr Mann dann noch eine Zigarre ansteckte und dem Zug bei der Erzeugung von Rauch Konkurrenz zu machen versuchte. Ekelhaft.

Den letzten Teil der Strecke ab Karlsruhe würden sie mit Pferdefuhrwerken auf Schienen transportiert. Diese Art des Transportes verband die Vorteile von Kutschenfahrten mit denen der neuen Maschinenzeit, denn die Kutschen rollten auf den erst kürzlich verlegten Schienen viel ruhiger als auf den ausgefahrenen Straßen. Sicher, diese Kutschentransporte führten nur wenige Wagen mit sich. Die Menschen hockten enger aufeinander als in den Eisenbahnwaggons. Aber ihre Ausdünstungen wurden meist von denen der Pferde übertüncht. Pferde liebte sie über alles, selbst ihren Geruch.

Flinder vermied es, seine Frau anzusehen. Hin und wieder knurrte er in sich hinein, wieso der Kutscher die Pferde nicht besser antreiben könne. *Like a snail, just like a snail*, der reinste Schneckengang sei das.

Vorm Hotel stürzte der Portier heraus, um den Wagenschlag zu öffnen. Regine, das Dienstmädchen der Flinders, saß wie jeden Abend schlaftrunken vor der Tür der Suite. »Für die gnädige Frau eine heiße Milch mit Honig wie immer?« Henriette nickte. Der Whisky für den Herrn stehe bereits auf dem Tisch. Flinder stürzte das Glas in einem Zug herunter und begann, seine junge Frau zu beschimpfen. Immer wieder musste Henriette nachschenken. Mit jedem Glas wurden die auf Englisch ausgestoßenen Flüche unflätiger. »Nun geh und mach dich für die Nacht zurecht«, lallte er schließlich. »Und dann hilf mir.«

Henriette gehorchte, hörte ihn jedoch vom Bad aus bereits schnarchen. »Heute Nacht nicht«, dachte sie. »Manchmal sind der Cognac und der Whisky gute Verbündete.« Sie schob die Bilder von den Herren aus dem Casino und ihrem Ehemann, dessen rasselndes Schnarchen durch die geschlossene Tür aus dem Schlafzimmer drang, weg und ließ sich von anderen Bildern davontragen, weit fort, wie so oft in ihre Kindheit zurück, in das Pfarrhaus in Ludwigsburg, in eine Zeit, in der sie noch nicht geahnt hatte, was das Leben ihr alles zumuten würde.

## 3

Mühldingen an der Enz, 1846

Arthur Flinder stand in der Tür zu Henriettes Boudoir, die oberen Knöpfe seines Hemdes geöffnet, einen gebratenen Hühnerschlegel in der rechten Hand. Er kaute, schluckte, brachte dann heraus: »Glaubst du nicht, dass es zu deinen Pflichten gehört, deinen Ehemann zu Hause zu empfangen und ihm bei Tisch Gesellschaft zu leisten?«

»Meinst du nicht, dass es unhöflich ist, mich bei meiner Arbeit zu stören und dich so auf das Essen zu stürzen?«

»Arbeit? Was soll denn das für eine Arbeit sein? Diese Kritzelei? Ein kindischer Zeitvertreib, aber doch keine Arbeit. Arbeiten tue ich, von früh bis spät, um Geld zu verdienen. Viel Geld, um mein teures Eheweib zu finanzieren. Da wird man wohl hungrig heimkehren und einen liebevollen Empfang erwarten dürfen. Ach was, so anspruchsvoll bin ich ja nicht einmal. Aber dass du am Tisch mit dem Essen auf mich wartest, wird man doch wohl verlangen dürfen.«

Henriette schob abrupt das Heft von sich und stand auf. Damit war ihr Tag beendet, die ruhige Zeit am

Schreibtisch in ihrem Zimmer, das sie ganz nach ihrem Geschmack eingerichtet hatte. Die Wände waren schlicht gestrichen in Lindgrün, weiße, durchsichtige, leichte Vorhänge ließen viel Licht herein. Sie waren nicht so ein gebauschtes Zeugs aus starren Stoffen, wie Flinder es liebte. Bei vielen Leuten verdunkelte es die Räume. Zumindest bei denen, die sich solche Stofffülle leisten konnten. Wie sie das hasste! Dunkle Räume voller Plunder.

Ihr Arbeitstisch war ein einfacher großer Tisch, auf dem ihre Hefte Platz hatten, ihr Sofa ohne Kissen und solchen Firlefanz. Ein Sekretär und eine Kommode waren aus Nussbaum, ein Büchergestell und an der Wand ein Pastellbild, das ihre Schwester Antonia vor ein paar Jahren von ihr gemalt hatte, bestimmten ihr Reich. Jetzt hieß es, sich in die dunkle Pracht der Eichenmöbel ihres Löwen zu begeben, wo er das von Regine dekorativ angerichtete Essen in aller Eile verschlingen würde.

»Hat Regine das Essen bereits aufgetragen oder hast du dir den Schlegel aus der Küche wie ein unartiger Junge stibitzt?« Sie lächelte ihn schelmisch an.

Er schnaubte. »In meinem eigenen Hause kann ich essen, wann und was ich will. Auch wenn es mir nicht von meiner Ehefrau dargeboten wird.«

»Ich eile ja schon herbei.«

»Am Abend zu Hause will ich mich entspannen. Was weißt du, wie schwierig es ist, sich vor der überall aufkommenden Konkurrenz auf dem Markt zu behaupten und die Arbeiter mit ihren unverschämten Forderungen in Schach zu halten? Hast du die Zeitung gelesen, in Thüringen hat die Zerstörungswut des Pöbels sich erneut an einer Fabrik ausgetobt. Wir sitzen ständig auf einem Pulverfass.«

»Ja, ich habe die Zeitung gelesen. Das waren Hungeraufstände.«

»Was du nicht sagst. Es ist zum Verzweifeln. Haben deine Eltern dir eigentlich nichts anderes beigebracht, als so saudumm daherzureden?«

Er ließ sich am Esszimmertisch auf einen Stuhl fallen und hielt ihr den Bierkrug hin, den Henriette rasch aus dem von Regine bereitgestellten Gefäß füllte. Er trank ihn in einem Zuge leer und zeigte ihn seiner Frau auffordernd noch einmal. Die Tür öffnete sich. Schüchtern knicksend kam Regine mit der Suppenschüssel in den Händen herein. Henriette nickte ihr aufmunternd zu und füllte ihrem Mann und sich die Teller, während das Mädchen die Schüssel hielt.

Eine Zeit lang hörte man nur, wie Flinder die Suppe schlürfte, tief über den Teller gebeugt, die linke Hand unter dem Tisch.

»Du hast Manieren wie ein Fuhrknecht.«

Er fuhr hoch, verschüttete dabei die Suppe vom Löffel auf das Tischtuch. »Das ist doch die Höhe. Leg deine freie Hand hin, wo du willst. Meinetwegen auch auf das Tischtuch. Aber ich bin Engländer und finde gerade das furchtbar. Wann wirst du das endlich kapieren?«

»Ich kann unseren Gästen schlecht vor jeder Mahlzeit erklären, dass die Menschen auf den britischen Inseln sich in ihren Sitten und Gebräuchen von der zivilisierten Welt unterscheiden. Und dass diese furchtbare Art zu essen dort als feine Lebensart gilt.«

»Warum bist du nicht bei deinen Eltern geblieben? Wieso haben sie dir nichts Vernünftiges beigebracht? Nur solch ein Getue. Habenichtse, die sich auf den Besitz einer Menge versponnener Bücher etwas einbilden und meinen, auf jeden hart arbeitenden Menschen hinabblicken zu dürfen. Aber nicht einmal ein Wirtschaftsbuch kannst du führen.«

»Mein Vater ist Pfarrer.«

»Und glaubt, das Wort Gottes sei sein Eigentum.«

»Früher hast du anders über ihn geredet.«

»Weil ich noch nicht wusste, was für einen falschen Hasen er mir angedreht hat. Blitzsauber sah es bei euch aus. Die Vorratskammer war voll mit Schinken und Eingekochtem. Niemand hat während meiner Anwesenheit Gedichte geschrieben. Ich habe gedacht, eine wohlerzogene, praktische Hausfrau zu bekommen. Aber das war wohl alles nur ein Schauspiel für mich.«

»Du hast wahrhaftig in unserer Vorratskammer herumgeschnüffelt?«

»Natürlich. Meinst du, ich wollte nur ein hübsches Gesicht heiraten? Wenn schon kein Geld, dann wenigstens ein sparsam wirtschaftendes Eheweib.«

»Ich dachte, mein Vater wäre dir bei der Beschaffung von Grundstücken und von Krediten behilflich gewesen?«

»Schön wäre es. Zugegeben, das steinige Grundstück, das er geerbt hat und das für ihn nutzlos war, hat er mir überlassen. Wie viele Genehmigungen ich jedoch brauchte, um dieses Stück Land neben meiner aus allen Nähten platzenden Fabrik zu bebauen, das hat er mir verschwiegen. Und jedes Amt wollte an meinen Anträgen verdienen. Jeder Amtmann, jeder Aktuar, jeder Schreiber in blauer Staatsuniform trägt mindestens drei Titel und glaubt deswegen, auf einen Konstrukteur und Fabrikanten hinabsehen zu dürfen. Und wehe, du vergisst bei diesen idiotischen Titeln das Ober und Unter und den übrigen Schnickschnack, mit dem sie dir Ehrfurcht einjagen wollen. «

»Du wusstest bereits, dass du die Grundstücke meines Vaters haben wolltest, bevor du ihn und seine Familie kennengelernt hast? Und hast mich aus Berechnung dazu genommen?«

»Selbstverständlich. Dass ich die Tochter im Austausch bekommen habe, ist nur natürlich. So geht es überall zu in der Welt. Im Grundbuch kann jeder einsehen, wem ein bestimmtes Grundstück gehört. Deswegen habe ich mich auf die Gästeliste des Salons setzen lassen, den deine Familie in Stuttgart aufsuchte. Der Gastgeber war entzückt, einen Engländer unter seinen Gästen zu haben. Darunter stellt ihr Deutschen euch irgendetwas merkwürdig Welterfahrenes vor. Wie oft ich an diesem ersten Abend gefragt wurde, ob ich bereits meine *Grand Tour* absolviert hätte? Verrückt. Ich wusste zuerst gar nicht, wovon die Rede war. Und dann setzte sich eine der Töchter dieses Pfarrers mit den steinigen Äckern aus freien Stücken neben mich.«

»Wärst du doch in England geblieben.«

»Wäre ich auch lieber. Aber dort gibt es bereits zu viel Konkurrenz. Hier ist der Markt noch leer. Nur stoße ich ständig an Barrieren. Die Menschen bewegen sich im Schneckengang und wollen auf keinen Fall aus ihrem beschaulichen Leben aufgescheucht werden. Ganz allein eine Fabrik zu planen und zu bauen, das ist eine gewaltige Leistung. Selbst meine Frau nimmt keinerlei Notiz davon, in welch kurzer Zeit ich sie hochgefahren habe, obwohl ich mir die Maschinen aus England holen musste und nur schwer Leute gefunden habe, denen ich die Arbeitsweise meiner Maschinen erklären konnte.«

»Diese Leier kenne ich. Ich habe das Vergnügen, sie mir mindestens einmal in der Woche anhören zu müssen. Und immer trieft deine Darstellung vor Eigenlob.«

»Ja und? Es wäre eigentlich deine Aufgabe, mich zu loben. Leider sitzt du lieber auf dem hohen Ross und predigst wie dein Vater. Wenn es um dein Amüsement geht, haftet dir jedoch nichts von seiner Heiligkeit an. Du verschließt die Augen vor der Realität. Der Transport meiner Waren macht immer noch Schwierigkeiten. Eisenbahnen werden zwar überall gebaut, aber diesen Streifen Land zwischen Baden und Württemberg haben die Politiker vergessen. Die denken nur in den Dimensionen ihrer Kleinstaaten. Dabei wurde mir gesagt, von hier aus könne ich ganz Württemberg und Baden beliefern. Jetzt bauen sie zwar eine Strecke nach Durlach, aber natürlich in weitem Abstand zu Mühldingen. Ich bin weiter auf Fuhrwerke angewiesen. Dann komme ich abends müde nach Hause und meine Frau, die den ganzen Tag müßig gewesen ist, meint, mich mit ihren Launen terrorisieren zu müssen.«

»Ach, und was sollte ich deiner Meinung nach den Tag über tun? Den Dienstboten die Kreuzer vorzählen? Abendgesellschaften vorbereiten, zu denen du dir weißhaarige Honoratioren oder adlige Herren und Damen einlädst, um mich für irgendwelche deiner Machenschaften einzuspannen? Da ist es plötzlich geboten, zu gurren und zu schnurren, damit sie dir auf den Leim gehen. Später darf ich dann mit ihren Ehefrauen Stickmuster austauschen.«

»Solche Abendgesellschaften sind wichtig. Daran hängen Baugenehmigungen und Aufträge. Aber Überlegungen dieser Art gehen dir ab. Du kennst nur dein Vergnügen. Du kannst dein hübsches Gesicht ruhig mal zu etwas Sinnvollem benutzen. In Badeorten die Diva spielen, um nichtsnutzige junge Adelige herumstreichen und mit zweideutigen Reden deinen Ehemann bloßstellen, das kannst du. Es wird Zeit, dass du lernst, wie es zugeht in der Welt. Dass mein Geld, verdient in meiner lauten, stinkenden Fabrik, dir all die schönen Schuhe, Kleider und Badeaufenthalte ermöglicht. Morgen früh nehme ich dich mit in die Fabrik und zeige dir, wie dort gearbeitet wird. Nicht nur in den Offices, obwohl du auch dort die Nase rümpfen wirst. Nein, du gehst mit in die Werkshallen, damit du siehst, auf wie unfeine Weise das Geld für deinen feinen Plunder verdient wird.«

»Keine schlechte Idee. Nur sieht man an der Art, wie du diesen Vorschlag machst, dass du mich nicht kennst. Ich wäre schon lange gerne einmal mitgegangen. Es interessiert mich nämlich durchaus, was die Arbeiter und Maschinen dort tun.«

»Na, das ist ja etwas ganz Neues. Aber zieh dir etwas Schlichtes an. Und verhalte dich ruhig. Dass du mir ja meinen Arbeitern nicht den Kopf verdrehst. Das wäre das Letzte, was ich brauchen kann. Das sind hart arbeitende Menschen. Arbeiten sollen sie, nicht von dir aufgescheucht werden. Hoffentlich ist dir klar, dass sie gefährlich werden können, wenn man sie reizt. Es sind rohe Kerle, die über gewaltige körperliche Kräfte verfügen. Und grins nicht so unverschämt. Morgen wird es nichts mit dem Ausschlafen. Um sechs sitzt du hier beim Frühstück. Um sieben will ich in der Fabrik sein.«

Warum hatte sie diesen Rüpel geheiratet? Der Vater ein englischer Handwerker und Fabrikgründer in Manchester, die der älteste Sohn erbte. Dem zweiten Sohn, einem Ingenieur, blieb nichts anderes übrig, als ins Land seiner Mutter zurückzukehren, um dort mithilfe ihres Erbes eine eigene Fabrik zu gründen. Was sich als richtig für seinen Erfolg erwiesen hatte. Aber ihm fehlten Manieren und Bildung und beides brauchte man, um von den adligen Herren in den Ministerien oder den bodenständigen Geschäftspartnern ernst genommen zu werden. Er sah einfach nicht, mit welchen Blicken er bedacht wurde. Seine Schrauben seien Topqualität, ebenso die Maschinen, deren Produktion in Kürze anlaufen würde, da käme es auf Kratzfüße und salbadernde Reden nicht an.

Als sie seinen Antrag angenommen hatte, war sie sicher gewesen, das große Los gezogen zu haben. Einen Ehemann, der ihr alle Freiheit ließ, ihr ein Pferd kaufte und ein Reitkleid machen ließ, nein, eigentlich eine weit fallende Hose, mit der sie wie ein Mann im Sattel sitzen konnte. Ohne ihre Ausflüge mit dem Pferd, ihre einsamen Ritte durch die Weinberge und Wälder oder an der Enz entlang würde sie es mit Flinder nicht aushalten. Es war nicht nur das schlechte Benehmen, da gab es noch viel mehr.

In seiner Villa draußen vor der Stadt, die er stillos und protzig mit dunklen Möbeln vollgestellt hatte, fühlte sie sich nicht zu Hause. Wenn sie die vor ihrer Verlobung bereits zu Gesicht bekommen hätte, wer weiß ... Sie hätte gerne neue Möbel gekauft, aber schon der Vorschlag hatte ihn in Wut gebracht. Ob sie wüsste, wie teuer die Möbel gewesen seien? Sie entsprächen dem Stil der neuen Zeit.

Immerhin war ihr Boudoir ein angenehmer Ort. Sie konnte dort ungestört arbeiten, lesen oder Gedichte schreiben. Inzwischen auch ein paar Geschichten. Aber ohne einen Gesprächspartner verlor auch das seinen Reiz. Wenn doch ihre Schwestern hier wären. Oder eine Freundin, die ihre Interessen teilte. In der Lesegesellschaft saßen jedoch nur ältere Damen und Herren steif herum, mehrere Lehrer, ein Schreiber aus dem Rathaus, die Frau des Apothekers und die des Arztes, lasen Zeitschriften, vielleicht auch Goethe, aber von den romantischen Schriftstellern wollten sie nichts wissen. Goethe habe die Romantik für krank erklärt, für Schwärmerei unreifer junger Leute. Nein, in dieser Runde hatte sie nichts zu suchen.

Warum hatte ihr Vater dem Antrag Flinders zugestimmt? Er hatte doch einschätzen können, auf was sich seine kleine Henri da einließ. Er hatte gewusst, was ein Ehemann von seiner Frau verlangte. In ihren Romanen, da hatte Flinder recht, stand davon nichts. Dort ging es um Gefühle, den Gleichklang der Herzen. Die Wirklichkeit war davon meilenweit entfernt. Sie hatte nur eine vage Vorstellung davon gehabt, was in der Hochzeitsnacht auf sie zukommen würde.

Was sie selbst erwartete? Vielleicht ein Gefühl. Dass im gemeinsamen Bett etwas geschah, was richtig und gut war. *Und Gott sah, dass es gut war.* Stattdessen glaubte sie, etwas Unanständiges getan zu haben. Noch nie hatte sie einen Menschen so nah an sich herankommen lassen. Ihrem Ehegatten bot sie nackt ihren Körper dar, ließ ihn anschauen und mit ihm Dinge tun, für die sie keine Worte hatte. Flinder nahm sie in Besitz, ein anderer Ausdruck fiel ihr für sein Tun nicht ein. Sie ließ es geschehen. Anschließend schlief er erschöpft halb auf ihr liegend ein und schnarchte wie ein Sägewerk. Sie zog die Decke über sie beide, aber das half nicht gegen die Kälte, ihre Haut spannte überall, etwas Glibberiges floss aus ihr heraus, klebte zwischen ihren Beinen.

Wenn sie ehrlich war, ihr Vater hatte sie gewarnt. Sie sei zu wählerisch, zu anspruchsvoll. Irgendwann müsse sie einem Antrag zustimmen. Sie hatte bereits mehrere Bewerber abgelehnt, die der Vater als tüchtige, verantwortungsbewusste Männer empfahl. Den jungen Vikar Krevet, der ihr zu bieder und fromm war, einen Lehrer, den sie albern fand, und einen entfernten Cousin aus München – ein Arzt, der ihr von seinen Operationen vorschwärmte, von Blut und Eiter redete und irgendwie nach Kampfer roch. Der Vater hatte inzwischen Angst gehabt, sie nicht mehr unter die Haube zu bringen. Schließlich hatte er mehrere Töchter zu versorgen. Da war er froh, dass sie endlich einmal nicht Nein sagte. Der Vater hatte gezögert, Flinder sagte ihm nicht besonders zu, das war deutlich zu spüren. Aber der Vater war alt und krank, hatte gegen Flinder nichts Richtiges einzuwenden, sie würde bei ihm gut versorgt sein. Wünsche, die sie erfüllt haben wollte, hatte sie genug.

Sie hatte es satt, immer zur Bescheidenheit angehalten zu werden. Da kam ihr dieser Mann von Welt, Engländer, reich, gebildet und in jenen Tagen charmant und in sie vernarrt, gerade recht. Leider täuschte sie sich. Reich schon, aber gebildet – nicht die Bohne. Eine Krämerseele. Nur an seiner Fabrik interessiert, an Produktionszahlen, wie er die Löhne drücken und den Absatz steigern könnte. Entsetzlich! Damit langweilte er sie Abend für Abend. Dazu sein Bier und sein Whisky.

Das Byron-Zitat, gestand er ihr später lachend, stamme aus einer Zitatensammlung. Die besitze in England jeder und lerne einige davon auswendig, weil sie sich in vielen Situationen als nützlich erwiesen. Wie man an ihr sehen könne. Das fand er witzig. Jetzt kommandierte er sie ab in seine Fabrik. Und sie hatte zu gehorchen. Aber vielleicht, vielleicht würde es doch ein kleines Abenteuer.

*

Fabrikant Flinder ließ die Kutsche durch das Tor in den Hof der Fabrik fahren. Bereits während Henriette aus dem Wagen sprang, zischte ihr Mann zu ihr hinüber: »Jetzt halte dich einmal zurück. Ich will, dass meine Arbeiter mich auch morgen noch respektieren.«

Henriette schnupperte den grauen, bitteren Geruch, der aus den Schornsteinen strömte und sich auf alles senkte, nahm die langgezogenen Backsteinhallen wahr, den großen Hof, die Schuppen, den Kran, unter dem Pferdefuhrwerke mit kastenartigen Aufsätzen darauf warteten, beladen zu werden. Beim Anblick von Flinders Kutsche waren die Arbeiter stehen geblieben und hatten ihre Mützen gezogen.

»Los, weiter, macht voran«, rief der Fabrikbesitzer ihnen zu, während er seiner Frau den Arm anbot. »Du kannst dich kleiden, wie du willst«, knurrte er, »irgendwie gelingt es dir immer, die Leute durcheinanderzubringen.«

»Was dir meistens recht gut gefällt«, antwortete sie schnippisch.

Als einer der Arbeiter für das Paar die Tür zur Fabrikhalle aufriss, blieb Henriette erschrocken stehen. Eine Welle von Lärm schlug ihr entgegen, gepaart mit einem Schwall ätzender Gerüche. Instinktiv wollte sie ihren Schal über Mund und Nase ziehen, sah aber noch rechtzeitig das Grinsen im Gesicht ihres Mannes.

Mit jedem Schritt in die Halle hinein verstärkte sich ein Dröhnen, das den Boden vibrieren ließ. Das sei die Dampfmaschine, das englische Wunderwerk, brüllte Flinder ihr zu, mit dem er allen deutschen Manufakturbesitzern überlegen sei. Sie stehe im Nebengebäude und treibe die Stahlwelle oben an der Decke an, welche die gesamte Halle durchlaufe. Über sogenannte Riemenscheiben gelangten dann Treibriemen zu den einzelnen Werkbänken und setzten dort Drehbänke in Bewegung. Aber Vorsicht: Sie solle den Riemen ja nicht zu nahe kommen, nur zu leicht könne sie sich verletzen. Die Arbeiter müssten auf jeden ihrer Griffe genau achten.

Die Männer an den Arbeitsstationen, die an den Außenwänden die ganze Halle durchzogen, saßen ruhig da und bearbeiteten ihre Werkstücke, feilten und bohrten. Ganz wie normale Schlosser, die sie als Kind zuhause beobachtet hatte. Warum sie nur alle in diese riesige Halle gesperrt waren, dem dumpfen Stampfen, den surrenden Rollen und dem Gestank ausgeliefert? Sie spürte bereits, wie ihr schwindlig wurde.

Raschen Schrittes folgte sie ihrem Mann, denn geheuer waren ihr diese Männer nicht. Zwar schauten sie nicht einmal auf, aber Arme und Gesicht waren ölverschmiert, ihre Bewegungen manchmal vorsichtig, dann heftig, ihre Gesichter unter den Schirmmützen blieben – außer den Nasen – dunkel verschwommen.

Flinder stand bereits am Ende der Halle, wo Arbeiter Eisenteile in Kisten packten, die auf Karren standen. Ein Kind hatte sich an die Seite eines Karrens gehängt und rollte mit ihm auf Henriette zu. Der Bub schrie etwas, das sie nicht verstand, fuchtelte mit einem Arm in der Luft herum. Henriette blieb verdutzt stehen. Einer der Arbeiter neben ihr drehte sich um, packte sie am Arm und riss sie heftig zu seiner Arbeitsbank herüber.

Wütend funkelte Henriette ihn an. Aber das schien ihn nicht zu beeindrucken. »Das war knapp«, schrie er ihr ins Ohr. »Die Karren laufen auf Schienen im Boden, der Bub kann sie nicht anhalten, wenn die anderen sie angeschoben haben.« Das Kind war direkt hinter ihr vorbeigerollt. Erst jetzt erschrak Henriette. Das hätte böse ausgehen können. Sie sah dem Kind nach, bis sich am vorderen Ende der Halle ein Tor für seinen Karren auftat.

Verärgert musterte Henriette ihre Jacke, deren Ärmel ein dunkler Ölfleck zierte. Der Arbeiter war längst wieder in seine Arbeit vertieft. Nun ja, beschweren konnte sie sich wegen des Ölflecks wohl nicht. Bevor sie weiterging, sah sie sich vorsichtig um.

In der zweiten Halle war das Dröhnen der Dampfmaschine kaum noch zu hören. Aber auch hier an den Werkbänken wurde gehämmert und gefeilt. Und über allem, leise, aber deutlich herauszuhören, eine weibliche Stimme, die ein Volkslied sang.

Die Stimme gehörte zu einer Frau – fast einer Riesin im Vergleich zu ihr selbst – die mit einem Karren von Werkbank zu Werkbank zog, einen leeren Korb abstellte und einen vollen auf ihren Karren stemmte.

Flinder stürmte auf die Frau zu. Henriette sah seinen kahlen roten Kopf, wie er sich zu der Arbeiterin hochrecken musste. Was er sagte, konnte sie nicht verstehen, aber sie wusste, dass leise Töne bei ihm die gefährlichsten waren. Die Frau hatte aufgehört zu singen, schaute auf den kleinen, rundlichen Flinder hinab, den sie um mindestens einen Kopf überragte. Schließlich fragte sie den Fabrikbesitzer erstaunt: »Warum? Beim Singen geht die Arbeit besser von der Hand.«

Henriette, die den letzten Satz verstanden hatte, hielt den Atem an. Flinder schnappte zurück, stampfte mit dem Fuß auf und schrie: »Das wagst du zu fragen? Weil ich es so will. In meiner Fabrik wird nicht gesungen.« Die junge Frau hielt seinem Blick stand, schwieg, die Muskeln im Gesicht gespannt. Wie ein bissiger Hund, dachte Henriette, am liebsten würde sie zuschnappen, aber sie verbeißt sich nur den Kiefer. Doch das passte zu der Frau, die in ihrem einfachen grauen Kleid eine eigenwillige Schönheit zur Schau trug. Unter dem straff über der Stirn gespannten dunklen Kopftuch zeigte sich eine glatte Stirn, darunter schmale Augenbrauen – wie gezupft, dachte Henriette –, klare blaue, geschwinde Augen, eine gerade Nase und ein vorgeschobener Mund, der eine gewisse Herablassung signalisierte.

Henriette hörte sich selbst sagen: »Es klingt gut. Warum verbietest du es ihr? In diesem Getöse wird es kaum jemanden aufschrecken.«

»Das hätte ich mir denken können. Meine Frau. Die weiß natürlich nicht, wann sie den Mund halten sollte. Du hast dich in diese Dinge nicht einzumischen. Wenn du meine Arbeiter zur Aufsässigkeit anstiften willst, werde ich andere Saiten bei dir aufziehen müssen.«

Henriette wusste, wann sie zu weit ging. Flinders Blick sagte alles. Wenn der jetzt einen Stock oder seine Reitpeitsche zur Hand hätte ... Seine Fabrik, seine Frau, sein Geld. Alles seins.

»Was stehst du hier noch herum?«, herrschte Flinder die Arbeiterin an.

Einen Augenblick lang verharrten die Blicke der Frauen ineinander. Irgendetwas in den Augen der anderen ... Henriette nickte der Arbeiterin zu, doch die drehte sich brüsk um und ging davon. Henriette folgte ihrem Ehemann, der weder in der Kutsche noch beim Mahl daheim ein Wort mit ihr redete. Sie kannte das, es beeindruckte sie nicht mehr. Nur wusste man bei ihm nie ... Wenn er den Abend über trank, wurde er unangenehm.

## 4

Mühldingen an der Enz, 1846

Den ganzen Tag über konnte ich mich nicht beruhigen, wusste nicht, wie ich meine Wut so in den Griff bekommen konnte, dass sie mich nicht mehr überschwemmte. Ich arbeitete bis zum Umfallen, vierzehn Stunden am Tag, in diesem entsetzlichen Lärm und Gestank der Flinder'schen Fabrik. Immer pünktlich und zuverlässig, die Arbeiter verließen sich auf mich, sagten, ich sei immer da, wo ein Korb sich gefüllt habe, und auf den leeren müssten sie nicht mehr warten, wie das früher oft der Fall gewesen sei. So etwas nahm der Herr Fabrikant natürlich nicht zur Kenntnis. Er bemerkte es nicht und es sagte ihm auch niemand. Für den war alles selbstverständlich, solange die Arbeiter schufteten und die Maschinen liefen. Wir existierten für ihn nicht als Menschen. Wir waren ein Teil seiner Fabrik.

Zum ersten Mal sah er mich überhaupt. Und reagierte mit einer Heftigkeit, die ich nicht verstehen konnte. Kaum hatte ich den Mund aufgetan, nicht um etwas

Freches zu sagen, sondern um zu singen, schon geriet er in Wut und musste mich schikanieren. Als wenn mich das Singen von der Arbeit abgehalten hätte. Wieso konnte er es nicht ertragen, dass in der Fabrik jemand sang? Die Arbeiter hörten es entweder gar nicht oder freuten sich daran. War das schlimm?

Würde es hier so gehen wie schon so oft? Ich hatte etliche Male die Fabrik gewechselt, entweder weil die Arbeiter alle entlassen wurden oder weil ich wegen irgendetwas aufgefallen war. Meinen Mund nicht halten konnte, von den anderen Frauen als Sprecherin vorgeschickt wurde, demütig um mehr Lohn bat wegen der Teuerung im Land. So war es mir in Barmen ergangen. Dort hatte eine Gruppe von Arbeitern beim Fabrikanten vorgesprochen, mit gesenkten Köpfen, die Kappen in den Händen drehend. Als keiner sich vorwagte, hatte ich schließlich das Wort ergriffen und den Herren vorgerechnet, was eine Familie pro Woche brauchte, um zu überleben.

Ich hatte nicht geahnt, in welche Wut es die Herren brachte, dass eine Frau es wagte, ihnen etwas vorzurechnen. Ich überhöbe mich über meinen Stand, hatte der Herr Prokurist gesagt. Für die Armenfürsorge seien die Kirche und andere mildtätige Vereine da. »Mildtätigkeit brauchen wir nicht«, war mir wütend herausgerutscht, »wir arbeiten hart für unseren Lebensunterhalt, die Fabrik vergrößert sich ständig und macht Gewinn. Wenn die Herren in großen Villen residieren und ein feines Leben führen, ist es nur recht, wenn die Arbeiter das Nötigste für ihren Unterhalt bekommen.«

Ach, meine Wut, die machte immer alles kaputt. Ich wusste doch, was dann kommen würde. Wenn ich nicht gleich davongeprügelt wurde, erklärte man mir, dass die Rechnungen, die ein Unternehmer für seine Fabrik anstellen müsse, um im harten Konkurrenzkampf zu überleben, weit über das hinausgingen, was ich in meinem Arbeiterinnenköpfchen zu erwägen imstande sei. Dass ich den Herrn Fabrikbesitzer und Gott um Verzeihung bitten sollte. Wenn ich Glück hatte, bekam ich dann noch den ausstehenden Wochenlohn.

Diese Wut, ich brauchte sie trotz alledem, ohne sie hätte ich das Leben nicht ertragen können. Lieber hätte ich sterben wollen. Die Wut füllte meine Lungen mit Luft, wühlte sich durch meinen Körper hindurch, ließ mein Herz lebendig pochen und meine Haut frei atmen. Wie ein Schutzschild bildete sich dann überall auf der Haut eine Feuchtigkeit, die den Körper angenehm kühlte. Nicht wie der säuerlich riechende Schweiß, der jedem Arbeiter in Strömen am Körper herabrann und sich klebrig auf der Haut verschmierte.

Nein, wenn meine Körpersäfte in mir aufstiegen, fühlte ich mich stark, manchmal fast unverwundbar. Dann kreisten die Gedanken in meinem Kopf, ich fand Wörter und Sätze, von denen ich bis dahin nicht gewusst hatte, dass ich sie kannte.

In Bielefeld hatten sie oft über meine Formulierungen gelacht, mich aber auch gelobt und behauptet, ich könne besser und schöner reden als die meisten Menschen in der Arbeitersiedlung. Der alte Gottfried hatte gemeint, das komme vom Lesen in der Bibel daheim bei meinem Vater. Ich hatte das abgestritten, ich kannte aus der Bibel nur Bußreden und Klagen Gottes über sein Volk. Gottfried hatte milde darüber gelacht. »Lies nochmal in der Bibel. Du wirst dich wundern, wie darin die Schönheit des Lebens gepriesen wird.«

Merkwürdig. Im Gesicht der Frau, dieses Modepüppchens, hatte ich einen Funken meiner eigenen Wut gesehen. Hatte die einen Grund dazu? Ihr fehlte doch nichts. Die hatte alles. Die nahm sich jedes Recht heraus. Ganz Mühldingen zog darüber her. Doch Flinders

Ton ihr gegenüber hatte sich an Schärfe und Gemeinheit nicht von dem unterschieden, mit dem er seine Arbeiter niederwarf. Widerspruch duldete er nicht, von wem auch immer. Welche Strafe wohl daheim auf diese Frau gewartet hatte?

Zum Glück hatte die Auseinandersetzung in der Fabrikhalle für mich kein Nachspiel. Als ich bis zum Wochenende nicht ins Lohnbüro gerufen worden war, legte sich meine Angst, dass es auch mit dieser Arbeitsstelle vorbei wäre. Ein- oder zweimal sah ich aus der Ferne die Frau des Fabrikanten auf ihrem Pferd dahinjagen. Diesmal nur an der Enz entlang, aber ich hatte sie auch schon quer über die Felder und Wiesen reiten sehen. Wenn ich zum Müller gelaufen war und mit anderen zusammen auf mein Habermehl wartete, hörte ich die Leute schimpfen. Sie konnten sich nicht genug darüber aufregen, dass die Frau Fabrikant manchmal über einen Bach hinwegsprang und dann mitten über ein Feld oder eine Wiese galoppierte, auch wenn die Ernte noch nicht eingebracht war. Einmal sollte sie sogar durch Mühldingen geritten sein, in einer Männerhose und im Männersattel, die Hufe auf dem Pflaster laut klappernd.

Die Dienstmädchen, die diese Geschichten erzählten, lachten darüber, fanden es dreist. Mich berührten sie eigenartig. So zu reiten, das stellte ich mir herrlich vor. Nicht auf den Weg zu achten, mit dem Pferd dahinzupreschen, den Wind in den Ohren, die Äcker und Wiesen und Wälder vor mir, ohne Zäune und Hecken, einfach vorwärts, die Hindernisse mit einem großen Satz überspringend. Aber keinen Respekt vor der Natur zu haben? Der Natur, die uns alle ernährte? Auf den Äckern wuchs das Brot, von dem ich nie genug bekam. Aber das wusste man vielleicht nicht oder es machte nichts aus, wenn man reich und verwöhnt war und keinen Hunger kannte. Gab es solche Menschen wirklich?

Ich hatte die Frau des Fabrikanten fast vergessen, als sie eines Abends, während ich mich erschöpft mit dem Korb für meine Einkäufe abschleppte, auf der Straße vor mir stand. »Bitte, warten Sie einen Augenblick. Sie sind doch die Arbeiterin aus der Fabrik, die so schön gesungen hat.«

Zuerst habe ich sie nicht erkannt. Die Lippe gesprungen, ein Striemen quer über dem Gesicht, ein blau unterlaufenes Auge. Der Fleck lief über die gesamte rechte Gesichtshälfte, sich in allen Grün- und Gelbtönen verfärbend. Ich grüßte und wollte weiter.

»Kann ich mit Ihnen sprechen?«

»Ich bin müde und hungrig. Es tut mir leid, dass jemand Sie so zugerichtet hat. Aber ich kann Ihnen nicht helfen.«

»Kann ich nicht mit zu Ihnen gehen? Ich würde gerne sehen, wie Sie leben.«

»Was soll das werden? An meinem Leben ist nichts Sehenswertes.«

»Das mag Ihnen so vorkommen. Aber Sie sind eine bemerkenswerte Person. Es beeindruckt mich, wie Sie ihr Leben meistern.«

»Daran ist nichts. Eine wie ich geht frühmorgens in die Fabrik und am Abend heim, sieht nichts vom Tag und kehrt in ihre dunkle Kammer zurück, isst ihren Brei oder ihre Kartoffeln und wird genauso verdroschen wie Sie.«

»Sie müssen nicht denken, dass ich immer in einer Villa gewohnt habe. Mein Vater ist Pfarrer. Wir waren viele Kinder.«

»Mit Kirchenleuten habe ich nichts zu tun. Was wollen Sie von mir?«

»Ich dachte, ich hätte ... Sie haben so schön gesungen und dann hat er Sie so gemein behandelt. Flinder hat Ihnen das Recht als Mensch und Frau abgesprochen. Gesang oder Kunst, die machen die Menschen erst zu Menschen.«

Es hat mich gerührt, wie sie da verletzt, gedemütigt und verlegen vor mir stand und mir etwas von meinem Menschsein vorstammelte.

»Ich weiß nicht, wie die Menschen leben, die in der Fabrik meines Mannes arbeiten. Ich möchte lernen, nicht so unwissend bleiben.«

»Von mir etwas lernen? Das ist ein guter Witz.«

»Ich weiß nur wenig vom Leben.«

»Gehen Sie zu einem Arzt und lassen Sie Ihre Wunden von ihm behandeln. Ich bin nicht imstande, Ihnen zu helfen.«

»Meine Wunden habe ich gut versorgt. In dieser Hinsicht brauche ich keine Hilfe. Ich habe vom Elend der Arbeiter gelesen und dass ihre Emanzipation genauso vonstattengehen muss wie die der Frauen.«

»Das mag schon sein. Aber ich habe Ihnen nichts zu bieten. Und wenn Ihr Ehemann von diesem Besuch erfährt, wird es für Sie wie für mich üble Konsequenzen haben.«

»Bitte.«

Wer konnte diesen dunklen Kinderaugen widerstehen? Oder reizte mich die Absurdität der Bitte? Wie so oft ließ ich mich erweichen und tat das Falsche. »Also gut, kommen Sie mit. Ich zeige Ihnen, wie ich lebe, wenn Sie das so nennen wollen, aber dann müssen Sie mit uns essen.«

Ich muss verrückt gewesen sein, aber sie nickte ernst mit dem Kopf, soweit ihre Verletzungen das zuließen. Die zwei alten Häuser auf halbem Wege zwischen Stadt und Fabrik, von Tagelöhnern gebaut und lange leerstehend, bevor Arbeiter sie gemietet hatten, kamen mir an diesem Tag besonders schäbig vor. Das stinkende Klohäuschen zwischen ihnen, die Kinder, die mit einem Ball aus Lumpen auf dem Weg spielten, der scharfe Geruch des Schweines, das in seinem Verschlag im Keller grunzte. In der Küche standen bereits zwei Frauen am Feuer, das auf dem gemauerten, oben offenen Herd entfacht war. Darauf in einem Dreifuß stand der Topf, in dem sie rührten. Sie starrten uns einen Augenblick ungläubig an, Frieda zischelte etwas Unverständliches, dann beugten sich beide wieder über das Kochgefäß. Zum ersten Mal fiel mir auf, wie die Schwaden den Raum füllten und wie fade unser Brei roch. Ich bat die Frau des Fabrikanten, auf einem wackligen Schemel Platz zu nehmen. Sie erbot sich, Gemüse zu putzen, worüber wir alle in Gelächter ausbrachen: »Nein, das gäbe sicher nichts. Bei uns wird vom Kohl nichts weggeworfen. Wenn wir welchen haben. Aber in diesem Jahr ist auch die Winterfrucht auf dem Feld verdorben.«

Es war eine absurde Situation, aber ich hatte mir vorgenommen, sie bis zum Ende auszukosten. Ich beruhigte Frieda und Johanna, ich würde mir mit der Besucherin meinen Anteil teilen, goss Habermus in meine Schüssel, schüttete etwas Öl darüber, gab ihr den Löffel.

»Kartoffeln gibt es auch nicht. Die sind im Regen verfault.«

Sie zögerte einen Augenblick, bevor sie den Löffel eintauchte und langsam zum Mund führte, während wir sie anstarrten. Wenn sie sich ekelte, zeigte sie es nicht. Langsam, Löffel für Löffel, aß sie. Nachdem sie knapp die Hälfte der Schüssel geleert hatte, reichte sie Schüssel und Löffel an mich weiter. Niemand im Raum sprach ein Wort. Rasch stopfte ich meinen Anteil in mich hinein.

»Wenn Sie noch meinen Schlafplatz sehen möchten, müssen Sie mir die Treppe nach oben folgen.«

Oben unterm Dach, wo mein Strohsack unter der Dachschräge lag, setzte sie sich wie selbstverständlich auf den Sack und begann zu reden. Sie habe viel gelesen, in der Lesegesellschaft gebe es ein paar Zeitungen und der Buchhändler sei ein fortschrittlicher Mann, der lege manches für sie zurück. Die Zeiten würden sich ändern, die Menschen seien in Bewegung geraten, selbst Turnvereine würden gegründet, Bürgerwehren bildeten sich. Aber am wichtigsten sei, dass Frauen, Arbeiter und Bauern um ihre Rechte kämpften. Um die Freiheit, die Gleichheit, die Bruderliebe.

»Ich glaube kaum, dass jemand sich darum schert, was ich möchte. Gleichheit mit wem? Mit meinesgleichen, die wir alle gleich nichts haben?«

»Es geht um die Gleichheit vor dem Gesetz. Dass jede Frau sich scheiden lassen kann oder ein Gewerbe eröffnen wie jeder andere.«

»Ich – ein Gewerbe eröffnen. Ein guter Witz.«

»Das wird bald möglich sein. Den Fortschritt können die Fürsten nicht aufhalten. Sie werden hinweggefegt werden. In Paris gibt es viele Deutsche, die Zeitungsartikel über so etwas schreiben. Ein deutscher Dichter ist darunter, Georg Herwegh aus Stuttgart. Er schreibt wunderbare Gedichte, ist bitterarm und trotzdem hat ihn eine reiche Jüdin geheiratet, aus Liebe. Die ist mit ihm nach Paris geflohen, weil er in Preußen und Württemberg ausgewiesen wurde. Die Deutschen in Paris werden zurückkommen über den Rhein und alle Fürsten verjagen.«

So radikale Gedanken aus diesem Mündchen purzeln zu sehen: Ich hätte gelacht, wenn ich nicht so verwirrt gewesen wäre. Doch während die Frau weiterredete, über Frauenrechte, deutsch-französische Jahrbücher, die europäische Republik, die Menschwerdung aller, stieg die Angst in mir auf. Was, wenn ihr Mann sie zu uns geschickt hatte? Wenn sie eine Spionin war, Flinder wissen wollte, ob seine Arbeiter aufrührerische Gedanken hegten?

Aber das war wohl zu kompliziert gedacht. So etwas könnte der sich kaum ausdenken. Nein, diese Frau war so naiv und meinte es ernst.

»Hören Sie auf. Schauen Sie sich um: Unter diesem Dach lebe ich, wenn Sie das leben nennen wollen. Im Sommer ist es hier unerträglich heiß, im Winter gefriert einem der Atem. Wie soll ich da mein Menschsein entfalten oder Frauenrechte einklagen? Welche, von wem? Wir haben andere Sorgen. Ob wir morgen noch Arbeit haben, ob das Essen reicht.«

Ihr Gesicht wurde ernst. Langsam sah sie sich um, tastete den dämmrigen Raum mit den Augen ab. Den wurmstichigen Balken, die Spalte zwischen den Dachlatten, den rohen Bretterboden, den Strohsack, meine zerschlissene Pferdedecke. »Mit wie vielen Leuten lebt ihr in diesem Haus?«

»Es sind zwei solcher Hütten. Hier leben zwei Familien mit insgesamt fünf Kindern und drei Untermieter. Einer davon bin ich. Die andern beiden schlafen auf der anderen Seite des Dachs. Eine Küche für alle gibt es nur in diesem Haus. Dahinter ist noch ein Verschlag, in dem ein Mann, seine Frau und die zwei Kinder schlafen. Die andere Familie schläft in dem anderen Haus und kommt zum Essen hierher.«

»Bekommt ihr manchmal Fleisch?«

»Schlachtabfälle, die bereits stinken.«

Ich war froh, als die Frau endlich fortging. Unten in der Küche fragte zum Glück niemand nach ihr. Die Männer und die Kinder waren inzwischen heimgekommen und löffelten ihren Brei. Ich ging zur Pumpe im Hof, um frisches Wasser zu holen, denn ich verspürte Durst.

Freiheit, Gleichheit, die Worte hatte ich schon gehört, sie hatten einen guten Klang. Doch mischten sich Töne hinein, welche die Angst schürten. Ich hatte zu viele schlechte Erfahrungen mit zu vielen schlechten Menschen gemacht, um an eine Veränderung glauben zu können. Freiheit, Gleichheit, große Worte für nichts. Getrieben und gejagt, hatte ich Hunger gelitten und niemanden gefunden, der einen mitleidigen Blick auf mich geworfen hätte. Und jetzt dieses stolze Wort Frauenrechte. Das kannte ich noch nicht.

Am nächsten Abend lauerte sie mir wieder auf der Straße auf. Verärgert fuhr ich sie an: »Wollen Sie jetzt jeden Tag kommen? Das schlagen Sie sich aus dem Kopf.«

»Nein, ich habe beim letzten Mal mein Gastgeschenk vergessen. Das wollte ich Ihnen geben.« Sie entnahm ihrer Tasche einige Würste, notdürftig in Zeitungspapier eingeschlagen, und reichte sie mir. Sie dufteten verführerisch.

Ich gab sie ihr zurück. »Das kann ich nicht annehmen. Wenn jemand mitbekommt, dass wir solche feinen Würste gegessen haben, wird man uns fragen, wo wir die gestohlen haben. Und wenn Ihr Mann merkt, dass in der Speisekammer diese Würste fehlen, wird er uns bezichtigen.«

»Ich habe sie nicht aus der Speisekammer, sondern bei einem Bauern erstanden, der frisch geschlachtet hatte. Niemand wird Sie des Diebstahls bezichtigen.«

»Ich kann sie trotzdem nicht annehmen.«

»Dann beleidigen Sie mich. Bei meinem Vater daheim haben wir einmal in der Woche für die Armen gekocht. Das ist die Pflicht jedes Menschen, der satt wird, dass er anderen, die nichts haben, davon abgibt. Das hat mein Vater immer gesagt. Da hat jeder ein Stück Wurst bekommen und es gegessen. Bitte nehmen Sie es. Bitte. Ich bin hier nie zu irgendetwas nütze. Die überflüssige Frau eines Mannes, der mich zum Vorzeigen erworben hat. Der seinen Arbeitern ihre Arbeitskraft stiehlt und dann mit dem Geld um sich wirft. Nehmen Sie doch wenigstens die Würste.«

Sie blickte mich traurig an und ich kam nicht gegen sie an. »Danke, aber nur dieses eine Mal.«

»Auch keine Zeitungen?«

Sie sah das Verlangen in meinem Gesicht und beschwichtigte mich sofort. »Nicht hier natürlich. Aber wir könnten uns im Wald treffen, wenn ich mit Artemis ausreite. Ich kenne Stellen, wo nie jemand hinkommt. Dann können wir reden.« Sie nannte mir einen Ort hinter der Biegung des Flusses, wo ein schmaler Weg in ein unbewohntes Tal abbog. »Nächsten Mittwoch. Nach acht Uhr. Dann ist die Schicht zu Ende und wir haben noch zwei Stunden Tageslicht.« Ich nickte.

Die Würste wurden mir zuhause aus der Hand gerissen. Ich wusste, dass selbst die Kinder nirgendwo mit dieser Mahlzeit prahlen würden, denn wenn wir Fleisch aßen, waren es gewilderte Kaninchen. Die Angst vor den Gendarmen hockte bereits in den Kleinen. Die Zeitung rettete ich in letzter Sekunde vor dem Herd. Es war die Mannheimer Abendzeitung. »Die will ich erst lesen«, erklärte ich. »Morgen könnt ihr sie verbrennen.«

In der Zeitung fand ich all die Wörter wieder, die die Frau des Fabrikanten benutzt hatte. Und noch viele mehr. Die meisten Sätze, in denen diese Wörter standen, sagten mir aber kaum etwas: Debatten in den Kammern, Deputierte, Pressezensur, landesherrliche Gewalt, Liberalismus. Ich buchstabierte und suchte nach dem Sinn, aber das war zwecklos.

Bis zum letzten Augenblick sagte ich mir, dass ich zu dem Treffen mit dieser Frau nicht gehen sollte. Dass nichts Gutes daraus entstehen könnte, weder für mich noch für sie. Was sie gesagt hatte, passte nicht zur Frau eines Fabrikanten. Merkwürdig, sie hatte Wörter gebraucht, die in Zeitungen standen. Aber Zeitungen lasen nur die Reichen! Die Arbeitskraft der Arbeiter stehlen – so sahen die Fabrikbesitzer das nicht, die bildeten sich ein, ein gutes Werk an den Arbeitern zu verrichten, wenn sie die in ihrer Fabrik schuften ließen. Auch in der Mannheimer Abendzeitung stand nichts von Arbeitern und dem Stehlen der Arbeitskraft. Woher nahm dieses feine Wesen so starke Worte? Woher stammte ihr Interesse? War das ein bloßer Zeitvertreib einer gelangweilten Gattin? Ich sollte ihr aus dem Weg gehen.

Aber dann stand ich zur vereinbarten Zeit am vereinbarten Ort, während sie auf sich warten ließ. Vielleicht sollte ich verschwinden, bevor es zu spät war. Ich blieb da. Schließlich knackten Zweige, ein Pferd wieherte, eine Frauenstimme beruhigte es. Auf dem schmalen Pfad kam ihr grau-weiß meliertes Pferd im Schritttempo auf mich zu, blieb direkt vor mir stehen. Unwillkürlich hielt ich ihm meinen Handrücken hin, damit es daran schnupperte. Dann strich ich vorsichtig über die Kruppe, so wie ich es als Kind gemacht hatte, wenn wir an der Pferdewiese beim Herrenhaus vorbeigelaufen waren. Und schnupperte. Ein wunderbarer Geruch stieg aus dem Fell auf.

»Komm endlich, wir müssen hier weg.« Die Frau dirigierte mich an ihre Seite und reichte mir die Hand, damit ich hinter ihr aufsitzen konnte. »Leg deine Hände um meine Taille«, erklärte sie mir, »und halte dich gut fest. Beim Reiten wird man ziemlich durchgeschüttelt. Du musst dich meiner Artemis anpassen. Sie ist eine Göttin der Jagd und wenn sie merkt, dass du Angst hast oder gegen ihre Schritte arbeitest, wirft sie dich ab.«

Ich hatte noch nie auf einem Pferd gesessen und muss ein klägliches Bild abgegeben haben, bis ich es endlich geschafft hatte, mich hochzuschwingen und ein Bein über den Rücken des Pferdes zu ziehen. Sie lachte nicht, sondern nahm ihren Fuß aus dem Steigbügel, damit ich meinen Fuß abstützen konnte. Der schnitt zwar wie ein Messer in meine nackte Fußsohle, aber die Sohle war dick und unempfindlich. Ein merkwürdiges Gefühl, da oben zu sitzen und auf die Welt hinabzublicken.

»Pass auf«, rief sie. »Es geht los.« Erschreckt wandte ich den Blick nach unten, auch fiel es mir schwer, meine Arme um sie zu legen, den edlen Wollstoff ihres Reitkostüms zu berühren und ihr so nahe zu kommen, dass ich den Duft ihres Haares riechen konnte. Während ich nach Kohl, Schweiß und Maschinenöl stank. »Los, mach schon! Wir müssen weiter.« Ungeduldig trieb sie das Pferd an. Zuerst bewegten wir uns langsam mit Hinweisen von ihr, wie ich sitzen und mich halten sollte. Dann wurde der Weg breiter und das Pferd schneller. Ein paarmal wäre ich um ein Haar heruntergefallen, es blieb mir nichts anderes übrig, als mich an dieser vornehmen Frau festzuhalten. »So ist es gut!«, rief sie mir zu. »Du bist ein Naturtalent.«

Als das Gebüsch am Ende des Tales undurchdringlicher wurde, bog das Pferd ganz von allein auf einen Pfad, der zwischen Bäumen hindurch das Brombeergebüsch umging. »Vorsicht, jetzt müssen wir uns ducken, sonst bleiben wir wie die Prinzen bei Dornröschen in der Hecke stecken«, lachte sie.

Da ich größer war als sie, bekam ich ein paar Kratzer am Kopf ab, aber dann hörten die Büsche auf. Vor uns auf einem Absatz lag eine Wiese, durch die ein Rinnsal sickerte. Das Pferd blieb am Wasser stehen und begann zu trinken, und wir sprangen nacheinander ab. »Artemis kennt mein Versteck. Hier sitze ich oft, lese, träume oder schreibe. Dort vorn ist eine Stelle, an der man einen guten Ausblick hat. Dort halte ich mich am liebsten auf. Was schaust du? Oh je, ich habe die ganze Zeit einfach Du gesagt, aber für Reitgefährtinnen schickt sich das wohl. Ich heiße Henri, eigentlich Henriette, zu Hause hieß ich nur Henri. Weil die anderen mich immer für zu wild hielten. Vor allem mein Vater. Aber im Grunde mochte er es, denn ich war sein Liebling.«

Sie lachte mich an und ich musste das Lachen erwidern. »Ich heiße Emma.«

Sie ließ ihre Artemis frei und holte zwei Möhren aus ihrer Umhängetasche, die sie ihr auf der offenen Hand hinhielt. Was ich mit hungrigem Blick verfolgte. Zu meinem Erstaunen bemerkte sie das und entschuldigte sich. »Wir haben uns auch eine verdient«, meinte sie und zog aus ihrer Tasche zwei weitere Möhren. Dann schöpften wir mit der Hand Wasser aus dem Bach. Sie hatte einen Becher dabei, den sie anschließend füllte. »Sonst wird uns der Kuchen zu trocken.«

Ihr Platz lag wie auf einer Terrasse über dem Abhang. Die Büsche weiter unten reichten nicht bis zu uns hoch, sodass wir einen Blick auf das Flusstal und die Obstwiesen hatten. Henri ließ sich auf den Boden fallen und ich kauerte mich neben sie. Der Boden war mit zartem Gras bewachsen, noch jung und hellgrün. Am Rande unserer Lichtung blühte Bärlauch und betäubte uns mit seinem Duft. Ich pflückte mir ein Blatt und begann darauf herumzukauen. Henri holte ein Päckchen aus ihrer Tasche. »Etwas Kuchen. Eine Zeitung habe ich auch dabei. Willst du erst den Kuchen, ich kann dir dabei vorlesen?«

»Ich kann lesen.«

Wortlos reichte sie mir die Zeitung, die wie ein Buch aussah. »Hat der Buchhändler eigens für mich besorgt«, erklärte sie. »Eine Zeitschrift nur für Frauen.«

»*Producte der Rothen Erde*«, las ich. »*Von Mathilde Franziska, verehelicht gewesene v. Tabouillot, geb. Giesler.*«

»Die hat es gewagt«, flüsterte Henri.

Ich begann, den ersten Artikel laut zu lesen: »*Das Weib im Konflict mit den socialen Verhältnissen. Warum sollte das Weib überhaupt die schweigende Dulderin fortan noch sein? Warum noch länger die demütige Magd – die ihrem Herrn die Füße wäscht?*«

»Mathilde Franziska hat die Scheidung eingereicht. Wegen Misshandlung durch ihren Ehemann. Dafür ist sie schuldig geschieden worden und bekommt keinen Unterhalt. Wovon sie jetzt wohl lebt? Sie hat sogar eine Tochter.« Sie schaute mich durchdringend an: »Bist du lange in die Schule gegangen? Du liest flüssig, selbst schwierige Wörter, deren Sinn mir auch nicht bekannt ist.«

»Wir haben zu Hause in der Bibel gelesen.«

»Erzähl mir, wie es bei dir zu Hause zuging.«

»Es ist besser, wenn Sie … , wenn du davon nichts weißt.«

Sie akzeptierte meine Weigerung und begann von sich zu erzählen, dem Pfarrhaushalt mit den vielen Schwestern und den Schwierigkeiten des Vaters, alle Töchter unter die Haube zu bringen, weil ein Pfarrer nicht die Geldmittel hatte, die jungen Frauen finanziell gut auszustatten. Schließlich wandten wir uns wieder der Zeitung zu. »Such den Zettel, den ich in das Heft gelegt habe, da ist ein Gedicht von Georg Herwegh abgedruckt, das musst du unbedingt lesen. Ein wunderbarer Dichter und ein Revolutionär.« Sie bestand darauf, dass ich es laut und in feierlichem Ton vorlas:

»*O Freiheit, Freiheit! Nicht wo Hymnen schallen,*
*In reichgeschmückten fürstlichen Arkaden –*
*Freiheit! Du wohnst an einsamen Gestaden*
*Und liebst die Stille, wie die Nachtigallen.*

*Du fliehest das Geräusch der Marmorhallen,*
*Wo trunkne Schlemmer sich im Weine baden,*
*Du lässt in Hütten dich zu Gaste laden,*
*Wo Tränen in die leeren Becher fallen.*

*Ein Engel nahst du bei verschlossnen Türen,*
*Stellst lächelnd dich an deiner Treuen Bette*
*Und horchst der himmlischen Musik der Kette.«*

Wir lauschten schweigend den Worten nach. Selbst die Vögel um uns herum schienen vom Ton des Gedichtes angesteckt; ihr Gesang schien sich vor Begeisterung zu überschlagen. Am deutlichsten war eine Grasmücke herauszuhören, die mit ihrer Geschwätzigkeit einen Zaunkönig niederzuhalten versuchte. Von fern meldete sich dann noch ein Kuckuck, während unser Bächlein leise gluckerte. Erst als das Pferd wieherte, schreckten wir auf. »Artemis ist es langweilig, die will weiter«, lachte Henri. »Und ich muss nach Hause«, ergänzte ich. »Hoffentlich haben die anderen Hausbewohner mir noch etwas Haberbrei übrig gelassen. Die Kinder sind immer hungrig. Und wenn es dunkel wird, lege ich mich auf meinen Schlafsack, sonst ist die Nacht zu kurz.«

»Schade«, flüsterte sie. »Ich könnte hier bleiben und mein Leben aushauchen.« Als sie mein verschrecktes Gesicht sah, brach sie in Gelächter aus. »Man wird doch noch ein wenig schmachten dürfen.«

Das Netz, in das sie mich verwoben hatte, zerriss und plötzlich kam mir unsere Situation albern vor, albern und gefährlich. Auf was hatte ich mich da eingelassen?

Wir ritten zurück, ohne weitere Worte zu wechseln. Am Eingang des Tales ließ sie das Pferd anhalten, damit ich mich hinuntergleiten lassen konnte. Dann drückte sie mir das gesamte Stück Kuchen in die Hand, das wir über dem Gedicht vergessen hatten. Ohne Gruß stürmte ich davon. Doch sie rief mir nach: »Am nächsten Mittwoch, die gleiche Zeit, derselbe Ort.« Ich reagierte nicht darauf.

Am Mittwoch wartete sie bereits neben ihrem Pferd am Talausgang. »Heute ist Reitstunde. Ich werde dir zeigen, was du tun musst.« Sie half mir in den Sattel und ließ sich von mir aufhelfen. Ein Leichtgewicht, das ich ohne Anstrengung hochzog, während sie das linke Bein schwungvoll über den Pferderücken gleiten ließ. Doch dann wurde es schwierig. Das Gleichgewicht ausbalancieren, die Zügel halten, nicht zu straff, nicht zu locker, mich mit den Beinen halten und dem Pferd signalisieren, was es tun sollte. Zuerst steckte ich die Füße in die Steigbügel. Da die aber selbst meine Fußsohlen auf die Dauer unerträglich malträtierten, ließ ich es bald bleiben.

In der folgenden Woche brachte Henri mir ein paar alte Schuhe ihres Mannes mit, die noch einwandfrei aussahen. Dunkelgelbes Leder, aus England. Er habe sie zur Jagd benutzt und aus unerfindlichem Grund ausgemustert. Sie saßen fest, aber nicht eng an meinen Füßen. Jetzt konnte ich die Steigbügel benutzen. Irgendwann verlangte Henri, dass ich es ohne ihre Hilfe versuchen sollte. Sie führte uns eine Zeit lang am Halfter und korrigierte meine Haltung. Dann ließ sie los. Es klappte, auch wenn Artemis mehr über mich bestimmte als ich über sie. Aber auf ihrem Rücken zu sitzen, durch den Schenkeldruck Artemis zu einer schnelleren Gangart zu provozieren, immer schneller, war unbeschreiblich. Ich stieß einen Juchzer aus, den Henri mit einem ebenso lauten Schscht zu unterdrücken versuchte. »Das schallt hier im Tal sehr weit«, rief sie mir nach, während ich davondonnerte.

Es war nicht einfach, ein paarmal wäre ich fast hinuntergefallen, aber ich konnte mich im Sattel halten und brachte das Pferd und mich sicher zu ihr zurück. Nach und nach wurde ich mutiger. Ein neues Gefühl. Hier oben auf dem Pferderücken fühlte ich mich wie ein Riese, die Welt lag mir zu Füßen und dann kam mir alles, was in den Zeitungen stand, nicht mehr unwirklich vor. Freiheit, Gleichheit, die Rechte der Frauen, ein selbstbestimmter Mensch zu sein, all das war möglich und ich würde dafür kämpfen, eines Tages, wenn die Deutschen aus Paris zurückkehrten und wir einen Aufstand wagen würden. Denn davon schwärmte Henri, von einem Aufstand, und dann würden wir die Fürsten und die Fabrikherren verjagen.

Auch das Zeitunglesen kam nicht zu kurz. Henri brachte mir bei jedem Treffen Kuchen, Brot und Käse mit, einen Hähnchenschlegel oder ein Bratenstück. Das frische Wasser aus unserem Bächlein gab es umsonst dazu.

Auf dem Weg nach Hause zog ich die Schuhe jedes Mal aus, schlug sie in ein altes Tuch ein und versteckte sie unter meinem Strohsack. Die durfte niemand an mir sehen. Nur bei den Ausflügen mit Artemis und Henri trug ich sie. In der Fabrik hätte man mich mit so teuren Schuhen, die mit metallenen Schnallen zusammengehalten wurden, für eine Diebin oder eine Hure gehalten.

Dann blieb Henri eine Woche aus und als sie das nächste Mal kam, durchzogen ihr Gesicht wieder einmal blutunterlaufene Striemen, sie trug einen Arm in der Schlinge und konnte sich kaum auf dem Pferd halten. Ich half ihr von Artemis herunter, sie fiel mir um den Hals und heulte. »Ich hasse ihn. Er ist ein Scheusal. Warum habe ich mich nur auf diese Heirat eingelassen? Sein Witz, seine Bildung – alles Heuchelei. Ein arroganter gewalttätiger Berserker. Wenn er zu viel getrunken hat, wird er zum Tier. Er schlägt einfach zu. Mit dem Feuerhaken ist er auf mich los. Wenn ich nicht geflohen wäre und mich eingeschlossen hätte, hätte er mich umgebracht. Ich will nicht mehr zu ihm zurück. Ich fürchte mich. Ich werde ihn verklagen, die Scheidung einreichen, aber was habe ich schon für Aussichten? Wenn er doch tot wäre. Warum erschlägt ihn niemand? Von mir aus kann er ihn auch erstechen. Oder vierteilen. Er hat das Leben nicht verdient. Hilft mir denn niemand in meiner Not?«

Ich versuchte sie zu trösten, aber helfen konnte ich ihr nicht. Sie weinte, bis ihr Gesicht noch mehr geschwollen war, bettelte, ob ich sie nicht irgendwo verstecken könnte. Schließlich wusch ich ihr Gesicht im Bach und half ihr wieder aufs Pferd. Ihr verzweifelter Blick verfolgte mich mehrere Tage.

Eine Woche später preschte sie auf meinem Heimweg aus der Fabrik mit Artemis hinter mir her und raunte mir im Vorbeireiten von oben zu: »In einer halben Stunde an unserem Ort.« Dann war sie weg. Das war merkwürdig. Diese gepresste Stimme, in der große Aufregung geschwungen hatte. Ich blickte ihr erstaunt und beunruhigt nach. Aber da half nichts. Ich musste das Abendessen zu Hause in den Wind schreiben und ihr folgen. Sie wartete bereits am Ausgang des Tales neben Artemis stehend.

Sie war völlig aufgelöst, heulte und heulte. Zwischen den einzelnen Schluchzern glaubte ich zu hören: »Warum hast du das gemacht? So hatte ich das nicht gemeint.« Das gab nun keinen Sinn. Ich schwang mich auf den Pferderücken, zog sie hinter mich und lenkte Artemis langsam das Tal hoch. Ich spürte ihren Griff um meine Taille und spürte den nassen Tränenstrom im Rücken. An unserem Zufluchtsort glitten wir beide vom Pferd und blieben verlegen voreinander stehen. Sie ein Häufchen Elend, noch kleiner und zerbrechlicher als sonst. Ich hätte sie gern in den Armen gehalten und getröstet, aber erst musste ich wissen, was geschehen war.

»Warum hast du das getan?« fragte sie erneut.

»Ich habe gar nichts getan«, erwiderte ich kopfschüttelnd. »Jetzt sag endlich, was passiert ist.«

»Er ist tot, mausetot, mit einem dicken Loch im Bauch und in der Brust. Stiche mit einem Messer, drei Stück. Tiefe Stiche. Und überall Blut auf dem Bärenfell vor dem Kamin. Es sieht furchtbar aus. Das Gesicht grünlich-blass, der Mund steht weit offen und die Augen glotzen wie die eines Gespenstes. Es ist furchtbar.« Die Stimme versagte ihr, stattdessen quollen die Tränen und sie bekam kaum Luft. Schließlich brachte sie stammelnd noch einmal hervor: »Warum hast du das getan?«

»Ich, wieso denn ich?« Sie musste den Verstand verloren haben.

»Weil ich dich darum gebeten habe.«

Ich spürte, wie es eiskalt in mir aufstieg. Ich machte einen Schritt zurück, von ihr weg. Von Anfang an hatte ich gewusst, dass es gefährlich war, mich mit dieser Dame einzulassen. Dass es für mich nicht gut ausgehen konnte. Jetzt war es geschehen. Sie hatte mir beim letzten Treffen etwas vom Mord an ihrem Mann vorgefaselt und jetzt wollte sie mir diesen Mord aufhalsen. Ausgerechnet mir. Entweder war ihre Fantasie mit ihr durchgegangen oder sie war ein unglaublich durchtriebenes Geschöpf, zu Dingen fähig, die ich mir nicht einmal vorstellen konnte.

»Du hast davon geredet, ganz allgemein, aber du hast mich nicht darum gebeten. Im Traum würde mir so etwas nicht einfallen. Wie hätte ich denn in die Villa kommen sollen?«

Sie zuckte mit den Schultern. »Vielleicht stand die Terrassentür offen? Aber jetzt muss ich zurück. Sonst werde ich selbst noch verdächtigt. Regine und die Köchin haben bestimmt bereits den Amtmann verständigt.«

Sie stieg auf und bot mir schweigend den Platz hinter sich an. Ich schüttelte den Kopf. »Mach, dass du fortkommst. Ich hoffe, ich sehe dich nie wieder. Aber ich schwöre dir auf alles, was mir heilig ist: Ich habe deinen Mann nicht umgebracht. Ich war nicht einmal in der Nähe eures Hauses. Das musst du mir glauben, alles andere bedeutet den Tod für mich.«

Sie starrte mich entsetzt an, dann fragend, schließlich breitete sich ungläubiges Erstaunen in ihrem Gesicht aus. Sie schluckte, schüttelte den Kopf: »Ich, bitte ...«

»Mach, dass du fortkommst«, schrie ich und gab Artemis einen Schlag auf das Hinterteil. Sie preschte los. Ich stand kurze Zeit später am Ufer der Enz und hätte mich am liebsten hineingestürzt. Was jetzt? Wie würde es weitergehen? Der Amtmann und die Gendarmen würden Henriette befragen, und so verzweifelt, wie die im Augenblick war, würde sie irgendwann von mir erzählen, unseren Reitstunden und um was sie mich gebeten hatte. Selbst wenn sie sich vornahm, mich da rauszuhalten. Im Traum wäre mir nicht eingefallen, dass ihre Klagen und Wünsche ernst gemeint sein könnten. War sie wirklich so naiv oder ein hinterhältiges Weibsstück, das mich benutzt hatte? Vielleicht hatte sie einen Liebsten, für den sie die Terrassentür hatte offen stehen lassen, und war zu mir gestürzt, um die Tat mir anzuhängen. Konnte sie so berechnend sein? Ich wollte es nicht glauben, aber es musste so sein.

Hätte ich mich nur von Henri ferngehalten! Ich hatte es doch von Anfang an gewusst. Aber würde, könnte, hätte – das nützte jetzt alles nichts mehr. Ich musste verschwinden, in jedem Fall würde ich verdächtigt werden und mich erwarteten diesmal nicht nur Rutenschläge oder Zuchthaus, sondern das Todesurteil. Ich war kein unbeschriebenes Blatt. Ob die Polizei- und Schulberichte aus Schuckenbruch im Bezirk Ravensberg über mich noch existierten? Ob die Gendarmen in Württemberg darüber Bescheid bekommen konnten? Aber Preußen war so weit weg. Und ich hatte einen anderen Namen getragen, damals.

Wie oft hatte ich das in der Spinnschule gehört: Was hast du getan? Für eine Antwort blieb keine Zeit, der Lehrer zog mich am Ohr nach vorne, das er dabei genüsslich verdrehte. Die Hände hinhalten, zehn Schläge und der Lehrer dazu skandierend: »Du darfst in der Schule nicht träumen.« Das sagte er, der schlechter lesen konnte als ich. Ein Soldat, dem ein Bein abgeschnitten worden war und ein Ohr. Er schlug nicht einmal aus Wut, sondern weil er nichts anderes konnte. Schule, das war für ihn außer Hecheln und Spinnen militärischer Drill. Achtung, gerade stehen, die Hand ausstrecken. Dann nahm er Haltung an und schlug zu. Mit ausdruckslosem Gesicht.

Wenn er in meinem Gesicht Wut entdeckte, wurden die Schläge härter und im Zeugnis am Jahresende stand: »Else Bröcker ist oft unfolgsam und aufsässig. Die Obrigkeit sollte sie im Auge behalten. Dass aus ihr etwas Ordentliches wird, ist kaum zu erwarten.« Else Bröcker, das war damals mein Name. Dass ich lesen konnte, vermerkte das Zeugnis nicht, denn Lesen hatten wir in der Industrieschule nicht gelernt. Auch Rechnen bloß ein wenig und nur, wenn es sich bei der Arbeit ergab. Ich war geschickt und begriff rasch, konnte schneller arbeiten als die meisten anderen. Beim Stricken gelangen meine Maschen gleichmäßig. Dann musste ich mit anderen Kindern das Strickzeug tauschen und deren Strumpf in Ordnung bringen. Natürlich stand im Zeugnis nichts darüber, wie geschickt ich meine Arbeit tat.

»Über deine Arbeit zu schreiben, das wäre für den Lehrer zu viel«, meinte der Vater. »Der muss das Zeugnis dreimal schreiben, einmal für uns, einmal für die Gemeinde und dann noch für den Schulinspektor. Der bewahrt die Akten über seine Untertanen dein Leben lang auf.« Der Vater hatte geweint.

Er hatte recht daran getan. Ich war meinem schlechten Ruf gefolgt und zur Verbrecherin geworden. Sogar einen anderen Namen hatte ich mir zugelegt. Was heißt zugelegt: Der alte Gottfried Wessling und seine Frau, deren Tochter auf dem Weg nach Bielefeld gestorben war, hatten ihren Tod nicht gemeldet und mich unter ihrem Namen aufgenommen. Natürlich nicht umsonst. Ein Jahr lang hatte ich in Bielefeld meinen Lohn bei ihnen abgegeben, um dieses Papier zu erhalten, die Bestätigung der preußischen Obrigkeit, dass ich, Emma Wessling, die Tochter von Gottfried und Liese Wessling aus Tecklenburg war. Nur so hatte ich in der Fabrik in Bielefeld arbeiten können, denn ohne Papiere gab es keine Arbeit. Das wurde streng kontrolliert in Preußen. Dann musste ich weiterziehen.

Die Else Bröcker meiner Kinderzeit in Schuckenbruch gab es seitdem nicht mehr. Aber auch weit fort von unserem Dorf in Preußen fühlte ich mich verfolgt. Hier in Mühldingen hatte ich endlich gehofft, meine Vergangenheit zu vergessen. Und jetzt das. Ein Mord.

Meine Gedanken überschlugen sich, ich musste weg, sofort, bevor Henri mit den Gendarmen gesprochen hatte. Am besten weit fort, vielleicht nach Paris. Bei dem Gedanken musste ich lachen, Paris, ein Traum, diese Traumwelt war inzwischen zerplatzt. Ich würde mit irgendeinem dichten Wald vorliebnehmen müssen. Aber zuerst wollte ich mein Bündel holen, das brauchte ich spätestens im Winter: mein Umschlagtuch, den warmen Rock, die beiden Blusen, Hemden und Schürzen.

Flinders Schuhe, die ich immer noch trug. Und natürlich meinen Notgroschen, den ich hinter einem Dachbalken versteckt hatte. Dann musste ich los.

In der Hütte behelligte mich niemand, als ich die Treppe hochlief. Oben knotete ich meine Habseligkeiten in mein Umschlagtuch und rollte meine alte Pferdedecke zusammen. Doch als ich die Treppe herunterkam, riefen Stimmen aus der Küche, das Essen sei fertig. Da spürte ich meinen Hunger. Ich ließ mein Bündel auf der Treppe und schlang rasch meinen Brei hinunter. Sie merkten alle, dass mit mir etwas nicht stimmte. Ich sagte: »Was auch immer ihr über mich hört, es ist nicht die Wahrheit.«

Ohne ein Wort zu sagen, stand Johanna auf, schnitt ein dickes Stück vom Brotlaib ab und segnete mich. »Möge Gott dich behüten.«

»Danke, danke für alles. Behaltet mich in guter Erinnerung.« Als die Kinder mir nach draußen folgen wollten, wurden sie harsch zurückgehalten. Johanna, die mich gesegnet hatte, folgte mir jedoch. Draußen flüsterte sie mir zu: »Wenn du verschwinden musst, musst du ins Badische hinüber. Folge aber nicht der Enz auf das markgräfliche Karlsruhe zu. Dort gibt es zu viele Soldaten und Gendarmen. Wende dich zuerst gegen den Lauf Richtung Stuttgart. Halte auf das Dorf Aurich zu und folge dem Bach dort Richtung Südwesten, der wird zum Grenzbach. Du musst hinauf in die schwarzen Wälder; dort findet dich so leicht niemand. Und pass auf, die Grenze verläuft nicht geradlinig.« Dann wandte sie sich ab und schlug die Tür hinter sich zu.

Ich stand draußen allein und plötzlich wurde mir bewusst, dass die Zeit in der Flinder'schen Fabrik die beste meines Lebens gewesen war. Er hatte die Arbeiter eingestellt, ohne weiter zu fragen, auch nicht nach einer Aufenthaltserlaubnis. Seine Großzügigkeit hatte er sich dann bei der Arbeit bezahlen lassen, dreizehn, vierzehn Stunden am Tag, das war bei ihm normal. Umsonst gab es eben nichts.

Ach, diese verfluchten Aufenthaltserlaubnisse! Mein Heimatrecht hatte ich lange verwirkt und eine Aufenthaltsgenehmigung bekam man nur, wenn man in dem Ort Arbeit hatte. Aber Arbeit gab es nicht und wenn, brauchte man eine Aufenthaltsgenehmigung. Wenn man als Bettler aufgegriffen wurde, drohte das Zucht- und Arbeitshaus. Es reichte, wenn der Gendarm einen festnahm.

Doch bei Flinder hatte ich fast zwei Jahre lang in einer Fabrik gearbeitet, einen festen Schlafplatz und täglich etwas zu essen gehabt. Wenn es auch im Laufe der Zeit immer weniger geworden war. Der letzte Sommer war nass gewesen, die Ernte kümmerlich, die Kartoffeln, Grombire, wie sie hier genannt wurden, waren fast alle verfault. Dann der ungewöhnlich kalte Winter. Und dieses Frühjahr war sehr warm und trocken, viel zu trocken. Was sollte daraus werden? Das neue Getreide mickerte auf den Feldern dahin. Die Angst vor meiner Vergangenheit, vor meinen Verfolgern aus Preußen hatte ich in Mühldingen fast vergessen. Zum ersten Mal. Und jetzt fing alles von vorne an. Wie viele deutsche Staaten würde es noch geben, in die ich mich flüchten könnte?

Bis zum Fluss liefen meine Füße von allein. Ich starrte auf meine Fußbekleidung. Ich würde sie in den Fluss werfen müssen, so gute Schuhe an mir konnten Aufmerksamkeit erregen. Doch brachte ich es nicht fertig, mich von ihnen zu trennen. Darauf kam es jetzt nicht mehr an. Die Leute im Haus hatten sie gesehen und würden sie beschreiben können. Ich brauchte sie aber auf meiner Flucht. Ich konnte sie ja oben im Schwarzwald in eine Schlucht werfen. Also zog ich sie an.

Die Dämmerung senkte sich bereits über das Land. Vielleicht würde die Dunkelheit zu meiner Verbündeten. Ich wanderte noch ein Stück flussaufwärts, denn ich wusste, wo man das Wasser durchqueren konnte. Es war bereits Juni und hatte lange Zeit nicht geregnet, das Flussbett war höchstens zur Hälfte gefüllt. Auf der südlichen Seite des Flusses fand ich bald den Grenzbach, folgte ihm aber nur aus der Entfernung, lief oberhalb der Wiesen am Waldrand entlang. Das Bachbett unten im Tal glitzerte im Mondlicht.

Wie ein aufgescheuchter Hase stapfte ich in weiten Bögen über die Hügel, wechselte mehrmals in andere Täler, vermied Dörfer und die Bauernhäuser mit ihren kläffenden Hunden und hoffte, keiner Grenzpatrouille in die Arme zu laufen. Am zweiten Morgen sah ich auf der Straße unter mir einen Grenzbaum und einen Grenzwächter, der verschlafen seine Glieder streckte. Da wandte ich mich endgültig in den Wald, stillte meinen Durst an einem Bach, aß das letzte Stück Brot und rollte mich irgendwo im Gebüsch zusammen.

Mit dem Schlaf kamen Angst und Bilder von früher, von zu Hause. Zu Hause, gab es so etwas für mich? War ich nicht schon immer auf der Straße, allein, auf der Flucht vor den Mächten, die sich gegen mich verschworen hatten?

## 5

Schuckenbruch, 1837

*Wütend stößt und presst das Mädchen das Flachsbüschel in das Hechelbrett, schiebt und zieht mit Leibeskräften. Knackend zerteilen sich die Fasern, verheddern sich zwischen den Nägeln auf dem Brett, geben ruck-*

*weise nach, verheddern sich erneut, Staub steigt ihr in die Nase, sie hustet, spuckt auf den Lehmfußboden aus, zieht noch einmal, bis der Flachs ein Stückchen nachgibt, dann sitzt er wieder fest, sodass sie ihn aus dem Brett pulen muss.*

*Der Lehrer humpelt heran, schüttelt den Kopf: »Du musst fester ziehen.« Sie stößt erneut mit dem Büschel in das Hechelbrett, zieht den Flachs ein Stück weiter, wieder kracht es, hüllt der Staub sie ein, sodass sie husten muss. Der harte Flachs schneidet in die Hände, sie lässt ihn los und versucht die Striemen aus den Fingern und Handflächen weich zu kneten. »So wird das nichts«, bellt der Lehrer, »wenn du dich weiter so wenig anstrengst, kannst du draußen den Jungen beim Flachsbrechen helfen.«*

*Else senkt den Kopf, denn der Lehrer hat ihre Augen gesehen. Ihre Wut darin. Sie kann von Glück sagen, wenn er ihr nur einen Schlag überzieht. Dann wird er sie weiter beschimpfen. »Undankbares, aufsässiges Ding«, schreit er, »anstatt dankbar zu sein, dass der König diesen Herbst eine Spinnschule für euch eröffnet hat. Damit ihr etwas lernt, womit ihr später den Lebensunterhalt selbstständig verdienen könnt. Aber nein, Dankbarkeit ist euresgleichen fern, selbst wenn jede am Ende der Woche einen Silbergroschen nach Hause bringt.«*

*Einen Silbergroschen, welch Hohn, der Lehrer verkauft den gehechelten Flachs für weit mehr und dem Vater fehlt ihre Arbeit am Spinnrad daheim. Diese ganze Spinnschule ist nichts als Betrug. Aber die Armen sind daran gewöhnt, betrogen zu werden. Elses Freude, als der Pfarrer ihnen eine Schule versprochen hat, die der König im Dorf einrichten lässt – zerplatzt! Ein Lehrer würde nach Schuckenbruch kommen und sie würden etwas lernen. Eine Schule: Was tut man dort anderes als lesen, schreiben und rechnen und die Geschichten aus der Bibel hören, Gottes Wort? Sie kennt bereits eine ganze Reihe dieser Geschichten von Jesus aus der Erweckungsgemeinde, weiß von den Wundern, die Jesus getan hat und noch tut, für jeden, wie gering er auch ist. Der Jesusknabe, der Vögel aus Lehm lebendig machen konnte, und der mit seinen Eltern fliehen musste in ein fremdes Land.*

*Manchmal tritt auf dem Weg zur Schule plötzlich ein Mann aus einem Gebüsch am Wegesrand hervor und geht auf Peter und Else zu. Ein großgewachsener hagerer Mann mit einem ernsten Gesicht. Doch die Kinder fürchten sich nicht vor ihm. Er redet mit ihnen wie mit Erwachsenen, gemessen, fast feierlich. Es ist der Prediger aus der Erweckungsgemeinde in Schnaitum und für ihn sind die Kinder vollwertige Gemeindemitglieder. Für einen Augenblick hat Else ihre innere Not vergessen, so freut sie der Anblick dieses Mannes. »Richtet bitte eurem Vater aus, wir treffen uns wieder am Sonntag in der Scheune an der Straße nach Stembeck. Ihr kommt doch! Und Gottes Segen.«*

*Sie nicken. Natürlich kommen sie. Es ist ein langer Weg, zwei Stunden hin, zwei Stunden in der Gemeinde und zwei Stunden zurück. Sie scheuen den weiten Weg nicht, obwohl sie müde sind und beim Gottesdienst des Pastors im Dorf fehlen. Es wird registriert, wenn einer fehlt, die Obrigkeit legt ihre Hand überall auf ihre preußischen Untertanen. Doch einmal im Monat trifft sich heimlich die Erweckungsgemeinde und da beten sie ihre eigenen Gebete. Da fühlen sie sich als Menschen, Gottes Geschöpfe, Kinder wie Erwachsene, die er alle gleich geschaffen hat.*

*Sie lesen reihum aus der Bibel vor, dann beginnt der Prediger mit Gott zu sprechen und nach ihm dürfen alle sich an Gott wenden, jeder Einzelne. Sie reden über ihre Ängste, ihre Not, vertrauen ihre Sorgen der Gemeinde und Gott gleichermaßen an. Männer wie der Vater berichten, wie die Preise in den letzten Jahren gefallen sind, die Kinder reden von der Spinnschule, wo sie nichts lernen, aber den Eltern beim Spinnen und Weben fehlen, und der alte Jörg, ein Hollandsgänger, der sich seit Jahren im April zu Fuß auf den Weg nach Holland macht, um dort Arbeit zu finden, berichtet, wie viele Bettler es auf den Straßen gibt, jedes Jahr mehr, Menschen, die von ihrem Land vertrieben wurden oder deren Arbeit plötzlich nichts mehr wert ist. »Die Engländer stellen Tuche jetzt mit Maschinen her, welche den Menschen die Arbeit wegnehmen und in kurzer Zeit große Tuchballen weben können. Solche Webstühle werden über Dampfmaschinen angetrieben und führen die Fäden wie von allein.«*

*Ungläubiges Gemurmel, Wut: »Du machst dich über uns lustig.«*

*»Nein, bestimmt nicht. Die Besitzer eines solchen Maschinenreiches – eine große Halle voller Maschinenwebstühle – nennen ihr Tuch ‚Tecklenburgsch' oder ‚Osnabrücksch', damit die Käufer denken, es habe unsere Qualität.«*

*Aufruhr im Saal. Manche wollen Jörg rauswerfen, der ihnen dieses Seemannsgarn aufbindet. Aber Jörg ist weit herumgekommen, er war in seinen guten Jahren Walfänger und hat ihnen schon vieles erklärt, was in der weiten Welt geschieht.*

*»Natürlich müssen die Kettfäden weiter von Hand festgeknüpft werden, aber Schäfte und Schützenschlag werden von der Maschine selbstständig bewegt.«*

*Keiner will es glauben. »Und deshalb sinken die Preise bei uns?«*

*»Ja, weil die Engländer billiger herstellen und verkaufen können, bis nach Südamerika.«*

»Du erzählst jedes Jahr etwas anderes. Erst ist das Übel die Kontinentalsperre der Engländer, dann bringen die preußischen Reformen den Hunger und jetzt sind es diese Geisterwebstühle.«

»Ja, so ist es. Das alles, das eine auf das andere folgend und zusammen bringt uns um.«

Nur mit Mühe kann der Prediger den Aufruhr dämpfen. Schließlich wenden sie sich gemeinsam, grollend, schluchzend, an ihren Gott, singen und flehen um Hilfe.

Im Winter bleiben die Kinder manchmal während der Woche zu Hause, auch wenn es gefährlich ist und der Lehrer den Landjäger schickt, wenn die Kinder zu oft ausbleiben. Aber es ist zu kalt, um aufzustehen. Für Heizmaterial fehlt schon lange das Geld und die Zeit, es zu sammeln. Abwechselnd tut einer von ihnen an solchen Tagen die Arbeit am Webstuhl, während die beiden anderen sich im Bett wärmen.

Wie lange schon sie nur noch zu dritt sind, weiß Else nicht. Sie kann sich bloß schemenhaft an eine blasse Person erinnern, die ständig hustete. Der Vater befahl damals den Kindern, der Mutter nicht nahe zu kommen. Aber wie sollte das gehen? Im Winter krochen sie im Bett alle zusammen, um sich ein wenig zu wärmen. Irgendwann lag die Mutter auch über Tag im Bett, hustete, dass es sie fast zerriss, und schlief dann zitternd ein. Bis ihr Würgen und Husten wieder begann, mit dem sie nachts alle aus dem Schlaf riss. Eines Nachts ließ der Vater die Kinder aufstehen, sich vor das Bett knien und für die Mutter beten. Ganz still lag sie da und irgendwann sagte der Vater, sie sei nun im Himmel. Peter und der Vater trugen sie in den Verschlag draußen, wo sie der Gemeindediener mit seinem Karren abholte. Sie waren noch einmal mit dem Vater auf dem Friedhof, um für sie zu beten.

Else war damals noch klein. Sie erinnert sich nicht gern an die Frau. Später macht sie um den Friedhof ei-

*nen Bogen, auch wenn Peter sie dann böse anschaut. Er besucht die Mutter immer, wenn er an diesem Ort vorbeikommt.*

*In der Erweckungsgemeinde fragt der Vater, wie es um die Auswanderung bestellt ist. Als er den Preis für eine Passage hört, beginnt er zu zittern. Nicht einmal für eine Person könnten sie eine Überfahrt bezahlen. Nicht einmal für Peter. Der müsste die anderen später nachholen. Peter fängt stattdessen an, vom Walfang zu reden. Aber auch ein Hollandsgänger braucht Vorräte, die er mitbringen muss. Trotzdem macht Peter sich mitten im Winter mit vielen anderen auf den Weg. Jetzt fehlt die kräftigste Arbeitskraft daheim.*

## 6

Schwarzwald, Sommer 1846

In den ersten Tagen lief ich während der Nacht. Ich fürchtete mich vor den Geräuschen im Wald, dem Knacken von Holz, den umherhuschenden Schatten von Luchsen, Dachsen, Füchsen, Mardern, ihren leisen Rufen, dem Fauchen, wenn sie aufeinander losgingen, den verängstigten Schreien der Gejagten. Ob es hier auch Wölfe gab? Ich trat fest auf (Flinders Schuhe trug ich immer noch, ich konnte es nicht über mich bringen, sie wegzuwerfen) und schlug mit einem großen Stock an die Baumstämme, wenn die Tierlaute mich zu überwältigen drohten. Vielleicht konnte ich den Tieren vormachen, sie hätten es mit einem großen, kräftigen Feind zu tun. Einmal löste sich eine Eule von einem Ast über mir und flog mit weit ausgebreiteten Flügeln direkt über meinem Kopf davon. So riesig hatte ich mir Eulen nicht vorgestellt. Der Luftzug und das Rauschen der Flügel ließen mich erstarren. Ich begann zu zittern und spürte, wie die Angst, die ich seit Tagen herunterschluckte, in mir explodierte. Mir wurde eiskalt, ich ließ mich neben dem Baum zu Boden sinken und presste mich mit dem Rücken gegen das Holz. Vorsichtig schubberte ich ein wenig an der Rinde entlang. Das beruhigte und wärmte mich. Irgendwann muss ich eingeschlafen sein.

Geweckt wurde ich von rüffelnden Lauten. Wildschweine! Ich begann wieder zu zittern, überwand mich schließlich und öffnete die Augen. In der Morgendämmerung erkannte ich vier dieser riesigen Tiere, die mich eingekreist hatten. Ich wusste, dass Schweine Fleisch fressen und auch Menschen verzehren, wenn sie dazu Gelegenheit haben. Ich kniff die Augen zu. Ich wollte ihnen nicht in die Augen sehen, wenn sie mich angriffen. Ich wartete. Nichts. Nach einer endlosen Zeit wurden die rüffelnden Laute leiser und ich spürte, wie der Waldboden vibrierte. Als ich aufblickte, sah ich gerade noch, wie die Tiere im Unterholz verschwanden. Ab jetzt würde ich nachts schlafen. Irgendwo in einem sicheren Versteck. Oder zumindest eingerollt unter meiner Decke. Und mich am Tage dem Sonnenlicht stellen.

Doch im hellen Licht traf ich Menschen. Alle waren ziellos unterwegs, auf den Straßen, auf den Bergpfaden, aber auch abseits der Wege im Wald. Elende Menschen, hungrig, abgerissen, suchten sie im Wald nach Essbarem, Wurzeln und Kräutern, nur selten fanden sich ein paar Beeren. Manche grüßten scheu oder schrien laut, dass dies ihr Revier sei und ich hier nichts zu suchen hätte. Eine Zeit lang versuchte ich ihnen auszuweichen, fühlte mich aber so elend und einsam, dass ich mich auf ein Gespräch einließ. Manche erzählten, dass sie bereits ein Jahr unterwegs seien, aus den Dörfern und Städten vertrieben, da die Arbeit nicht einmal für die Einheimischen reiche. Und wenn die Gemeinde für die Dorfarmen keine Unterkunft zur Verfügung stellte, reihte sich die Familie in den Zug der Herumirrenden ein.

Eines Morgens hatte ich in einem Bächlein, die es hier immer noch gab, quellfrisch und sauber, Forellen entdeckt und konnte nicht widerstehen. Obwohl ich wusste, dass das Jagdrecht überall vergeben war und Bannwarte den Wald durchstreiften, um Wilderer festzunehmen. Meist nachdem sie auf diese geschossen hatten. Schon ein paar Mal war mir ein solcher Kerl mit seinem Gewehr im Anschlag begegnet und hatte mich misstrauisch gemustert, einmal sogar mein Bündel durchsucht. Aber eine Forelle, eine einzige, das schadete doch niemandem. Im Notfall würde ich sie roh vertilgen. Ich hockte mich am Rande des Bächleins nieder, an einer Ausbuchtung, wo ich schon oft solche Fische gesehen hatte. Ich griff blitzschnell zu, einmal, zweimal, aber nie schnell genug. Sie flutschten mir immer wieder durch die Hände.

Da hörte ich hinter mir ein Lachen. »So wird das nie etwas. Komm, lass mich das machen.« Ich zuckte zusammen und musterte den jungen Mann, der sich neben mich kniete, misstrauisch. Er war vermutlich ein paar Jahre jünger als ich, sah abgerissen aus, sein leinenes Hemd und die enge lange Hose, die er unten eingerissen und bis unters Knie hochgerollt hatte, zeigten Löcher und Flecken, doch mussten beide Teile ursprünglich feine Kleidungsstücke gewesen sein. Auf dem Kopf trug er einen verschwitzten breitkrempigen Hut, der vielleicht einmal schwarz gewesen war, auf dem Rücken schleppte er einen ledernen Tornister, eine Locke fiel ihm weit in die Stirn.

»Dein Schatten darf nicht auf das Wasser fallen, sonst werden die Tiere misstrauisch. Und die Stelle, wo du sie fängst, musst du genau aussuchen. Dort, wo das Bachbett etwas überhängt. Da sammeln sie sich.« Er ließ seine Hand wie zufällig im Wasser hängen und griff unvermittelt zu. In seiner Hand zappelte ein Fisch, den ich im Wasser nicht gesehen hatte.

Er lachte in mein verdutztes Gesicht hinein. »Der hat ein Schläfchen gemacht und sich kaum bewegt. Es war ganz leicht.« Mit einem Griff brach er der Forelle das Genick, zog ein Messer aus einem Band am Fußgelenk und begann sie schnell und geschickt aufzuschlitzen. Die Gedärme des Fisches ließ er vorsichtig ins Wasser gleiten, unter die Böschung, damit sie nicht sofort zu sehen waren. Ich wollte protestieren, die wollten wir doch essen, aber es war bereits zu spät. Kurze Zeit darauf hatte er einen zweiten Fisch gefangen.

»Lass nur«, meinte er. »Die Fische brauchen auch Nahrung und wir haben heute genug anderes. Ich denke, wir können es wagen, die Fische an einem Feuerchen zu braten. Das Holz ist wegen der Trockenheit gut zu gebrauchen und qualmt kaum. Es liegt reichlich herum.«

»Ich habe schon ein paarmal jemanden mit einem Gewehr patrouillieren sehen.«

Er lachte. »Das war sicher ein Hiesiger, der sich wie wir eine nicht ganz legale Abendmahlzeit verschaffen wollte. Das Jagdrecht gehörte in vielen Schwarzwaldgegenden früher den Gemeinden, aber jetzt ist es großherzogliches Privileg. Nur dass die Gemeinden das nicht für Recht halten. Es ist schwer durchzusetzen.« Ich war bereits aufgestanden und sammelte kleine Zweige ein. Auch ein wenig braunen Farn, damit das Holz Feuer fangen konnte. Ich schichtete die Zweige am Rand des Baches im Sand auf. »Wie zünden wir es an?«

»Ich habe Zunder, einen Pyrit- und einen Feuerstein«, antwortete der junge Mann, holte eine Blechschachtel aus seinem Tornister und noch ein Päckchen, in Zeitungspapier eingeschlagen. »Mein wichtigster Besitz.« Er spießte die beiden Forellen auf und nahm aus der Zeitung zwei Stümpfe, an denen rotes Blut klebte. Froschschenkel, wie er erklärte. Ich hielt die Luft an. Den Rest der Frösche hatte er gar nicht erst mitgenommen. Ein Verschwender, der eine feine Küche gewohnt sein musste. In seiner Blechkiste hatte er einen richtigen Zunder, auf den er ein paar vertrocknete Stängel legte. Dann strich er den Feuerstein am Pyrit entlang, bis ein paar Funken auf den Zunder fielen. Ein winziges Flämmchen entstand, in das er vorsichtig hineinblies. Das Zeitungspapier hatte er zusammengerollt und entzündete die Spitze am Zunder, bevor er sie in das Farn hielt. Zauberte schließlich noch drei kleine Kartoffeln, Grumbeeren nannte er sie, aus seiner Hosentasche und steckte sie zu den Tieren an unsere Spieße.

Als alles gar war, stürzten wir uns beide darauf. Es war ein seltenes Festmahl, die Frösche schmeckten noch leckerer als die Forellen, die Kartoffeln würzig. Seine Forelle befreite er geschickt von dem Grätengerippe und bestand auch bei meiner darauf. »Die Gräten sind unverdaulich und spitz, die bleiben dir im Hals stecken.« Ich hätte gern das meiste davon abgelutscht und zerbissen, fügte mich aber. Wasser schöpften wir mit der Hand direkt aus dem Bach.

Trotzdem waren wir beide unruhig, schauten uns immer wieder um, stopften die Leckerbissen in uns hinein, immer auf dem Sprung. Anschließend löschten wir das Feuer sorgfältig mit dem Wasser des Baches. Der junge Mann vergrub die Gräten und Knochen mithilfe seines Messers ein paar Meter weit weg. »Nur keine Spuren hinterlassen«, erläuterte er und wir brachen auf. Eine Weile wanderten wir schweigend, gingen rasch, damit wir uns möglichst schnell von unserer Feuerstelle entfernten.

Ich starrte auf unsere Schuhe, konnte meinen Blick kaum davon lösen. Er trug Halbstiefel mit einer dicken

Sohle. Die Stiefel waren jedoch so alt, dass sie auseinanderfallen würden, wenn sie nicht mit Bändern umwickelt wären. Dagegen steckten meine Füße fest und geradezu elegant in Flinders Schuhen. Auch der junge Mensch schien den Unterschied bemerkt zu haben und grinste in sich hinein. Als wir eine Stunde später an den Waldrand kamen und weit unter uns ein Dorf liegen sahen, hielten wir an.

Der junge Mann war kleiner als ich, schmal gebaut und ein wenig schief gewachsen. Von Zeit zu Zeit rieb er sich unauffällig mit der Rechten den Rücken. Seine feinen Hände waren die einer Frau, die keine harte Arbeit kannte. Was wollte so ein vornehmer Mensch hier in den Wäldern? Und warum wanderte ich mit ihm herum? War ich einfach unbelehrbar und unfähig, Menschen zu misstrauen?

Er spürte meine Sorge und erklärte, ohne dass ich ihn dazu aufgefordert hätte: »Ich heiße Konrad Riesle, Eleve am Polytechnikum in Karlsruhe – das heißt gewesen, weil ich angeblich ein fliegendes Blatt verfasst habe. Sie haben mich ohne eine weitere Untersuchung rausgeworfen. Jetzt bin ich auf dem Weg nach Konstanz. Ich habe Glück gehabt, dass ich nicht in die Festung Rastatt eingeliefert worden bin, aber mit einer Beamtenlaufbahn ist es vorbei. Na ja, macht nichts, das Beamtentum hat seine besten Tage wohl gesehen.«

»Das soll heißen?«

»Es wird abgeschafft werden.«

»Wann soll das sein?«

»Wer weiß? Vielleicht schon bald. Wie heißt du?««

Er schien ja noch verrückter als Henri. »Emma. Ich bin Fabrikarbeiterin und suche Arbeit.«

»Das tun wir alle. Wie lange bist du schon hier oben im Wald?«

»Weiß ich nicht. Ich habe die Tage nicht gezählt.«

»Die ganze Zeit über allein im Wald?«

»Von den Höfen, auf denen ich nach Tagelohn fragen wollte, haben mich die Hunde verjagt.«

»So ist es mir auch ergangen. Ich bin das ganze Kinzigtal hinaufgewandert und habe in den ersten Tagen in jedem Dorf und auf jedem Gehöft nach Arbeit gefragt, aber im besten Fall Hohngelächter geerntet. Musste Schläge einstecken oder sie haben ebenfalls ihren Hund auf mich gehetzt. Mit den Gendarmen und dem Arbeitshaus gedroht. Ist dir ja wohl ähnlich ergangen.«

Er musterte mich ernst. »Du bist nicht von hier?« Ich nickte, sagte aber nichts weiter. »Niemand hat Arbeit«, fuhr er fort, »und die Hitze und Trockenheit werden auch die diesjährige Ernte verderben. Die Weber, Stricker und Färber sind alle arbeitslos. Auch viele Handwerksmeister. Wenn die Kunden der Handwerker ihre Rechnungen nicht bezahlen können, ist das für viele Handwerksbetriebe das Ende. Kaum Aufträge, aber unbezahlte Rechnungen. Sie müssen mit Haus und Werkstatt für ihre Schulden haften, Vergantung wird das hier genannt, werden gepfändet und vertrieben. Manche Gemeinden unterstützen sogar einheimische Auswanderer mit Geld, damit sie bloß gehen. Solche wie uns natürlich nicht. Wir haben kein Wohnrecht in den Dörfern. Uns muss man ja bloß verjagen.«

Ich seufzte unwillkürlich. Geld für Auswanderer. Das hätten meine Eltern erleben sollen. Dann wäre das Übel vorbei gewesen. Mir kamen plötzlich die Tränen. Ich sah das Gesicht des Vaters vor mir. Wie er ausgezehrt und übernächtigt mit fester Hand am Webstuhl das Weberschiffchen mit der Schussspule durch die Längsfäden schießen ließ, ein Tritt, die untere Reihe Querfäden hob sich und die Schussspule wanderte zurück. Hin und her, hin und her. Sein Gesicht starr, die Kiefer ineinander verbissen. Die Wut längst verflogen, weil die

Kraft dazu nicht reichte. Er hatte auf mich gewartet, auf seine Tochter gewartet, dass ich ihn nach der Schule ablöste, und ich war nicht gekommen. War einfach ausgeblieben und er hatte nie mehr etwas von mir gehört ...

Konrad legte mir einen Arm auf die Schulter. »Was ist mit dir? Ist es so schlimm?«

Ich schluckte. Zog die Nase hoch und schüttelte seine Hand ab. »Gibt es in Konstanz Fabriken?«

»Könnte sein. Aber eigentlich will ich dort anderes tun, für eine Zeitung schreiben zum Beispiel. Ich hatte gehofft, erst einmal hier im Schwarzwald eine Arbeit zu finden. Um etwas Geld zu verdienen. Vielleicht in einer der Glashütten. Denn wenn nicht gerade zwei Missernten das Land überziehen, sind die Leute hier oben wohlhabend. Durch Holzhandel, Strohflechten, Bürstenbinden. Ihre Produkte sind weithin bekannt. Die Glasbläser verkaufen sogar bis nach Paris.«

»Woher willst du das wissen?«

»Ich habe als Ingenieurspraktikant bei einem Rheindurchstich gearbeitet und musste oft mit in den Schwarzwald hochfahren, um Steine auszusuchen. Da haben die Leute viel erzählt. Im Kinzigtal bin ich vor ein paar Tagen einem Glasbläser begegnet. Der ist ein Stück mit mir gelaufen. Er hat sogar behauptet, sie hätten eine eigene Handelskompanie und seien von Fron und Militärdienst befreit.«

»Müssen die Leute hier auch Ablösesummen zahlen für die Felder, den Zehnten und die Frondienste?«

»Für diese Gegend weiß ich das nicht so genau. Aber für den Straßenbau mussten in den letzten Jahren noch die Ortschaften fronen. Das wird wohl manch einem den Rest gegeben haben. Ich stamme aus dem Wiesental, aus Todtnau. Dort gehörten die Leute zum Kloster Sankt Blasien. Das Kloster war der größte Grundherr in der Gegend. Die Bauern in unserem Ort waren aber nie leibeigen. Sie haben Pacht bezahlt und Frondienste geleistet. Das mussten sie ablösen. Das hat wohl auch manchen ruiniert.«

»Was haben deine Eltern gemacht?«

»Dafür, dass du über dich gar nichts erzählst, stellst du verdammt viele Fragen. Nun schau nicht so böse. Du wirst deine Gründe haben, die ich respektiere. Meine Eltern kenne ich nicht. Ich bin ein Gemeindekind, habe zuerst für einen Bauern gearbeitet und musste mit neun Jahren in einer Zunder- und Bürstenfabrik schuften. Zwölf Stunden am Tag. In die Nachtschule bin ich gegangen, eine Stunde lang während der Mittagspause und abends um neun noch eine Stunde nach der Arbeit.«

»Und von da bist du auf das Poliwie?« Ich lachte höhnisch.

»Das Polytechnikum. Dort kann man studieren, wie man Kanäle baut oder Flüsse begradigt oder Maschinen konstruiert. Nein, da lagen noch ein paar Stationen dazwischen. Unser Pfarrer in Todtnau hat Eingaben gemacht gegen die Kinderarbeit, darauf hingewiesen, dass es in England Gesetze gegen Kinderarbeit gibt, weil die lange Arbeit die Kinder seelisch und körperlich ruiniert. Mir ist die schiefe Schulter als Andenken aus der Zeit an der Maschine geblieben. Trotzdem bin ich gern in die Nachtschule gegangen. Die anderen haben halb geschlafen, mich haben die Buchstaben, Zahlen und biblischen Geschichten hellwach gemacht, sie waren das Tor zu einer anderen Welt. Als in Preußen dann die Kinderarbeit auf zehn Stunden am Tag begrenzt worden ist und bei uns niemand etwas davon hören wollte, hat der Pfarrer mich nach Freiburg geschickt zu seinen Verwandten. Dort habe ich zuerst als Hausknecht gearbeitet und dann ein Stipendium bekommen für die polytechnische Schule. Danach hat der Pfarrer mich nach Karlsruhe auf das Polytechnikum geschickt. Passt es jetzt zusammen?«

Ich nickte beschämt. »Du hast ungeheures Glück gehabt! Habt ihr wirklich in der Schule Lesen und Rechnen gelernt? Und die Preußen sollen die Kinderarbeit verboten haben? Das glaube ich nie.«

»Etwas eingeschränkt wenigstens. Weil die Soldaten alle so schlecht gewachsen waren.«

»Der Pfarrer hat dich auf die Schule geschickt? Du Glückskind! Und das hast du jetzt alles vergeigt?«

»Vorerst sieht es so aus, ja. Aber die Zeiten werden sich ändern. Dann kann ich zurück. Ich laufe übrigens nicht nur wegen der Forellen und Frösche durch den Wald, sondern auch, weil es hier oben Steinbrüche geben soll, und die suchen immer Arbeiter. Auch jetzt noch. Wäre das nicht auch etwas für dich?«

»Meinst du, sie nehmen Frauen?«

»Dich bestimmt. Mich eher nicht, wenn sie sich meine Hände so genau ansehen wie du. Ich bin übrigens nicht so schwach, wie man auf den ersten Blick meint. Dafür geschickt und besonders im Kopf schnell. Na, was ist? Ich weiß den Weg, und du nimmst mich mit, wenn du nach Arbeit fragst. Zusammen werden sie uns nehmen. Wie schmeckt dir das?«

Ich musste lachen. »Eine komische Sprache sprecht ihr hier. Schmecken, das Wort ist bei uns im Norden mit den Mahlzeiten verbunden, die Geschmack haben. Die Forelle hat geschmeckt und der Frosch, aber die Arbeit in einem Steinbruch! Die schmeckt höchstens nach Staub.«

»Du bist ja richtig gelehrt! Auf welcher Universität hast du die deutsche Sprache studiert?«

»In der Erweckungsgemeinde wurde über vieles gesprochen. Jeder durfte seine Sorgen Gott vortragen. Aber das ist lange her. Bei dem Lehrer in unserem Dorf habe ich bestimmt nichts gelernt, ich weiß nicht einmal, ob der richtig lesen konnte. Aber sonst hätte er wohl die Zeugnisse nicht schreiben können. Ein alter Soldat mit nur einem Bein.«

»Wie gut, dass er eine so kluge Schülerin hatte.«

»Puh, das durfte man ihm nicht zeigen. Mit Schlägen war er großzügig.«

»Wie überall. Aber vielleicht wird das Schlagen in der Schule bald verboten.«

»Vorher werden die Kühe das Laufen auf zwei Beinen lernen. Wie kommst du auf so einen Unsinn?«

»Die Menschen leiden so stark, verhungern zu Hunderten und haben überhaupt keine Rechte. Weder gegenüber der Polizei noch dem Staat. Das kann so nicht weitergehen.«

»Das war doch immer so.«

»Nein, war es nicht. Die Franzosen haben mit ihrer großen Revolution vor über fünfzig Jahren all diese Dinge verändert. Die haben den Adel verjagt und Gesetze für das Volk gemacht. Auch wenn Napoleon einiges davon zurückgenommen hat. Aber allgemeine Gesetze und Rechte gibt es immer noch. An die müssen sich alle halten. Selbst die Gendarmen.«

»Das wäre nicht schlecht.«

»Es geht bald los in Deutschland mit der Revolution. Hör dir das an!« Er blieb stehen und begann würdevoll zu deklamieren: »Brüder und badische Mitbürger! Die Zeit ist da, wo Gott durch seine Hand uns winkt, dass wir unsere Körperkräfte gebrauchen zu unserer Freiheit, die er von Anfang der Welt uns gegeben hat. 1. Der Adel muss vernichtet werden. 2. ...«

»Pscht, bist du wohl still! Wenn uns jemand hört! Selbst der Wald hat Ohren.«

»Vielleicht hast du recht. Warum sollte es Spitzel nur in den Gasthäusern geben und nicht auch im Wald hinter jedem Baum. Ist in diesem Land durchaus möglich. Aber du siehst, das badische Land ist in Bewegung. Solche fliegenden Blätter werden an vielen Orten verteilt.« Er senkte seine Stimme, blickte sich suchend um und fuhr dann fort: »Auf dem fliegenden Blatt wird sogar gefordert, dass die Beamten ermordet werden müssten.«

»Wer schreibt so etwas?«

»Das Blatt wurde von Bauern im Kraichgau verfasst. Gedruckt worden ist es wohl in einem Keller der Universität Heidelberg.«

»Dann frag ich lieber nicht weiter.«

Mit Konrad war das Wandern angenehmer. Er war lustig und wusste viel zu erzählen. Von seinem Polytechnikum, dass der Rhein immer noch eine riesige Baustelle sei, dem alten Herrn ein neues Bett gebaut werde, ein gerades, ohne Kurven und Schlingen. Zuerst dachte ich, er wolle mich auf den Arm nehmen. Aber er wusste die Bauarbeiten so genau zu beschreiben, die riesigen Grabungen, den Ärger mit den fronenden Bauern, die nie pünktlich auftauchten und die Arbeit zu verschleppen suchten. »Ich kann sie verstehen«, meinte Konrad, »vielleicht kriegen sie in etlichen Jahren eine neue Wiese auf dem trockengelegten Land, vielleicht gibt es weniger Überschwemmungen, weniger Krankheiten, weil die Mucken in den Sümpfen verschwinden, aber sonst ... Und während sie Steine auf ihren Karren befördern, können sie nicht säen und nicht ernten.«

»Kann die Regierung so ein Bauwerk überhaupt bezahlen?«

»Du stellst die richtigen Fragen. Nein, kann der Großherzog nicht, und schon gar nicht die Straßen kreuz und quer durch den Schwarzwald. Das Volk ist gerade dabei, ihm die Rechnung vorzulegen.« Auf meinen fragenden Blick fügte er hinzu: »Mit Protesten und Forderungen.«

Dann begann er laut zu singen:

*»Wir wären also nur geboren*
*Zu leiden hier auf dieser Welt?*
*Und Ihr – Ihr Herrn wärt auserkoren,*
*zu tun mit uns, was Euch gefällt?«*

Zuerst versuchte ich ihn mit mehrmaligem »Scht« zum Aufhören zu bewegen, aber er schüttelte den Kopf und sang weiter, wiederholte jede Strophe noch einmal. »Jetzt, du auch.« Ich biss mir ein paarmal auf die Lippen, aber schließlich konnte ich nicht mehr anders und sang mit:

*»Wir wären da, für Euch zu schwitzen,*
*Geboren nur, Euch Sklav' zu sein?*
*Nichts soll uns unser Dasein nützen,*
*Nur Ihr sollt Euch des Daseins freun? ...*

*Ha, nimmersatte Menschenfresser,*
*Wie lang noch wollt Ihr weilen hier?«*

Wir schauten uns an und lachten und dann hob er mich hoch und wirbelte mit mir herum. Mit einem ziemlich festen Griff und viel mehr Kraft, als ich ihm zugetraut hätte.

Wir suchten gemeinsam nach Beeren, immer wieder enttäuscht, wenn nur trockene Fruchtansätze in unsere Hände fielen. Hin und wieder fing Konrad eine Forelle, aber wir bauten auch Fallen für Mäuse und Vögel. Die Nächte waren warm und heiß und Konrad legte sich immer ein Stück entfernt. »Puh, bloß nicht unter deine Pferdedecke, dann lieber ein Besuch der Wildschweine. Und gegen die Mucken hilft überhaupt kein Mittel.«

Einmal erwachte ich früh, da stand er vor mir und schaute auf mich herunter. Dann kniete er sich neben mich, beugte den Kopf über mein Gesicht und küsste mich. Ein warmer, langer, zarter Kuss, als wenn mich das weiche Gefieder eines Vögelchens streifen würde. Das fuhr mir durch den ganzen Körper. Angenehm, unwirklich, ein Gruß aus einer mir fremden Welt. Ich kannte Küsse nur als harte, bedrängende Forderung. Schließlich stand Konrad abrupt auf und drehte sich weg. »Komm, los. Für solche Späße haben wir keine Zeit und Kraft.« Ich hätte ihm gerne widersprochen.

Schließlich erreichten wir den Steinbruch. Rote Steine und Staub, Staub überall. Man hörte Hammerschläge, auf dem Weg standen Wagen, vor die Ochsen gespannt waren. Einer dieser Karren wurde gerade mit großen Steinquadern beladen. Jeweils drei Leute hievten sie mit Hilfe von Seilen hoch. Auf einen anderen, kleineren, schichteten Kinder Steine, die gleichmäßig bearbeitet und geschliffen waren und sehr viel kleiner als die anderen. Die Arbeiter nickten uns kurz zu und deuteten auf einen Mann, der weiter hinten im Steinbruch Befehle gab.

Der Vorsteher musterte uns beide stirnrunzelnd. »Das hier ist kein Zuckerschlecken. Traut ihr euch so schwere Arbeit zu?« Wir nickten. »Also gut. Drei Tage auf Probe. Dann sehen wir weiter.« Er deutete auf eine der Hütten am Rande des Areals. »Die könnt ihr beziehen. Sie ist frei. Legt euer Gepäck dorthin und meldet euch bei Josef dort hinten. Der wird euch Arbeiten zuweisen. Es gibt zwei Mahlzeiten am Tag. Und jede Woche ein paar Kreuzer. Mehr kann ich euch nicht bieten. Ihr wisst, wie die Zeiten sind.«

Die Hütte bestand aus ein paar Brettern, die aufrecht gegeneinander gelehnt waren und somit ein Dach bildeten. »Hütte«, knurrte Konrad. »Ein Verschlag wie damals beim Bauern. Aber da war ich noch ein Kind und ein Stück kürzer. Nicht einmal ein Bretterboden. Dass ich in so etwas zurückkehren muss.«

»Jedem Hund würde die Hütte gefallen, für uns wird sie auch reichen«, gab ich zurück. »Jedenfalls wenn ich meine Füße einziehe. Um die Hütte werden wir einen Graben anlegen, damit das Regenwasser nicht eindringen kann.«

»Darum brauchen wir uns im Augenblick keinen Kopf zu machen.«

Wir legten unsere Bündel ab, hofften, dass niemand sie stahl, und machten uns auf den Weg zum Vorarbeiter, der uns misstrauisch musterte. »Was seid ihr denn für seltsame Vögel! Kaum zu glauben, wen unser Herr da manchmal einstellt. Aber mir soll es egal sein, solange ihr ordentlich arbeitet. Ihr könnt da hinten die fertigen Steine auf Schubkarren laden und zu dem Platz am Tor bringen. Dorthin fahren die Pferdefuhrwerke. Aber passt auf, dass ihr das Gleichgewicht haltet. Der Weg ist uneben und hat ziemliches Gefälle. Von der Karre runterfallen dürfen die Steine auf keinen Fall. Beschwert euch ja nicht über die Arbeit. Ihr macht, was euch zugewiesen wird, sonst könnt ihr wieder gehen. Heute könnt ihr meinetwegen zu zweit an einer Schubkarre schaffen. Aber ab morgen jeder für sich.«

## 7

Mühldingen an der Enz, Sommer 1846

»Nun, ich höre!« Kommissär Wagner aus Ludwigsburg lehnte sich im Sessel zurück und begann sein Pfeifchen zu stopfen. Er hatte sich für den weiten Weg eine Lohnkutsche genommen, war ordentlich durchgeschüttelt worden und wollte diese unangenehme Mordsache, dazu noch an einem Ausländer, möglichst rasch hinter sich bringen. Er hatte dem Lohnkutscher befohlen zu warten. Der Fall musste also heute noch geklärt werden. Hoffentlich hatte dieser Landgendarm ordentlich gearbeitet und einen geeigneten Kandidaten zu bieten, den man nur noch im Verhör dazu bringen musste, die Tat zu gestehen. Aber da konnte man ja nachhelfen. »Gendarm Mauch, nun mal los. Fassen Sie endlich zusammen, was Sie bisher ermittelt haben.«

Gendarm Christoph Mauch rückte seine Uniformjacke zurecht. Er kannte seinen Dienstherrn noch aus der Ausbildung in Stuttgart. Dort war er immer schneidig, militärisch korrekt aufgetreten. Kein Stäubchen hatte sich auf den Uniformkragen verirren dürfen, sonst hatte man als Rekrut zur Strafe exerzieren müssen, bis einem die Luft wegblieb. Wenn der Kommissär sich so gemütlich gab, war er hoch konzentriert wie die Katze vor dem Mauseloch. Mauch würde jetzt ausführlich berichten und auch seine Vermutungen mitteilen müssen, die sein Vorgesetzter ihm anschließend zerpflücken würde, um eigenen Folgerungen Platz zu machen. Er musste unauffällig gegenhalten.

»Äh, äh, Herr Ppolizeikommissär, oob es ein Mmord ist, das ist noch nicht endgültig geklärt. Auf den ersten Blick könnte es sich auch um Ttotschlag handeln.« Mauch holte Luft, nur nicht zu überzeugt wirken jetzt und langsam reden, dann ließe das Stottern nach. »Eine unüberlegte Tat aus Wut, Vverzweifelung, Verstörtheit. Die Ehefrau soll von dem Opfer misshandelt worden sein, aausgepeitscht, sie hat ihm wohl auch Anlass dazu gegeben.«

Mauch holte tief Luft. »Das Messer haben wir noch nicht gefunden, in der Küche fehlt allerdings ein Fleischmesser, das am Abend auf der Anrichte im Speisezimmer gelegen haben soll. Der Täter muss eine kleine Person gewesen sein, denn der dritte Stich in die Brust ist nicht bis ins Herz vorgedrungen. Vvielleicht ein Streit, der Mann weist sie hinaus, sie läuft zur Tür, sieht das Messer, greift zu, rrennt zurück und sticht zu, bevor er das Mmesser überhaupt gesehen hat.«

»Also, Mauch, in dem Fall wäre es Mord, denn die junge Frau hat keine frischen Verletzungen nach Ihrem Vernehmungsprotokoll. Sondern nur einige ältere. Was meinen Sie, ein Treppensturz? Und sie ist klein und wirklich zart, ich kannte sie bereits als Kind, ebenso ihren verehrten Herrn Vater, den Pfarrer Pfister, einen angesehenen und durch und durch moralischen Mann.«

Mauch ließ den Kommissär reden. Na ja, der Vater Pfarrer. Das musste die Tochter von aller Schuld freisprechen. Er kannte die Frau Fabrikbesitzerin, das hieß, er hatte sie bislang nur auf ihrem Pferd vorbeireiten sehen. Besonders fromm und gottesfürchtig wirkte die nicht.

»Nein, dass sein Töchterchen zu einer solchen Gewalttat fähig wäre, ich glaube es nicht. Auch hat sie keinerlei Vorteil durch den Tod ihres Ehemannes. Und ob er sie wirklich geschlagen hat? Es entstehen so viele Gerüchte, zumal über Ausländer. Finanziell hat er ihr ja wohl jeden, auch jeden extravaganten Wunsch erfüllt. Ihr Vater war darüber gar nicht glücklich. Finanziell wird es ihr jetzt um einiges schlechter gehen. Und sie liebt den Luxus, das hat ihr Vater schon immer gesagt.«

»Mman kann auch mit Worten verletzen, so titief vverletzen, dass jemand die Ffassung verliert.«

»Natürlich steht in einem solchen Fall die Ehefrau immer unter Verdacht, wir dürfen sie also nicht ganz außer Acht lassen. Aber ehrlich, Mauch, haben Sie keine weiteren Verdächtigen?«

»Wir haben den Johann Wwehrle verhaftet, der zur ffraglichen Zeit in der Nähe des Hauses gesehen wurde. Er hat bislang keinerlei Angaben über den Ttathergang gemacht, sondern hartnäckig geschwiegen. Aber, wenn ich ehrlich bin, äh, er hatte kkeinerlei Diebesgut bei sich, und nach Aussage der Köchin Katharina Kolreuter kommt er regelmäßig, um sich Reste von den Mahlzeiten abzuholen. Er ist eigentlich kein Bettler, bis vor zwei Jahren war er Schschafhirte, aber viele Bauern haben ihre Schafe geschlachtet, weil die Wwolle im Preis tief gesunken ist. Sie wissen, kkeine Nachfrage nach Wolle mehr, seitdem die bibilligen englischen Baumwollstoffe den Markt überschwemmen. So ist er arbeitslos geworden und zieht nur noch herum. Die Kköchin hält es für ausgeschlossen, dass dieser Johann Wehrle die Tat begangen haben könnte. Er sei schüchtern und habe bislang nur die Küche unten durch den Didienstboteneingang betreten. Sie habe ihn davonlaufen sehen, er habe es immer eilig wegzukommen.«

»Wie ich Ihren Aufzeichnungen entnehme, hat der Mann sich bei seiner Festnahme widersetzt.«

»Nun ja, Wwiderstand würde ich es nicht nennen, äh, äh, er hat versucht wegzulaufen und mir ein paar unfreundliche Worte an den Kopf geworfen. Aber das ist in so einer Situation ja vverständlich.«

»Also auch noch Beamtenbeleidigung, das sind Delikte, die man ahnden muss. Wo kämen wir sonst hin? Und was Ihre Einschätzung von Menschen angeht, da scheint mir einiges im Argen. Wenn wir auf das Geschwätz jeder Köchin hören wollten, könnten wir nie einen Fall klären. Nehmen Sie sich diesen Bettler etwas härter vor, dann redet der schon. Solche Überfälle nehmen in der letzten Zeit überhand. Arbeitslos, streunend, der typische Fall. Vielleicht wollte er nicht töten, aber es ist nun einmal passiert. Sie als Gendarm sollten sich strikt daran halten, ihre Pflicht zu tun und diese Gefühlsduselei Herumtreibern gegenüber lassen. Das ist ein Befehl.«

Da hatte er es. Der Kommissär zielte damit wohl auf seine Gesinnung, er galt als liberal, für einen Gendarmen im Staatsdienst eine gefährliche Sache. Er hatte sich während seines Militärdienstes bereits ein paarmal den Mund verbrannt. Aber er konnte nun einmal nicht so tun, als wäre das Elend immer selbst verschuldet und allein schon eine Straftat. Es gab Kollegen, die sich so verhielten, die Bettler ohne Heimatrecht verhafteten und in ein Zucht- und Arbeitshaus verfrachteten. Dort mussten die Elenden dann zusammen mit Verbrechern tagaus, tagein schuften, ohne etwas zu verdienen. Wenn sie entlassen wurden, weil der Strom der Aufgegriffenen nicht abriss, hatten sie meist jeden Lebensmut verloren. Natürlich versuchten sie dann, sich mit Diebstählen über Wasser zu halten. Bis sie wieder verhaftet wurden.

Der Kreislauf der Armut. Er hatte Glück gehabt, war zum Militär eingezogen worden. Hatte eine Stelle als Gendarm bekommen. Hier in Mühldingen. Weil er schön schreiben konnte. Es ging ihm gut, er war in der Stadt ein geachteter Mann. Aber er hatte zu viel Armut gesehen, seit er Gendarm war. Auch schon vorher, sein Vater war auch Dorfhirte gewesen, immer unterwegs mit allen Schafen des Dorfes, oben auf der Schwäbischen Alb.

Aber als dann niemand mehr Schafe halten wollte, war der Vater eines Tages verschwunden gewesen. Einige Wochen später hatte die Mutter aufs Rathaus kommen müssen. Ihr Mann habe sich in der Nähe von Geislingen an einem Baum erhängt. Zum Beweis legten sie ihr seinen Hut und Stock vor. Sie hatte beides zurückgewiesen. Die Mutter blieb hartnäckig bei der Meinung, dass er sich auf den Weg nach Amerika gemacht habe und sie irgendwann nachholen würde. Über acht Jahre war das nun her und sie wartete weiter, recht und schlecht unterstützt von ihren Söhnen.

Er durfte sich sein Mitgefühl mit Wehrle nicht weiter anmerken lassen. Er musste aufpassen, jedes Wort auf die Goldwaage legen, sonst würde er sich schließlich selbst auf der Anklagebank wiederfinden.

Er hatte auch Flinders Buchhalter Erich Hofheintz befragt. Den Eindruck, den er von diesem Menschen bekommen hatte, würde er lieber für sich behalten. Der war merkwürdig forsch. Forsch und gleichzeitig devot und irgendwie verschlagen. Laut sagte Mauch: »Den Bbuchhalter Erich Hohofheintz habe ich auch vernommen. Nach seiner Aaussage ist er mit dem Herrn Ffabrikbesitzer bestens ausgekommen, Flinder habe ihm großes Vvertrauen geschenkt, ihm in allen Bereichen der Verwaltung frfreie Hand gelassen. Aber vor ein paar Tagen sei ein Engländer in die Fabrik gekommen, ein gewisser Richard Branson. Flinder und dieser Mensch hätten lange in Flinders Office, so nenennen sie Flinders Comptoir, miteinander gestritten, auf Englisch, und sehr wichtig getan. Sie hätten Hofheintz schließlich unter einem Vvorwand in die Fabrikhalle geschickt. Als er zurückgekommen sei, sei der Mensch fort gewesen und Flinder äußerst niedergeschlagen. Flinder hätte die Fabrik daraufhin wortlos verlassen, vermutlich um nach Hause zu gehen. In der Bbuchhaltung hätten wichtige Unterlagen, unter anderem Ppatente, gefehlt, die für die Existenz der Fabrik lebenswichtig seien. Auf seiner Schreibtischunterlage, auf der er immer mehrere Papiere übereinander lege, habe er allerdings, vvorsichtig wie er nun einmal sei, durch Schraffieren mit dem Bleistift eine durchgedrückte Schrift sichtbar gemacht. Verstanden habe er das Wort lleider nicht: *by mmutual agreement ...*«

»Gut, dass Sie ihn verhaftet haben.«

»Wwen, den Buchhalter?«

»Sind Sie begriffsstutzig? Der Mann ist ohne Fehl und Tadel. Hat in Pforzheim gelernt. Kommt aus einer der eingesessenen Familien dort, die auch Bürgermeister stellt. Den Engländer meine ich natürlich, den haben Sie hoffentlich festgesetzt.«

»Wwie sollte ich? Von dem Mann fehlt jede Spur. Ein Phantom. Mir hat niemand etwas über ihn sagen können. Die Köchin wusste, dass jejemand kommen sollte. Sie hatte den Auftrag, einen guten Rinderbraten in Mamadeira zu servieren, dazu Spätzle. Am gedeckten Tisch habe sich aber niemand eingefunden.«

»Hören Sie mir endlich mit der Köchin auf. Halten Sie sich an den Prokuristen. Auf den ist Verlass.«

»Zu Befehl, Herr Ppolizeikommissär. Aber auch in den Gagasthäusern ist der Engländer nirgends aufgetaucht.«

»Der wird sich schleunigst aus dem Staub gemacht haben. Also, Mauch, Sie nehmen sich noch einmal diesen Herumtreiber Wehrle vor. Aber bitte mit gehöriger Strenge, ich erwarte übermorgen das Protokoll von Ihnen mit dem Geständnis. Daneben werden Sie Zeit haben, nach Branson zu fahnden. Der kann sich ja nicht in Luft aufgelöst haben. Ich denke, Sie wissen jetzt, welche Strategie zum Ziele führt. Und das Messer wird ja auch zu finden sein, wenn man ein wenig genauer sucht, zum Beispiel in den Verstecken des Hausierers. Ich erwarte Ihren Bericht. Ach, und Mauch, wo kann man in diesem Ort gut essen?«

»Wenn Sie erlauben, die Frau Ffabrikantin bittet zu Tisch. Sie selbst fühlt sich zwar unpässlich und lässt sich entschuldigen, aber sie bittet Sie, den guten Braten in Mamadeira nicht zu verschmähen, ebenso wie ein Gglas Wein, damit Sie Mühldingen nicht nur in schlechter Erinnerung behalten. Zumal die Villa des Ffabrikanten an Ihrem Weg liegt.«

»Ausgezeichnet, Mauch, ausgezeichnet. Da wäre es wohl unhöflich, ihr einen Korb zu geben.«

Natürlich musste der Gendarm den Kommissär in die Villa begleiten. Gemeinsam fuhren sie vom Amtshaus bis zur Villa außerhalb des Ortes mit der Lohnkutsche. Die Köchin hatte für zwei Personen gedeckt. Es wäre also unhöflich gewesen, den Herrn Polizeikommissär allein im Speisezimmer zurückzulassen. Zum Glück schien der den Kriminalfall vergessen zu haben, so sehr konzentrierte er sich auf den Braten und den Wein, einen schweren Bordeaux, wie man ihn in dieser Gegend nicht kannte. Nachdem die beiden Männer noch ein Tässchen Kaffee und ein Stückchen Kuchen, beides ebenfalls ausgezeichnet, genossen hatten, war der Kommissär wieder einigermaßen nüchtern. Er ließ den Lohnkutscher rufen, sich von seinem Gendarm die Kutsche aufhalten und machte sich auf den Weg zurück nach Ludwigsburg.

Der Gendarm hatte die Hacken zusammengeschlagen und salutierte, stand noch versonnen so da, bis der Herr Kommissär hinter einer Wegbiegung verschwand. Gegen den Rat seines Vorgesetzten kehrte der Gendarm dann zur Villa des Fabrikanten zurück. Er wollte sich bei Frau Kolreuter bedanken. Er hatte die Hoffnung nicht aufgegeben, dass sie ihm weiterhelfen könnte. Sie war eine vernünftige Frau, vielleicht wäre aus ihr noch etwas mehr herauszukriegen. Über diesen Branson musste doch jemand etwas wissen.

Christoph Mauch täuschte sich nicht. Katharina Kolreuter bot ihm noch ein weiteres Stück Kuchen an und empfahl ihm, die Frau Fabrikantin nach dem Engländer zu befragen. Die habe ihr nämlich diesen Besucher angekündigt, einen Festtagsbraten bestellt und ihr erzählt, dass er aus einer Stadt mit Namen Manchester komme. Wenn er wolle, könne sie die Frau Fabrikbesitzerin herunterbitten. Die habe sich vor Kurzem den Kaffee servieren lassen, sei wohlauf und in der Lage, dem Gendarmen Fragen zu beantworten. Ach ja, dann sei ihr noch etwas eingefallen, was mit dem Mord vermutlich nichts zu tun habe: Wenige Wochen vor dem Tod des Fabrikanten seien plötzlich seine besten Schuhe verschwunden gewesen. Englisches Fabrikat. Er habe sie zwar kaum noch getragen, aber immerhin.

Doch Henriette Flinder bat den Gendarmen zu sich nach oben. In ein helles Zimmer mit weißen, leichten Vorhängen. Was für ein Unterschied zu dem dunklen protzigen Mobiliar unten. Mauch hatte so etwas noch nicht gesehen. Sie saß in einem geschwungenen Ohrensessel, ein Buch in der Hand. Neben ihr ein Bücherschrank und ein geöffneter Sekretär mit fein gedrechselten Beinchen, an der Seite Einlegearbeiten in verschiedenen Holzsorten. Besonders faszinierten ihn jedoch die vielen kleinen Schubladen im Sekretär, jede einzelne kunstvoll beschlagen. Und daneben ein großer Schreibtisch. Darauf mit zarter Hand beschriebenes Papier. Etliche Bögen, über den großen Tisch verstreut. An der gegenüberliegenden Wand ein hellgraues Sofa mit einem winzigen runden Tischchen mit ebensolchen gedrechselten Beinchen wie am Sekretär. Schließlich noch eine Kommode aus Nussbaum. Und ein Bild an der Wand. Es zeigte ein Kind, das ein Schäfchen an einem Band hinter sich herzog. Vermutlich ein Kinderbild der Frau Fabrikantin. Die gleichen großen, staunenden Augen.

»Gefällt Ihnen das Bild? Das hat meine große Schwester von mir gemalt. Mit unserem Schaf Isidor haben wir viel Freude gehabt. Wir hatten sogar einen Wagen, den es zog.« Mauch wandte den Blick vom Bild weg zur Dame des Hauses. Im schwarzen Kleid sah sie noch zarter und zerbrechlicher aus als sonst. Das Gesicht von Striemen durchzogen, die sich bereits blau verfärbt hatten. Sie lächelte ihn ein wenig schief an und bat ihn, sich auf das Sofa zu setzen. Er solle nur fragen. Sie wisse ja, dass es nötig sei.

Bereitwillig erzählte sie, dass Flinder große Erwartungen an diesen Branson gehabt habe. Der Herr Fabrikant habe in Zukunft selbst Maschinen herstellen wollen, nicht nur Kleinteile. Branson sollte im Betrieb arbeiten als ein weiterer Ingenieur neben dem Fabrikanten, denn die Engländer verstünden nun mal mehr von Maschinen als irgendein anderes Volk. Zu welchem Ergebnis diese Verhandlungen geführt hätten, wisse sie allerdings nicht. Ihr Mann sei nach dem Gespräch recht aufgekratzt gewesen. Er habe Branson mit der Kutsche nach Durlach zurückfahren lassen, dort habe er wohl den Zug nach Norden genommen. Als Branson sich auf den Weg gemacht habe, sei Flinder noch gesund und munter gewesen. Ob der Engländer zurückkehren werde, entziehe sich ihrer Kenntnis. Vielleicht wisse der Buchhalter Genaueres.

Auch wenn die Frau Fabrikantin genaue Auskünfte gab, ihre Gesichtszüge blieben starr. Sie hatte jedoch eine Art, die ihm seine Befangenheit nahm. Er überlegte später noch eine ganze Weile, woran das lag, aber es war ihm nicht erklärlich.

Er verabschiedete sich rasch. Er musste noch einmal in die Fabrik und mit Hofheintz reden. Der gab sich beschäftigt, antwortete aber auf jede Frage ausführlich. Er halte Branson für verdächtig, die fehlenden Geschäftsunterlagen, teilweise Patente, seien von großer Wichtigkeit gewesen. Branson müsse sie entwendet haben, denn sie seien auch im Office des Herrn Fabrikanten nicht zu finden. Ohne diese Patente sei die Existenz der Fabrik gefährdet. Er, Hofheintz, habe mit der trauernden Witwe bereits über die Zukunft der Fabrik gesprochen. Die Dampfmaschinen müssten ja weiter laufen. Da gebe es Außenstände, Lieferungen für die neue

Fabrikhalle, neue Maschinen, und auch Darlehen, die bedient werden müssten. Es werde schwer sein, die Fabrik zu halten. Die Frau Fabrikbesitzerin habe ihn ihres vollen Vertrauens versichert und ihm dieses gezeigt, in dem sie sein Salär erhöht habe. Damit wären auch ihre Einkünfte etwas sicherer und die Zukunft nicht gar so trübe.

Und, ach, es sei ihm noch etwas eingefallen, das habe er beim letzten Gespräch vergessen. In der Fabrik sei eine junge Arbeiterin abgängig, Emma Wessling, einfach verschwunden, genau an dem Tag dieser scheußlichen Bluttat. Ein Wochenlohn stehe für sie noch aus, aber sie habe weder gekündigt noch dieses Geld abgeholt. Je mehr er darüber nachdenke, umso verdächtiger erscheine ihm dies.

Mauch horchte auf. Wenn das stimmte, zeigte sich eine neue Spur. Er fragte Hofheintz, ob er mit den Arbeitern sprechen könne, nein nicht hier in diesem Büro, sondern in der Fabrikhalle. Hofheintz hätte die Männer lieber zu sich bestellt, das war ihm deutlich anzusehen, wagte aber keine Einwände. Er begleitete den Gendarmen bis zum Eingangstor der Halle, dann bat Mauch den Mann, ihn allein zu lassen.

Der Lärm in der Halle war ohrenbetäubend. Dazu der Gestank. Mauch fragte sich, ob er nicht besser beraten gewesen wäre, die Arbeiter draußen zu befragen. Er musste schreien, um sich verständlich zu machen. Die Arbeiter schüttelten alle die Köpfe, nein, über die Emma wüssten sie nichts. Wo sie denn gewohnt habe? Achselzucken. Schließlich heftete Mauch sich an die Fersen eines Kindes, das sich an einen Karren gehängt hatte und so auf Schienen dem Ausgang zurollte. Draußen bremste der Bub das Gefährt, indem er einen Eisenstab umlegte, absprang und direkt vor einem Lastkarren anhielt.

»Emma hat bei uns gewohnt«, erklärte der Bub. »Aber sie gehörte nicht zu uns. Sie war Untermieterin. Warum sie weg ist, weiß ich nicht.«

»Wowo wohnt denn deine Familie?«

Das Kind erschrak. »Da hinten irgendwo, ich weiß nicht so genau.«

»Du wirst doch wissen, wohin du abends gehst?«

»Ja, in die Richtung da.« Er beschrieb mit der Hand einen Halbkreis, sah sich um und begann zu weinen. »Vielleicht weiß die Frau Fabrikantin, was mit ihr los war.«

»Wieso das?«

»Das weiß ich auch nicht. Ich weiß gar nichts. Lassen Sie mich, ich bekomme Ärger, wenn ich den Karren nicht ausräume und sich die Arbeit staut.«

Ein merkwürdiger Hinweis. Er würde ihm nachgehen. Diesmal klingelte er vorne an der Villa und ließ sich vom Zimmermädchen bei der Frau Fabrikantin anmelden. Er wurde sofort vorgelassen und fragte, ohne sich mit Höflichkeiten aufzuhalten: »Kennen Sie eine Emma Wessling?«

Er sah, dass Henriette Flinder mit ihrer Beherrschung kämpfte. Zitterte. Dann versuchte sie mit fester Stimme zu sagen: »Wer soll das sein?«

»Eine Aarbeiterin, die aus der Fabrik verschwunden ist. Seit dem Mord an dem Herrn Fabrikanten.«

Henriette Flinder schüttelte den Kopf: »Nein, nein, ich kenne …« Der Rest ging in Schluchzern unter. Dann ging ein Ruck durch sie hindurch und sie brachte heraus: »Entschuldigen Sie, aber das ist alles zu viel. Halten Sie das denn für möglich, dass eine Frau, eine junge Frau, zu einer solchen Tat fähig wäre? Warum? Wieso? Ich kann mir das nicht vorstellen. Aber man kann in die Köpfe der Menschen ja nicht hineinsehen.«

Jetzt musste der Gendarm schlucken. Er fragte sich, ob er Mitleid mit der schönen Frau haben sollte oder der Zorn überwog, weil sie ihn an der Nase herumführte. Er wurde den Verdacht nicht los, dass ihr Kopf klar arbeitete und sie den Zusammenbruch vortäuschte, um sich eine Aussage zurechtzulegen. Aber wie er hätte weiterfragen können, wollte ihm nicht einfallen.

Henriette Flinder schnäuzte sich die Nase und sagte mit einer Stimme, die sich wieder fest anhörte: »Ja, ich habe bei einer Besichtigung der Fabrik meines Mannes mit einer Arbeiterin geredet. Ein paar Tage später hat sie mich auf der Straße angebettelt. Ich habe ihr am nächsten Tag einen Korb mit Lebensmitteln gebracht und mir ihr Heim angesehen. Ich interessiere mich für die Lebensumstände der Armen. Ich schreibe einen Roman, habe auch schon ein paar Gedichte veröffentlicht, da muss ich die unterschiedlichen Milieus studieren. Die Arbeiter leben unter scheußlichen Bedingungen. Ich habe mit meinem Gemahl darüber gesprochen, ob man nicht menschenwürdigere Behausungen bereitstellen könnte.«

Christoph Mauch war konsterniert. Ein solches Interesse hätte er dieser Frau nicht zugetraut. Er hatte gedacht, sie sei nur am eigenen Luxus interessiert. Erstaunlich. Trotzdem blieb der Eindruck, dass irgendetwas nicht stimmte. Dass sie ihn vielleicht nicht anlog, aber zumindest etwas verschwieg. Diese heftige Reaktion. Vielleicht hatten die beiden Frauen den Mord zusammen geplant? Nein, verrückt, das war undenkbar.

Er verabschiedete sich rasch und ging nachdenklich nach Hause. Am nächsten Morgen bat er Hofheintz, ein paar der Arbeiter ins Büro zu bestellen, wo er sie einzeln und allein befragte. Ihre Aussagen blieben verschwommen, stimmten aber überein. Die Arbeiterin sei an dem Tag, an dem Flinder mit seiner Frau durch die

Fabrikhalle spaziert sei, von dem Herrn Fabrikbesitzer gerügt worden. Die Frau Fabrikbesitzerin sei dabei zugegen gewesen. Sonst nichts. Eines Morgens sei die Emma nicht zur Arbeit erschienen und seitdem verschwunden. An welchem Tag das gewesen sei, wüssten sie nicht mehr. Auch der Arbeiter, bei dem Emma zur Untermiete gewohnt hatte, hatte sie seitdem nicht mehr gesehen.

Anschließend befragte Gendarm Mauch den Buchhalter Hofheintz zu Emma Wessling und erfuhr, dass Emma ein aufsässiges Geschöpf gewesen sei und während der Arbeit gesungen habe. Hofheintz war darüber genauso erbost gewesen wie der Herr Fabrikant, der ihm davon berichtet hatte. Hofheintz hatte seinem Dienstherrn sogar vorgeschlagen, Emma den Lohn zu kürzen. Was der Herr Fabrikant unverständlicherweise abgelehnt hatte. Noch jetzt schüttelte Hofheintz darüber den Kopf.

Während Gendarm Mauch den Bericht nach Ludwigsburg verfasste, überlegte er lange, ob er die Arbeiterin Emma Wessling erwähnen sollte. Es gefiel ihm nicht, und wer wusste schon, warum sie gegangen war. Vielleicht hatte Flinder ihr unsittliche Anträge gemacht oder sie geprügelt. Was auch immer, sie würde sich längst ins Ausland nach Baden abgesetzt haben. Aber es half nichts, er musste über ihren Abgang berichten, sonst würde er sich selbst verdächtig machen. Und das Verhalten der gnädigen Frau war mehr als merkwürdig. Mauch beschloss, sich darüber keine weiteren Gedanken zu machen. Vermutlich war sie nur etwas versponnen. Wie sonst hätte sie es mit diesem Mann ausgehalten?

Ein paar Tage später schickte er Wehrle nach Ludwigsburg. Aus ihm war nichts herauszubekommen. Aber der Kommissär hatte ihn schriftlich angefordert, extra einen Boten geschickt. Fünf Tage später erreichte Mauch die Nachricht, dass Wehrle sich nach einem Geständnis in seiner Zelle erhängt habe. In seinem Schreiben teilte der Kommissär dem Gendarmen offiziell mit, dass damit der Fall eingestellt sei.

## 8

Schwarzwald, Sommer 1846

Wir waren in eine Welt von rotem Staub eingetaucht, rotem Staub und rotem Stein. Ständig hallten die Hämmer der Hauer auf dem Stein, Schlag für Schlag wurde eine Wunde in den Berg hineingetrieben, eine Stufe nach der anderen abgeschlagen, bis eine glatte Wand entstanden war. In der Nacht schliefen wir auf dem nackten Boden am Waldrand, weit voneinander weg, denn die Nacht brachte kaum Abkühlung. Zum Glück hatten wir aus einem Bach am Rande des Steinbruchs genügend Wasser zu trinken. Die Suppe, die es am Abend gab, schmeckte nach nichts und allem, war aber nahrhaft, mit dicken Fettaugen obendrauf.

In der ersten Nacht konnten wir vor Erschöpfung kaum einschlafen. Der gesamte Leib brannte und schmerzte. »Das wird mit jedem Tag besser werden«, tröstete Konrad. »Was die anderen schaffen, schaffen wir auch.« Aber das war schnell gesagt. Wir wurden von den übrigen Arbeitern misstrauisch beäugt und hörten manch blöde Bemerkung über uns, ein ungleiches Paar, das von irgendwoher gekommen war, um den Einheimischen die Arbeit wegzunehmen.

»Das sind alles Schwarzwälder und die haben Angst, dass Schwächlinge eingestellt werden, für die sie die Arbeit tun müssen«, kommentierte Konrad das. Die Arbeiter, welche die Steine aus der Bergwand trieben, redeten mit solchen wie uns in den ersten Wochen nicht. Jeder von ihnen holte mit einem schweren Hammer weit aus, bevor er ihn auf einen großen Meißel krachen ließ, den sie in den Stein trieben. »Eine gefährliche Sache. Sie müssen aufpassen, sich nicht gegenseitig zu verletzen oder Steinstücke abzusplittern, die ihnen dann um die Ohren fliegen.«

Konrad war feingliedrig und wirkte zart. Ich wusste, dass ihn sein Rücken oft schmerzte. Ich war im Vergleich zu ihm grobschlächtig. Aber Konrad hatte mehr Kraft, als man vermutete, und vor allem gute Einfälle, wie man die Steine mit wenig Kraftaufwand hochstemmte, wie man die Karre hielt, damit nicht alle Last am Rücken hing.

Nach ein paar Tagen riet er den Hauern, die großen Steine auf dem Absatz, an dem sie arbeiteten, abzulegen, und konstruierte aus einem Brett und Steinen eine Verladerampe, die das Hochstemmen der Steine überflüssig machte. Nach einigem Murren bemerkten die anderen, wie sinnvoll das war. Manche grinsten ein paarmal blöde, nutzten dann aber auch die Rampe. Unten am Ausgang des Steinbruchs, wo die Ochsenkarren vorfuhren, um die Steine abzutransportieren, gab es bereits eine Art Galgen, an dem die Steine hochgezogen wurden.

Um mir gegenüber freche Bemerkungen zu machen, fehlte meist die Zeit. Im Gegenteil: Ich wurde häufig übersehen, was gut war. Denn so fiel es nicht auf, wenn mein Karren nicht ganz vollgeladen war.

Am Samstagabend erklärte Konrad mir, dass er am Sonntag früh aufbrechen würde, weil er einen Freund besuchen wolle. »Was für einen Freund?« Mein Misstrauen war wieder geweckt. »Jemand aus dem Polytechnikum, der jetzt Lehrer in einem der Dörfer hier oben ist.«

»Ein Lehrer? Mit solchen Leuten pflegst du Umgang?«

»Nicht so einer wie dein preußischer Soldatenkrüppel«, grinste er und legte sich schlafen. Als ich am anderen Morgen aufwachte, war er fort. So hatte ich endlich einmal Zeit, mich und meine Wäsche gründlich zu waschen.

Abends spät kam Konrad pfeifend zurück. Ich hatte mich bereits hingelegt, konnte aber wegen der Hitze und der Sorge, dass er nicht wiederkäme, nicht einschlafen. Er roch nach Bier und Schnaps, war aufgekratzt und gut gelaunt, zog eine Zeitung aus der Tasche und bestand darauf, mir die Überschriften im Mondlicht vorzulesen.

»Und die hast du von einem Lehrer? Das ist ein Spitzel, der dich hereinlegen will.«

»Nein, so ist das hier nicht. Die Lehrer sind alle für eine neue Ordnung, da kannst du sicher sein. Die Pfaffen sind die Spitzel. Die stecken mit der markgräflichen Regierung und den Jesuiten in Freiburg unter einer Decke, verdienen gut und kontrollieren die Lehrer. Die nur einen Hungerlohn bekommen. Aber das wird sich ändern.«

»Du und deine neue Zeit.«

»Nun glaub es doch, hier tut sich viel, in allen Dörfern warten die Menschen darauf. Von der Schweiz her ziehen Boten mit Zeitungen durchs Land, auch mit Flugschriften, und die werden überall gelesen. Die Seeblätter aus Konstanz werden in der Schweiz gedruckt und nach Baden geschmuggelt. Die Mannheimer Abendzeitung schreibt ganz offen über Hungerunruhen. Sie hat auch über den Aufstand der schlesischen Weber berichtet. Und stellt Forderungen, dass die unteren Volksschichten in gesicherten materiellen, geistigen und politisch freien Verhältnissen leben und ein Recht auf Bildung bekommen sollen. Die deutschen Handwerker, die in die Schweiz geflohen sind, probieren das bereits aus. Südlich des Rheins zwischen Basel und Konstanz gibt es nämlich Orte, in denen sich die Bevölkerung regelmäßig versammelt und Beschlüsse fasst. Im Kanton Aargau sind auf Beschluss des Großen Rates alle Klöster aufgehoben worden.«

»Hirngespinste betrunkener Sonntagsredner.«

»Denk, was du willst. Es stimmt alles. Ich muss jetzt schlafen.«

Ich lag noch lange wach, während Konrad an der anderen Wand der Hütte schnarchte. Ein Wort von ihm war mir unter die Haut gefahren. Die schlesischen Weber. Hatten die Weber wirklich einen Aufstand gewagt? Nur in Schlesien oder auch in Ostwestfalen? Was war aus denen geworden? Mein Bruder, mein Vater! Ich musste es unbedingt herausfinden.

Mitten in der Woche fragte ich Konrad, ob er am Sonntag wieder seinen Lehrer besuchen wolle. Er nickte und wunderte sich, als ich ihn bat, mich nach Vöhrenberg mitzunehmen. »Na, kommst du auf den Geschmack? Wir müssen dorthin mindestens zwei Stunden laufen und zurück nochmal. Schaffst du das?« Ich schnaubte verächtlich.

Es war schön, wieder durch den Wald zu laufen. Es war kühler dort als im Steinbruch, dämmrig, einzelne Sonnenstrahlen stahlen sich bis zu uns herunter, trudelten durch flirrende Luftschichten, die golden aufglänzten. Und das Gehen war hier wunderbar. Ganz anders als auf den festen Straßen sank der Schuh weich in den Boden, wir wanderten über Teppiche von Moosen, zerfallenden Blättern und Fichtennadeln. Warum hatten wir den Wald verlassen, um in diesem vermaledeiten Steinbruch zu arbeiten? Wir hatten weniger zu essen gehabt, aber auch nicht geschuftet. Im Wald konnte man die Tage vertrödeln oder auf dem weichen Waldboden vor sich hin dösen. Wir mussten doch nirgendwo hin. Für die paar Kreuzer, die wir jetzt sparen konnten, so zu schuften, ob sich das lohnte?

Konrad trottete vor mir her. Ich konnte spüren, dass er nur sein Ziel im Kopf hatte und den Wald kaum sah. Meinen Wald, der mich aufgenommen und beschützt hatte. Merkwürdig, wie angenehm mir jetzt die Zeit allein vorkam, fast schien es mir, als wären die Wochen im Wald etwas Kostbares gewesen, als wäre ich geborgen und in Sicherheit gewesen. Aber ich wusste, dass es nicht so gewesen war. Ich war ein Wild, das vor dem Jäger davonrannte, Haken schlagen musste, weil er überall mit der Büchse lauerte. Auch im tiefsten Dickicht. Nirgendwo ein Waldmännlein, das verirrten Wanderern süße Beeren brachte und trockene Höhlen zeigte. Das den Weg kannte. Wünsche erfüllte.

Ich stolperte. Ich hatte geträumt, Geschichten geträumt, von denen ich nicht wusste, woher sie kamen. Als hätte ich vom Fliegenpilz genascht. Konrad vor mir winkte ungeduldig. Rasch rappelte ich mich hoch.

Im Dorf an der Lehrerwohnung hing ein Zettel: Wir sind im Wirtshaus. Komm nach. Es gibt Blutsuppe für alle. Das ließen wir uns nicht zweimal sagen. In der Gaststube schien sich das ganze Dorf zusammenzudrängen. Ein Mann, noch jung, aber fast glatzköpfig, dafür mit einem wilden Bart, winkte Konrad zu und drängelte sich zu uns durch. Er reichte mir die Hand. »Du musst Emma sein. Schön, dass du auch hergefunden hast.«

Ich nickte.

»Ich bin der Martin.« Ich zog vorsichtig meine Hand aus der seinen, die er festhielt. Mein Misstrauen war schon wieder geweckt. Warum tat dieser Mann so, als hätte er seit Wochen auf mich gewartet?

»Im Hof draußen gibt es heute Suppe für alle. Der Wirt hat bei einer Versteigerung eine Kuh für fast nichts ergattert und sie gleich geschlachtet, denn Futter für Tiere hat er keines mehr. Jetzt muss er aufpassen, dass bei der Hitze das Fleisch nicht verkommt. Da hat er ziemlich viele und auch ordentliche Fleischstücke in die Blutsuppe geschnitten und alle eingeladen. Der Suppentopf brodelt noch. Aber erst trinken wir ein Bier. Ihr seid von dem weiten Weg sicherlich durstig.« Wir nickten. Ich musste mir mehrmals mit dem Rocksaum die Augen trocken wischen, so rann der Schweiß von der Stirn.

In großen Zügen trank ich aus dem Krug und reichte ihn an Konrad weiter. Martin füllte beim Wirt nach, dann schob er uns in den Flur. Dort roch es süßlich nach der Suppe. Im Hof hockten mehrere Bottiche auf Gestellen, unter denen Feuer züngelten. Bei der Sommerhitze auch noch Feuer! Es war unerträglich heiß und dazu eng. Aber Martin schob uns weiter und winkte der jungen Frau zu, die mit einem großen Holzspatel in einem der Bottiche herumrührte. Ihre Zöpfe aus dichtem schwarzen Haar hatte sie wie einen Kranz um den Kopf geschlungen. »Das ist Marie, meine Frau.«

Im Gegensatz zu ihrem Mann nickte Marie uns nur kurz zu und widmete sich weiter ihrem Suppentopf. Obwohl sie so klein war, dass sie sich auf einen Hocker gestellt hatte, um den Boden des Topfes mit dem Spatel zu erreichen, rührte sie kraftvoll. »Holt euch einen Napf, dann schöpfe ich euch Suppe«, forderte sie uns auf. Sie musterte mich aus wachen, blauen Augen, die von starken schwarzen Augenbrauen überwölbt waren. Täuschte ich mich, oder schielte sie ein klein wenig? Auch mit ihrem Kinn stimmte etwas nicht, es schien zu fehlen. Ein wenig irritiert prostete ich ihr mit dem Bierhumpen zu. Da strahlte ihr Gesicht auf.

Konrad reichte mir den Napf zurück, nachdem er ein großes Stück Fleisch mit dem Finger herausgefischt hatte. Er biss es in zwei Hälften, steckte die eine in den Mund und bot mir die andere auf dem Handteller an.

So köstliches Fleisch hatte ich noch nie gegessen. Marie schöpfte uns jedes Mal nach, wenn wir den Napf geleert hatten. Es hörte gar nicht mehr auf. Wir tranken und aßen, bis Martin uns Einhalt gebot. »Euch wird schlecht werden, wenn ihr weiter so schlingt. Nachher könnt ihr noch mal zulangen. Ich glaube, jetzt will Ignaz, der Wirt, etwas sagen.«

Der Wirt klopfte mit einem zinnernen Löffel gegen den Suppentopf und bat um Ruhe. »Liebe Freunde, ich freue mich, dass ihr so zahlreich gekommen seid. Das hat sich gelohnt, denn ich kann euch nicht nur eine Suppe anbieten, sondern habe auch gute Nachrichten von den Eidgenossen. Begrüßt mit mir Jörg aus Biel.«

Alle klatschten Beifall. Jörg, ein großer ungelenker Kerl, kratzte sich am Kopf, als er sich im Mittelpunkt des Interesses sah. »Ja, was soll ich sagen? Grüßen soll ich alle aufrechten Brüder. Ich bin ein deutscher Messerschmied aus Westfalen auf dem Weg nach Hause und will auch da berichten. Euch möchte ich erzählen, was in der Eidgenossenschaft geschieht, denn das ist für uns alle wichtig. Dort haben alle Menschen ein Wahlrecht …«

»Auch die Frauen?« rief Marie laut.

Einige murrten. »Lass das doch. Immer deine Späße. Die kennen wir bereits.«

Ich sah, wie Maries Mund sich erneut öffnete, aber dann schaute sie auf Martin, der sie angrinste, aber den Kopf schüttelte. Da schloss sie ihn wieder.

Jörg sah ein wenig verunsichert aus. »Natürlich nicht. Wozu auch. Jeder Mann wählt und darf Gesetze vorschlagen. Die Gewählten des Ortes gehen dann auf die Tagsatzung und vertreten ihren Ort. Und was die beschließen, wird dann gemacht.«

»Ich hab etwas anderes gehört. Dass in der Eidgenossenschaft gekämpft wird.«

»Ja, weil Luzern sich nicht an die Beschlüsse der Tagsatzung hält und seine Klöster nicht aufheben will, haben sie Streit angefangen. Die wollen ihre Umsonstfresser behalten.«

Alle lachten. »Und was hast du dort in Biel getan?«

»Ich war im Handwerkerlese- und Singverein in Biel. Wir lesen verschiedene Zeitungen und singen. Wir lernen da viel, zum Beispiel, wie die Menschheit ist und wie sie sein sollte. Auch dass es immer mehr Reiche gibt und dass das gefährlich ist, weil dann für die Armen nur wenig übrig bleibt. Wir haben dort eine wichtige Botschaft aus Paris erhalten. Sie lautet ungefähr so: Frei und glücklich wird die Menschheit nur in einer Republik, in der alle sich als Brüder und Kinder eines Vaters sehen. Wenn wir das nicht schaffen und die Menschen nicht alles gemeinsam besitzen, wird es auf der Erde nur noch Herren und Sklaven geben und die Knute wird den letzten Seufzer desjenigen zum Schweigen bringen, der dann noch zu denken wagt, dass er auch Rechte haben könnte.«

»Und wie soll das aussehen?«

»Das weiß ich auch nicht genau. Aber das ist die Botschaft, die für alle gültig ist.«

»Das ist die richtige Botschaft«, sagte Martin ernst. »Wir brauchen die freie Republik und wir brauchen Wohlstand für alle. Es ist ja genug da.«

»Verbrenn dir nicht das Maul, Martin. Auch bei uns gibt es Spitzel.« Ignaz sah ihn bedenklich an.

»Spitzel gibt es in der Eidgenossenschaft auch«, schaltete sich Jörg wieder ein. »Das sind vor allem Deutsche im Sold der preußischen Regierung. Wir müssen also immer wachsam sein. Aber in den Kantonen hat wirklich eine neue Zeit angefangen, der Ernst Schüler hatte einen Hochverratsprozess am Hals und hat selbst seine Verteidigungsrede gehalten. Da ist er freigesprochen worden. Von den Richtern freigesprochen, das muss man sich einmal vorstellen.«

»Das ist wirklich erstaunlich. Da geht es offensichtlich voran.«

Donnernder Applaus und irgendjemand stimmte an:

*»Da frei wir vom Joch,*
*Der Gleichheit ein Hoch!*
*Hurrah, Hurrah!*
*Gleichheit sei da.«*

»Ich würde jetzt gerne aufhören und von euch hören, wie die Dinge hier stehen.«

Großer Applaus. Der Wirt ließ Jörg hochleben und alle stimmten ein. Zuerst Jörg und dann noch mal die Freiheit. Als es wieder ruhiger wurde, sagte Martin: »Das wird auch bei uns kommen.«

»Ach was, niemals, lasst euch nicht von so einem an der Nase herumführen.«

»Halt's Maul, du. Bist wohl ein Spitzel, der uns anzeigen will.«

»Ich? Ihr müsst verrückt sein, Spitzel verhalten sich unauffällig, die wollen im Geheimen ihr Süppchen kochen.«

»Das haben wir ja bereits öffentlich zu uns genommen«, meinte der Wirt und alle lachten.

Da meldete sich Konrad zu Wort: »Brüder, beruhigt euch. Wir tun nichts Ungesetzliches. Im Gegenteil. Wir wollen dem Gesetz zum Durchbruch verhelfen. Tag für Tag ein wenig mehr, denn unser Land Baden hat bereits eine Verfassung, seit über 25 Jahren. Bereits vor drei Jahren hat es im ganzen Land ein Verfassungsfest gegeben. Ihr habt sicher davon gehört. In Mannheim haben die Glocken geläutet, es hat Festreden gegeben und ein Feuerwerk. Tausende haben an dem Fest teilgenommen, nicht nur in Mannheim, auch in Weinheim, Schwetzingen, Ettenheim und Freiburg. Im Jahr darauf ist das Versammlungsverbot aufgehoben und das Unterschriftensammeln erlaubt worden. Und der Abgeordnete der Zweiten Kammer Gustav Struve hat gesagt: ‚Die Zeiten sind vorbei, da man sich schämte, liberal zu sein.'«

»Das ist ja alles schön und gut, aber was nützt uns das? Wir werden aus Haus und Hof vertrieben, die Untertänigkeit ist zwar abgeschafft, aber wer verkaufen will, bevor er verhungert, der muss dem Landesherrn ein Drittel zahlen. Das kann niemand. Jeder hat Schulden beim Juden, auf den Feldern verkümmert das Getreide und das Vieh verdurstet. Was nützt mir da die Zweite Kammer in Karlsruhe?«

»Selbst helfen müsst ihr euch«, rief Jörg dazwischen. »Die Eidgenossen haben Kostanstalten gegründet, jeder zahlt ein, so viel er hat, und alle bekommen zu essen.«

»Und was ist das hier heute?« Marie konnte den Mund nicht halten.

»Sie hat recht«, unterstützte Konrad sie. »In Mannheim gibt es seit Kurzem einen Verein zur Beförderung des Wohls der arbeitenden Klasse. Die organisieren Speisungen und so etwas. In Baden gibt es dreizehn radikal liberale Zeitungen, mehr als irgendwo sonst in Deutschland. In denen werden natürlich auch diese Dinge besprochen und gefordert: einen Ausgleich zu schaffen zwischen den Ständen und vor allem zwischen den Kapitalisten und den Arbeitern. Die Gleichheit muss auch das Leben betreffen, jeder soll gleich viel zum Leben haben.«

Donnernder Applaus und schon sangen alle noch einmal:

*»Da frei wir vom Joch,*
*Der Gleichheit ein Hoch!*
*Hurrah, Hurrah!*
*Gleichheit sei da.«*

»Wenn Männer des Volkes Gesetze machen, werden sie auch dafür sorgen, dass alle zu essen haben, auch wenn es in diesem Jahr nicht so aussieht. Aber nehmt nur die vielen Dienste, die ihr alle leisten musstet, mit den Ochsengespannen voller Steine, die ihr umsonst geschlagen habt, oder dem Schotter, zu dem eure Kinder den Granit zerstoßen haben, für die vielen Straßen, die der Großherzog durch den Schwarzwald bauen lässt.«

»Und für die Rheinbegradigung.«

»Auch für die«, nickte Martin. »Aber inzwischen werden diese Dienste bezahlt.«

»Ja, wenn der Großherzog so gnädig ist.«

Da brüllte einer los und alle fielen ein:

*»Fürsten zum Land hinaus!*
*Jetzt kommt der Völkerschmaus.*
*Naus, naus, naus!*
*Ob wir rote, gelbe Kragen,*
*Helme oder Hüte tragen,*
*Stiefel tragen oder Schuh,*
*Oder ob wir Röcke nähen*
*Und zu Schuhen Drähte drehen*
*Das tut, das tut nichts dazu.«*

Noch während das Lied gesungen wurde, schenkte der Wirt erneut Bier aus und machte Marie Zeichen, den Suppentopf wieder anzufeuern. Offensichtlich wurde ihm beim Singen denn doch heiß. Mir übrigens auch. Ich konnte mir nicht vorstellen, dass es Spitzel gab, die das hier durchgehen ließen.

Als es Zeit wurde aufzubrechen, meinte Martin, er werde uns noch ein Stück begleiten. »Ich komme auch mit«, sagte Marie.

»Wolltest du nicht Ignaz helfen?«

»Wollte ich nicht. Ich habe heute genug geschafft am Suppentopf. Jetzt können ruhig ein paar Männer zugreifen.«

»Lass dich von meiner Frau nicht auf die falsche Bahn locken, die ist besessen von den Frauenrechten.«

»Da hat sie recht«, hörte ich mich sagen. »Wir sind viel zu lange stumm geblieben.« Ich spürte Konrads Blick und als ich ihn anschaute, grinste er verschwörerisch. Marie hatte dagegen die Augen niedergeschlagen.

Ich war froh, als wir den Waldrand erreichten und in die kühle dunkle Welt der Tannen eintauchten. Die Diskussion unter den Männern ging weiter, während Marie und ich schweigend folgten. Endlich blieb Martin stehen und wartete.

»Da wir jetzt unter uns sind, kann ich euch meinen Rat geben: Bleibt nicht länger im Steinbruch. Das bringt nichts, ihr verschleißt nur eure Kräfte. In den Städten werden Leute wie ihr gebraucht. Ja, auch Frauen wie du, Emma. Konrad und du, ihr ergänzt euch wunderbar. Konrad mit seinem Wissen und seiner politischen Einsicht und du, Emma, du kennst die Welt der Arbeiter und Frauen.«

Ich holte tief Luft und antwortete an Konrad gerichtet: »Ich würde am liebsten in die Eidgenossenschaft. Die gehören nicht zum Deutschen Reich, wie du gesagt hast.«

»Tut das nicht, geht nicht in die Schweiz«, antwortete Martin an seiner Stelle. »Da werden jetzt viele Deutsche ausgewiesen, weil die Eidgenossen genug mit ihren eigenen Problemen zu tun haben und es sich mit Preußen nicht verderben wollen. In Freiburg mit seiner Universität, den Studenten, den vielen liberalen Professoren, dort gärt es gewaltig. Einige Fabriken gibt es auch. Der Fabrikant Mez dort macht sogar von sich reden, weil er ein Liberaler sein soll. Und Abgeordneter der Zweiten Badischen Kammer. Dort könntet ihr Arbeit finden.«

»Ich kenne die Stadt, sowohl von meiner Schulzeit als auch als Praktikant bei der Dreisambegradigung. Vielleicht wirklich nicht der schlechteste Ort. Aber lieber würde ich nach Paris aufbrechen.«

»Da hocken die Arbeiter zuhauf arbeitslos herum. Arbeit für Deutsche gibt es sowieso nur bei der Stadtreinigung. Da kannst du auch im Steinbruch bleiben.«

»Ich hatte eher an Kurierdienste für Herwegh gedacht. Damit ich die guten Straßen Frankreichs kennenlerne.«

»Ist das dein Ernst? Na, musst du selbst wissen. Was haltet ihr davon, zum Abschied heute ein Bad zu nehmen? Da hinten in der Senke liegt der Mattweiher.«

»Wenn der nicht eingetrocknet ist.«

»Keine Sorge, der ist ziemlich groß und tief.«

Wir nickten und stapften über die Wiese, die trocken wie ein Stoppelfeld aussah, auf die Senke zu. Hinter einigen Büschen schimmerte dunkel das Wasser. Man konnte an den Rändern sehen, dass die Oberfläche ein großes Stück abgesunken war. Auf der gegenüberliegenden Seite säumten Tannen den See, auf unserer blühte ein breiter Uferstreifen so prächtig, wie ich es in diesem Jahr noch nicht gesehen hatte. »Sonst ist das Land hier moorig und kaum zu begehen, dieses Jahr reicht die Feuchtigkeit gerade für ein paar Meter Wiesenblumen. Aber Vorsicht, wenn ihr hineingeht. Man sinkt tief mit den Füßen ein.«

Wortlos zogen wir uns alle vier aus. Als wenn das ganz selbstverständlich wäre. Konrad und Martin stürmten los, platschten lachend durch den Morast, warfen sich ins Wasser und schwammen in den See hinaus. Marie und ich standen etwas unentschlossen am Rand, dann nahmen wir uns an den Händen und wagten uns Schritt für Schritt vor. Wir kicherten, weil der Untergrund nachgab und wir ins Straucheln gerieten. Das Wasser kühlte unsere Beine, dann den Bauch, schließlich die Brüste. Es bewegte sich ein wenig, kleine Wellen schwappten an uns hoch. Die kamen wohl von den Schwimmern. Wir lachten und tasteten uns noch einen kleinen Schritt weiter vor. Dann duckte sich Marie und ich tat es ihr nach. Als wir wieder auftauchten, begann Marie, mich mit Wasser zu bespritzen. Ich ließ mich erneut fallen und merkte, wie mich das Wasser trug, wenn ich mit Armen und Beinen strampelte. Schließlich verschluckte ich mich und suchte mit den Füßen halt. Marie half mir hoch. Vorsichtig tasteten wir uns im weichen Boden des Weihers ein Stück zurück. Diesmal fing ich mit dem Gespritze an. Als wir die Männer auf uns zuschwimmen sahen, hörten wir damit auf.

»*O Freiheit, Freiheit! Nicht wo Hymnen schallen,*
*In reichgeschmückten fürstlichen Arkaden –*
*Freiheit! Du wohnst an einsamen Gestaden*
*Und liebst die Stille, wie die Nachtigallen.*«

Ich deklamierte leise.

»Das ist ein herrliches Gedicht«, flüsterte Marie.

»Das ist von Georg Herwegh«, flüsterte ich zurück. Inzwischen waren die Männer herangekommen.

Konrad kam auf mich zu, blieb vor mir stehen, streichelte meine großen Brüste. »Du bist schön, weißt du das?«

Ich lachte: »Eine starke Arbeiterin.«

»Nein, eine griechische Göttin.« Ich hielt ihm den Mund hin und er flüsterte: »Überleg es dir. Ich bin ein

Mann und habe die gleichen Absichten wie alle anderen.« Als ich nickte, küsste er mich und hielt mich umschlungen.

Ich fühlte etwas Festes zwischen meinen Beinen. »Genau das will ich spüren.« Gemeinsam liefen wir ans Ufer auf die Wiese und liebten uns dort.

Marie und Martin taten wohl das Gleiche, obwohl ich sie nicht mehr bemerkte. Aber irgendwann tauchten sie aus dem Gras auf, um sich zu verabschieden. Wir alle waren noch nackt und umarmten uns reihum herzlich. Als ich mich von Marie löste, flüsterte sie: »Komm bald wieder nach Vöhrenberg. Es gibt so wenige Frauen, die den Kampf für die Freiheit nicht allein den Männern überlassen wollen.«

Am Abend in unserer Hütte war Konrad wieder zurückhaltend, kehrte zu seinem alten Platz zurück, stöhnte noch eine ganze Zeit. »Komm doch zu mir«, flüsterte ich.

»Wir müssen mit unseren Kräften haushalten«, knurrte er. Und dabei blieb es.

Gegen Mittag des folgenden Tages hörte ich oben bei den Steinbrechern großes Geschrei. Dann kam einer der Arbeiter hinter mir hergerannt und schrie: »Wirf die Steine von der Schubkarre, wir brauchen die Karre, der Wilhelm ist schwer verletzt, er muss zum Arzt gebracht werden.«

Ich kippte die Karre um und hetzte mit Franz zurück. Neben einem großen Stein lag Wilhelm, totenbleich, der rechte Fuß in einer Blutlache. Das Bein hatte Konrad über dem Knie abgebunden, jetzt versuchte er, den Fuß in ein Tuch zu wickeln. Mit seinem Hemd, wie ich erkennen konnte, völlig verschwitzt und verdreckt. Vorsichtig versuchten mehrere Arbeiter, den Verletzten anzuheben. Er stöhnte auf und als sie ihn auf die Karre setzen wollten, begann er zu schreien.

»Das geht so nicht, das Bein muss ruhig gehalten werden«, erklärte Konrad.

Der Verletzte jammerte, wollte wieder auf den Boden gelegt werden, dann wurde er ohnmächtig. Jemand brachte ein Brett, auf das Wilhelms Bein gebunden wurde. Und wieder wurde er auf die Schubkarre gesetzt. Als er zu sich kam, wurde rasch klar, dass er so nicht weit transportiert werden konnte.

Konrad schickte zwei der Arbeiter und mich los, einen Chirurg holen. »Wenn Emma ihn freundlich bittet, habt ihr größere Chancen.« Niemand protestierte. Wir mussten bis ins übernächste Dorf laufen. Dort gab es eine warme Quelle und hin und wieder kurten Städter dort. Der Besitzer des Gasthofes versah auch die Arbeit des Baders, zog Zähne und versorgte Wunden. Er ließ sich erweichen mitzukommen, stillte das Blut, versuchte, die gebrochenen Knochen zu richten, und legte einen Verband an. Dann forderte er vom Aufseher seinen Lohn. Sie stritten sich eine Zeit, schließlich zahlte der Aufseher zähneknirschend. »Das ziehe ich euch allen vom Lohn ab«, schrie er. Aber die Arbeiter hatten sich längst abgewandt und schufteten bereits wieder.

Während der Abendsuppe stand Konrad plötzlich auf. »Ich möchte euch einen Vorschlag machen. Der Wilhelm kann den Besuch des Chirurgen niemals bezahlen, zumal er jetzt nichts verdient. Darum sollten wir mit dem Steinbruchbesitzer verhandeln, denn das ist seine Angelegenheit. Auf allen großherzoglichen Baustellen, die ich in den letzten Jahren kennengelernt habe, war das so üblich. Und wegen dem Wilhelm: Wir sollten ab morgen alle eine halbe Stunde länger arbeiten, dann bekommt auch Wilhelm seinen Lohn.«

»Glaubst du ernsthaft, dass das funktioniert?«

»Versuchen sollten wir es. Viel passieren kann dabei nicht.«

»Wir sollten Konrad zu unserem Sprecher wählen.«

»Damit der sich für etwas Besseres hält? Und uns weiter antreibt? Wer weiß, was der sich noch alles einfallen lässt?«

Es war mühselig, die Arbeiter von dem Sinn dieser Maßnahmen zu überzeugen. Sie hatten noch nie eine Stimme für jemanden oder etwas abgegeben, waren noch nie nach ihrer Meinung gefragt worden. Manche fanden es interessant, einen Sprecher zu wählen, der, wie Konrad versicherte, sich nur für das einsetzen durfte, womit ihn die anderen beauftragt hatten. Etliche blieben skeptisch. »Der tut doch nur, was er will«, meinten sie. »Wie alle aus den oberen Ständen. Der gehört nicht zu uns. Der macht mit dem Steinbruchbesitzer gemeinsame Sache und wir haben das Nachsehen. Wir hätten ihn nicht hier aufnehmen sollen.«

Ich hielt vorsichtshalber meinen Mund, wollte auch nicht mit abstimmen, aber Konrad bestand darauf. »Du bist genauso ein Arbeiter im Steinbruch wie wir.«

»Meinetwegen kann sie abstimmen, aber sie gehört zu dir und Frauen sollen ihren Mund halten«, rief jemand aufgebracht. Die anderen nickten.

Der Besitzer des Steinbruchs, ein Landadeliger aus der Gegend, kam ein paar Tage später vorbei, um sich vom Fortschritt der Arbeiten zu überzeugen. Konrad redete wegen der Bezahlung des Baders auf ihn ein, behauptete sogar, das badische Landrecht verlange die Zahlung von ihm, jeder Amtmann würde ihm da recht geben. Vermutlich taten auch die drohend neben Konrad aufgebauten Arbeiter ihre Wirkung. Zuletzt erklärte der Mann sich bereit, den Bader allein zu bezahlen.

Die Arbeiter hatten inzwischen zugestimmt, für Wilhelm mitzuarbeiten. Jeden Abend brauchte es erneute Überzeugungsarbeit, weil etliche nicht mehr mitmachen wollten. Doch letztendlich blieben fast alle dabei.

Dann kam der Tag, an dem der Lohn ausgezahlt werden sollte. Der Steinbruchbesitzer erschien nicht und der Aufseher zahlte jedem seinen normalen Lohn aus. Für Wilhelm hatte er nichts. »Das erledigt der Herr«, erklärte er verlegen und kratzte sich am Kopf.

Jetzt wurden die Arbeiter wütend. »Betrug, Betrug, wir haben es gleich gewusst«, schrien sie. Zwei packten Konrad und schüttelten ihn. »Na, Bürschchen, die Rechnung ist wohl nicht aufgegangen.« Sie holten aus.

Da trat ich dazwischen. »Nun wartet, lasst uns erst mit dem Steinbruchbesitzer reden. Vielleicht will er ja doch zahlen.« Mit je einer Hand versuchte ich, die Angreifer auf Abstand zu halten, und reckte mich drohend auf. Verlegen wichen die Männer zur Seite und ließen Konrad los. Dass sich eine Frau in ihre Händel mischte, hatten sie wohl noch nicht erlebt. Konrad hatte seine Sprache rasch wiedergefunden und redete auf die Männer ein. Dann machte er sich mit mir zusammen auf den Weg. Franz und Christian folgten uns, »damit ihr nicht einfach weglaufen könnt«.

Das Haus des Steinbruchbesitzers erschien mir großartig wie ein Schloss. Es lag an der Landstraße ein Stück weit weg vom nächsten Dorf in einem wunderschönen Garten mit Blumen und Büschen, die allerdings bis auf zwei große Rosensträucher und einige Kräuter vor sich hin dorrten. Mit einem Blick sah ich auch, dass der Gemüsegarten gut gewässert worden war und auf den Beeten Möhren, Bohnen, Lauch und anderes Gemüse reifte. Dahinter das Haus: groß, aus dem roten Stein unseres Steinbruchs, mit einer prachtvollen geschnitzten Tür und rot-weißen Fensterläden.

Aber bevor ich mich von meinem Staunen erholt hatte, kam ein großer Hund um das Haus herum auf uns zu gerannt, bellend, das Maul aufreißend. Dann ertönte ein Pfiff und der Hund erstarrte. Ein junger Mann, nicht älter als Konrad, folgte dem Hund und blieb erstaunt vor uns stehen. Ich hatte mich kaum getraut, das Grundstück zu betreten, war Konrad nur zögerlich durch den Garten gefolgt.

»Mensch, Konrad, was machst denn du hier?«, rief der junge Mann und machte Anstalten, Konrad zu umarmen. Der wischte sich verlegen die Stirn. »Ich gehöre zu einer Abordnung der Arbeiter aus dem Steinbruch. Wir haben zugunsten eines verletzten Arbeiters Überstunden gemacht und nun will der Herr Steinbruchbesitzer nicht zahlen.«

»Oh je, da seid ihr an den Richtigen geraten. Mein Onkel ist ganz vom alten Schlag. Der findet, dass ihm durch Napoleon und jetzt den Großherzog reichlich Schaden entstanden ist. Ob der sich seinen Arbeitern gegenüber an sein Wort gebunden fühlt? Ich bin froh, dass er mich aufgenommen hat, ohne viel zu fragen. Wir sind ja wohl aus den gleichen Gründen aus Karlsruhe verschwunden.«

Franz und Christian fingen an zu schimpfen und dem jungen Mann zu drohen. Konrad befahl ihnen, Ruhe zu geben. Das führe zu nichts. Dann wandte er sich wieder an sein Gegenüber: »Und was gedenkst du jetzt zu tun?«

Der junge Mann wurde rot, drehte verlegen an einem der Knöpfe seines feinen Hemdes. »Ich werde mit ihm sprechen. Etwas anderes bleibt mir ja nicht übrig. Hat er wirklich sein Wort gegeben zu zahlen?«

Jetzt wurde Konrad rot. »Er hat zu meinem Vorschlag genickt. Gesagt hat er nichts dazu. Aber das ist doch wohl eindeutig. Wir haben die Arbeit getan. Jeden Abend eine halbe Stunde. Da muss er zahlen.«

»Wer kann ihn zwingen?«

»Für Arbeit, die man erhalten hat, muss man zahlen. Ein einfaches Geschäft. Das weiß selbst die Polizei.«

Der junge Mann lachte traurig: »Ausgerechnet du musst mit der Polizei drohen. Die Gendarmen schaffen dich höchstens ins Gefängnis und da kannst du verrotten. Ich werde mit meinem Onkel reden. Warte hier. Um welche Summe handelt es sich denn?«

Er verschwand im Haus. Franz, Christian und ich warteten auf eine Erklärung von Konrad, aber der sagte nichts. Schaute an uns vorbei. Von drinnen hörte man laute, aufgeregte Stimmen. Nach einiger Zeit kam der junge Mann zurück und zählte Konrad das Geld vor. »Jetzt macht euch schleunigst davon, mein Onkel hat einen ziemlich schlechten Tag, dann ist er auf nichts und niemand gut zu sprechen. Aber ich denke, er wird auch nächste Woche zahlen. Hier, unterschreib, dass ihr das Geld bekommen habt und es an Wilhelm weitergebt.«

Auf dem Rückweg mussten wir Franz und Christian davon abhalten, sich wenigstens ein Bier von Wilhelms Geld zu leisten, das stehe ihnen zu. Der weite Weg! Es hätte nicht viel gefehlt, und der Hund hätte sie gebissen! Und überhaupt, was Konrad mit diesem jungen Herrn zu schaffen habe und offensichtlich auch mit der Polizei?

»Was meint ihr, was geschieht, wenn wir den anderen von eurem Vorschlag erzählen, vom gemeinsam erarbeiteten Geld Bier zu trinken?«

»Komm, lass gut sein«, dämpfte Konrad meinen Zorn. »Wir haben das Geld und den jungen Herrn kenne ich von der Arbeit bei einem Rheindurchstich. Wir waren dort beide Praktikanten. Mit der Polizei habe ich nichts zu tun. Das war eine Drohung, damit der junge Herr das Unrecht seines Onkels einsieht. Und das hat ja auch geklappt.«

»Als wenn die Polizei für Recht sorgen würde und dann auch noch das Recht des armen Mannes«, knurrte Christian.

»Dann sind wir uns einig«, erwiderte Konrad ernst.

»Dort vorne links im Wald ist eine Quelle, wenigstens mit Wasser sollten wir unseren Durst stillen.« Als Konrad die Stirn runzelte und keine Anstalten machte, die Straße zu verlassen, bedrängten Franz und Christian uns und wollten Konrad das Geld abnehmen, das bei ihnen besser aufgehoben sei.

In mir stieg Panik auf. Konrad blieb stehen. »Also gut, ihr führt uns zur Quelle. Aber wenn ihr glaubt, auf diese Weise an Wilhelms schäbigen Wochenlohn zu kommen, seid ihr falsch gewickelt. Ihr geht vor. Und wehe euch, wenn ihr nach einem Stock greift. Ich bin schneller, als ihr denken könnt, und Emma ist geschickt, wenn sie sich verteidigen muss.«

Wir blieben auf der Hut, stolperten über Wurzelwerk und erreichten schließlich eine Quelle oder das, was einmal eine Quelle gewesen war. Mit ein paar Steinen war ein kleines Becken eingefasst, das zum größeren Teil leer war. Aus einer hölzernen Rinne tröpfelte es zaghaft. Nacheinander hielten wir die Hände unter die Rinne, um ein paar Tropfen zu sammeln. Durst konnte man so nicht stillen, aber zumindest die Lippen benetzen. Konrad drängte zur Eile, die anderen würden misstrauisch werden, wenn wir zu lange ausblieben. Das sahen sogar Christian und Franz ein.

Am Steinbruch wurden wir ungeduldig erwartet. Die Stimmung war angespannt. Konrad musste das Geld vorzählen und verschwand dann in Wilhelms Hütte, der ihm weinend dankte. Als er wieder herauskam, sagte Michel anerkennend: »Alle Achtung, dass du das Geld aus dem Alten herausgekitzelt hast. Das hätte ich nicht gedacht.« Die übrigen nickten. Bier gab es nun doch noch. Ausgerechnet Johann, der Aufseher, hatte zwei Krüge besorgt, die er unter großem Hallo herumgehen ließ. Vermutlich wollte er es sich nicht ganz mit den Arbeitern verderben.

Konrad und ich zogen uns früh zu unserem Verschlag am Waldrand zurück. Dort saßen wir noch eine Zeit lang auf dem weichen Boden, blickten in das klare Abendlicht, das den Steinbruch für kurze Zeit aufglühen ließ. Der Himmel über uns war immer noch blau, zuerst strahlend und intensiv, wie er uns seit Monaten jeden Tag Sonne und Hitze bescherte, dann wurde er blasser und durchsichtiger. Langsam senkte sich die Dunkelheit über uns wie ein Licht, dem nach und nach die Kraft ausgeht. Die Umrisse wurden noch klarer, einen Augenblick schienen Steine und Bäume von innen heraus zu glühen. Dann erlosch die Lampe und ließ ein weiches Grau um uns herum zurück.

Wir lauschten auf die Töne, die aus dem Wald kamen. Im Unterholz raschelte es, Zweige knackten, vereinzelte Vögel gaben auf dem Weg zu ihrem Schlafplatz einen letzten verhuschten Laut von sich. Schließlich ein heiserer Schrei, ein Moment Stille, ein Krächzen, der Luftzug, den der Flügelschlag einer Fledermaus erzeugte. Dann ging ein neues Licht auf: der Mond, milchig und sanft. Eine Eule rauschte über uns hinweg, auf breiten Schwingen glitt sie durch die Nacht, landete nicht weit von uns. Sie stürzte sich auf eine Maus auf dem Waldboden, welche kurz fiepte. Dann waren da nur noch die Stimmen der Männer, die weiter unten um das Feuer herum saßen. Irgendwann verstummten auch die und wir krochen in unsere Schlafstatt.

Von diesem Tag an hörten die rohen Bemerkungen über Konrad und mich auf, die anzüglichen Wünsche, wenn einer von uns oder wir beide uns auf den Weg zu unserem Verschlag machten. Im Gegenteil, immer wenn die Arbeiter unsicher waren, wie ein Stein einzuschätzen war, ob er bröselig war oder mit ganzer Kraft bearbeitet werden konnte, wurde nach Konrad gerufen. Wenn die Stemmeisen in die großen Steine getrieben wurden, gab Konrad jetzt den Rhythmus der Schläge vor, warnte, wenn die Männer ihre Hämmer zu heftig gebrauchten, der Spalt im Stein so groß wurde, dass der ganze Stein in unterschiedliche Stücke zu brechen drohte. Für jeden war deutlich geworden, dass Konrad sich mit Steinen auskannte, wusste, welche leicht brachen und wann. Er hatte bereits auf Steinbrüchen und Baustellen gearbeitet und auch die Beschaffenheit verschiedener Steinarten studiert. Das kam jetzt allen zugute. Johann, der Aufseher, war inzwischen derjenige, der als erster nach ihm rief.

Das schöne Wetter hielt an, sodass wir noch ein paar Mal am Sonntag nach Vöhrenberg aufbrachen. Das heißt, nach Vöhrenberg kamen wir nur noch einmal, wir verabredeten uns dann für den folgenden Sonntag am Mattweiher. Marie und Martin brachten ein herrliches Vesper mit, Würste, die aus dem Bestand des Wirtes stammten und bald gegessen werden mussten. Dazu fingen die Männer ein paar Fische, die wir brieten. Brot hatten wir dabei, einen von den dunklen, schweren Laiben, wie sie im Steinbruch ausgeteilt wurden.

Martin und Konrad gaben Marie und mir Schwimmunterricht. Ich lernte es schnell und schwamm bald hinter den Männern in den See hinaus, während Marie es weiterhin vorzog, am Ufer herumzuplanschen. Das braune Wasser fühlte sich weich an – so stellte ich mir Seide vor. Es mit meinen Armen zu durchteilen, aufspritzen zu lassen und Wellen zu erzeugen oder ruhig darauf zu liegen, mein Körper eingehüllt, während mein Haar sich rund um mich ausbreitete: das Gefühl, das mich erfüllte, war so weit von meinem Alltag und der harten Arbeit entfernt, dass Tränen in mir aufstiegen und ich das Gesicht vorsichtig in die Wasserfläche eintauchte, um sie abzuwaschen. Am liebsten wäre ich für immer in diesem Weiher geblieben. Die anderen lachten über mich: »Mensch, Emma, du bewegst dich durch das Wasser, als wenn du eine heilige Handlung vollzögest.«

»Das tue ich auch, aber das hat nichts mit der Kirche zu tun.«

»Eine germanische Priesterin, die zum heiligen Hain schwimmt, um dort Menschenleben zu opfern!«

»Ich weiß zwar nicht, wovon du sprichst und was eine germanische Priesterin tut, beim letzten Mal hast du von einer griechischen Göttin gesprochen, aber bitte, wenn es denn unbedingt sein muss.«

Natürlich liebten wir uns wieder, nackt im Gras, und das war das Schönste von allem.

Im Oktober wurden einzelne Nächte bereits kalt und eine Woche lang regnete es. Als die ersten Wolken seit Monaten sich über uns türmten und dann ihr Nass über uns schütteten, wurde es von allen jubelnd begrüßt. Konrad packte mich und begann mich im Regen herumzudrehen. Da legten alle Arbeiter ihr Werkzeug beiseite und tanzten im Regen herum, selbst Johann machte mit. Am Abend legten wir den Graben um unseren Verschlag endlich an. »Es macht keinen Sinn, über den Winter hier zu bleiben«, stöhnte Konrad. »Vermutlich wird der Steinbruch in den nächsten Tagen geschlossen. Ich bin schon viel zu lange hier. Ich muss weiter. Unbedingt.«

Ich schwieg.

»Was willst du tun? Ich gehe in die Schweiz. Da wolltest du doch auch hin.«

»Nein, ich habe meine Meinung geändert. Ich geh auf keinen Fall über die Grenze.«

»Du könntest in Konstanz bleiben, wenn dir der Grenzübertritt zu gefährlich erscheint. Es gibt aber viele Stellen, wo man die Grenze ohne Kontrollen passieren kann.«

»Aber in der Schweiz werden sie die Ausländer kontrollieren.« Ein aufmerksamer Blick von Konrad traf mich. Ich schluckte.

Wenn er an diesem Abend so etwas gesagt hätte wie, er wolle mit mir zusammen bleiben, wir wären kein schlechtes Paar, dann wäre ich vielleicht mitgekommen. Doch musterte er mich nur eindringlich, wartete wohl auf ein Wort von mir. Oder wollte endlich hören, wovor ich weggelaufen war und mich fürchtete. Aber ein solches Geständnis wollte nicht über meine Lippen. Ich schwieg also auch.

Schließlich begann er: »Also, was willst du tun? Willst du nach Freiburg, wie Martin es geraten hat?«

»Nein, das ist mir zu weit. Gibt es nicht eine Stadt, die näher liegt? Wo ich mir für den Winter eine Arbeit und Bleibe suchen könnte? Aber eine badische Stadt sollte es sein.«

Wieder ein eindringlicher Blick. »Villingen ist nicht weit. Ist badisch. Liegt jedoch an der Grenze nach Württemberg. Da bist du doch weg und fürchtest dich vor der Polizei?«

Rotübergossen nickte ich. Ich hatte ihm nichts von meinem Aufenthalt dort erzählt, er musste sich das selber zusammengereimt haben.

»Die württembergische Polizei wird dort sicher nicht geduldet. Da kannst du beruhigt sein. Für mich liegt der Ort fast am Weg. Wir könnten gemeinsam hin und ich warte, bis du etwas gefunden hast.«

Er fühlte sich für mich verantwortlich und wollte mich doch loswerden. Und hatte recht. Wir waren ein ungleiches Paar. Eine Arbeiterin, die sich vor der Polizei versteckte, und ein revolutionärer Student, der entweder im Gefängnis landen würde oder den Weg nach Karlsruhe zurück finden, eine Beamtenstellung bekommen und mit solchen wie mir dann wohl kaum verkehren würde.

Es wurde still zwischen uns, ein wenig Misstrauen hing in der Luft oder war es Enttäuschung? Hatte ich an eine Zukunft mit Konrad geglaubt oder darauf gehofft? In diesen letzten Tagen im Steinbruch achteten wir genau darauf, dass unsere Körper sich nicht berührten.

An einem grauen Oktobertag brachen wir auf. Unsere Kreuzer hatten sich zu einigen Gulden summiert, die wir unterm Hemd in kleinen Beuteln trugen. Wir wanderten nur einen halben Tag lang, bis wir nach Villingen kamen. Immer noch hielten meine guten Schuhe und ich wäre am liebsten weitergewandert, durch die Wiesen und Wälder bis zum Horizont. Und weiter, bis an den Rand der Welt.

»Was für eine Arbeit wirst du suchen? Als Magd in einem Haushalt?«

»Damit mich die Herrin am zweiten Tag rausschmeißt, weil ich nicht kochen oder bügeln kann? Und nicht über gutes Benehmen verfüge? Oder der Herr mich in sein Bett zerrt? Ich habe noch nie mit vornehmen Herrschaften in ihrem Haus etwas zu tun gehabt und das soll auch so bleiben.«

Konrad reagierte erstaunt. »Das war mir nicht bewusst. Aber vielleicht ist es sinnvoll, sich eine Bürgerfamilie mal anzusehen. Ich habe dort viel gelernt.«

»Dafür ist es für mich zu spät.«

»Bleiben die Fabriken.«

Dann sahen wir ein Schild: »Dampfwaschanstalt Meyer« stand mit großen Buchstaben an das Haus gemalt. Im Fenster steckte ein kleineres in ungelenken Buchstaben: »Frauen gesucht.« Konrad wollte protestieren, aber ich war bereits zum Eingang hinübergegangen. »Das könnte etwas sein. Da wird es vor allem warm sein. Das ist das Wichtigste in den Wintermonaten.«

»Die Arbeit ist bestimmt genauso hart wie die im Steinbruch.«

»Dann ist sie genau richtig. Kraft ist das Einzige, was ich anzubieten habe.«

Schon stand ich in einem breiten Durchgang vor der riesigen Waschküche, wo Feuer unter großen Bottichen flackerten, in denen Wäsche brodelte. Die Frau mit der sauberen weißen Schürze, die im Durchgang hinter einer Theke thronte und saubere, gebügelte Wäschestücke vorsichtig in Körbe schichtete, schickte mich sofort weiter in die dampfende Waschküche. »Mach schon, du kannst gleich anfangen«, sagte sie. »Heute sind mehrere Frauen ausgefallen. Abgerechnet wird täglich. Wenn nicht genug Wäsche da ist, wird auch nicht gearbeitet.«

»Ich bin neu in der Stadt. Kann ich hier im Haus irgendwo übernachten?«

»Was glaubst du, damit du dich mit der Wäsche aus dem Staub machst? Du kannst die Rosina hinten fragen, die sucht immer Untermieter für ihren Dachboden. Und jetzt mach.«

»Ich möchte mich draußen noch von jemandem verabschieden.«

»Das kann warten. Ab an die Arbeit. Sonst kannst du gehen.« Sie zeigte auf den Durchlass und brüllte: »Rosina, hier ist eine Neue.«

Die Angesprochene kam auf mich zu, musterte mich kurz, dann reichte sie mir einen langen Stock, an dem unten ein Brett festgenagelt war, ein Wäschepleuel, sagte sie, und stellte mich an einen der Bottiche, den sie Waschfass nannte. Ich versuchte mit einem schnellen Seitenblick auf die Frauen an den anderen Bottichen herauszufinden, was von mir erwartet wurde, dann begann ich, auf die großen Wäschestücke in der Lauge zu schlagen und sie schnell hin und her zu bewegen. Es war heiß hier drin, stickig, aus den Bottichen stieg

Dampf hoch und es stank nach Schmutz und muffiger Lauge.

Nach einer Zeit brüllte eine der Frauen zu mir hinüber, dass ich die Wäschestücke mit dem Pleuel in das nächste Waschfass mit klarem Wasser wuchten sollte. Dann wieder rühren und schlagen. Schließlich kamen die Laken in eine durchlöcherte Wanne, sodass das Wasser ablaufen konnte. Die Frau kam zu mir und gemeinsam wrangen wir Laken für Laken aus. Sie klatschten noch einmal in den Bottich mit klarem Wasser. Nach dem letzten Spülen wrangen wir sie noch gründlicher als beim ersten Mal aus, schüttelten sie aus, falteten sie zusammen und legten sie auf einen Tisch, von dem die Kinder sie abholten. Wo sie getrocknet wurden, konnte ich nicht sehen. Und so ging es den ganzen Tag. Eine kurze Mittagspause, Rosina teilte ihr Brot mit mir und ihren beiden Kindern. Die schimpften los und wollten es mir wegnehmen. Sie gab beiden eine Ohrfeige. »Ihr esst, was ihr bekommt. Wenn Emma bei uns wohnt, gibt es etwas mehr.«

Als es dunkelte, wurden ein paar Lichter entzündet. Bis acht Uhr arbeiteten wir im Halbdunkel weiter. Dann gossen wir das Wasser aus, spülten die Bottiche noch einmal durch und waren für diesen Tag erlöst. Rosina sammelte ihre Kinder ein. Am Ausgang gab es noch eine Verzögerung, bis jede ein paar Kreuzer ausgezahlt bekommen hatte. Einige fluchten, 30 Kreuzer, das sei viel zu wenig. Das Brot werde täglich teurer, ein Laib koste bereits 50 Kreuzer.

Endlich lag ich bei Rosina auf einem Strohsack, an einer Seite die kalten Dachsparren, an der anderen ihre Kinder, die im Schlaf stöhnten oder kurz aufschrien, Rosina, schwer atmend, und die alte Apollonia, die durchdringend schnarchte. Zwei der Kinder hatten in der Waschanstalt gearbeitet, auf den Säugling passte

Apollonia auf, die zu alt für schwere Arbeit war. Sie kaufte ein und hatte für uns alle unten in der Küche der Vermieter eine Suppe gekocht. Aus was die Suppe bestand, konnte ich weder riechen noch schmecken. Vermutlich Baumrindenstückchen und Sand. Zum Glück gab es etwas Brot dazu.

Obwohl ich völlig erschöpft war, konnte ich nicht einschlafen und wälzte mich herum. Was hatte ich getan? Welch böser Geist hatte mich in die Dampfwaschanstalt und auf diesen zugigen Dachboden getrieben? Konrad war fort, ohne Abschied. Wie lange er wohl gewartet hatte? Was er von mir gedacht hatte? Dass ich nicht Abschied nehmen wollte? Dass ich von ihm weg wollte? Dass ich feige war? Vielleicht war es ihm recht so. Jetzt konnte er genau das tun, wonach ihm der Sinn stand. Aber ich, ich hatte ihn verloren und mit ihm alles, was mir in den letzten Monaten etwas bedeutet hatte.

In diesem Sommer war etwas in mir gekeimt, für das ich keinen Namen hatte. Hunger, Hitze, die Schufterei im Steinbruch, alles bekannt, so war es eben. Aber die andere Seite: die Sonntage in Vöhrenberg, das Baden im Mattweiher, Konrad, Marie und Martin mit seinen vielen Erklärungen, die Blutsuppe, unsere gemeinsame Zeit im Wald, die zarten und heftigen Berührungen – nannte man das Freiheit? *Freiheit! Du wohnst an einsamen Gestaden und liebst die Stille, wie die Nachtigallen.* Das waren so schöne Worte, die wären mir nie in den Sinn gekommen, galten für Menschen aus einem anderen Stoff, für feine, gebildete, reiche. Mit mir hatten sie nichts zu tun – und jetzt klangen sie in meinem Leib auf, waren für mich geschrieben, nicht nur für Menschen wie Henriette oder Konrad.

*Da frei wir vom Joch, der Gleichheit ein Hoch! Hurrah, Hurrah! Gleichheit sei da.* Verrückt. Ebenso wie damals in der Erweckungsgemeinde. Da hatte der Prediger uns auch dieses Wort zugerufen. Im letzten Sommer hatte ich erfahren, was das hieß, und meine alte Wut gespürt. Die Wut, die immer alles kaputt machte. In diesem Sommer war sie nicht zerstörerisch gewesen, sondern zu einer Kraft herangewachsen, die Sinn machte. Konrad mochte diese Wut. Das hatte er immer wieder gesagt. Einmal hatte er sich dazu verstiegen, sie zu lobpreisen, wie er sagte. In Worten, die sich anhörten wie aus der Bibel. »Du bist voller Liebreiz«, hatte er ernst gesagt, »nicht von so einem blassen stillen Liebreiz eines Heimchens am Herd, wie ihn die Bürger bei ihren Frauen lieben, nein, du verkörperst den Liebreiz eines lebendigen, kraftvollen Weibes, das den Kampf gegen die Tyrannen aufnimmt und gewinnt. Deine Wut lässt dich aufblühen, deine ganze Person, wie die Wiese am Weiher im Morgenlicht.«

Dabei hatten wir die Wiese morgens früh nie zu Gesicht bekommen. Und ob er diese starken Worte wirklich ernst meinte? Manchmal hatte ich nicht gemerkt, wenn er einen Scherz machte. Er konnte Dinge aussprechen, die unwirklich waren. Doch für mich war es ernst. Liebreiz war eines der sanften Worte, mit denen Konrad mich ins Sonnenlicht gezogen hatte.

Und was hatte ich getan? Ihn davonziehen lassen und mich hier eingeklemmt. Musste ich mich immer bestrafen? Den Mann wegzuschicken, der so viel Neues in mir geweckt hatte! War ich schon immer so gewesen? Dass ich das Gute nicht ertragen konnte? Als Kind in der Erweckungsgemeinde hatte etwas mein Herz weit gemacht und mir einen Glauben gegeben: Gott liebte mich, obwohl ich arm und elend war. Diesen Gott hatte ich verlassen, weil ich große Schuld auf mich geladen hatte. Ich war weggegangen und ihm nie wieder begegnet. Inzwischen war er nur noch ein Schemen und ich hielt nicht mehr viel von ihm. Bei den Armen und Bedrängten schien er nicht zu sein. Ich dachte von Zeit zu Zeit an ihn, aber da gab es kein Echo.

Vielleicht hätte ich Konrad erzählen sollen, was ich getan hatte. Vielleicht hätte er mir vergeben können, dass ich getötet, einen Menschen getötet hatte. Ich hatte doch nur Peter schützen wollen. Damit ihn die Landjäger nicht zurückholten. Damit wenigstens er etwas anderes finden konnte. Etwas Besseres. Irgendeine Hoffnung brauchte jeder Mensch. Ich war so voller Wut und Angst. Ich wusste um meine Schuld, aber ich konnte nicht bereuen. Gott hatte mich damals verlassen, nein, damals hatte ich Gott weggeschickt wie jetzt Konrad.

## 9

Schuckenbruch, 1837

*In Eickmeyers leerstehendem Heuerlingshaus soll eine Schule eingerichtet werden. Für alle Kinder. Und die Eltern seien verpflichtet, ihre Kinder zu schicken. Auf Befehl des preußischen Königs Friedrich Wilhelms III., der in seiner Huld das für die Kinder in Schuckenbruch verfügt habe.*

*Eine Schule, vom König verfügt, für die Kinder! Sie wird richtig Schreiben lernen und Rechnen. Es ist kaum zu glauben. Seit wann kümmert sich der König um seine Untertanen in Schuckenbruch, im Herzogtum Ravensberg, weit weg von seiner Residenz in Berlin?*

*Die Buchstaben kennt sie bereits. Der Vater lässt sie manchmal mitlesen, wenn er aus der Bibel vorliest. Denn der Vater besitzt eine Bibel, ein großes, schweres Buch. Else kennt niemanden, der solch ein Buch besitzt, sie ist ein Schatz, den der Vater hütet. Und versteckt, denn der Herr Pfarrer darf davon nichts wissen, der hält sie alle für dumme Heuerlinge, Menschen, die nichts besitzen und nichts verstehen, denen Gott nur die Arbeit zugeteilt hat, ein Gottesdienst, den sie klaglos tun sollen und dem sie sich nicht widersetzen dürfen.*

*Wenn der Vater das hört, kann er seinen Zorn kaum beherrschen. Wir sind inzwischen freie Weber, sagt er dann, mein Webstuhl gehört mir, ob dem Pfarrer das nun passt oder nicht. Ich kann Garn kaufen und mein Löwendleinen verkaufen, an wen ich will, da hat mir niemand dreinzureden. Solange ich die Pacht für die Hütte und das Land drum herum pünktlich bezahle. Auch wenn meine Kinder heiraten wollen, habe nur ich dabei ein Wörtchen mitzureden. Kein Grundherr und kein Pfarrer.*

*Sonntags kommt der Vater nur selten mit in die Kirche, weil immer die Arbeit drängt. Als Else und Peter ihm von der Schule erzählen, runzelt er misstrauisch die Stirn. »Eine Schule! Wenn damit nur alles stimmt. Ein Einfall der hohen Herren. Damit bezwecken die etwas. Und wer wird eure Arbeit tun, wenn ihr jeden Tag ins Dorf lauft? Und sicher braucht ihr Holz für die Schulstube.«*

*Peter hat den Pfarrer gefragt. Kein Schulgeld, kein Brennholz. Nur die Gnade des Königs.*

*Obwohl der Vater misstrauisch bleibt, machen sich Else und Peter am Montag fröhlich auf den Weg. Eine Stunde laufen sie bis ins Dorf, was macht das schon. Es ist noch dunkel, aber sie haben keine Angst, hüpfen vergnügt den Pfad entlang und versammeln sich mit den anderen Kindern des Dorfes vor Eickmeyers Haus.*

*Der Lehrer, ein riesiger Mann, sein Kopf von langen Haaren umweht, über einem Auge trägt er eine Binde, humpelt auf einen Stock gestützt heran. Er hat nur noch ein Bein und erzählt ihnen gleich hier draußen, dass er* auf dem Feld der Ehre für den König gekämpft hat. König Friedrich Wilhelm III. hat ihm nun zu seiner Versorgung diese Schulstelle gegeben. Gegen die Türken hat er gekämpft, ist von ihren Säbelhieben getroffen worden. Ein Auge hat er verloren, mit einem Streich hat ihm einer dieser Unholde ein Ohr abgehauen. Und als er sich den Kopf hielt, tief ins Bein gestochen. Die Wunde hat ihm den Starrkrampf eingebracht, verbunden mit hohem Fieber. Da musste das Bein abgesägt werden. Das hat er alles überlebt. Die Schmerzen, den Durst und den Hunger während des Feldzuges. Er redet und redet, Else hört kaum zu. Es ist kalt, sie will ins Haus. Wann endlich beginnt der Unterricht?

In der Stube liegt der Strohsack des Lehrers in der hintersten Ecke, sonst gibt es nur ein paar roh gezimmerte Bänke und einen verschlossenen Schrank. Das ist alles. »Und wo sind die Bücher?«, wagt Else zu fragen.

»Bücher?«, fragt der Soldat genauso entgeistert zurück. »Ja, glaubst du denn, ich will hier den Schulmeister abgeben? Was bildest du dir nur ein? Eine der königlichen Spinnschulen ist das hier. Der König verschleudert sein Geld nicht, damit solcher Dreck wie ihr studieren lernt. Dass ich nicht lache. Hecheln und Stricken werdet ihr lernen. Jetzt suchen die Mädchen sich einen Platz und die Jungen gehen rüber in die Scheune, die werden den Flachs brechen.«

Bevor eines der Kinder seine Fassung wiedergewinnt, drängt er die Jungen hinaus. Else fängt noch einen unglücklichen Blick von Peter auf, dann ist er draußen. Die Mädchen stehen eingeschüchtert da. Aus der Scheune hören sie lautes Krachen.

Als der Lehrer zurückkommt, müssen die Mädchen sich hinsetzen und seinen Erklärungen zuhören. Wie der Flachs verarbeitet wird und dass sie in den nächsten Tagen, wenn die Jungen die groben Arbeiten wie Flachs *riffeln und schwingen getan haben, mit dem Hecheln beginnen können. Bis dahin sollen sie stricken.*

*Umständlich nestelt er den Schlüssel aus seiner Hosentasche und schließt den Schrank auf. Er teilt Stricknadeln aus und für jedes Mädchen einen Bund Wolle, den sie zuerst zu einem Knäuel aufwickeln sollen. Dann erklärt er, wie die Stricknadeln zu halten sind, und nimmt selbst ein paar Maschen auf.*

*»Jetzt fangt an. Und wagt nicht, euch zu beschweren. Jede Masche muss genauso groß sein wie die vorherige.«*

*Sie sitzen da, die Nadeln und die Wolle in der Hand, und wissen nicht so recht, was zu tun ist. Der Lehrer fängt gleich wieder an zu schimpfen über das dumme Landpack, und der Margarete, die direkt vor ihm sitzt, schlägt er vorsorglich schon mal auf die Finger. Dann geht er hinaus in die Scheune, um nach den Jungen zu sehen.*

*Die Einzige, die bereits stricken kann, ist Kunne. Sie steht auf und zeigt den anderen langsam, Schritt für Schritt, wie man die Stricknadel hält, den Faden darum schlingt und die Wolle durchzieht. Als der Lehrer zurückkommt, sitzen sie alle eifrig da. Manchmal lässt ein Mädchen eine Masche fallen und muss wieder von vorn anfangen, wofür sie vom Lehrer jedes Mal einen Schlag versetzt bekommt.*

*Als Else am frühen Abend die Schule verlässt, kommt auch Peter aus der Scheune, zugestaubt und hustend. Er geht schweigend neben ihr. Aber sie sieht, wie er die Fäuste ballt und die Tränen nur mühsam zurückhalten kann. »Denk an den Silbergroschen, den du am Ende der Woche bekommst.«*

*»Ach was, Silbergroschen!« flüstert er. Dann fängt er an zu schreien wie ein verletztes Tier und rennt so schnell, dass sie nicht mitkommt. Als sie ihn einholt,*

*steht er an einem Baum und schlägt mit den Fäusten dagegen. »Es reicht nicht, an keiner Stelle. Wir werden Rinde fressen müssen, weil die Kartoffeln auf den Feldern faulen und wir das Leinöl brauchen, um Licht zu machen, wenn ich den Vater in der Nacht beim Weben ablöse. Wie soll das gehen, wir brauchen Geld für die Pacht, aber auch das Getreide sieht mickrig aus und der Preis für unser Leinen verfällt. Da hilft kein Silbergroschen.«*

*Als sie nach Hause kommen und vom Flachsbrechen und -hecheln erzählen und dass der Lehrer gegen die Türken gekämpft hat, schlägt der Vater mit der geballten Faust auf den Webstuhl. »Ein Lügenbold. Ein Krieg gegen die Türken. Dass ich nicht lache. Das war vielleicht sein Großvater. Ich habe zu meinen Lebzeiten davon nichts gehört. Vermutlich hat er sich bei einer Prügelei verletzt.«*

*Vor allem regt der Vater sich auf, dass Peter in der Scheune des Lehrers hecheln muss. Peter hustet und spuckt inzwischen den ganzen Tag über wie die Mutter damals. Und jeden Morgen schimpft der Vater, dass ihm die Arbeitskraft seiner Kinder gestohlen wird, aber er kann von seinem Webstuhl nicht weg und wo sollte er sich beschweren?*

*Anfang April ist Peter plötzlich verschwunden. Vater und Tochter sehen sich an. Gestern sind die Hollandsgänger aufgebrochen. Sie ahnen, nein, sie wissen: Peter ist dabei, er läuft mit den erwachsenen Männern nach Holland. Ohne Vorräte. Ohne warme Kleidung oder eine Decke. Der Lehrer fragt jeden Tag nach ihm. Else schweigt auf die Fragen. Bis der Lehrer eine Antwort aus ihr herausprügeln will. Er behält sie am Abend da, droht und flucht und schlägt schließlich zu. Mit einem Ochsenziemer, den er für besonders Verstockte hinter dem Schrank aufbewahrt. Die Hiebe treffen Else am*

*Arm, an den Beinen, am Rücken. Sie hält stand und schweigt. Sie will nicht, dass die Landjäger Peter zurückholen. Peter soll es schaffen. Das ist ihr einziger Traum. Er wird auf einem Walfänger anheuern und mit viel Geld zurückkehren. Genug Geld, um warme Felle zu kaufen und den nächsten Winter nicht hungern zu müssen.*

*Doch der Lehrer schlägt weiter und Else spürt, wie ihr das Blut über den Rücken rinnt und ihre Kräfte schwinden. Mit einem wilden Schrei reißt sie sich los, packt den Krückstock des Lehrers und nun schlägt sie zu. Einmal, zweimal, dreimal, mitten auf den Kopf, mit aller Kraft, bis er am Boden liegt, in einer Blutlache, aufstöhnt und dann keinen Mucks mehr von sich gibt. Tot! Mausetot! Da rennt sie los. Weg, weit weg muss sie, in ein anderes Land. Dorthin, wo es keine Landjäger gibt. Wo man sie nicht wegen Mordes zu Tode prügelt oder aufhängt. Sie will nicht am Galgen hängen. Solche Schande würde der Vater nicht überleben. Am Galgen, weit sichtbar zur Warnung aller: Seht her, das passiert mit jedem, der gegen einen Diener des Königs aufbegehrt. Und noch schlimmer: der die Gebote Gottes missachtet. Du sollst nicht töten! Wird Gott jetzt seinen Blitzstrahl nach ihr schicken? Er wird Rache nehmen, das ist sicher.*

*Sie rennt, bis ihr die Luft wegbleibt. Aber sie muss weiter, auch wenn es ihr das Herz bricht. Sie will den Vater nicht im Stich lassen. Und muss es tun. Ohne die Mutter, ohne seine Kinder, vollständig allein wird er sein. Das drückt sie weit mehr als der tote Lehrer. Sie ist froh, dass er niemanden mehr schinden kann. Aber der Vater, der kann ohne Hilfe seine Arbeit nicht tun. Er wird verhungern oder erfrieren.*

## 10

Villingen, Winter 1846 / 47

Der Winter in Villingen griff mit aller Härte zu. Nachts krochen Rosina, die Kinder, die alte Apollonia und ich eng zusammen, denn die Kälte zog durch die Dachsparren und die winzige Fensteröffnung, die wir mit Lappen zustopften. In der Hitze der Waschküche rann uns am Tag der Schweiß in Bächen am Körper entlang und durchnässte unsere Kleider. Wenn wir mit kaltem Wasser spülten, froren uns fast die Hände ab. Abends auf dem Heimweg klebte uns der nasse Kleiderstoff am Körper fest und wir mussten rennen, um nicht gänzlich zu erfrieren. Da half auch mein wollenes Umschlagtuch wenig.

Jedes der Kinder hatte ein paar erfrorene Zehen, dunkel verfärbtes Fleisch, das nicht mehr lebte. Frostbeulen am Kopf und Hals, auch wenn wir ihnen wärmende Tücher darum wickelten. Rosina und ich hatten die Hände voller Blasen, entweder von der heißen Lauge oder von der Kälte, das unterschied sich nicht. Die Steine, welche Apollonia im Ofen bei der Familie unten wärmte und die wir uns unter die Füße oder an den Bauch hielten, trieben nicht nur den Kindern die Tränen ins Gesicht, wenn die erkalteten Körperteile schmerzhaft auftauten. Am meisten half, wenn wir eng aneinander gedrängt auf dem Stroh lagen. Trotzdem lag eines Morgens Rosinas Säugling steif und starr im Bett und ließ sich nicht mehr ins Leben zurückholen. Rosina übergab ihn Apollonia mit der Bitte, ihn zum Kirchhof zu bringen und dort irgendwo abzulegen. »Wenn der Schnee taut, wird ihn schon irgendwer verscharren«, meinte sie. »Was anderes weiß ich nicht für ihn.«

Brot konnten wir uns inzwischen nicht mehr leisten. Herdäpfel, wieder ein neues Wort für die Kartoffeln, hatte niemand mehr. Die Bauern brauchten die letzten Reste, um sie zu pflanzen. Apollonia lief über Tag draußen vor der Stadt herum, um Baumrinde von den Bäumen abzukratzen, Blätter oder Moos, ein paar Mal auch eine erfrorene Amsel. Einmal fand sie ein Stück einer Rübe irgendwo in einem Feld. Sie musste ständig aufpassen, um nicht wegen Wald- oder Feldfrevels gefangengenommen oder von einem der hungrigen Bauernhunde angefallen zu werden. Für die Suppe kaufte sie stinkende Knochen, die sie auskochte. Morgens und abends schlangen wir alle rasch ihre heiße Knochensuppe in uns hinein und schrien auf, wenn die Haut in Hals und Gaumen brannte. Die Gier war stärker als die Furcht vor Schmerzen. Das Zahnfleisch schmeckte faulig und blutete, die Zähne saßen locker im Mund, zwei hatte ich bereits verloren. Aber nach der Suppe fühlten wir für kurze Zeit Wärme im Bauch, die viel zu schnell nachließ. Dann mussten wir los. Ein Leben, nein, kein Leben, manchmal wachte ich auf und dachte, ich sei tot. Wäre es gern gewesen, aber darüber nachzudenken erforderte zu viel Anstrengung. Der Mensch, der ich im Sommer an der Seite Konrads gewesen war, der war lange tot.

Mit den wärmenden Sonnenstrahlen des März taute ich ein wenig auf. Da wurde alles noch schlimmer, denn mit jedem Tag fand ich diese Existenz unerträglicher und ich sah Rosina an, dass es ihr genauso ging. Ich blieb jetzt manchmal sonntags einen Augenblick am Münsterplatz stehen, weil dort an einer Wand fliegende Blätter klebten. Blätter, welche die Sprache der Revolution redeten, Aufrufe, Beschwerden, auch Forderungen nach öffentlicher Speisung. Dann stand da plötzlich etwas, was ich kannte: *Brüder! Die Zeit ist da, wo Gott durch seine Hand uns winkt, dass wir unsere Körperkräfte gebrauchen zu unserer Freiheit, die er von Anfang der Welt uns gegeben hat* ... Absurde Forderungen für eine wie mich oder Rosina, trotzdem hielten mich die Zettel fest. Zuerst schimpfte Rosina, ich solle keine Zeit vertrödeln. Aber als ich ihr vorlas, wollte sie mehr. »Warte ab, im Sommer kommt die Revolution und mit ihr die Freiheit«, behauptete ich. »Dann sind wir so viel wert wie irgendeiner von hohem Stand.«

»Blödsinn«, knurrte sie. »Dann haben wir immer noch nichts.« Das dachte ich auch, konnte aber nicht anders, ich musste so reden wie Konrad. Als wenn ich ein Mensch wäre.

Das Frühjahr kam nass und mit kalten Winden. Schließlich husteten wir alle und Vinzenz und Annemarie waren so schwach, dass sie kaum auf den Beinen stehen konnten. »Heute Abend gehen wir zur Stadtmauer. Da kommen immer Männer vorbei, die eine Frau wollen«, erklärte Rosina.

»Nein, das mache ich nicht, niemals«, antwortete ich ihr.

»Willst du Vinzenz und das Anneli verhungern sehen?«

Am Abend suchten wir die Schenke an der Stadtmauer auf. Es fanden sich rasch Männer, die uns ein Bier und dann noch einen Schnaps aufdrängten, der sich heiß in meiner Brust und meinem Kopf drehte. Jetzt war alles egal. Einer der Männer wollte mich nach draußen ziehen. »Zwölf Kreuzer«, sagte ich. »Und zwar im Voraus.«

Ein taxierender Blick an meinem Körper entlang, ein blödes Grinsen: »Du bisch wohl nit ganz bache, so an Seich auch. Zehn Kreuzer, mehr bekommt hier keine.« Dann zählte er mir die Münzen in die Hand.

Es war die erste Nacht, in der es draußen nicht fror. Der Mann drehte mich zur Mauer, trat meine Beine auseinander und hob meinen Rock. Er stach zu, als wenn er mich durchbohren wollte. Ich hielt mich an der Mauer fest und dachte: Es geht vorbei, es geht vorbei. Nur einen Augenblick noch. Aber es dauerte endlos. Schließlich stöhnte er auf und ich schüttelte ihn ab, hörte, wie er hinter mir in den Dreck plumpste und fluchte. Aber da war ich bereits weg. Er rief noch irgendetwas Böses hinter mir her, vermutlich war er zu besoffen und zu schwach, um mich zu verfolgen.

Am nächsten Tag konnten wir zwei Herdäpfel in unsere Knochenbrühe schneiden. Sie kam uns vor wie ein Festessen. Am Abend schüttelte ich den Kopf, als Rosina losziehen wollte. »Heute nicht.« Ein wütender Blick, sie knallte die Tür hinter sich zu und weg war sie.

Ich weiß nicht, wie es weitergegangen wäre, hätte am nächsten Tag die Witwe Wörner nicht vergessen, in der Waschanstalt ihre Wäsche abzuholen. Sie galt als geizig und lebte allein in einem schönen Haus nicht weit vom Marktplatz, an dem ich täglich vorbeikam. Ich erbot mich, ihr das Paket zu bringen. Das hatte ich schon mehrmals getan. Sie bezahlte in der Wäscherei immer im Voraus. Mir gab sie mal ein Stück Brot, mal ein paar Kreuzer. Ich nahm lieber das Brot, denn die Kreuzer reichten nie weit.

An diesem Abend öffnete sie die Tür nicht, so viel ich auch klopfte. Vorsichtig ging ich ums Haus herum und fand im Hof ein offen stehendes Fenster, durch das ich hineinklettern konnte. Die unteren Räume waren aufgeräumt und leer. Also ging ich die Treppe hoch und fand die Alte in ihrem Bett. Wie schlafend, tot, einfach nicht aufgewacht. Das Gesicht eingefallen, ihr Körper mager, als wenn sie wie unseresgleichen gehungert hätte. Ich fasste nach ihrem Arm, er war kalt und steif.

Leise durchstöberte ich das Haus, fand in der Vorratskammer einen halbvollen Sack Mehl, etliche Würste, einen Topf Schmalz, Apfelschnitzen und keimende Herdäpfel. Ich knotete aus einem der frischen Laken einen Beutel und steckte die Sachen ein. Ließ schweren Herzens mehrere Würste und Kartoffeln in der Vorratskammer. Niemand sollte den Eindruck bekommen, dass etwas gestohlen worden war. Sorgfältig schloss ich das Fenster und legte die übrigen Laken auf dem Schrank im Flur ab, als hätte die Frau des Hauses sie noch von mir entgegen genommen. Dass eines fehlte, würde niemandem auffallen. Ich schlich noch einmal nach oben und schaute sorgfältig, ob meine Schuhe irgendwelche Spuren hinterlassen hätten. Dann öffnete ich den Schrank, schob meine Hand vorsichtig unter die Wäsche, tastete und wurde fündig. Ich hielt ein Säckchen mit Münzen in den Händen. Sorgsam strich ich über die Wäsche, nichts war verrutscht. Leise verließ ich das Haus durch die Küchentür, in welcher der Schlüssel steckte. Ich sperrte von außen zu und nahm den Schlüssel mit. Man konnte ja nie wissen.

Rosina und die Kinder waren toll vor Freude, als ich meine Beute auspackte. Rosina wollte gleich wieder los auf einen neuen Beutezug. »Wir müssen vorsichtig sein«, erklärte ich ihr. »Das meiste habe ich genommen. Aber es darf nicht zu viel sein. Sonst merken die Gendarmen, dass wir es genommen haben. Sie dürfen uns mit der Frau nicht in Verbindung bringen.«

»Aber wenigstens eine warme Decke brauchen wir noch.«

»Damit sie die hinterher bei uns finden?«

Rosina schimpfte und fluchte, als ich darauf bestand, auch das Laken in Streifen zu reißen, um Hemden daraus zu nähen. Sogar im Dreck wälzte ich das Tuch, bevor wir es weiter benutzten. Auf Raub von Lebensmitteln standen strenge Strafen und nachher behauptete noch jemand, wir hätten der alten Wörnerin etwas angetan. Wir mussten alles vermeiden, was uns mit ihr in Zusammenhang bringen könnte, das schärfte ich allen ein. Von dem Säckchen sagte ich nichts, sondern knotete es fest in meine Wäsche.

In den folgenden Wochen hatten wir genug zu essen und besuchten jeden Abend zusätzlich die öffentliche Suppenanstalt für die Armen, die der Magistrat endlich eröffnet hatte. »Die Herren fürchten wohl, dass es Krawalle gibt«, behauptete eine der Waschfrauen. »In Ulm, einer Stadt im Württembergischen, soll es auf dem Markt eine Prügelei um Herdäpfel gegeben haben. Hat gestern ein Kutscher meinem Mann beim Wechseln der Rösser erzählt. Anschließend hat die Menge sogar das Kornhaus gestürmt.«

»Natürlich kriegt die Obrigkeit es langsam mit der Angst zu tun«, erklärte Rosina. »Gestern gab es wieder ein fliegendes Blatt am Rathauseingang. Da droht einer damit, die Häuser der Reichen anzuzünden oder gleich die der ganzen Stadt, wenn die Stadt nicht besser für die Armen sorgt.«

»Diese städtische Suppe schmeckt nur nach Wasser und Gips, davon werden wir nicht fett.«

»Aber die Stadt anzünden? Das hilft uns nicht. Wir sollten den Händler aus Waldkirch erwischen, der sich im Hecht eingemietet hat. Der zahlt im Kaufhaus jeden Preis.«

»Was will der denn hier? Waldkirch liegt doch unten am Rhein oder irre ich mich da? Im Rheintal gibt es bestimmt mehr Mehl als hier oben.«

»Wieso das?«, fragte ich.

»Wie? Weißt du nicht, dass das Rheintal ein warmes fruchtbares Land ist? So warm und schön fast wie Italien.«

»Ach, und warum schuftet ihr dann hier in der Kälte, wenn das Paradies so nah ist?«, antwortete ich höhnisch.

»Ich habe gehört, dass die Händler das Mehl in die Schweiz schaffen und es dort an reiche Leute, Fabrikbesitzer zum Beispiel, verkaufen. Die Händler haben keinen Hunger und brauchen das nicht für sich selbst.«

»Woher willst du das wissen?«

»Das erzählt man sich in der Stadt. An der Schweizer Grenze soll es Transporte mit etlichen Wagen und Tausenden von Broten für die Schweiz gegeben haben.«

»Das ist doch Unsinn. Wo sollen die denn herkommen«?

»Die reichen Wucherer lassen sie backen. Am Rhein entlang soll es unvorstellbar viele Bäckereien geben.«

»Hab ich auch gehört. In Kadelsburg sollen etliche, die so einen Brotzug aufhalten wollten, von bewaffneten Schweizern erschossen worden sein.«

»Mir hat jemand erzählt, dass Wagen gestoppt wurden und das Brot verteilt.«

»Jetzt geht es offensichtlich los. Die Geduld der Menschen ist zu Ende.«

»Ich habe gestern gehört, wie der Gendarm vor dem Hecht den Fruchthändler Maier im Namen des Amtes aufgefordert hat, die Stadt zu verlassen. Man könne für seine Sicherheit nicht garantieren. Und der Maier hat geschrien, den Ersten, der ihn angreife, steche er nieder.«

»Uffhenke sott mr'n.«

»Wieso Fruchthändler? Was für Früchte gibt es denn vom letzten Jahr?«

»Feldfrüchte natürlich, Korn, Mehl.«

In der Waschanstalt brach eine Frau zusammen und wurde weggeschickt, als sie wieder zu sich gekommen war. Die Frauen fingen an zu schreien, hörten auf zu arbeiten und schlugen mit ihren Wäschepleueln an die Waschfässer. Schließlich kam der Besitzer aus seinem Bureau, drohte und versuchte, den Lärm der Frauen mit seinem Gebrüll zu übertönen. Die Frauen umringten ihn, die Wäschepleuel drohend erhoben. Da knickte er ein. »Also gut, sie kann wiederkommen«, sagte er schnell und verschwand nach oben.

## 11

Mannheim, März 1847

»Morgen ist es so weit, freust du dich?«

»Ich kann gar nicht sagen, wie sehr. Ich zähle die Tage, die Gustav im Gefängnis verbringt, besuche ihn, so oft es geht, koche, bringe ihm die Töpfe in seine Zelle.«

Henriette grinste. »Vielleicht solltest du ein wenig mehr an dich denken und für Gustav etwas aus dem Gasthaus bestellen.«

»Wieso wissen alle meine Freunde so genau, was gut für mich ist, und müssen sich ständig darüber lustig machen, dass Gustav und ich kein Fleisch essen? Wie kann jemand Demokrat sein, an die Würde des Menschen glauben und den Tieren ihre Würde nehmen? Für uns gehört das untrennbar zusammen. Und selbst wenn, es gibt doch fast nichts. Getreide in diesem Frühjahr nur noch zu Wucherpreisen, auch wenn die Stadt die Brotpreise kontrolliert und subventioniert. Bei den Kartoffeln ist es ähnlich. Für Gasthofkost fehlt uns erst recht das Geld. Manchmal kriege ich von jemandem ein Säckchen mit Kartoffeln geschenkt oder wir werden eingeladen.« Über das Gesicht von Amalie Struve war ein Schatten geglitten. Konnte es sein, dass sie gleich losweinen würde?

Henriette Pfister, verwitwete Flinder, biss sich auf die Zunge. Was musste sie Amalie so provozieren? Warum konnte sie das nicht lassen? Nur weil sie Amalies Gustav für ein wenig lächerlich hielt? Ein versponnener Vegetarier und Phrenologe, was immer das war, ernsthaft, meist den Menschen um sich herum Vorträge haltend. Und das mit einer hohen, dünnen Stimme. »Tut mir leid, Amalie. Ich weiß nicht, was in mich gefahren ist. Du liebst deinen Mann wirklich und tust so ungeheuer viel für ihn. Das könnte ich nicht.«

»Weil du nicht liebst, Henriette. Gustav und ich teilen alles miteinander. Auch jeden Gedanken. Wir besprechen während der Besuchszeit im Gefängnis, worüber ich schreiben soll, er braucht nicht viel zu sagen, ich weiß dann schon, schreibe alles auf, kümmere mich um die Redaktion – es ist unendlich viel zu tun, aber er findet immer noch ein freundliches Wort. Stell dir vor, seit er mich geheiratet hat, spricht seine Familie nicht mehr mit ihm. Er hat ohne Wenn und Aber mich, eine Frau von unehelicher Geburt, genommen. Wie schrecklich! Er hat über die Standesdünkel seiner Familie gelacht. Ich heirate nicht ein Mädchen von falscher Geburt, sondern eine Lehrerin, eine Frau, die selbstständig ihr Leben meistert und mir eine gleichwertige Gefährtin ist, hat er gesagt und mich geküsst. Und jetzt will er seinen Adelstitel ablegen.«

»Ja, das ist ungewöhnlich. Die meisten Männer denken anders. Selbst unser Mannheimer Friedrich Hecker, der ja wirklich radikal denkt. Ich höre ihn gern reden. Wenn er das Wort Freiheit in den Mund nimmt, kann man sie förmlich spüren. Mit jedem Wort trifft er mitten in die Herzen der Zuhörer.«

»Aber Frauen, die politisch denken und sich für die Revolution engagieren wollen, mit denen kann der Friedrich nichts anfangen. Stell dir vor, der Hecker spricht wahrhaftig von Weiberrechtlerei, die den Untergang von Zucht, Sitte und Häuslichkeit zur Folge habe. Gustav findet einen solchen Standpunkt lächerlich. Der Hecker weiß nicht, wovon er spricht. Jetzt ist er aufgebrochen zu einer Reise nach Algier. Verrückt, ausgerechnet jetzt, wo es darauf ankommt, muss er sich erholen. In Afrika. Wie kommt jemand nur auf so etwas!«

Henriette spürte die Röte in ihr Gesicht aufsteigen. Wie gerne sie Friedrich Hecker begleitet hätte! Der Rechtsanwalt und Abgeordnete der Zweiten Badischen Kammer war für sie der einzige attraktive Mann unter den Mannheimer Revolutionären. Voller neuer Gedanken und wilder Ideen unter seinen langen Locken. Mit ihm auf Kamelen durch die Wüste zu reiten, das wäre etwas. Die Wüstensonne, die kalten Nächte ... Sie würde ihn schon davon überzeugen, dass auch Frauen etwas im Kopf hatten. Aber leider gab er ihr nicht die Gelegenheit dazu. Sie hatte ihn ein paar Mal in der Bibliothek der Casinogesellschaft gesehen. Die Struves hatten dafür gesorgt, dass sie dort als Witwe Mitglied werden konnte.

Für sie als Frau interessierte Friedrich Hecker sich nicht. Als Gustav ihn Henriette vorgestellt hatte, hatte Friedrich Hecker sie kaum angesehen. Das passierte ihr selten bei einem Mann. Außerdem war er bereits verheiratet. Marie Josefine Eisenhardt war eine Tochter aus gutem Hause und hatte Friedrich Hecker, dem Advokaten aus einer Beamtenfamilie, den Weg in die betuchten Kaufmannskreise Mannheims geebnet. Für ihn war das von unschätzbarem Wert. Aber zumindest hatte er nicht ein Kind geheiratet wie andere, sondern eine Frau von 28 Jahren.

»Gustav schreibt im Gefängnis viel – im letzten Jahr hat er den ersten Band seiner *Grundzüge der Staatswis-*

*senschaft* herausgebracht – trotzdem sieht er im Gefängnis sein Leben zerrinnen. Die wichtigsten Jahre verbringt er mit kurzen Unterbrechungen dort, holt sich das Rheuma, sein Magen rebelliert. Da ist es doch selbstverständlich, dass ich ihm etwas Gesundes koche.«

»Du liebst ihn sehr!«

»Ja, aber es ist so wenig davon zu fassen. Wir haben selten Zeit füreinander. Wenn er aus dem Gefängnis herauskommt, gehört er seinen Anhängern. Bei seiner letzten Freilassung war die Straße vor dem Gefängnis schwarz von Menschen, die ihn begrüßen wollten. Die Hochrufe, wie sie ihn auf die Schulter nahmen und in den Aulasaal hier neben dem Gefängnis im Rathaus trugen, der sofort von Militär umstellt war. Ein Verstoß gegen das Versammlungsverbot! Wir hatten keinen Augenblick Ruhe. Für Struves Vorträge, auf die er sich vorbereitet hatte, verlangte das Stadtamt eine ministerielle Erlaubnis, was zum nächsten Verbot führte. Um die Zensur zu übertölpeln, hatte er behauptet, über die politische Situation in China zu sprechen. Die Herren im Ministerium glaubten das natürlich nicht, so blöde sind die nicht. Und so geht das weiter. Über die Freiheitskämpfe der Polen und Griechen darf man nicht viel schreiben, über eine deutsche Republik schon gar nicht. Aber Struve ist ein Fuchs. Er hat letztes Jahr all seine alten Artikel mit allen von der Zensur gestrichenen Stellen noch einmal veröffentlicht, weil Texte von großem Umfang nicht von der Zensur beachtet werden. Er hat sogar gewagt, Fürst Metternich anzugreifen, und ihn des Wortbruchs beschuldigt. Du ahnst nicht, welche Angst ich um ihn gehabt habe. Aber der neue Innenminister Bekk ist ja nicht reaktionär, sondern ein Liberaler. Der hat der Zensur ein wenig die Beißzähne gestutzt. Doch dann ... Du warst damals nicht in Mannheim und hast nicht mitbekommen, wie verstört Struve war, als das Mannheimer Journal ihn entlassen musste. Die katholischen Amtsträger hatten auf seine Vorgesetzten Druck ausgeübt, nur weil ein deutschkatholischer Priester in Bassermanns Garten gegen das Zölibat gepredigt und Struve begeistert darüber berichtet hat. Wenn sich die Welt ändert, dann muss sich selbst die katholische Kirche öffnen. In Mannheim sind schließlich die unterschiedlichsten Kirchen zu Hause. Wir sind jetzt Deutschkatholiken.«

»Aber Struve hat eine neue Zeitung, den Deutschen Zuschauer. Wie macht er das nur?«

»Gustav kann Menschen für seine Ideen gewinnen. Das war beim Mannheimer Journal so und das, obwohl die Zeitung der katholischen Kirche gehörte. Hoffen wir, dass er diesmal ohne größere Störungen weiterschreiben kann. Gustav hat jedenfalls vor, kein Blatt vor den Mund zu nehmen. Das tut er ja nie.«

»Die Art, wie Gustav mit den allzu braven liberalen Deputierten in seinen Artikeln umspringt, finde ich köstlich.«

»Paradedeputierte, Maulliberale, Kammermandarine, alles Wörter, welche die Runde gemacht haben. Mir gefallen sie auch. Aber ich habe täglich Angst vor der nächsten Verhaftung. Nur Gustav nicht. Wenn wir eine soziale Republik wollen, sagt Gustav immer, müssen wir das von Anfang an in aller Schärfe klarmachen. Das war und ist sein Standpunkt. Verrückt, dass im liberalen Mannheim der Handwerkerverein verboten und neun Gesellen ausgewiesen wurden; schließlich traf das Verbot auch den Turnverein. Gustav wollte dazu noch einen Badeverein gründen. Besonders verwerflich! Je mehr sich die Bevölkerung zu Worte meldet, umso verrückter schlägt das alte Regime um sich.«

»Das Verbot des Bade- und Turnvereins war schon lächerlich.«

»Die Ausweisung der Handwerker genauso. Viele Handwerker sind arbeitslos und in Mannheim gibt es noch nicht viele Fabriken. Zu essen haben sie auch nichts. Wir allerdings ebenfalls nicht. Struve und ich haben bis zu seiner erneuten Verhaftung halbe Nächte durchgearbeitet, sind mittags in die Armenspeiseanstalt. Die ist ja wegen der schlechten Ernährungslage jetzt für jedermann geöffnet. Vorher brauchtest du die Bestätigung des Bezirkskommissars, dass du wirklich arm warst. Aber dort gibt es Suppen, die aus Tierknochen gekocht sind. Die konnte Gustav nicht vertragen. Wenn mein Bruder Pedro nicht ein so guter Organisator wäre, wären wir längst verhungert.«

»Hat Gustav dir denn wenigstens das Schwimmen beigebracht?«

»Wir haben ein Lehrbuch von Otto Corvin, einem ehemaligen preußischen Offizier. Der ernährt sich jetzt mit dem Schreiben von solchen Büchern. Aber Zeit, das Schwimmen mit Gustav auszuprobieren, hatte ich nicht. Da kamen immer die Gefängnisaufenthalte dazwischen. Kannst du schwimmen?«

Henriette nickte. »Manchmal steige ich, wenn ich mit Artemis unterwegs bin, ganz früh am Morgen in den Neckar. Mannheim ist ja von Wasser umgeben.«

»Das muss um diese Jahreszeit eiskalt sein.«

»Und wenn schon, einmal untertauchen genügt schon, um sich frisch zu fühlen. Im Sommer werde ich dann wieder richtig schwimmen.«

»Du bist noch verwegener als Gustav. Da musst du dich vor Patrouillen hüten.«

»Keine Sorge, ich weiß einen Platz am Neckar, der schlecht einsehbar ist. Und im Wasser würde mich jeder für einen jungen Mann halten. Mein Haar verstecke ich unter einer Mütze.«

»Bewundernswert.«

»Nicht der Rede wert. Ich bewundere viel mehr, dass du weißt, wofür du lebst.«

»Du nicht? Du wirkst immer selbstbewusst.«

»Habe ich auch mal geglaubt. Aber seit Flinders Tod hat sich alles verändert, auch wenn ich froh bin, nicht mehr von ihm drangsaliert zu werden. Als wenn mir alle Kraft abhanden gekommen wäre. Ich weiß gar nicht mehr, wozu ich tauge.«

»Du schreibst hervorragende Artikel über die Sache der Frauen. Und um deine finanzielle Unabhängigkeit beneiden dich viele.«

»Ach, als Frau kannst du nicht wirklich etwas bewegen. Kannst höchstens deinen Mann unterstützen, wenn du denn einen hast.«

»Was ich gerne tue. Aber du schreibst doch deine eigenen Artikel.«

»Ja, die gebe ich dann in einer Redaktion bei den Männern ab und das war's. An den Sitzungen, den Treffen, den Planungen bin ich nicht beteiligt. Da gehört eine Frau allein nicht hin. Vielleicht denkt auch einfach niemand daran, mich dazuzubitten.«

»Du bist noch nicht lange in Mannheim.«

»Warum sollte mich da jemand zu einer Redaktionskonferenz einladen? Dazu kommt, dass ich oft gar nicht will. Die Tagesgeschäfte interessieren mich nicht besonders. Und natürlich kenne ich mich mit den Mannheimer Verhältnissen nicht gut aus. Aber das alles ist es nicht. Eigentlich fühle ich mich als Schriftstellerin, habe einen angefangenen Roman zu Hause liegen.«

»Dann weißt du, was du tun willst!«

»Das Schlimme ist, der Roman interessiert mich jeden Tag weniger. Oder ich habe keine Kraft dazu. Am liebsten wäre ich ein Mann.«

»Mathilde Franziska Anneke hat es allein geschafft. Ich bewundere sie sehr. Du warst doch in Köln. Hast du mit ihr zusammengearbeitet?«

»Ich – es hat sich nicht ergeben. Diesen Anneke mag ich nicht besonders und Mathilde vertritt einen Standpunkt, den ich nicht nachvollziehen kann. Sie hat überhaupt keinen Sinn für die kleinen weiblichen Amusements, dafür, dass eine Frau schön sein und sich gut oder ausgefallen kleiden will. Für sie gibt es nur die Arbeit, die Pflicht. Und gelehrte Männer, mit denen sie um die Gelehrsamkeit wetteifert. Sie hat mehr aufgeklärte Philosophen gelesen als die meisten Männer. Ich glaube, ich bin eher eine poetische Schriftstellerin, auch wenn ich im Augenblick außer kurzen Artikeln kaum schreibe. Mir fehlt die Inspiration.«

»Bist du deswegen aus Köln weg?«

»Ja, auch. Hier in Mannheim gefällt es mir besser. Hier sind nicht alle so siebengescheit wie in Köln.«

»Mein Gustav ausgenommen.«

Die beiden Frauen lachten, beide aus unterschiedlichen Gründen, die sie verlegen machten. »Hast du nicht Lust, mit Gustav Ende des Monats die Oper zu besuchen? Eine Oper von Albert Lortzing. Musik und Libretto beide von ihm. Ich lade euch ein.«

»Zar und Zimmermann? Die Oper wird erneut aufgeführt? Da wird Gustav sich freuen. Albert Lortzing hat vor drei Jahren die Oper in Mannheim mit großem Erfolg persönlich dirigiert. Der Oberregisseur des Theaters, Philipp Düringer, bewundert ihn ohne Ende. Die Aufführung damals haben wir verpasst. Gustav war zu der Zeit im Gefängnis und ich musste mich um vieles kümmern. In den nächsten Wochen haben wir wieder sehr viel zu tun. Das Treffen der Demokraten in Offenburg muss vorbereitet werden.«

»Einen freien Abend werdet ihr euch leisten können.«

»Wäre schön.«

*

Die Struves würden in der nächsten Zeit beschäftigt sein und Henriette hatte eigene Pläne. Die sie Amalie verschwiegen hatte. Es hatte sich einfach nicht ergeben. Das versuchte sie sich wenigstens einzureden. Vielleicht war es ihr auch zu mühsam, darüber zu sprechen. Sie war dabei, einen literarischen Salon zu gründen. Eine Rolle, die zu ihr passte und vielleicht eine Möglichkeit, ihren Platz in Mannheim zu finden. Sie hatte im Rheinischen Hof in P3, nur drei Quadrate von ihrer Wohnung entfernt, bereits einen Raum gemietet und eine Annonce in die Zeitung gesetzt mit dem Zusatz, dass Personen aller Stände willkommen seien.

Und wirklich: Am Dienstagabend erschienen zwei Dienstmädchen, frisch gewaschen und gebügelt, allerdings mit einem grässlichen Pfälzer Dialekt. Zum Glück sagten sie nur zu Anfang in der Vorstellungsrunde schüchtern etwas, sie läsen, so oft sie Zeit hätten, und würden auch gerne etwas von Politik verstehen. Ein junger Mann stellte sich als Cornelius Rinklin vor, Aktuar, gerade von Lörrach in Südbaden nach Mannheim versetzt und auf der Suche nach einem geselligen, anregenden Kreis.

Die auffallendste Erscheinung des Abends war Mrs Margery Soane aus York, die mit ihrer fast noch kindlichen Nichte Vanessa Chaffinch auf der Durchreise zu einer Kur in Baden-Baden im Europäischen Hof weilte. Mrs Soane trug ein hochgeschlossenes schwarzes Kleid mit einem sehr schönen weißen Spitzenkragen und einen eleganten grauen Seidenschal um die Schultern.

Auf den ersten Blick wirkte sie gemütlich, ein rundes Gesicht mit einem kleinen Doppelkinn, ein weicher Mund mit einer breiten Unterlippe, die Augen müde oder ein wenig unkonzentriert. Im scharfen Gegensatz dazu hatten sich von der Nase an abwärts zwei tiefe Falten in das Gesicht eingegraben.

Neben ihr hatte eine Lehrerin für Naturlehre sowie Schön- und Rechtschreiben am Großherzoglichen Institut, Josefine Winterling, Platz genommen, im weißen, bis zum Hals zugeknöpften Hemd und schwarzem Hütchen. Sie konnte dreißig, aber auch fünfundvierzig Jahre alt sein, Henriette konnte das bei dieser Person schlecht einschätzen. Etwas atemlos berichtete Fräulein Winterling, dass sie lange im Haushalt des Oberst von Roggenbach als Gouvernante gearbeitet habe, wo man ihr vom Salon der Großherzogin Stephanie von Baden, geborene Beauharnais, vorgeschwärmt habe.

Der Oberst hatte Josefine Winterling nach Mannheim empfohlen. Sie hatte auf eine Stellung als Gouvernante für Prinzessin Carola gehofft, der Enkelin der Großherzogin. Denn Prinzessin Luise, die Tochter der Großherzogin, war nach der Scheidung von Prinz Gustav Wasa von Schweden ins Schloss von Mannheim, dem Witwensitz ihrer Mutter, zurückgekehrt. Man hatte Fräulein Winterling eine Stelle im Großherzoglichen Institut angeboten, sie habe ein wenig gezögert, bevor sie eingesehen habe, dass das eine Art Auszeichnung sei.

Fräulein Winterling erhoffte sich im bürgerlichen Salon der Madame Pfister natürlich nichts Vergleichbares zu dem der Großherzogin. Aber wenn sie in diesem öffentlich zugänglichen Salon in kultureller Hinsicht ein wenig profitieren könnte, wäre sie hochzufrieden.

Während Josefine Winterling berichtete, löste sich der matte Blick der Engländerin. Da wäre sie hier ja richtig, denn sie überlege, ihre Nichte im Großherzoglichen Institut anzumelden, es sei ihr in England empfohlen worden. Fräulein Winterling nickte, ja, dieses Institut sei international bekannt, etliche Schülerinnen stammten aus England oder Frankreich. Adlige und bürgerliche junge Damen würden gemeinsam unterrichtet »*and are treated equally, really*, in allem gleich«. Sie trügen auch gleiche Kleidung ohne Schmuck: im Sommer rosa Gingham-Kleider mit Strohhüten, beste Qualität, im Winter blaue wollene Kleider mit schwarzen Schürzen und schwarzen Sammethüten. Denn ...«

Ihr Vortrag wurde von einem hysterischen Kichern der beiden Dienstmädchen unterbrochen. Die eine gluckste hervor: »Dann könnten auch wir dort zur Schule gehen, im rosa Gingagamkleid?«

»Und mit Hütchen?«, ergänzte die andere.

»Im Prinzip ja«, entgegnete Fräulein Winterling würdevoll. »Wenn Sie das Schulgeld zahlen könnten. Aber Sie sind bereits zu alt. Mit vierzehn verlassen die jungen Damen meist das Institut.«

»*There are no grants?*« Miss Chaffinch meldete sich zu Wort.

»Natürlich, für begabte junge Damen, deren Familien nicht über solche Geldmittel verfügen, gibt es Stipendien. Aber wo war ich stehen geblieben? In ethisch-moralischer Hinsicht hält sich das Institut an die Lebensgrundsätze des Arztes Johann Heinrich Jung-Stilling, *a famous pietist*, was heißt, dass auf die Gemütsbildung großer Wert gelegt wird. Wobei die Mädchen im Religionsunterricht nach Konfessionen getrennt werden und davon gibt es in Mannheim etliche. Allein drei protestantische: deutsch reformiert, wallonisch reformiert und lutherisch. Dazu Katholiken. Das Institut liege nahe beim Schloss in L4, im ehemaligen Karmeliterkloster.«

Fräulein Winterling hatte ihre Erklärungen teilweise in ordentlichem Englisch vorgetragen, was Mrs Soane als Aufforderung auffasste, weitere Fragen auf sie abzuschießen, während die Dienstmädchen leise tuschelten.

Wieso im Mannheimer Schloss nicht der *Grand Duke of Baden* residiere?

Diesmal ergriff Henriette das Wort: »Der junge Fürst und die Regierung Badens halten sich in Karlsruhe auf. Die Großherzogin Stephanie hat das leerstehende Mannheimer Schloss als ihren Witwensitz gewählt, ist aber häufig auf Reisen. Im Winter meist im südfranzösischen Nizza.«

Ob das die Dame sei, die mit Napoleon verwandt und die Mutter von Kaspar Hauser sei? Fürchterlich, was einer Mutter widerfahren könne, wenn sie fremd in einem Lande sei. Die scharfen Falten im Gesicht der Lady schienen sich noch zu vertiefen.

Fräulein Winterling hauchte, das seien nur bösartige Gerüchte. Der Erbprinz sei gleich nach der Geburt gestorben. Niemand habe ihn entführt. Aber was die Großherzogin beträfe – sie sei die Adoptivtochter Napoleons.

»Nicht so voreilig, mein Fräulein, über Kaspar Hauser gibt es Untersuchungen, die das anders sehen«, warf der Aktuar ein.

Fräulein Winterling zuckte zusammen, starrte einen Augenblick vor sich hin, bevor sie neu ansetzte: »Was Sie in Mannheim auf keinen Fall verpassen sollten, ist das Theater. Die Stadt verfügt über eine ansprechende, hochmoderne Theatermaschinerie. Josef Mühldorfer, der Leiter des Dekorations- und Maschinenwesens, ist ein Tüftler von ungewöhnlichen Fähigkeiten und Geschmack. Er ist so berühmt, dass die Opernhäuser von Paris, Wien und Bukarest bei ihm in Mannheim die Dekorationen für ihre Aufführungen bestellen. Er hat einen Vertrag auf Lebenszeit, damit ihn uns niemand wegnehmen kann.«

Der Aktuar grinste abschätzig.

Doch Mrs Soane ließ sich ihren Faden nicht zerschneiden. Sie habe gedacht, in eine Residenzstadt zu kommen und zu den herrlichen Gärten des *Grand Duke*, wo Wolfgang Amadé Mozart residiert habe.

Eine Residenzstadt sei Mannheim nicht mehr, denn den kurpfälzischen Hof gebe es nicht mehr, dessen Mitglieder hätten sich nach München zurückgezogen. Mannheim gehöre jetzt zum Land Baden, dessen Großherzog von Karlsruhe aus regiere. Aber die Schwetzinger Gärten mit der Sommerresidenz, wo der junge Mozart aufgetreten sei, existierten noch, »*some thirteen kilometers south of Mannheim*«, außerdem habe die Großherzogin den Mannheimer Schlossgarten in einen Park nach englischem Stil umgestaltet und der Öffentlichkeit zugänglich gemacht. Die Großherzogin sei eine Wohltäterin. Ein Besuch in den Gärten sei zu dieser Jahreszeit, da die Pracht sich gerade entwickele, sehr zu empfehlen.

Aber warum alle Häuser in der Stadt grau oder weiß gestrichen seien samt den Simsen ... So ging es weiter, endlos.

Schließlich gelang es Henriette, die Fragen von Mrs Soane mit dem Hinweis zu unterlaufen, dass ein Spaziergang auf dem Rheindamm oder eine Fahrt mit dem Ausflugsdampfer nach Worms hinüber lohnende Ausflugsziele seien. Die neue Kettenbrücke über den Rhein, von der Stadt gebaut, sei besonders imposant. Und auch die Sternwarte sei berühmt.

»Zur Zeit geschlossen«, ergänzte der Aktuar. »Weil die Regierung in Karlsruhe noch nicht darüber verfügt hat. Warum soll es Mannheim besser ergehen als anderen Städten, die Napoleon so freigebig an den Markgrafen von Baden verschenkt hat? Und ihm dann noch die Kurfürstenwürde verliehen und ihn zum Großherzog ernannt. Das kostet nichts. Der Usurpator hat auf diese Weise nur seine schlichte Verwandtschaft in die ersten Kreise Europas gehievt.«

»Nein, nein!« Fräulein Winterling war entsetzt. »Die Familie der Großherzogin trug schon immer den Grafen- und Marquistitel.« Der Aktuar schnaubte. Schließlich fing Henriette den Blick von Vanessa Chaffinch auf, der begehrlich zum Klavier hinüberschweifte. »*You want some music? Miss Chaffinch, please.*«

Die junge Dame mit den großen, weit aufgerissenen Augen und sonst dem gleichen runden Gesicht wie ihre Tante ließ sich nicht lange bitten, spielte recht ordentlich eine Sonate von Wolfgang Amadé Mozart. Dann stimmte sie ein Lied von Felix Mendelssohn-Bartholdy an, der Text sei von Robert Burns, hauchte sie und schaute fragend zu den deutschen Damen hinüber. Henriette reagierte sofort und begann zu singen: »*Schlafloser Augen Leuchte, trüber Stern …*« Die kleine Chaffinch strahlte. Ein paar Mal holperte die Pianistin, Henriette musste den Text an einigen Stellen durch eigene Worte ergänzen. Doch das Publikum war begeistert und applaudierte.

Henriette fasste Mut. »Ich würde Ihnen gerne die ältere Schwester von Felix Mendelssohn vorstellen: Fanny Hensel. Eine großartige Musikerin, wenn auch weitgehend unbekannt. Leider ist sie vor wenigen Wochen mit 42 Jahren gestorben.«

Ein bedauerndes Raunen ging durch den Raum. »Von Frau Hensel habe ich noch nie etwas gehört«, erklärte Fräulein Winterling.

»Sie hat erst im letzten Jahr Kompositionen veröffentlicht. In Berlin sollen ihre Konzerte am Sonntagvormittag berühmt gewesen sein. Ich singe aus ihrem

Opus 1 das *Schwanenlied.* Der Text ist von Heinrich Heine, einem deutschen Dichter, der sicher auch in England bekannt ist.« Die Damen nickten pflichtschuldig. Man lauschte intensiv, auch der Aktuar. Er forderte sogar weitere Lieder dieser Frau Hensel. Seinem Wunsch schlossen sich die Damen an und Henriette erfüllte ihn gern.

Es war ihr wichtig gewesen, ihre neue Wohnung in R6 am Rande der Quadrate, in welche Mannheim eingeteilt war, mit einem Klavier zu möblieren. Vor einigen Wochen war sie beim Stöbern in der Musikalienhandlung Zeller auf diese Lieder gestoßen und erstaunt gewesen. Sie kannte Kompositionen von Clara Schumann, aber sonst keine Frauen, die es wagten zu komponieren. Sie kam seitdem nicht mehr von dieser Musik los. Voller Sehnsucht, voller Traurigkeit, ohne Erfüllung, sprach sie Henriettes Gemüt direkt an, und nicht nur die Musik, auch Heines Text: *Es fällt ein Stern herunter aus seiner funkelnden Höh, das ist der Stern der Liebe, den ich dort fallen seh ... Es singt der Schwan im Weiher und rudert auf und ab, und immer leiser singend taucht er ins Flutengrab.*

Henriette hatte sogar mit dem Gedanken gespielt, die Komponistin in Berlin aufzusuchen. Aber nun war sie tot und Henriette spielte zu ihrem Gedenken. So klang der Abend doch noch musikalisch-poetisch aus.

Einige der Teilnehmer stellten sich am folgenden Dienstag wieder ein. Als Henriette den Raum betrat, saß der Aktuar bereits in seinem Sessel, was in Henriette Befürchtungen hervorrief, dass dieser schwer einzuschätzende junge Mann ein Spitzel sein könnte. Erstaunlicherweise saß Josefine Winterling wieder auf dem Sofa und blickte erwartungsvoll in die Runde. Ein weiterer junger Mann stellte sich als Christian Blankenstein vor, Lehrling in der Buch-, Kunst- und Musikalienhandlung von Guido Zeller. Henriette kannte ihn, er verehrte sie wohl ein wenig und suchte ihr im Geschäft immer die neuesten Notenbücher heraus.

Dann war da ein Franzose, Émanuel Dupont, Philosoph und Reisender. Diesmal stellte er die Fragen. Natürlich auf Französisch. Und sehr direkt. Was es mit dem Bettelfang im Odenwald auf sich habe, er habe gehört, dass Gendarmen dort vom Einfangen der Bettler lebten, mit denen sie die Fangprämie von 15 Kreuzern dann teilten? Für den Staat ganz schön teuer und eine sinnlose Aktion.

Entsetztes Schweigen in der Runde.

Dupont grinste süffisant: »*Alors, Mesdames*, zumindest werden Sie mir sagen können, ob in Baden eine Revolution zu erwarten ist und ob sich Baden dann Frankreich oder der Schweiz anzuschließen gedenkt?«

Henriette versuchte zu erklären, dass Mannheim eine liberale Stadt sei und vor allem die Mannheimer Abgeordneten der Zweiten Badischen Kammer Forderungen an die Karlsruher Regierung stellten, den Handel freizugeben und der Stadt eine gewisse Eigenständigkeit zuzugestehen. Auch um Geschworenengerichte werde gestritten, hin und wieder die Zweite Kammer aufgelöst und Neuwahlen würden ausgeschrieben.

»Und nach jeder Auflösung gehen die Liberalen gestärkt aus den Wahlen hervor«, platzte der Lehrling stolz dazwischen.

Monsieur Dupont, die Haare in wilden Locken um den Kopf stehend, Mund- und Augenpartie jeweils nur ein Strich, wischte die Bemerkungen mit der Hand vom Tisch. Er habe anderes gehört. »In Frankreich stehen wir kurz vor der Revolution. Das System ist krank, sterbenskrank, regiert von Finanzhaien, von Leuten wie dem Bankier Lafitte. Der sogenannte Bürgerkönig Louis-Philippe, vom Volk auf den Thron gehoben, hat in jeder Hinsicht versagt. Wer raffen will, den unterstützt der Staat; Industrie, Handel und Banken wachsen, die Armen können sehen, wo sie bleiben oder werden verhaftet und in die Sümpfe von Cayenne deportiert. Aber jetzt ist auch das Geldsystem in eine Krise gestürzt und das Volk wacht auf. Das wird auch auf Ihr Land Auswirkungen haben.«

»Monsieur, mäßigen Sie sich, bitte mäßigen Sie sich«, brachte Josefine Winterling mit hochrotem Kopfe hervor.

»Ach was, ängstlich den Mund zu halten bringt niemanden weiter«, erklärte Dupont. »Ein Salon ist ein Ort politischer Auseinandersetzung und Klärung. Jedenfalls in Paris.«

Der Aktuar hatte ein Heft hervorgeholt und schrieb darin.

Christian Blankenstein setzte an: »Der Gesangverein …«

Fräulein Winterling fuhr ihm über den Mund. »Ein Salon ist ein Treffpunkt für kulturelle Angelegenheiten, nicht für politische Tiraden. Wenn niemand Einwände hat, würde diesmal ich etwas Musik von einem großen Deutschen auf dem Piano zu Gehör bringen.«

»Natürlich, bitte, Demoiselle.« Henriette eilte zum Klavier und klappte den Deckel auf. »Brauchen Sie Noten?«

Fräulein Winterling schüttelte unwillig den Kopf und begann mit einer Sonate von Mozart, was aufmerksame Entspannung in die Runde brachte. Anschließend sang Henriette ein Lied von Schumann aus dem Zyklus *Dichterliebe,* wieder mit einem Text von Heinrich Heine. Der Franzose applaudierte mit geschlossenen Augen und der Aktuar ließ sein Heft sinken.

Diesmal nutzte Dupont den Namen des Dichters, um seine politischen Gedanken weiterzuverfolgen: »Henri

Heine gehört in Paris zum Kreis um Karl Marx. Der dürfte auch hier bekannt sein.«

Henriette erwiderte: »Ich kenne zufällig den Namen, weil ich eine Zeit lang in Köln gelebt habe. Dort ist der Name bekannt. Kommunistische Gruppen gibt es aber in Mannheim nicht. Ich habe Ihnen ja bereits erklärt, dass Mannheim eine liberale Stadt ist, die sich mehr Freiheitsrechte wünscht. Sonst nichts.« Alle bestätigten das nickend, selbst der Aktuar.

»Zum Abschluss möchte ich Ihnen noch einen Ausspruch der George Sand mit auf den Weg geben, der vielleicht zu unserem Abend passt: *Zweifellos vermag die Politik Großartiges zu schaffen, aber nur das Herz vollbringt Wunder.*« Einen Augenblick verharrten Henriettes Zuhörer still, dann applaudierten sie erleichtert, während Monsieur Dupont in schallendes Gelächter ausbrach. Danach löste Henriette die Runde auf.

Während die anderen den Raum verließen, blieb der Franzose abwartend neben Henriette stehen. Leise raunte er ihr zu: »Hat nicht ein gewisser Struve auf dem Fest der Turner und Sänger in Heidelberg den bewaffneten Kampf gegen den Polizeistaat für unausweichlich erklärt?«

Henriettes Hände begannen zu zittern. Was wollte dieser Mann von ihr? Woher wusste er, dass sie Struve kannte? Und dann so zu provozieren! Sie schüttelte den Kopf: »Tut mir leid, Monsieur, von diesen Dingen verstehe ich nichts. Wenn Sie über Politik reden wollen, so gehen Sie in die Harmonie im Achenbachischen Kaffeehaus in D2, 6, für Reisende ist die Mitgliedschaft einen Monat lang frei.«

»Ja, so stand es auch in meinem Reiseführer«, antwortete Dupont lächelnd. »Eine erstaunliche Stadt, dieses Mannheim. Aber ich ziehe das Casino im Palais Hillesheim am Marktplatz vor. Weniger Militär, kein

Adel, das fortschrittliche Bürgertum. Ist mir alles bekannt. Auch die Ressource, den Geselligkeitsverein der Bürger mosaischen Glaubens, habe ich mir angeschaut. Deren Haus befindet sich in C1, 2 in bester Lage. Sogar im Lese- und Geselligkeitsverein der Handwerksmeister habe ich mir einen Vortrag angehört und anschließend die Industrie-Halle im Schloss mit wirklich sehr interessanten Ausstellungsstücken angesehen. Sehr schöne Möbel werden in Mannheim produziert, gutes Holz, hervorragend verarbeitet. Auch wenn es Ihnen merkwürdig vorkommen mag, am meisten beeindruckt hat mich der Verein der Gesellen. Eine imposante Bibliothek haben sich diese einfachen Menschen zugelegt. Die bleibt, auch wenn ihr Verein zur Zeit verboten ist.«

Als er Henriette ins Gesicht schaute, verzog sich sein Mund fast zu einem Lächeln: »Sie sollten nicht so vorsichtig sein. Einer jungen Dame wie Ihnen reißt niemand den Kopf ab. Sie gäben eine wunderbare Amazone ab. Lesen Sie die Schriften von Olympes Gouges, die ist besser als die Sand. Tatkräftig, und alles aus eigener Kraft. Die Frauen in Frankreich sind aufgewacht, die lassen sich die Politik nicht mehr einfach von den Männern vorschreiben.«

Henriette wusste nicht, was sie von diesem Franzosen halten sollte. Konnte es Menschen geben, die sich aus reiner Neugier einen Vortrag für Handwerksmeister über Buchführung und Ähnliches anhörten? Dazu noch in einer fremden Sprache?

Sie lief noch am selben Abend zu den Struves und erzählte von Dupont. Amalie war ein wenig erschrocken, aber Gustav lachte laut heraus: »So berühmt sind wir bereits? Mein Gott, was dieser Dupont gesagt hat, weiß jeder. Beim Turnerfest in Heidelberg im letzten Jahr wurde meine Rede von den Heidelberger Zeitungen als jakobinisch bezeichnet. Alles hohles Theater. In der Realität muss der Staat Stück für Stück nachgeben. Gleich nach dem Fest durfte der Turnverein in Mannheim sich neu konstituieren. Also mach dir keine Sorgen.«

»Was gründest du auch einen Salon?«, regte sich Amalie auf. »Deren Tage sind vorbei. Vor allem, da der Salon der Beauharnais einen ausgezeichneten Ruf hat und sie sehr rege in Mannheim ist – ihr Mädcheninstitut ist weltberühmt und Stephanie Beauharnais gibt sich wirklich Mühe. Irgendwie finde ich sie bewundernswert. Erst eine freie Kindheit auf dem Land, dann Adoptivtochter des Eroberers Napoleon, schließlich, mit sechzehn, Ehefrau eines Erbprinzen in der deutschen Provinz, dessen Verwandtschaft dich hasst, das musst du erst einmal verkraften. Dann ist dein Adoptivvater plötzlich nicht mehr en vogue, sondern der Gejagte aller europäischen Fürsten. Landet auf einer einsamen Insel als Gefangener. Da musst du froh sein, nicht verjagt zu werden. Das hat sie alles überstanden. Gebildet ist sie dazu. Mit einer Frau solchen Zuschnittes solltest du dich nicht messen. Mannheim bietet dir als Kulturstadt bessere Verbindungen als einen unbedeutenden eigenen Salon.«

Wenn Amalie gewusst hätte, wie sehr ihre Bemerkung Henriette zu schaffen machte! Zum Salon würde sie nicht noch einmal einladen, das war jetzt klar. Dieser Dupont! Was er wohl mit der Erwähnung von Olympes Gouges bezwecken wollte? Oder war er wirklich fortschrittlich und wollte ihre Emanzipation fördern? Als Mann fand sie ihn unangenehm, arrogant. Nicht nur dieser Dupont war undurchschaubar, auch die Absichten des Aktuars waren unklar. Fräulein Winterling dagegen nervig. Und dann Amalies Urteil über ihren Salon! Natürlich war sie nicht die Großherzogin. Aber etwas mehr hätte Amalie ihr ruhig zutrauen können. Die Struves waren wohl mit anderem beschäftigt.

Wichtigerem als Henriettes Salon. Mit großer Politik. Henriette war zum Heulen zumute.

Sie trank zu Hause noch ein Glas Rotwein und aß ein Stückchen Schokolade. Zwei. Sie war so aufgewühlt. Verspürte keine Lust, ins Bett zu gehen. Nahm schließlich ein paar Tropfen Laudanum. Der Apotheker hatte gesagt, nur für Notfälle. Aber heute war irgendwie ein Notfall. Der Mohnsaft würde ihr guttun. Als sie sich endlich hinlegte, wälzte sie sich noch eine Zeit lang herum, schlief unruhig und träumte wirr. Dann wurden die Bilder ruhiger, zusammenhängender. Sie war, wie so oft, wieder daheim bei ihrer Familie, ein Kind.

*Bereits der Gottesdienst am Morgen ging rascher vorüber, in der Predigt, die der Vater über Psalm 40,6 hielt, fehlte der sonst obligatorische Hinweis auf die Bedeutung von Buße und innerer Einkehr. »Herr, mein Gott, groß sind deine Wunder und deine Gedanken!«*

*Das Mittagessen verlor ein wenig an Feierlichkeit, weil alle mit den Gedanken beim Aufbruch waren und Marie, das Hausmädchen, bereits den Korb mit Kaffee und Kuchen richtete. Sonntags hatte sie ihren freien Nachmittag, an dem sie sich mit ihrem Freund treffen würde. Henriette und Antonia rätselten immer noch, wie er wohl aussah, aber Marie ließ sich nicht ausfragen, erging sich nur in Andeutungen. Dass er ein Kutscher sei, der viel herumkomme, und ein ordentlicher Mensch.*

*Bis zum Stadtrand, wo die Gärten lagen, war es nicht weit, trotzdem behauptete der Vater jedes Mal stirnrunzelnd, der Auszug der Israeliten aus Ägypten könne sich nicht aufwändiger gestaltet haben als der seiner Familie für den Sonntagnachmittag.*

*Den Anfang machte Wilhelm, der feierlich sein Eimerchen schwenkte, da er vom Vater das wichtige Amt übertragen bekommen hatte, jeden Pferdeapfel, der un-*

*terwegs die Straße zierte, mit einer kleinen Schaufel für den Komposthaufen einzusammeln. Karoline und Antonia zogen den Handkarren mit Geschirr, Kuchen und dem Kaffee; meistens lagen auch noch Regenschirme an der Seite und warme Umschlagtücher, die bei jeder Temperatur mitgeführt werden mussten.*

*Henriette schleppte natürlich Antonias Rucksack mit dem Tierbestimmungsbuch, neben das der Vater seine Zeitung steckte, Karoline ein Modenheft, während die Mutter ihre Näharbeit nicht im Stich lassen wollte. »Wenigstens die Rosetten an der Bordüre würde ich gerne fertigbekommen«, erklärte sie mit einem vorwurfsvollen Blick zu den beiden heranwachsenden Töchtern, die ihre Aussteuer ihrer Ansicht nach vernachlässigten.*

*Bis alles beisammen und Henriette noch einmal ins Haus gelaufen war, um Vaters Pfeifenstopfer zu holen, hatte Mopsi die Gruppe bereits mehrere Male schwanzwedelnd und auffordernd kläffend umrundet.*

*Im Garten angekommen, unterzog der Vater sein Gemüse und Obst einem Kontrollgang, bei dem Wilhelm ihn begleiten und sein Eimerchen auf dem Mist ausleeren durfte, während die Mädchen den Kaffeetisch deckten. Schließlich machten sich alle über Kaffee und Kuchen her. Für den Rest des Nachmittags lagen Umschlagtücher, Pfeifenstopfer, Modenhefte und Bordüren unbeachtet umher, denn auch die Mutter zog es zu den Beeten, wo sie bei den Blumen nach dem Rechten sah.*

*Wilhelm hatte den Sonntagsanzug mit dem Gartenkittel vertauscht und lag bereits im Gras am Teich oder kroch zwischen den Büschen herum, im Auftrag seiner großen Schwester auf der Suche nach Käfern und Lurchen. Die waren Antonias Interessengebiet. Wilhelm händigte die Tierchen Henriette aus, die sie so lange zwischen ihren Fingern herumkrabbeln lassen musste, bis Antonia sie genau beschrieben und die Merkmale in ein Heft eingetragen hatte. Jetzt bekam Henriette die Erlaubnis, den Käfern die Freiheit zurückzugeben, während Antonia in ihrem Bestimmungsbuch ihren Namen nachschlug. Antonia träumte davon, einen Forscher zu heiraten, der mit ihr nach Borneo oder in den Kongo reisen würde.*

*Irgendwann verlor Henriette die Lust an den Käfern, verzog sich zu ihrem Apfelbaum, verknotete das Gartenkleid über den Knien, zog sich hoch und setzte sich auf den untersten, fast waagerecht wachsenden Ast. Dann verlagerte sie das Gleichgewicht, bis sie den Ast an den Kniekehlen spürte, ließ sich nach hinten fallen und schwang eine Weile an den Knien hängend hin und her. Wenn der Ast nur nicht so rau gewesen wäre! Sie griff mit den Händen nach dem Ast, um mit den Beinen nach hinten zu kippen, landete sicher im Gras. Sie wartete auf die Zurechtweisung durch die mütterliche Stimme, das schicke sich für ein Mädchen nicht. Auch nicht für ein kleines. Man könne ja dabei ihre Unterwäsche sehen. Selbst wenn sie das Kleid verknote. Und außerdem sei es zu gefährlich. Aber nichts war zu hören. Henriette rieb sich ein wenig die aufgeschürften Kniekehlen und hinkte zum Gartentor, schaute sich um. Niemand beachtete sie, nicht einmal Mopsi, den sie irgendwo am Teich um Wilhelm herumspringen sah.*

*Vor ihr lag die Landstraße, menschenleer streckte sie sich an den Gärten entlang auf die Felder zu. Das Mädchen kannte den Weg, wusste, dass am Ende der Gärten in den Wiesen wilde Blumen wuchsen, Margariten, Kornblumen, Mohn. Sie wanderte an der Hecke entlang, in der im Frühling die Maikäfer im frischen Grün hockten, die Antonia zu zählen versucht hatte, wobei Henriette sich die Zahlen merken sollte. Sieben, fünfzehn und siebzehn, obwohl sie so weit noch gar nicht zählen konnte. 39 hatte Antonia zuletzt in ihr Heft eingetragen.*

*Jetzt bildeten die Hecken undurchdringliche Blätterwände, kaum unterbrochen, einzig an den Gartentoren konnte sie ein wenig in die fremden Gärten spähen. Überall Obstbäume, Beete, Büsche, irgendwo dahinter Stimmen. Endlich öffnete sich der Horizont, noch ein Garten, dann ein Kartoffelacker – schnell vorbei, von Käfern hatte sie heute genug. Dann auf der linken Seite ein Kornfeld, aus dem die blauen Kornblumen leuchteten, gefolgt von Wiesen mit bunter Blumenpracht. Henriette blieb stehen. Über ihr strahlte ein weiter, blauer Himmel.*

*Es war verboten, durch ein Kornfeld zu laufen, eine Ähre abzuknicken hieß, das tägliche Brot, das Gott den Menschen schenkte, mit Füßen zu treten und die Arbeit der Bauern, Müller und Bäcker zu missachten. Aber wenn sie ganz vorsichtig vom Rand aus ...*

*Wieder raffte sie den Rock hoch, sprang über den Graben, reckte sich, erreichte eine der blauen Blumen, schob ein paar Ähren auseinander, wagte einen Schritt dazwischen. Dann zog sie sich hastig zurück, sprang diesmal nicht über den leeren Graben, sondern hielt sich am Rand. Eine Brennnessel streifte ihr Bein und hinterließ eine rote Spur, die sie mit Spucke bestrich. Endlich erreichte sie die Wiese, die kurz vor der Mahd auch nicht niedergetreten werden durfte. Aber das war nicht so schlimm, denn das Gras richtete sich wieder auf und es gab viele Blumen am Rand. Sie pflückte, bis sie den Strauß mit einer Hand nicht mehr umfassen konnte. Zeit umzukehren.*

*Plötzlich war ihr heiß, spürte sie das Brennen bis in den Nacken. Sie schaute hoch. Alles schien so wie vorher: der Himmel blau, ein dunkles Wölkchen weit weg, Wiesen, Äcker, am Horizont ein paar Büsche. Nirgend-*

*wo ein Mensch. Nur Henriette, allein in der Mittagshitze. Wenn ihr jetzt etwas passieren würde, wann würde sie jemand finden? Sie wusste, dass man von der Hitze ohnmächtig werden konnte. Inzwischen spürte sie das Brennen überall auf der Haut. Sie raffte die Blumen zusammen, die ihr aus der Hand geglitten waren, und setzte zitternd Fuß vor Fuß. Endlich hatte sie den Graben erreicht, sprang und atmete erleichtert auf. Schaute noch einmal zurück, sah ihre Spur im Ährenfeld. Dann rannte sie, zwischen den endlosen Hecken hindurch, bis sie das Gartentor erreichte. Dort blieb sie stehen, rang nach Luft, strich sich durchs Haar und den Rock glatt.*

*Im Garten hatte sich nichts verändert, niemand schien sie zu vermissen, die Mutter rief gerade alle zusammen, da sie vor dem Essen daheim sein wollte. Ihren wilden Blumenstrauß versteckte Henriette unter einem Busch.*

Sie wachte beunruhigt auf. Je mehr sie in die Gegenwart zurückfand, umso ängstlicher fühlte sie sich. Wieso eigentlich? Es war schön im Garten gewesen, mit den Geschwistern und den Eltern. Einen ganzen Sonntagnachmittag hatte sie zusammengeträumt. Als wenn sie wirklich dort gewesen wäre. Sie setzte sich auf und klingelte nach dem Mädchen. Sie wünschte einen heißen Kakao. Leopoldine knickste und kam nach kurzer Zeit mit dem Kakao zurück. Das Gebräu schmeckte sahnig bitter und wärmte angenehm, aber das unsichere Gefühl verflüchtigte sich nicht. Was sollte sie jetzt tun? Ein Salon in Mannheim, das war nichts für sie. Das hatte Amalie ihr deutlich gemacht. Aber der Mensch brauchte eine Aufgabe, irgendetwas, das seinem Leben eine Ausrichtung, einen Sinn gab.

Ihr fiel nichts ein. Sollte sie sich auf die Musik verlegen? Für das Mannheimer Liebhaberorchester reichte ihr Klavierspiel nicht, das war ihr klar. Vielleicht sollte sie ein Frauenorchester gründen? Fanny Hensel hatte in Berlin auch dirigiert. Ja, das war eine fantastische Idee, das passte zu ihr, eine echte Provokation, wogegen die Tugendwächter keine Handhabe hätten. Nur – nicht durchführbar. Sie würde sich musikalisch übernehmen. Sich zum Gespött machen. Ihr Mut war deutlich zusammengeschmolzen.

Im gemischten Chor des Musikvereins sang sie bereits und nahm an dessen Aufführungen im Saal des evangelischen Schulhauses teil. Außerdem besuchte sie Konzerte und das Theater. Nicht gerade viel.

## 12

Villingen, Freiburg, April 1847

Am nächsten Tag, einem Sonntag, hörten wir in den Straßen Lärm. Die Kinder hielten sich angstvoll an Rosina fest, aber ich lief nach draußen. »Der Maier, der Wucherer, will sich heimlich aus dem Staub machen«, scholl es mir entgegen. »Zum Niedertor will er hinaus, nach Donaueschingen.« Die Straße war schwarz vor Menschen, die den Wagen verfolgten und umringten.

Rechts und links griffen ein paar junge Burschen in die Zügel der beiden Pferde, die wiehernd und scharrend stehenblieben. Inzwischen war der Wagen zwischen den Menschen eingeklemmt. Er wurde hin und her geschüttelt, immer heftiger, bis er umfiel. Steine flogen, die Schimpfkanonaden wurden blutrünstiger. Schließlich wurde der Mann aus dem Wagen gezerrt und verprügelt. Einer schrie: »Kerl, du bist noch nicht hin, du Küzzerer. Hi moesch du si.« Es kribbelte mir in den Fingern. Ich griff nach einem Stein. Aber dann sah ich die klaffende Wunde am Kopf, das Blut, das dem

Mann über die Augen und an der Nase entlang rann und vom Kinn auf den Mantelkragen tropfte, und ließ den Stein fallen. Nicht noch einmal. Was konnte das helfen? Ich trug genug Blutschuld für ein Leben.

Ein paar Augenblicke später sah ich das Bürgermilitär aufmarschieren. Nur wenige Männer, aber sie traten in Reih und Glied aus dem Tor und waren bewaffnet. Die Menge wich zurück, schien sich zu zerstreuen. Etwas später tauchten alle in kleinen Gruppen wieder auf und durchzogen die Stadt, redeten, schrien herum oder hatten einen Stein in der Hand. Dann krachten die Fensterscheiben einer Bäckerei, Holz splitterte und alles strömte hinein. Mit Säcken voller Mehl, Broten oder Mehl in der Schürze oder den bloßen Händen kamen die Menschen wieder heraus. Und weiter ging es zur nächsten Bäckerei und zum Fruchthändler.

Es ging wirklich los. Doch konnte das, was sich in Villingen abspielte, nicht die Revolution sein. Die hatten Konrad und Martin mir anders beschrieben. Ich wollte dabei sein, also musste ich hier weg. Vielleicht sollte ich meinen alten Plan wahr machen und nach Freiburg gehen. In einer Gegend, die alle hier für das Paradies hielten, in einer Stadt mit gebildeten Bürgern und einer Universität würden die Menschen wissen, was zu tun war. Vielleicht könnte ich in der Mez'schen Fabrik Arbeit finden. Der Weg war weit, das wusste ich, und es war noch kalt und nass jetzt im April. Es nützte nichts, mich hielt es nicht mehr hier, ich musste los.

Diesmal nahm ich Abschied und versuchte Rosina meine Entscheidung zu erklären, umarmte Anneli, Vinzenz und die alte Apollonia und schnürte mein Bündel: eine große Wurst, ein paar Apfelschnitzen und ein halbes Brot wickelte ich hinein. Ich zögerte, als Vinzenz mir die Hälfte des Brotes gab, dass er bei den Plünderungen in der Stadt erbeutet hatte. Ich wollte es nicht, würde ihn aber kränken, wenn ich es verschmähte. Das konnte ich sehen. Rosina schaute bös: »Rutsch mi di Buckel noff. Mir könne doch guet miteinand, nit?«

Ich nickte: »Trotzdem ...«

»Nun mach, dass du fort kommscht.«

Ich nahm wie der Fruchthändler Maier den Weg durch das Niedertor die Straße nach Donaueschingen. Ich wusste, dass dieser Ort meine erste Station sein würde. Der Fruchthändler war längst weg, der war am nächsten Tag bereits wieder auf den Beinen gewesen und abgereist. Ich machte mich zu Fuß auf den Weg, in den englischen Schuhen des Fabrikanten Flinder. Die hielten immer noch, mein Kleid war dagegen fadenscheinig, genauso wie das wollene Umschlagtuch. Meine Pferdedecke hatte mir den Winter über gute Dienste geleistet, die sollte mich weiterhin begleiten.

Die Straße war befahren und aufgeweicht. Es wehte ein kalter Wind, regnete immer wieder, Wolken und Sonne wechselten sich ab, einmal hagelte es sogar. Die Wagen, die vorbeirollten, spritzten Schlamm auf. Kurz vor Donaueschingen half ich, einen Karren aus dem Dreck zu ziehen. Zum Dank nahm mich der Fuhrmann das letzte Stück mit und bot mir einen Schlafplatz im Pferdestall an. Ich war misstrauisch, aber er schwor, er habe keine Hintergedanken. Grinsend meinte er, dass seine Frau da schon aufpasse. In ihrer kleinen Wohnung über dem Stall bekam ich noch eine wässrige Suppe und einen Becher Bier.

Am nächsten Tag regnete es in Strömen. Der Fuhrmann schaute entsetzt, als ich mich nach dem Weg nach Freiburg erkundigte. »Da kommscht nie hin, im Schwarzwald hat's noch Schnee. Es sind mehrere Tageswanderungen. Aber es gibt einen öffentlichen Pferdewagen. Wenn du mit einem Platz auf der Bank beim Fuhrmann vorn vorliebnimmst und dich bereit erklärst, wie gestern beim Anschieben an Steigungen zu helfen oder wenn die Rösser Schwierigkeiten machen, ist der Fahrpreis nicht hoch. Und etwas Geld wirst du dabei haben, sonst hättest du dich nicht auf den Weg gemacht. Der Fuhrmann, der Scherer Benedikt, ist zwar grantig und maulfaul, aber sonst ein guter Kerl. Bestell einfach einen Gruß vom Fridolin.« Ich nickte, bedankte mich und machte mich auf den Weg zur Station.

Ich tastete nach meinem Geldsäckchen, das ich an einer Schnur um den Hals befestigt zwischen meinen Brüsten trug. Ja, ich hütete einen Schatz, das Geld, welches ich bei der Frau Wörner gefunden hatte. Ich hatte es für mich behalten, niemandem etwas davon gesagt. Jetzt brauchte ich es dringend. Einen Gulden zählte ich dem Fuhrmann auf die Hand. Das war weniger, als ich befürchtet hatte. Der alte Mann war nicht einmal grantig, sondern froh, dass jemand vorne mit ihm fahren wollte. »Du bisch guet binander«, meinte er.

Die Reise geriet zu einem Abenteuer. Zuerst ging es bergauf, lange Zeit war die Straße voller Schneematsch und rutschig. Eine Zeit ging es über eine Hochebene, über die ein sehr kalter Wind wehte. Wie gut, dass ich mich in die Pferdedecke wickeln konnte! Dann wand sich die Straße in ein Tal hinab. Obwohl der Wagen gute Bremsen hatte und die Straße befestigt war, musste der Fuhrmann immer wieder anhalten, um seine Rösser ausruhen zu lassen. Die Nacht verbrachten wir in einem Gasthof in Neustadt, die besseren Reisenden in Betten, ich wieder auf einem Strohlager im Stall.

Wenn ich gewusst hätte, was uns am zweiten Tag erwartete, ob ich dann mitgefahren wäre? Noch einmal ging es endlos bergauf bis zum Thurnergasthaus, wo wir zu essen bekamen, dann nur noch bergab. Zum Glück hörte bald der Schnee auf und es regnete nicht. Aber das Wasser der Schneeschmelze hielt es um diese

Jahreszeit nicht in seinem Bett, wir mussten Wasserfälle durchqueren und zeitweise hatte man den Eindruck, dass die Straße selbst ein Bachbett war. Dazu das rasante Gefälle. An besonders steilen Stellen mussten alle aussteigen. Trotzdem wäre der Wagen mehr als einmal fast abgestürzt, die Bremsen quietschten verdächtig und der Kutscher fluchte unflätig. Die Pferde ließen sich jedoch nicht aus der Ruhe bringen, sie waren diese Strecke gewöhnt.

Irgendwann öffnete sich das schmale Tal. Und da! Was uns am Ende dieses Tales erwartete, es war ein Wunder. Dort unten blühte der Frühling, Wiesen prangten in frischem Grün, Butterblumen, Sauerampfer, Kühe auf der Weide und darüber ein blauer Himmel, nur manchmal tauchte eine dicke Wolke auf, die es kräftig auf uns herabregnen ließ, um sich dann rasch davonzumachen. Die Villinger Frauen hatten recht gehabt mit dem Rheintal. Wir rasteten an der Pferdestation Himmelreich – selten hat ein Name so gut gepasst –, wir konnten uns am Brunnentrog notdürftig waschen und ich bekam auch eine Suppe und ein Bier. Der Rest der Reise verlief ruhig.

»Was willsch in Freiburg? Eine Herrschaft?« knurrte irgendwann der Kutscher, während ich noch in den Anblick des Tales und der dunklen Berge am Horizont versunken war.

»Nein, ich will in die Fabrik des Herrn Mez.«

»Ja, der stellt immer noch ein, trotz der Not, und nimmt auch Mädchen von außerhalb, die sind in Freiburg nämlich mit Papieren genau. Aber die Fabrik liegt außerhalb des Stadttores, da kann er nehmen, wen er will. Er soll gut zahlen, führt jedoch ein strenges Regiment. Du musst dort auch wohnen.«

So etwas war in Villingen gemunkelt worden, denn dieser Fabrikant hatte auch dort eine Fabrik eröffnet.

»So, wie du jetzt aussiehst, solltest du dich da nicht melden. Er hält auf Reinlichkeit.« Der Fuhrmann grinste breit.

Ich schaute an mir herunter. Die Schuhe starrten vor Dreck, das Kleid war bis oben voller Spritzer.

»Auch wenn du das Gesicht gewaschen hast.« Er lachte gutmütig. »Am besten kommst du zuerst mit in die Stadt. Gleich beim Schwabentor in der Wolfshöhle gibt es einen Trödel, ein ordentliches Geschäft. Die alte Emerentia Rochat im Haus zum grünen Häslin hat bestimmt das Richtige für dich. An der Dreisam kann ich keine Rast machen, die ist um diese Jahreszeit zu wild.«

Konrads Dreisam, ich begann zu zittern, als ich die schnurgerade Wasserstraße zu Gesicht bekam. Bis obenhin voll mit wildem Wasser hüpfte und sprang der Fluss breit durch die Ebene, blieb aber in seinem festen Bett. Verrückt, so eine gerade Flusslinie, er schien sich die ganze Zeit über zu fragen, wieso hat man mich so eingesperrt, wo soll ich meine Wassermassen nur hintun?

Und wahrhaftig, über dem Wasser schwebten anmutig hell-dunkle Vögel mit zwei langen Schwanzfedern, flatterten auf und nieder, zwitscherten hastig, rissen ihre Schnäbel auf, schossen nach unten bis an die Wasserfläche und waren sofort wieder in der Luft. Sich so wie die Schwalben in die Luft erheben zu können! Alle Enge der menschlichen Gemeinschaft unter sich lassen können, hinter sich, denn im Winter suchten die Schwalben ihre Freiheit im Süden. Und kamen – kaum zu fassen - im Frühjahr zu uns zurück, um ihre Nester unter die Dächer unserer Hütten zu bauen und dort ihre Kleinen aufzuziehen. *Witt widewitt*, riefen sie mir lockend zu. Wollt ihr uns die Freiheit bringen?, hätte ich ihnen gern zugerufen. Stattdessen kämpfte ich mit den Tränen.

Am Tor gab es einen kurzen Aufenthalt, der Kutscher behauptete, dass ich zu ihm gehörte, wofür er anschließend noch fünf Kreuzer verlangte. Ich wehrte mich nicht dagegen. Er deutete in die Gasse, die Wolfshöhle hieß, ich sprang ab und machte mich auf die Suche. Gleich hinter der Kurve thronte eine dicke Alte auf einem Stuhl in dem breiten Tor ihres Hauses und musterte mich interessiert. Ihr graues Haar reichte noch immer zu einem Knoten hinten am Kopf. Um den Hals trug sie eine silberne Kette, die in drei Lagen den aufgeschwollenen Hals stützte. Ein Kropf, erfuhr ich später. Kröpfe würde ich in dieser Gegend noch oft zu sehen bekommen.

Nachdem ich mein Anliegen vorgetragen hatte, musste ich mich ausfragen lassen, woher ich kam, was ich tun wollte, und dann: woher ich diese guten Schuhe hätte. Die Alte hatte offensichtlich einen scharfen Blick. Ich stotterte etwas von einer Herrschaft, die sie mir zum Abschied geschenkt habe. Emerentia musterte mich ungläubig. »Wie dem auch sei, es ist teures englisches Schuhwerk, so etwas sieht man nicht oft. Die Schuhe müssen gereinigt und gefettet werden. Aber vorher musst du dich waschen. Hinten im Hof ist ein Trog, du kannst dich in Ruhe ausziehen, es ist niemand im Haus. Es gibt aber nur eiskaltes Wasser. Und vorher müssen wir dir etwas Neues zum Anziehen suchen. Dein Kleid ist zu nichts mehr zu gebrauchen. Viel Geld hast wohl nit?«

Ich nickte.

»'S isch immer 's Glich: Si brucht goeti Chlaider, het abber kei Geld. Gut, dass da die alte Emerentia Rochat isch, di hät ebbis fier selli maidli.«

Knurrend watschelte sie durch den Laden, der auch ihre Wohnung war, und zerrte irgendwo ein Kleid hervor. Dunkel, guter Stoff, nur an wenigen Stellen geflickt, ein dichtes Unterkleid, Strümpfe. »Einen Gulden, da steckt viel Stoff drin, so ein großes Maidli, das gibt's selten«, sagte sie, und als sie mein Gesicht sah, »das Fett für die Schuhe leg ich noch dazu.«

»Was ist mit dem Umschlagtuch da?« Ein schönes wollenes Tuch hatte meine Aufmerksamkeit auf sich gezogen.

»Du nimmsch mr alles.« Ein theatralischer Blick zum Himmel, ein Aufseufzen. »Und des nur, well du so scheeni blaui Auge hesch un ich nit nai sage cha. Nun schau nicht so ungläubig. Du bist nicht von hier, oder? Unsere Sprache kennst du jedenfalls nicht gut. Na, macht auch nichts. Darauf kann ich mich einstellen. Aber meinem Mann darf ich das nicht erzählen, dass du mich so ausraubst. Ein Fürtuch wirst auch noch wollen.«

Das Wort ausrauben versetzte mir einen Stich, aber es war wohl nur eine Redensart. Sie konnte nicht wissen, wie ich an mein Geld gekommen war. Bloß die Ruhe bewahren, jetzt ganz selbstverständlich tun. Sie humpelte auf einen geschnitzten Stock gestützt mit mir nach hinten in einen winzigen Innenhof an einen Brunnentrog, in den sich Wasser pumpen ließ, nahm mir die Schuhe ab, die sie mit einer Bürste schrubbte, und reichte mir ein Stückchen Seife und ein Tuch zum Abtrocknen. Die neuen Kleider legte sie auf ein Gestell, das im Hof stand. Die Schuhe nahm sie mit.

Ich zog mich ganz aus, legte meinen Beutel neben mich und ließ ihn nicht aus den Augen. Ich wusch mich gründlich, diese Gelegenheit musste ich nutzen, mein Haar war schon verfilzt. Ich biss die Zähne zusammen und fuhr mit einem Kamm hindurch, den ich auf dem Fensterbrett gefunden hatte. Als ich endlich in die neuen Kleider schlüpfte, war ich erbärmlich durchgefroren, auch wenn es in Freiburg wärmer war als während des Winters in Villingen.

Als ich nach vorne kam, pfiff die Alte durch die Zähne. »Aus dir könnte eine Schönheit werden. Aber unter den gegebenen Umständen …« Sie ließ offen, was sie damit meinte. »Zum Essen kann ich dich nicht einladen, das reicht nicht für zwei. Wenn du in der Suppenanstalt noch etwas zu essen bekommen willst, musst du dich sputen. Für die Fabrik ist es zu spät heute. Und in die Elendenherberge solltest du nicht gehen. Ist nicht der richtige Ort für junge Maidli.« Sie deutete unbestimmt auf ihr Warenlager. »Falls du hier irgendwo übernachten willst, kannst du für fünf Kreuzer bis morgen bleiben. Ich bin über Nacht ungern allein. Erinnere ich mich richtig, du hast in einer Waschanstalt gearbeitet?« Ich nickte. »Du könntest morgen noch bleiben, mir die Wäsche machen. Auch deine Sachen. Flicken würde ich sie dir dann.« Kein schlechter Vorschlag. Ich sagte zu, blieb aber misstrauisch. Was wusste ich, was diese Frau im Sinn hatte.

Ich schlüpfte in die Schuhe, die glänzten und an einigen Stellen ihre dunkelgelbe Farbe wieder aufscheinen ließen. Ich zögerte, das war nicht gut, viel zu auffällig, sie würden mich eines Tages verraten. Emerentia sah meinen Blick und fragte lauernd, ob ich sie ihr verkaufen wolle. Ein paar dunkle Stiefel habe sie vorrätig. Ich zögerte, schüttelte schließlich den Kopf. Ich wusste, es war nicht gut, trotzdem wollte ich mich nicht von ihnen trennen. Aber es wäre sicher besser gewesen, wenn Emerentia sie nicht so gründlich gebürstet hätte.

In der Suppenanstalt fragte man, wo ich herkäme, und ich nannte Emerentia Rochat. Das reichte schon. Die Suppe kostete fünf Kreuzer und schmeckte nach Fleisch, obwohl ich keines darin sah. Ein Stück Brot gab es auch dazu. An meinem Tisch erzählten die Leute, dass die Suppe aus Knochen gekocht werde. Ein Wagen sei täglich in Freiburg unterwegs, um in den Haushalten Knochen für die Armensuppe abzuholen. »Die Suppenanstalt gibt es aber erst seit den Brotkrawallen im Umland. Damit die Armen Ruhe geben«, erklärte ein Mann, der sie geräuschvoll schlürfte.

Die Suppe wärmte mich ordentlich wieder auf. Bei Emerentia bekam ich später noch einen Schoppen Wein, hell und klar wie der Frühling, und musste mir noch lange ihre Geschichten anhören. Dass sie vom Kaiserstuhl sei, einem Berg weiter dem Rhein zu, und ihren Richard Rochat kennengelernt habe, als er durch Bötzingen gezogen sei und nach Trödel gefragt habe. Sie sei ja das fünfte von elf Kindern und eine Mitgift nicht zu erwarten gewesen. Der Richard stammte aus der Schweiz, vom Genfer See, und war auf seinen Touren irgendwann in Freiburg hängen geblieben. Sie habe mit ihm wegen zwei alten Schränken verhandelt und ihm Ratschläge gegeben, bei wem im Ort er noch fündig werden könne. Schließlich habe der gesagt: »Donnerwetter, so ein geschäftstüchtiges Weib käme mir gerade recht.«

»Da hast du Glück«, habe sie geantwortet, »ich bin noch zu haben.« Er habe sie sprachlos angestaunt, dann hätten sie beide zu lachen angefangen und, nun ja, bereut hätten sie es beide nicht. Auch wenn die Tochter früh am Fieber gestorben und der Sohn vom Militär nicht zurückgekommen sei. Zum Glück blieb ihr keine Zeit mehr, um mich auszufragen.

Ich schlief gut auf einem Bett in Emerentias Laden. Misstrauisch schien sie mir gegenüber nicht, doch sperrte sie das große Tor sorgfältig ab. »Mein Mann und mein Neffe Christoph kommen frühestens morgen am Abend zurück. Zeit genug für die Wäsche.«

Den ganzen Vormittag kochte und rührte ich Laken und Kleider in der Lauge, die ich am Abend noch bereitet hatte, während Emerentia vorne am Tor saß. Beim

Auswringen half sie mir, obwohl sie beim Gehen und Stehen Schmerzen in der Hüfte hatte. Ich musste dann alles im Hof aufhängen, für die Bleiche war keine Zeit. Mein altes Kleid hatte Emerentia wunderbar gestopft und geflickt, obwohl es noch nass war.

Als ich am Nachmittag endlich zur Fabrik aufbrach, reichte sie mir noch ein paar Holzschuhe. »In der Fabrik darfst du die Straßenschuhe nicht tragen. Wegen der Sauberkeit. Die hier tun es wohl für den Anfang.« Sie seufzte. »Hoffentlich gefällt dir die Heiligkeit da. Wenn's dir zu viel wird, kannst du mich ruhig mal auf einen Schoppen Wein besuchen.«

Draußen hielt gerade ein Wagen vor der Tür und ich wäre auf der Straße fast mit einem jungen Mann zusammengestoßen, der mehrere Kisten ablud. Hochaufgeschossen starrte er mich aus vorstehenden blöden Augen an und grüßte stotternd. Ein langgezogenes Gesicht mit einer spitzen Nase. Wohl der Neffe. Ob Emerentia mit dem zufrieden war? Wenigstens stark schien er zu sein. Der Herr Rochat war dagegen ein kleiner Mann mit wirren grauen Haaren, der mich misstrauisch musterte und dann vor sich hin grummelte: »Na, hat meine Frau sich wieder Gesellschaft gesucht? Ihr gutes Herz wird uns noch einmal ruinieren.«

»Ach was, gearbeitet hat das Maidli. Und nicht zu knapp. Jetzt lass sie laufen, sie will noch in die Kartäuserstraße zum Mez.«

»Zu dem Betbruder? Na ja, aber sonst ist er wohl in Ordnung. Hungern wirst du dort nicht.«

# 13

## Mannheim, Juni 1847

Die letzten Theaterbesucher drängten herein, dann fielen die großen Türen des Zuschauerraumes im Großherzoglichen Hof- und Nationaltheater ins Schloss. Ja, so hieß das Mannheimer Theater immer noch, obwohl es in städtischer Hand war. Von Gustav und Amalie keine Spur. Den ersten Akt würden sie also verpassen. Schade. Henriette blickte sich um. Ob sie versehentlich oben auf die Galerie geraten waren? Aber sie hatte deutlich gesagt, dass sie Karten für das Parkett hatte. Am Einlass hatte sie Bescheid gegeben; die Bediensteten würden die Struves zu ihr führen. Früher konnte man sich im Hof- und Nationaltheater mit einer Eintrittskarte auf jeden freien Platz setzen. Als die neue Regelung eingeführt wurde, hatte es heftige Proteste gegeben. Aber das von der Stadt übernommene Theater brauchte dringend Geld. Amalie hatte ihr erzählt, dass es furchtbare Grabenkämpfe unter den Theaterleuten und mit der Stadt gegeben hatte, nachdem man der höfischen Kontrolle aus Karlsruhe endlich entronnen war.

Ganz vorn im Parkett konnte Henriette die Familie Bassermann ausmachen. Friedrich Daniel Bassermann war einer der Liberalen in der Zweiten Badischen Kammer in Karlsruhe, in allen Kulturvereinen Mannheims aktiv, im Musik-, Kunst- und naturkundlichen Verein. Natürlich auch in der Casinogesellschaft. Dazu war er Mitglied des dreiköpfigen Ausschusses, der übergangsweise das Theater geleitet hatte. Schließlich wollte Mannheim seinen alten Ruf als Kulturstadt auch unter bürgerlicher Herrschaft fortführen. Das Handelshaus von Bassermanns Familie hatte in den letzten Jahren gewaltig expandiert, Friedrich Daniel zusätzlich ein *Dro-*

*gengeschäft* für den Apothekerbedarf eröffnet. Welches er inzwischen wieder verkauft hatte, weil er sich ganz seinen Aufgaben als Abgeordneter widmen wollte. Mit einer so vermögenden Familie im Hintergrund!

Als Bürgermeister Ludwig Jolly mit seiner Gemahlin Eleonore sich neben Bassermann niederließ, wurde geklatscht. Wie ein altrömischer Senator sieht er aus, dachte Henriette, ein offener Blick, eine schmale, das ganze Gesicht durchteilende Nase, ein freundlicher, aber entschlossen wirkender Mund, volles Haupthaar, in Wellen das Gesicht umspielend. Jolly stand für die neue Zeit Mannheims. Er hatte den Hafenausbau vorangetrieben. Und seit er eine vom Militär umstellte Sitzung des Bürgerausschusses unter Protest selbstbewusst und umsichtig aufgelöst hatte, ohne dass die Bürger ihr Gesicht verloren, liebten ihn die Mannheimer abgöttisch.

Die Mannheimer verehrten all ihre liberalen Stadtgrößen, bekannte Buchhändler wie Heinrich Hoff genauso wie die reichen Wein-, Getreide- und Tabakhändler. Der Getreidehändler Heinrich Knippenberg hatte vor einiger Zeit in Petersburg eine Getreidelieferung gekauft – ein Staatsauftrag des Ministers Bekk, um die hungernde Bevölkerung zu versorgen – während Heinrich Hoff mit einer Hochverratsklage kämpfte wegen des von ihm herausgegebenen deutschen Volksliederbuches. Den beanstandeten Text kannte inzwischen jeder in Mannheim: *Fürsten eure Gauklerkunst spielt auf mürben Brettern.* Als Letzter hatte der Advokat Lorenz Brentano seinen Auftritt. Ein schmaler Mann, der sich gut zu kleiden wusste und dem man die Eleganz seiner italienischen Vorfahren ansah.

Hin und wieder grüßte Henriette zur Seite, wurde gegrüßt. Dass sie bereits zur guten Gesellschaft Mannheims gehörte, konnte sie nicht behaupten. Sie kannte in Mannheim noch nicht viele Menschen. Jedenfalls nicht näher. Und die besonders ernsthaften waren wie die Struves mit politischer Arbeit, Diskussionen und Erklärungen beschäftigt. Schade. Den beiden hätte sie gerne etwas Gutes getan. Vielleicht kamen sie ja später. Ein bisschen verloren saß sie hier mitten im Parkett mit zwei freien Plätzen neben sich. Egal. Sie würde sich den Spaß an diesem Abend von niemandem verderben lassen. Der Kapellmeister Vinzenz Lachner hatte bislang jede Oper Lortzings in Mannheim aufgeführt. So hatte man ihr erzählt.

Die Oper von Albert Lortzing war gerade mal zehn Jahre alt und Henriette hoffte, dass sie nicht von adligen Greisen handelte, die jungen Mädchen nachstiegen oder auf andere Weise ihren Untertanen das Leben vergällten. Obwohl – im Theaterprogramm stand als Hauptfigur jemand von Adel – Zar Peter von Russland, der allerdings inkognito auf einer holländischen Werft arbeitete.

Zart setzte die Musik ein, einige Bläser, dann mehrmals ein kräftiger Tusch. Glaubte der Komponist seine Zuhörer wecken zu müssen? Henriette lächelte in sich hinein. Ein erneuter Tusch, gefolgt von einem Schäfertanz, angenehm leicht, ein wenig an Mozart erinnernd. Der Anblick der arbeitenden Männer auf der Schiffswerft führte zu spontanem Applaus. Als der Chor der Zimmerleute sein Lied laut erschallen ließ, erstarb auch der letzte Huster im Publikum: »*Greifet an und rührt die Hände, baut des Schiffes stolze Wände, greifet an.*« Solche Sätze waren wie für das Mannheimer Bürgertum gemacht.

Man war in Mannheim stolz darauf, dass die Adelsfamilien die Stadt verließen. Kaufleute erwarben jetzt deren großzügige Stadthäuser und Palais. Die Festungsanlagen um die Stadt herum waren geschliffen und zu Gärten und Parkanlagen umgestaltet.

Henriette hätte gern ein eigenes Haus gekauft. Aber so ein Adelspalais war dann doch zu groß und prächtig für sie. Eine Zeit lang hatte sie im Europäischen Hof direkt am Rhein residiert. Ein großzügig gebautes modernes Hotel mit 80 Zimmern. Denn Mannheim wirkte wie ein Magnet auf Reisende aus England oder Frankreich wie den unseligen Monsieur Dupont oder Mrs Soane. Die reisten irgendwann nach Baden-Baden weiter, um dort zu kuren und die feine Gesellschaft zu genießen, aber zuerst machten sie in Mannheim Station.

Auf die Dauer war der Europäische Hof zu teuer gewesen. Sie hatte inzwischen eine Wohnung am Rande der Mannheimer Planquadrate gemietet, in R6, wo sie einen wundervollen Blick auf die Parkanlagen der ehemaligen Festung hatte und sich Pferdeställe in erreichbarer Nähe befanden. Denn sie hatte Artemis in die Stadt mitgebracht und ritt immer noch für ihr Leben gern. R6, sie genierte sich, wenn sie diese prosaische Adresse angab, aber die Stadt war am Reißbrett entworfen und die Quadrate durchnummeriert: längs den Buchstaben des Alphabets entsprechend, quer den Zahlen. R6 lag am Stadtrand nach Süden, während das Theater sich in A4 befand, ganz in der Nähe des fast verwaisten Schlosses.

Das Geschehen auf der Bühne forderte ihre Aufmerksamkeit: Einer der Zimmerleute, im Theaterheft als Zar Peter der Große von Russland angekündigt, trat vor und sang: »*Dieses Wogen, dieses Streben – wie es doch mein Herz so hoch erfreut. Der ist glücklich, der sein Leben solcher Arbeit stets geweiht.*« Das Lob der handwerklichen Arbeit aus dem Munde eines Fürsten führte erneut zu Szenenapplaus. Zar Peter musste sein Lied wiederholen, bevor die Handlung endlich ihren Fortgang nehmen konnte. Ein hart arbeitender Zar Peter, der den Schiffsbau studierte, und sein aus der russischen Armee desertierter Namensvetter Peter als Hauptpersonen, das war eine griffige Mischung. Und dazu wie geschaffen für ein Verwechslungsspiel mit den beiden Petern. Henriette ahnte bereits, wie es weiterging. Da eine komische Oper angekündigt war, würde sich bald ein Trottel finden, über den gelacht werden durfte. Vermutlich jemand mit einer amtlichen Position. Und da Marie, die heimliche Braut des desertierten Peters, sich schon auf der Bühne zu Wort meldete, würde sie zum Schluss ihrem Peter in die Arme fallen dürfen. Blieb die Frage, was aus diesem Peter wurde? Mit dem Zar befreundet, aber aus seiner Armee desertiert – die Herzen des Publikums flogen ihm zu, wünschten doch alle Zuschauer, dass die guten Eigenschaften badischer Bürger, die sich der unwürdigen Schinderei beim Militär entzogen hatten, endlich von einer vernünftigen Regierung gewürdigt würden.

Zumindest der Trottel ließ nicht lange auf sich warten, in der Person des Bürgermeister stellte er sich wichtigtuerisch in Positur: »*Oh sancta justicia! Ich möchte rasen. Von früh bis spät lauf ich herum. Ich bin von Amtspflicht ganz aufgeblasen, das Wohl der Stadt bringt mich noch um.*« Das Publikum johlte.

Auch in der Pause vor dem zweiten Akt keine Spur von den Struves. Hatte sie das Geld für die Karten umsonst ausgegeben? Das wäre ja nicht so schlimm, aber doch irgendwie ein Affront. Eigentlich nicht die Art der Struves. Die waren seltsame Menschen, passten nicht richtig zu ihr. Aber wer passte schon? Was hatte eigentlich dazu geführt, dass sie sich mit Amalie angefreundet hatte? Sie war nicht besonders hübsch, schielte ein wenig, war immer ernst, immer in eine Arbeit vertieft. Bei weitem nicht so gebildet wie Mathilde Franziska Anneke in Köln, stattdessen bescheiden und hilfsbereit. Als Henriette sich in Struves Redaktion vorgestellt hatte, hatte Amalie ihr sofort einen Stuhl angeboten und Henriettes Artikel gelesen, der ihr gefiel. Ohne großes Wenn und Aber war er veröffentlicht worden. Das war in Köln viel komplizierter und anstrengender gewesen.

Henriette musste sich eingestehen, dass sie Amalie mochte. Ihre schroffen Bemerkungen über Henriettes Salon waren sicher nicht böse gemeint. Aber sie, Henriette, haderte damit, dass Amalie jetzt ihren Gustav zurückhatte. Klar, das war nicht fair. Als Freundin hätte sie sich mit Amalie freuen müssen. Aber sie würde Amalie in Zukunft kaum noch zu Gesicht bekommen. War sie wirklich ein so verwöhntes eigensüchtiges Geschöpf, wie Flinder immer gesagt hatte? Ach, Flinder! Wie gut, dass sie ihn los war. Sie hatte nicht einmal bedauert, dass er auf eine so üble Weise umgekommen war. Nur ihre Wut auf ihn, die war verflogen.

Mit ihr, Henriette, aber stimmte vieles nicht mehr. Wie gern hatte sie provoziert, kokettiert, geraucht, sich verrucht gegeben. Jetzt konnte sie all diese Dinge tun, so oft und viel sie wollte. Sie allein entschied darüber, wie sie den Tag verbringen wollte. Aber Provokationen bereiteten ihr keinen Spaß mehr. Sie verfügte über reichlich Geld, ging Männern eher aus dem Weg. Bereits der Gedanke, mit ihnen zu kokettieren, langweilte sie. Sie suchte nicht irgendwelche Abenteuer. Aber was sie suchte, das hüllte sich weiterhin in Nebel.

Wenn sie genau überlegte, waren die besten Stunden ihres Lebens die gewesen, welche sie mit der Arbeiterin Emma verbracht hatte. Emma hatte so viel Kraft ausgestrahlt, so andächtig und ergriffen das Gedicht Herweghs gelesen, in ihren Augen ein Strahlen, um das Henriette sie beneidet hatte. Wie sie das Reiten auf Artemis genossen hatte, wie eine Königin der Amazonen war sie durch die Büsche geprescht. Was sie wohl jetzt machte? Ob sie auch in den Kampf für die Republik verstrickt war? Es war zu vermuten. Wenn sie noch lebte. Aber doch, Emma würde den Hungerwinter überlebt haben – wenn eine, dann Emma. Emma verkörperte für sie den Kampf um ein menschenwürdiges Leben, mit aller Kraft, mit großem Arbeitseinsatz. Da konnten die belesenen Bürger so viel Papier beschreiben, wie sie wollten.

Die politische Arbeit zog Henriette an, aber die Menschen, die sich engagierten, taten das so ernst, so moralisch. Henriette hatte einen Roman angefangen über eine junge Frau, die einen Forscher heiratete. Der lag jetzt herum, weil ihr nichts einfiel, wie die Geschichte weitergehen sollte. Vielleicht sollte sie wirklich über eine Arbeiterin wie Emma schreiben. Aber wenn sie es genau nahm, wusste sie auch von ihr kaum etwas.

Zum dritten Aufzug erschienen die Struves endlich, abgekämpft, Gustav noch bleich und ein wenig abgemagert. Amalie entschuldigte sie wortreich, zu viel zu tun, Struve hatte schlecht geschlafen und Magenprobleme. Die angenehme Musik zog das Paar sofort in ihren Bann. Die merkwürdige Auseinandersetzung des Chores mit dem Bürgermeister erheiterte alle.

»Aus dem Leben gegriffen und raffiniert vorgeführt. Wie der Chor diesen Idioten von Bürgermeister hochnimmt und sein eigenes Konzept verfolgt. Fantastisch. Lortzing versteht etwas von Musik und den Menschen«, meinte Gustav. Der Rest war pures Vergnügen, mitreißende Musik, noch ein wenig Verwechslungskomödie und das gute Ende: Peter Iwanow heiratete seine Marie und wurde kaiserlicher Oberaufseher, worüber sich Gustav aufregte. »Solches Getue um den guten Fürsten, der seine Untertanen zu schätzen weiß, ist Unsinn. Man sollte all diese Gestalten von der Bühne und aus dem Leben verbannen.«

Amalie und Henriette lachten.

Als sie das Theater verließen, sah Gustav belebt aus. Obwohl er bei seiner Ankunft gesagt hatte, dass er anschließend direkt an seinen Schreibtisch zurück müsse, ließ er sich von Henriette überreden, im Gasthof einzukehren. »Na, wenigstens ein Bier zur Stärkung«, versuchte Henriette ihn zu locken.

»Eigentlich trinke ich keinen Alkohol«, meinte Gustav.

Amalie verzog das Gesicht. »Ein Bier wird dir guttun. Es ist doch ein vegetarisches Getränk und wird dir Kraft geben.« Struve fügte sich.

Der Wirt eilte sofort an ihren Tisch, um sich zu entschuldigen, es gebe heute nur einen Kartoffeleintopf ohne Fleisch, mit etwas Hirse und ein paar Karotten. Gustav strahlte und alle bestellten. Henriette stocherte ein wenig in dem graugrünen Brei herum und behauptete, keinen Hunger zu haben. »Magst du vielleicht noch, Gustav?«, fragte sie. Amalie verkniff sich ein Grinsen, während Gustav bereits nach dem zweiten Teller langte. Zum Schluss bekam er vom Wirt noch einen weiteren Nachschlag: »Weil Sie es ja wirklich brauchen können, Herr Struve. Wir sind alle froh, dass Sie wieder unter uns weilen.« Die Frauen prosteten ihm zu. Es blieb für alle drei nicht bei einem Bier.

Gustav wankte etwas, als sie wieder auf die Straße traten. Aber die Struves hatten es ja nicht weit. »Zuerst müssen wir dich nach Hause begleiten, Henri«, lallte er.

»Kommt nicht infrage«, antwortete Henriette.

»Dann musst du in eine Droschke steigen. Die fahren doch für zwölf Kreuzer pro Person regelmäßig vom Hafen bis zum Bahnhof.«

»Das ist nicht meine Strecke. Zu Fuß ist es nicht weit. Ich muss nur vier Quadrate geradeaus laufen und dann acht nach rechts. So weit kann ich noch zählen.«

»Aber eine Dame nachts allein ...«

»Ich fordere Gleichberechtigung, mein Herr. Außerdem kann mir nichts passieren, Mannheim ist sicher. Seitdem das Militär nicht mehr die Polizeipatrouillen durchführt, wobei es immer wieder zu Übergriffen der Soldaten kam, sondern Bürgerkollegien dafür verantwortlich sind, ist nichts mehr passiert. Da fühle ich mich beschützt.«

Gustav gab nach und sie umarmten sich zum Abschied. »Schlaft euch aus, Amalie und Gustav«, rief Henriette ihnen noch nach. »Ihr habt es euch verdient.«

Die Struves waren echte Freunde. Und sonst? Henriette fiel niemand ein. Doch während sie zwischen D2 und D3 die schnurgerade Straße nach Osten lief – Dreck an den Füßen musste man seit einiger Zeit nicht mehr fürchten, da die Stadtstraßen alle neu gepflastert, überall Trottoirs angelegt und alle Nebenstraßen mit Sandsteinplatten versehen waren, mit Fußwegen auf Kosten der Besitzer der umliegenden Häuser – kam ihr Emma erneut in den Sinn. Henriette hatte sich schmählich ihr gegenüber verhalten, auch wenn sie das nicht beabsichtigt hatte. Der plötzliche Tod Flinders hatte sie in Panik versetzt und sie hatte einfach nicht überlegt, was ihr Benehmen für Emma bedeutete. Sie war offensichtlich immer noch das verwöhnte Kind, über das ihr Vater sich aufgeregt hatte, der kleine Trotzkopf, der sich gegen alle anderen durchzusetzen versuchte. Inzwischen schämte sie sich dafür.

Henriette bog nach rechts zum Speisemarkt hin ab. Das Haus der Casinogesellschaft, das ehemalige Hillesheim'sche Palais in R1, direkt am Speisemarkt, war ordentlich herausgeputzt. Dort also verkehrte auch Dupont. Neben diesem Palais hatte die Familie Bassermann ein herrschaftliches Anwesen. Die Stadt wurde bürgerlich vornehm.

Ihre Gedanken wanderten wieder zurück zu der Zeit in Mühldingen, zu Emma, zu Flinder. Ein Glück, dass die Polizei nach Flinders Tod Emma letztlich nicht verdächtigt hatte. Dieser dreist auftretende Polizeikommissär war einfach gestrickt gewesen, den hatte sie mit einem Mittagessen, etwas gutem Bordeaux und ein paar Erinnerungen an ihren Vater leicht von sich ablenken können. Den armen Schäfer Johann Wehrle zu belangen, der sich kaum traute zu betteln! Sodass der sich in seiner Verzweiflung erhängte! Der und einen Fabrikanten erstechen! Einen kräftigen Mann! Ein solcher Verdacht konnte nur einem Dummkopf einfallen. Der Alte hätte kaum die Energie für einen tödlichen Stich gehabt.

Ganz anders hatte Gendarm Mauch ermittelt. Zu Anfang hatte sie ihn für ein Schaf gehalten, das dümmlich zu den Worten seines Vorgesetzten blökte und von nichts etwas verstand. Aber nach der Abreise des Kommissärs war er zu Henriette in die Villa zurückgekommen. Er hatte der Fabrikantengattin nicht getraut. Recht hatte er, ihr Verhalten fand sie selbst nicht vertrauenerweckend. Der Gendarm hatte sie mehrmals aufgesucht, stellte immer wieder neue Fragen, die sich ähnelten und doch anders waren. Ein Netz, in dem sie sich zu verheddern drohte. Auch nach dem Buchhalter Erich Hofheintz hatte er mehrmals gefragt. Nach zwei Wochen hörten die Verhöre auf. Die Köchin Katharina erzählte ihr, dass Mauch nach dem Tod des Schäfers nicht mehr ermitteln durfte. Vom Kommissär verboten. Fall abgeschlossen. Das hatte der Gendarm der Köchin deutlich gesagt. Ob Mauch sie, Henriette, weiter verdächtigte oder Hofheintz, wer konnte das wissen?

Die erste Panik war dem Triumphgefühl gewichen, dass sie Flinder nun endgültig los war. Sie war viel geritten damals, wild und schnell über manches Gatter hinweg. Aber der Tod Flinders schien sie verändert zu haben. Oder war es die Freundschaft mit Emma?

Um die Felder hatte Henriette von nun an einen Bogen gemacht, um ja nicht in die Frucht zu geraten, und im Wald fürchtete sie sich jetzt manchmal. Das war etwas ganz Neues für sie, das sie nicht verstand. Bedenken stellten sich ein, Fragen verfolgten sie. Wer hatte Flinder auf dem Gewissen und was wollte derjenige damit bezwecken? Musste auch sie um ihr Leben fürchten? Sie besaß jetzt eine Fabrik, ein Rauch und Feuer speiendes Ungetüm. Was sollte sie damit machen? Von geschäftlichen Dingen verstand sie nichts.

Hofheintz war von Tag zu Tag dreister aufgetreten und behauptete irgendwann, die Fabrik sei praktisch bankrott und für Henriette kein Geld mehr da. Er könne versuchen, die Maschinen und Gebäude zu verkaufen. In ihrer Angst wandte sie sich an ihren Vater, der Onkel Daniel schickte. Zum Glück hatte sich der jüngere Bruder ihres Vaters bereit erklärt, sich die Geschäftsbücher anzuschauen. Es hatte einen furchtbaren Streit mit Hofheintz gegeben, der mit diesem vorgetäuschten Konkurs einen großen Betrug geplant hatte. Hofheintz wurde fristlos entlassen und kam ins Gefängnis. Den Mord an Flinder hatte er allerdings nicht gestanden.

Onkel Daniel hatte Henriette daraufhin eröffnet, dass er gerne die Verwaltung der Fabrik übernehmen und seine Stellung als Lehrer in Stuttgart kündigen würde. Die Fabrik sei solvent, wenn auch mit einem hohen Kredit belastet. Die Geschäfte lagen jetzt ganz in der Hand des Onkels, zuerst einmal kommissarisch. Er verstand sich auf Zahlen und meinte es wirklich gut mit ihr. Als er seine Frau und die beiden Kinder aus Stuttgart holte, überließ Henriette der Familie die beiden unteren Stockwerke der Flinder'schen Villa.

Je mehr die Familie einen normalen Alltag lebte, umso mehr fühlte Henriette sich fremd. Fremd in diesem Haus, das immer noch mit den dunklen, protzigen Möbeln Flinders angefüllt war. Sie fühlte sich kraftlos, zu nichts fähig, fühlte sich wie ein Kind und wurde auch so behandelt. Meist verkroch sie sich den Tag über in ihrem Zimmer im oberen Stock, angeblich, um zu schreiben. Doch meist lag sie nur auf dem Bett und starrte an die Decke. Sie versuchte Streit zu vermeiden, begann mit einer Handarbeit, nahm sich ein Buch vor, klimperte auf dem Klavier. Schließlich entfloh sie der Familie ganze Nachmittage mit ihrem Pferd. Was Onkel und Tante schockierte, weil es sich für eine Witwe nicht schickte. Mehr und mehr reifte der Plan in ihr wegzugehen, sich in einer großen Stadt niederzulassen. Aber dazu musste ihre finanzielle Situation geklärt sein.

Der Onkel verhandelte mit den verschiedenen Behörden und klärte die Erbschaftsangelegenheiten. Aber mit der Fabrikation kannte sich der Onkel nicht aus. Das gab er offen zu. Von Ingenieur Branson hatten sie nie wieder etwas gehört. So war Onkel Daniel zum Polytechnikum nach Karlsruhe gefahren und mit Ingenieur Mössinger zurückgekommen, der sich die Fabrik angeschaut hatte. Die Stelle als technischer Leiter komme ihm gerade recht. Man war sich rasch einig geworden.

Leider hatte Friedrich Mössinger Henriette nach kurzer Zeit einen Heiratsantrag gemacht, den sie ablehnte. Onkel Daniel und Tante Marie schüttelten ungläubig die Köpfe. Das war doch das Beste, was ihr passieren konnte. Eine Heirat hätte so vieles leichter gemacht! Und der Herr Mössinger war ein netter Herr. Es gab einen heftigen, lauten Streit. Sodass sie eines Morgens einfach abgereist, nach Köln entflohen war. Der Onkel schickte ihr ein wenig Geld, befahl ihr zurückzukehren. Aber er hatte ihr nichts zu befehlen. Der Vater ließ eine ihrer Schwestern nach Köln reisen, um Henriette zur Vernunft zu bringen. Sie war unverrichteter Dinge wieder abgereist.

Inzwischen zahlte Onkel Daniel ihr monatlich eine Apanage, um die sie hart hatte kämpfen müssen. Henriette hatte den Namen Flinder abgelegt und nannte sich jetzt wieder Pfister. Der Fabrik ging es gut, sie expandierte ständig und Mössinger, inzwischen Teilhaber, hatte in Mühldingen wohl auch eine Frau gefunden.

Von dieser Seite hatte sie nichts mehr zu befürchten. Und in Mannheim fühlte sie sich trotz allem wohl. Eine Stadt, die sich rasant vergrößerte und deren Bürger für ihre Rechte kämpften. Nirgendwo in Deutschland gab es so viele Zeitungen. Ständig wurden Versammlungen abgehalten, Proteste formuliert, Petitionen an die Regierung gerichtet. Wenn man Gustav glauben durfte, waren die Tage der Willkürherrschaft der Fürsten gezählt. Eine allein lebende, schöne junge Witwe erregte Aufsehen, aber ein Ärgernis war sie hier nicht.

Doch war sie allein geblieben, in die reichen Mannheimer Kaufmannskreise passte sie nicht. Das war ihr nur recht. Sie hatte noch von Flinder genug. Außerdem war eine alleinstehende Frau den Matronen suspekt, sie sahen darin eine Gefahr für ihre Männer. Sie war ein paar Mal von Kaufleuten eingeladen worden, man konnte ja nicht wissen, eine mögliche neue Geschäftsverbindung durfte man sich nicht entgehen lassen. Die Herren hatten rasch bemerkt, dass mit ihr keine Geschäfte zu machen waren.

Henriette hatte außerdem keine Lust, einen Abend lang von einer Ehefrau mit verstohlenen Blicken bedacht zu werden. Blicke, die ihr signalisierten, halte dich bloß zurück, keine geistreichen Bemerkungen, kein Lächeln, das ich nicht genau einordnen kann. Du wirst es sonst bereuen. Ich bestimme hier und mein

Mann gehört mir. Auch in dieser Hinsicht war Amalie eine Ausnahme. Die war sich Gustavs Liebe sicher. Dass eine andere Frau etwas von ihrem Gustav wollte oder Gustav sich gar darauf einließ, solche Gedanken waren Amalie fremd.

So war sie mehr und mehr eine Zuschauerin geworden, die versuchte, die Macht- und Lebensverhältnisse in dieser Stadt zu verstehen. Konnte sie davon etwas in ihrem Roman unterbringen? Wie musste ein Frauenschicksal aussehen, welches das Herz der Menschen anrührte, nicht aber ihre Verachtung provozierte? Das Herz der Frauen natürlich. In erster Linie würden Frauen ihren Roman lesen, das war klar, vermutlich eben diese Matronen, welche sie nicht mochten und umgekehrt. Wofür könnte sie die interessieren?

Eine junge Frau, die von ihren Eltern in eine Ehe mit einem älteren Mann gezwungen wurde? Die dann langsam aufwachte und sich nicht mehr alles gefallen ließ? Ein guter Ausgangspunkt. Nur würde sofort vermutet werden, dass das ihr eigenes Schicksal sei. Ihre Schwester hatte sich gewünscht, einen Naturforscher zu heiraten und mit ihm auf Expedition nach Afrika zu gehen. Damit hatte sie ja schon mal angefangen. Aber ihre Schwester hatte einen schwäbischen Kaufmann geheiratet und Henriette hatte keine Ahnung, wie Menschen in Afrika lebten, also die Weißen. Von den Schwarzen wusste sie erst recht nichts.

Vielleicht sollte sie eine Figur wie Emma nehmen. Das Elend der Armen in diesem Hungerjahr schockierte allgemein. Auch wenn die Stadt gegen Wucherpreise vorging und die Bäcker extra bezahlte, damit sie das Brot zu erschwinglichen Preisen abgaben. Die unteren Schichten darbten und wurden zu Objekten der Wohltätigkeit der Reichen. Der von der Großherzogin Stephanie gegründete Frauenverein veranstaltete gerade eine Lotterie zugunsten der Armen. Amalie hatte genug darüber hergezogen, dass die Armen ihr Recht bekommen müssten, nicht die Brosamen eines Gesellschaftsspiels.

Doch trotz Emma und Amalies Erklärungen war ihr das Leben der Armen fern. Manchmal ritt sie auf den Dämmen vor und zwischen den Hafenbecken, wo die Scharen sich sammelten, die auswandern wollten und in Mannheim auf die großen Schiffe nach Holland warteten. Die Menschen hatten sich Unterstände gebaut, die sie aus ein paar Brettern und Stöcken zusammengezimmert hatten. Sie hoben kaum die Köpfe, wenn sie auf Artemis daherkam. Die Frauen starrten stumpf vor sich hin, hielten schreiende Säuglinge an ihren Körper gedrückt, die nicht genug zu trinken bekamen. Kinder hockten herum, denen der Hunger anzusehen war. Sie bettelten nicht, schauten nur stumm und vorwurfsvoll. Manche liefen trotz allem herum, traten nach einem Ball, den sie aus Lumpen zusammengebunden hatten. Ein paar Mal hatte sie Männer heimkommen sehen, die einen Korb mit ein paar Kartoffeln trugen. Die Kinder schichteten dann schweigend ein Krautfeuer auf, wohl um die Kartoffeln darin zu garen. Einige Männer boten auf den Wegen ein paar Löffel oder Messer an, hin und wieder jemand eine Uhr oder anderen Hausrat.

Vielleicht sollte sie einzelne Frauen ansprechen, so wie damals Emma, und sich ihre Geschichte erzählen lassen. Nicht für einen Roman, sondern für einen Artikel in einer Zeitung. Davon gab es in Mannheim ja genug. Sie könnte den Frauen für die Geschichten ein paar Kreuzer zahlen, sodass es für ein paar Tage Suppe in der Suppenanstalt reichte. Sie würden dann das Gefühl haben, sich etwas verdient zu haben, nicht ein Almosen anzunehmen. Das könnte eine wirklich gute Idee sein.

Oft trieben sich merkwürdig wohlgenährte Typen auf den Dämmen herum, von denen nichts Gutes vermutet werden konnte. Seelenverkäufer, behauptete Gustav, die Schiffspassagen nach Amerika anboten und den Menschen, die ihren Hof, ihre Hütte oder ihr Schwein für die Schiffspassage verkauft hatten, das letzte Geld aus der Tasche zogen.

In den Zeitungen wurde vor solchen Leuten gewarnt. Etliche strichen das Geld ein und verschwanden. Die Auswanderer bemerkten erst in Amsterdam oder Rotterdam, dass es ihre Schiffe nach Amerika überhaupt nicht gab. Die Mannheimer Abendzeitung riet, in Mannheim beim Kapitän der Schiffe nach Amsterdam wegen einer Passage zu fragen. Dann – das war eine kühne Idee, aber vielleicht genau das Richtige für sie – könnte sie mit einem der Auswandererschiffe nach Norden fahren und sich in Amsterdam oder Rotterdam umschauen, wie es von dort weiterging. Oder in Antwerpen. Ein gewisser R. Reichard annoncierte doch ständig in der Mannheimer Abendzeitung und bot Schiffspassagen an. Der war vermutlich seriös, wenn er als Agent der Schifffahrtsgesellschaft öffentlich annoncierte.

Vielleicht konnte sie sogar mit über den Ozean segeln. Ja, das war es. Das würde ein interessanter Reisebericht werden und eine echte Aufgabe. Aber bis jetzt hatte sie nur aus der Ferne zu den Auswanderern hinübergestarrt. Ihr Entschluss, die Frauen auf dem Neckardamm zu befragen, stand fest. Morgen würde sie ihren ersten Ausritt als Reiseschriftstellerin machen.

In der folgenden Nacht schlief sie gut und machte sich, von einem Kakao und zwei Brötchen mit Konfitüre gestärkt, auf den Weg. Sie musste nicht weit gehen, um Artemis aus ihrem Stall zu holen. Einige Bürger hatten am Stadtrand Pferdeställe gebaut. Dort konnte man

Pferde unterstellen. Das war allerdings teuer, vor allem jetzt. Die Frucht stand zwar gut auf den Feldern, aber bis zur neuen Ernte dauerte es noch. Weiterhin hungerten die Menschen. Artemis bekam im Stall nur das Nötigste, versorgte sich jedoch an den Wegrändern unten am Neckar mit frischem Gras.

Henriette folgte dem Weg durch die Gärten und Parkanlagen. Unterhalb des Schießplatzes gab es ein Wäldchen und das Neckarufer formte ein paar kleine Buchten. Ein idealer Platz für Henriette zum Schwimmen. Das Wasser war noch eisig, aber daran hatte sie sich gewöhnt. Sie hatte sich eine dünne, enge Hose nähen lassen und ein enganliegendes Hemd. Dazu setzte sie eine Mütze auf, die ihr Haar verdeckte. Der Neckar war inzwischen kanalisiert. Für die Stadt hatte er damit die Bedrohung verloren, aber er war weiterhin ein Holzfluss.

Riesige Baumstämme aus dem Schwarzwald kamen hier vorbei, zu Flößen zusammengebunden. Bis nach Amsterdam wurde das Bauholz so verschifft. Ein Steuermann sorgte dafür, dass die Flöße möglichst die Mittellinie im Fluss hielten. Wenn sie trotzdem dem Ufer oder anderen Schiffen nahe kamen, brachten die Flößer mit langen Stangen ihre Ladung in ihre Position zurück. Gefährlicher konnte Henriette das Treibgut werden, einzelne Stämme oder Holzstücke, die sich irgendwo gelöst hatten. Und natürlich gab es Fischer auf dem Fluss. Zu weit hinaus wagte sie sich da nicht. Die Schiffe mit den Auswanderungswilligen brauchte sie nicht zu fürchten, die legten ein Stück weiter unten am Neckarufer an.

Vor ihr lag der Fluss, kräftig dahinströmend. In ihrer Bucht etwas langsamer, sodass sie sich am Ufer entlang gegen die Strömung wenden konnte. Manchmal lief sie noch ein Stück flussaufwärts durch das Gebüsch. Dann ließ sie sich vom Fluss aufnehmen, von der Strömung tragen, die sie in der Nähe ihres Rastplatzes wieder ausspie. Ein paar Blätter und Zweige trieben vorbei. Sie zuckte zusammen. Einen Augenblick lang sah sie den Sommerblumenstrauß aus ihrer Kinderzeit dahintreiben. Den sie versteckt, nicht der Mutter präsentiert hatte. Wieso eigentlich? Die Mutter hätte sich doch gefreut.

An diesem Morgen war auf dem Neckar kaum Betrieb und Henriette konnte sich bis in die zweite kleine Bucht vorwagen. Wenn die Leute wüssten, wie angenehm es war, sich im Wasser zu bewegen. Gegen die Kraft des Wassers die eigene zu setzen oder mit dem Wasser zu verschmelzen und sich zurücktragen zu lassen. Warum die Regierung das wohl für verwerflich hielt und Gustavs Badeverein verboten hatte? Weil Schwimmer leicht bekleidet waren oder weil sie über ihr Dasein als Untertan hinauswuchsen, mit dem Element Wasser ihre Kräfte maßen? Sie musste zugeben, die Fähigkeit zu schwimmen förderte ihr Selbstbewusstsein ungemein.

Am Ufer trocknete sie sich rasch und wechselte zwischen Artemis und dichtem Buschwerk die Kleidung. Artemis wieherte zufrieden und schnupperte an ihrem nassen Arm. Sie streichelte die Kruppe und den Hals des Tieres. Ihre Artemis, sie stand ihr von allen lebendigen Wesen am nächsten!

Dann ging es weiter unterhalb des Dammes, zuerst an der Stelle entlang, wo das Brennholz lagerte, an den Zimmererplätzen, wo große Kräne die Baumstämme aus dem Wasser an Land wuchteten. An der Hafeneinfahrt des Neckars, wo die Auswanderer lagerten, sah sie heute niemanden. Weiter vorn an der Schleuse zeigte sich dagegen ein grauer Streifen wuselnder Bewegung. Als Henriette näher ritt, erkannte sie, dass der Damm voller Menschen war, die Richtung Mannheimer Hafen strebten. Sie galoppierte los, wollte wissen, was die Menschen dort hinzog. Da sah sie in einiger Entfernung eine Gestalt auf dem Weg mit den Armen fuchteln und irgendetwas rufen. Sie griff in die Zügel, damit Artemis langsamer wurde, und schrie zurück, er solle sich aus dem Weg scheren. Der junge Mann blieb stehen und breitete die Arme aus. »Halt, habe ich gesagt und das gilt.«

Henriette schnaubte. Was bildete der Kerl sich ein, so jung, wie der war? Sie ließ es drauf ankommen, gab die Zügel frei und richtig, der junge Mann wich ein wenig zur Seite. Als er auf einer Höhe mit ihr und dem Pferd war, sprang er jedoch hoch und riss an den Zügeln. Artemis versuchte aufzusteigen, er gab ein wenig nach, lief ein paar Schritte neben dem Pferd, dann zwang er es herunter. Zitternd blieb Artemis stehen.

»Was fällt ...«

»Was fällt Ihnen ein, Sie stellen mit Ihrem Pferd eine Gefahr für die öffentliche Sicherheit dar. Ich versuche, die Menschen zu beruhigen, sodass sie sich geordnet sammeln, und dann kommt eine Herrenreiterin und gefährdet alles.« Er atmete schwer und rieb sich seufzend den Rücken.

»Haben Sie irgendeine Befugnis, den Menschen hier auf dem Weg aufzulauern?

»Wenn ich Ihnen ein gestempeltes Papier zeige, werden Sie kleinlaut, ja? Eine merkwürdige Art zu denken. Reicht es nicht zu sehen, dass dort vorn ein Menschenauflauf ist, in den man nicht hineinreiten kann?«

»Überlassen Sie ruhig mir, wie ich reite.«

»Nein, das darf ich nicht. Es sind noch einmal Schiffe angekommen, aus Amerika, mit Getreide, das die Stadt dort eingekauft hat. Alle Armen sind aufgefordert worden, Gefäße mitzubringen. Sie bekommen das Mehl für ein paar Kreuzer. Ich soll hier aufpassen, dass alles geordnet verläuft und keine Panik entsteht.«

»Dazu werde ich nicht beitragen. Trotzdem möchte ich weiter. Ich werde langsam reiten und mir die Sache aus der Ferne anschauen. Ich bin nämlich Schriftstellerin, Reiseschriftstellerin.«

Er musterte sie und grinste frech. »Das ändert nichts, Madame. Binden Sie Ihr Pferd an den nächsten Baum. Zu Fuß können Sie auf dem Damm weitergehen.«

»Damit Sie sich mit meiner Stute aus dem Staub machen!«

»Ich verlasse meinen Posten hier nicht. Wenn ich mich vorstellen darf: Konrad Riesle, Maschinist auf der DeZeuw und im Hafen wohlbekannt. Bei der Verteilung des Mehls wollte man mich nicht einsetzen, ich bin zu schmierig.« Er hielt ihr grinsend seine Hände hin, die voller dunkler Ölflecken waren. Henriette glaubte auch den satten tranigen Geruch des Öls wahrzunehmen. »Ihre Stute würde sich übrigens nicht einfach von mir mitnehmen lassen. Sie würden ihren Protest weithin hören können.«

So ganz blöde schien der Mensch nicht zu sein. Henriette kämpfte einen Augenblick mit sich, dann stieg sie ab und band Artemis am Baum fest. »Ich hoffe, Sie haben nicht gelogen. Ich würde Sie ausfindig machen, junger Mann, darauf können Sie sich verlassen.«

»Allzeit zu Ihren Diensten«, lachte Riesle hinter ihr her, während sie leichtfüßig den Damm entlanglief. »Ich bin gespannt auf Ihren Reisebericht.«

## 14

Freiburg, Sommer 1847

Ich kam ohne Schwierigkeiten durchs Tor und wanderte an einem Hang mit Weinreben entlang, bis ich vor mir Schornsteine und mehrere große Gebäude sah. Das sollte ein altes Hammerwerk sein, in dem der Herr Mez eine Garnfabrik eröffnet hatte. Ich ging an einem riesigen Gebäude entlang, dann folgte ein kleineres, neben dem sich ein Eingangstor befand. Aus dem Fenster des Portierhäuschens schaute ein Mann zu mir heraus. Ich grüßte, senkte den Kopf und fragte demütig nach Arbeit. »Kann schon sein«, knurrte der Mensch. »Geh dort hinten in den Anbau. Dort ist das Bureau.«

Ich dankte und ging weiter. Mit jedem Schritt wurde ich unsicherer. Wollte ich das wirklich? Mich wieder in eine Fabrik einsperren lassen und dort auch noch schlafen? In einem dieser großen Häuser? In Gedanken versunken hätte ich fast nicht gemerkt, dass mir ein Herr entgegenkam. Ich stotterte einen Gruß und erhielt eine warmherzige Erwiderung. »Nun, mein Kind, du bist vermutlich auf der Suche nach Arbeit?« Ich nickte und schaute auf. Gütige Augen, zahlreiche Lachfältchen darum herum, ein verwuschelter Haarschopf und ein Vollbart. Ein erstaunlich freundliches Gesicht. »Da bist du bei mir grad an der richtigen Stelle. Ich bin der Herr Fabrikbesitzer Mez.«

»Ich heiße Emma Wessling«, stotterte ich. »Ich habe gehört, dass Sie Mädchen einstellen.«

»Da hast du richtig gehört. Bist du mit Faden und Garn geschickt?«

Ich nickte. Natürlich konnte ich nähen, auch stricken. »Meine Eltern waren Weber. Wir haben an unserem Webstuhl und am Spinnrad alle zusammen gearbeitet. Bis …«

»Dann gab es keine Arbeit mehr?«

»Doch schon. Aber der Lohn sank beständig.«

»Ja, ich weiß. Die Maschinen. Dieses Elend. Was ist aus deinen Eltern geworden?«

Ich spürte, wie ich zu zittern begann, schaute zur Erde und suchte nach Worten.

»Na, da will ich lieber nicht weiter fragen. Du hast wohl Schlimmes erlebt. Vielleicht können wir dir ein wenig Zuversicht zurückgeben. Du schaust ordentlich und sauber aus. Und sprichst ein schönes Hochdeutsch. Da werden die Mädchen von dir lernen können. So eine junge Frau wie dich können wir hier gebrauchen. Geh nur dort in das Bureau und sag, dass du mit mir bereits gesprochen hast. Sie können dich einstellen. Und nun muss ich weiter. Der Gemeinderat wartet nicht.«

Wieder bedankte ich mich und schlich davon. Die Worte des Fabrikanten hörten sich angenehm an, nie war ich bisher freundlich und verständnisvoll begrüßt worden. Was der Herr damit bezweckte – und ein Fabrikant bezweckte immer etwas, da war ich mir sicher – verstand ich jedoch nicht. Vorsicht konnte nicht schaden.

Vom Bureau aus hatte man uns offensichtlich draußen gesehen. Herr Schmitt schrieb meinen Namen auf und fragte, was ich bis jetzt gearbeitet hätte. Am Webstuhl, am Spinnrad, Flachshecheln, Stricken konnte ich angeben. Ich zeigte mein altes, zerfleddertes Ausweispapier mit preußischem Stempel. Mein Arbeitsbuch sei in einen Fluss gefallen, log ich. Von der Dampfwaschanstalt in Villingen hatte ich eine Bescheinigung, dass ich dort zur Zufriedenheit des Besitzers gearbeitet hatte. Jede Arbeit gut und pünktlich ausgeführt.

»Aber deinen Geburtsort kennst du?« fragte der Mann barsch. Sein Blick hatte sich an meinen glänzenden Schuhen festgesaugt.

»Tecklenburg«, sagte ich rasch. So stand es im Ausweis, wenn auch kaum mehr leserlich. Von daher stammte die Familie Wessling und das Tecklenburgische Tuch hatte einen guten Ruf.

Der Mann runzelte die Brauen, schrieb es auf und knurrte etwas wie: »Wenn der Chef es so will.« Er erklärte mir, dass ich heute in die Arbeit eingewiesen würde, dass ich im Hause wohnen müsste mit Kost und Logis für neun Kreuzer. »In unserem Hause beträgt die Arbeitszeit nur zwölf Stunden und die Bezahlung ist sehr gut. 36 Kreuzer täglich für Maidli, die nichts können, das zahlt niemand weit und breit. Zwanzig Kreuzer werden täglich einbehalten für dein Sparbuch, das wir für dich anlegen. Fünf Prozent Zinsen bekommst du. Wenn man mich fragt, für so junge Dinger viel zu viel. Der Herr Fabrikant ist halt ein Wohltäter. So manche Arbeiterin hat mit ihrem Ersparten den Grundstein für ihr weiteres bürgerliches Leben gelegt, denn beim Heiraten muss man etwas vorweisen können. Also nutze diese Möglichkeit. Eine weitere Vergünstigung ist das Abonnement des Hauses im Hospital. Wenn du krank wirst, wirst du dort gepflegt und der Herr Fabrikant übernimmt vierzig Prozent der Kosten.« Ein Junge saß an einem Tisch und schrieb. Der Mann wandte sich an ihn, er solle mich zur Hausmutter bringen. Die würde mir alles Weitere erklären.

So fand ich mich kurze Zeit später in einem großen Schlafsaal wieder, vor einer Frau mit gebügeltem Kleid und gestärkter Schürze, die sich als Fräulein von Falkenstein vorstellte, die Hausmutter. Mit strenger Stimme teilte sie mir ein Bett zu und stieg dann mit mir in die Garderobe hoch, wo sie mir ein Fach für mein Bündel zuordnete. Meine Schuhe musste ich aus- und die Holzschuhe anziehen.

Dann ergoss sich ein breiter Strom von Ermahnungen und Verhaltensregeln über mich. Von »Seelenbewahrung« sprach Fräulein von Falkenstein, von »Vermeidung der Gelegenheit zur Gottlosigkeit« und was noch alles. Über die sittlichen Gefahren von Tanzböden, denen eine junge Frau in besonderer Weise ausgesetzt sei. Ich ließ ihre Sätze an mir abgleiten. Sittliche Gefahren! Was wusste die schon davon! Und von Freiheit schon gar nichts.

Schließlich zeigte sie mir die Waschräume, in denen es auch Wannen gab. »Aber nur für den Sommer, wenn das Wasser des Mühlbachs nicht ganz so kalt ist. Ich kontrolliere, ob du dich regelmäßig gründlich wäscht. Reinlichkeit ist wichtig, wenn du mit der zarten Seide zu tun hast. Da darf kein Stäubchen hineingeraten. Du musst darauf achten, dass du immer ein sauberes Fürtuch umgebunden hast. Und für deine Gesundheit ist die Sauberkeit auch gut. Der Herr Mez hält viel auf so etwas, auch auf regelmäßiges Lüften. Na ja, ordentlich schaust ja aus.«

Es erfolgte noch der Hinweis, dass die Fabrikmädchen sich an der Zubereitung des Essens beteiligen müssten, die Schlaf- und Aufenthaltsräume zu reinigen hätten und auf Wunsch nach der Arbeit im Garten arbeiten könnten. Die eigene Kleidung habe jede für sich in Ordnung zu halten, sie stehe gern mit Rat und Tat zur Seite. Über den Tag verteilt gebe es fünf Mahlzeiten. Ich könne gleich jetzt bei der Vier-Uhr-Mahlzeit mit anfassen.

Wir stiegen in die Küche hinab. Gerade kam eine Arbeiterin aus der Fabrikhalle. »Sali«, begrüßte sie mich. Wir stellten Körbe mit Brotstücken auf die Tische im Speisesaal und für jede einen Becher, den wir mit dünnem Zichorienkaffee und etwas Milch füllten. Richtiger Milch! Ich konnte es nicht fassen. Dann füllte sich der Saal mit schwatzenden jungen Frauen, die alle hungrig zugriffen. Was ich natürlich auch tat.

Nach der Mahlzeit nahm Kathi mich mit, deutete auf die Villa der Familie Mez, das Badehaus, das riesige Gartengelände, in dem die Mädchen für ihren Bedarf anbauten, das Kesselhaus und die Spinnerei. Von dort kam gerade ein Junge, der einen Karren schob, was Bilder von Flinders Fabrik in mir hochkommen ließ. »Der bringt uns das Garn in die Zwirnerei«, erklärte Kathi. »Die Seidenfäden sind sehr fein und lang, da chasch aufpasse.«

In der Halle erinnerte noch mehr an Flinders Fabrik – die große Stahlwelle, die Riemenscheiben und Treibriemen, die durch die Halle liefen »Mir bruche viel Maschinenkraft, deshalb reicht das alte Wasserrad nicht. Die Maschinen im Maschinenhaus werden mit Dampf angetrieben, der aus den Heizkesseln kommt. Aber wie das genau funktioniert, des weiß i au net«, erklärte Kathi und lächelte entschuldigend.

»Un des sott jedi wisse: Der Mühlbach darf nicht verschmutzt werden. Er teilt sich hinter der Fabrik auf in einen Kanal, der Runze, und eine Wasserleitung, welche die Bächle in der Stadt mit sauberem Wasser speist. Da därfsch kei Dreck ine weärfe, des isch Brauchwasser für die Haushalte. Zum Waschen und Putzen und so. Die Runze wird auf der Höhe der Stadt zum Gewerbsbach. Wir nehmen uns nur die Kraft des Wassers, sagt der Herr Mez, verschmutzen den Bach nicht. Die Seide einfärben lässt der Herr Mez nämlich irgendwo am Neckar. Da gibt es mehr Wasser als hier. Ist wohl ziemlich weit weg. Der Herr Direktor hat ein Verfahren entwickelt, das unsere Seide viel leichter macht als die anderer Fabrikanten. Ohne Blei.« Diesmal lächelte sie etwas verlegen.

Auf meinen fragenden Blick hin zuckte sie die Schultern: »Warum man bis jetzt schweres Blei zum Färben der Seide gebraucht hat, des weiß i au nit.«

Ich verstand nicht alles, was Kathi erklärte, aber sie wusste wirklich gut Bescheid. »I bi us Vörstette un nit us Friburg«, lachte sie. »Us Vörstette, einem Dorf im Nordwesten der Stadt. Ich bin mit der Mutter fast jeden Tag zum Markt gegangen, bis wir nichts mehr für den Freiburger Markt hatten. Alles ist auf dem Feld verfault, danach vertrocknet. Da bin ich in die Fabrik.«

Ich staunte über die langen Reihen der Maschinen, vor denen die Mädchen saßen oder standen. Fäden, lange Fäden überall. In rascher Folge steckten Mädchen Spulen auf ein Aufsteckgatter und dann liefen die Fäden um Zylinder geschlungen über Ringläufer, wie Kathi sie nannte, drehten sich beständig und wurden schließlich auf eine Spule gewunden. Alles bewegte sich wie von selbst. Aber ich wusste ja, dass die Treibriemen, die von der Decke hingen, die Bewegung weitergaben. Manchmal sah es so aus, als ob die Mädchen kaum arbeiteten, aber an ihren Augen konnte ich sehen, wie genau sie viele Fäden gleichzeitig beobachteten und eingriffen, sobald sie zu reißen drohten, Verdickungen oder sonst eine Unregelmäßigkeit aufwiesen.

»Die Maschinen in der Seidenzwirnerei hat der Herr Direktor Mez höchstpersönlich konstruiert«, flüsterte Kathi. »Als er noch in der Gerberau in der Stadt am Gewerbsbach produzierte.« Vor den Maschinen saßen, an anderen standen junge Frauen, die freundlich grüßten. Plötzlich begann eine zu singen, ein Frühlingslied, in das alle einfielen, und Kathi flüsterte: »Das ist ein Willkommenslied für dich.«

Ich erstarrte und musste mir auf die Zunge beißen, um nicht loszuheulen. »Wird es jetzt Ärger geben?«, flüsterte ich Kathi zu.

Die lachte: »Das Singen während der Arbeit hat der Herr Mez ausdrücklich gestattet. Solange es nicht anzügliche Lieder sind.«

Schließlich stand ich an einer Maschine. Kathi erklärte mir, was ich zu tun hatte. Es war nicht allzu schwierig, der Umgang mit Fäden war mir vertraut und geschickte Finger besaß ich auch. Trotzdem ging es hektisch zu, für mich weit mehr als für die anderen und meine Nachbarinnen mussten an diesem ersten Tag mehrmals meine Maschine verlangsamen und mir mit den Fäden helfen.

Nachdem wir in unserer Reihe eine Stunde gesessen hatten, ertönte eine Glocke und wir mussten zum Weiterarbeiten aufstehen. »Damit dein Rücken nicht krumm wird«, flüsterte Kathi. Plaudern war während der Arbeit verboten, das wusste ich bereits. Diesmal stimmte eine ein frommes Lied an, das ich kannte. Erst zaghaft, dann fester sang ich mit.

Nach der Abendmahlzeit sollte ich meine Kleider durchsehen. Ich zeigte sie vor, alles war ordentlich genäht oder gestopft. »Willst du vielleicht im Garten mitarbeiten?«, fragte Fräulein von Falkenstein. Ich ging mit den anderen hinunter und half beim Jäten der Beete. Um uns herum blühten Narzissen, Bäume und Büsche strotzten vor weißer Blütenpracht, das erste Grün trat an den Büschen hervor. Die Kartoffeln, die einen sagten Grumbire, die anderen Herdeepfel, wurden in den Boden gesteckt, Beete vorbereitet für die Sommersaat. Eine Drosselfamilie sang in der Hecke, unterbrochen von einem Zaunkönig. Obwohl ich müde war und das Hacken und Jäten anstrengend, wusste ich nach kurzer Zeit, dass ich von dieser Arbeit nicht mehr lassen würde.

Wir arbeiteten im zarten Dunst des Abends zwischen Blüten und Grün, die Hände in der Erde. Kathi deutete den Hang hoch zum Schlossberg, wo Weinreben wuchsen und ein Park mit Bäumen aus fernen Ländern von Herrn Mez angelegt worden war. »Auch zu unserer Erholung«, erklärte Kathi stolz. Das seien Palmen, deren Setzlinge der Herr Direktor von seinen Reisen mitgebracht habe, berichteten die Mädchen.

Ich wähnte mich im Garten Eden und begann zu singen: »Lobpreiset den Herrn«, so wie wir in der Erweckungsgemeinde gesungen hatten. Welchen Herrn ich lobpreisen wollte, war mir nicht deutlich. Aber das machte nichts.

Fleisch gab es selten – Herr Mez hielt Gemüse und Feldfrüchte für gesünder –, aber wir wurden jeden Tag satt. Die anderen Mädchen sagten mir zwar, dass vor der Hungersnot die Suppen dicker gewesen seien und es mehr Brot und Milch gegeben habe, aber auch so war es gut. Der Herr Fabrikant saß mittags mit uns im Speisesaal. Er nahm die gleichen Speisen zu sich wie wir und unterhielt sich meist mit Fräulein von Falkenstein oder einem der Arbeiter, welche die Aufsicht über die Produktion hatten.

Aber manchmal ging er auch an unseren Tischen entlang und fragte, ob alles gut sei. In manchen Wochen war er nicht da – auf Geschäftsreise, hieß es –, oder er fuhr mit der Eisenbahn nach Karlsruhe, denn er war Abgeordneter der Zweiten Badischen Kammer. Ein gewählter Volksvertreter, flüsterten mir die anderen Mädchen ehrfürchtig zu, er gehöre zu den Liberalen, welche dem Land eine neue Verfassung und Gesetze geben würden. Wenn, ja wenn der Großherzog sich dem nicht widersetzte. Und seit einiger Zeit war der Herr Mez auch noch Mitglied im Stadtrat.

Es gab Bücher für uns und an verregneten Tagen abends und am Sonntag lasen wir uns gegenseitig etwas vor, wenn wir über einer Handarbeit saßen. Meist aus der Bibel oder sehr moralische Geschichten. Ich hatte mit Hilfe von Fräulein von Falkenstein angefangen zu sticken. Sie hatte mir einen Stickrahmen zur Verfügung gestellt, feine Stickseide stellten wir ja her. Auch diese Arbeit begeisterte mich und ich wurde wegen meiner Geschicklichkeit und Genauigkeit gelobt. Fräulein von Falkenstein stellte mir in Aussicht, dass ich mich irgendwann am Webstuhl an den schwarzen Seidenbändern der Trachten versuchen dürfte. Viele Frauen in der Gegend, besonders im Markgräflerland, verdienten sich so als Heimarbeiterinnen ein Zubrot. Was wollte ich mehr?

Eine Zeit lang fühlte ich mich auf dieser Insel der Seligen wohl. Das Beten morgens, bei den Mahlzeiten und abends fiel mir allerdings schwer. Ich hatte zu danken und auch zu loben, aber es blieb für mich eine äußerliche Übung. Ich war nicht mehr erfüllt vom Glauben, für mich existierte kein Vater über den Wolken, der seinen Segen über mich ausschüttete. Ich hatte Gott verlassen und falls er mich suchte, fand er mich hier nicht. Mein Gebet blieb leer. Manchmal spürte ich meine Schuld, aber auch die war nicht mehr quälend. Sie meldete sich, wie sich ein Magengrimmen meldet, sie sagte, da ist etwas mit dir nicht in Ordnung. Schade, na gut, so war es eben, es bekümmerte mich nicht sonderlich.

Ein paar Wochen später kam der Herr Fabrikant Mez zu mir und fragte, ob ich mich eingelebt hätte. Fräulein von Falkenstein und der Aufseher seien sehr zufrieden mit mir. Da nahm ich meinen Mut zusammen und fragte ihn, ob wir nicht auch Zeitungen zum Lesen haben könnten.

»Wie kommst du denn auf so etwas?« fragte er zurück.

»Sie sind doch Mitglied im Stadtrat und Abgeordneter der Zweiten Badischen Kammer. Da wäre es doch schön, über das, was die Vertreter des Volkes dort besprechen, etwas zu lesen.«

»Mein liebes Kind, da muss ein Missverständnis vorliegen. Die Politik ist nichts für euch Frauen, dafür sind eure hübschen Köpfchen nicht gemacht. Aus gutem Grund können in unserer Freiburger Lesegesellschaft nur Männer Mitglieder werden. Zu den Zeitungen haben die Frauen keinen Zugang. Meine Frau hat eine Zeitschrift abonniert, aber über Politik steht darin nichts. Und junge Maidli, Arbeiterinnen wie du, würden das meiste nicht verstehen. Gesetze und Politik sind eine langweilige Sache. Und manchmal auch gefährlich.« Ich schaute ihm mit offenem Mund nach, er war bereits weitergegangen, immer noch kopfschüttelnd.

An diesem Abend beschloss ich im Bett, am nächsten Sonntag nach Freiburg zu gehen und den Leseverein zu suchen. Fräulein von Falkenstein sah es nicht gern, wenn wir in die Stadt gingen, aber einige von uns stammten aus Freiburg und wollten ihre Familien besuchen, waren katholisch und mussten zur Messe. Da konnte man sich unauffällig anschließen. Ich fragte Ursula nach der Lesegesellschaft und sie erklärte mir erstaunt, dass in der Grünwäldergasse ein ganzes Haus mit einem großen Saal dieser Gesellschaft gehöre. »Aber was willst du denn da? Wollen wir nicht lieber auf den Remparts spazieren gehen und zum Karlsplatz? Dort exerzieren manchmal Turner und hinterher geht's noch in den Bierkeller Trenkle am Schlossberg. Manchmal tut einem einer der Schdudende ein Bier aus, für ein paar schöne Augen oder auch einen Kuss. Nur einen ganz kleinen, e bitzeli.«

Ich zuckte mit den Schultern, »vielleicht ein andermal«, und machte mich am Sonntag allein auf den Weg. Zu Emerentia wollte ich diesmal nicht. So lief ich die Salzgasse in die Stadt hinein bis zur Kaiserstraße und staunte – schon das Schwabentor hatte wie eines der Tore in Villingen ausgesehen. Auch das Tor, das ich am Ende der breiten Kaiserstraße sah, hätte in Villingen stehen können. Nur ein wenig höher war es. Ich fragte nach der Grünwäldergasse und wandte mich dann zweimal nach links.

Das Haus der Lesegesellschaft war nicht zu übersehen, das prächtige neue Gebäude füllte einen guten Teil der Gasse. Einige Herren im guten Anzug und mit steifen Hüten, alle mit Bärten, standen schwatzend davor, verschwanden schließlich gemeinsam hinter der Tür. Ich ging ein paarmal auf und ab, versuchte einen Blick durch die Fenster zu werfen. Plötzlich ging die Tür auf und der lange Christoph, der Neffe von Emerentia, kam heraus, mit einem Besen in der Hand.

»Wwas willst du denn hier?« fragte er.

»Und du?« fragte ich schnippisch zurück.

»Ich arbeite hier. Verdiene etwas dazu. Aufräumen und aaufpassen, dass nniemand Uunbefugtes die Räume betritt.« Sein Kehlkopf hüpfte auf und ab.

»Ich möchte Zeitungen lesen.«

Sein Gesichtsausdruck veränderte sich. Er grinste breit und blöd. »Ddie sind nur für gebildete Herren. Nicht für uunsereinen.«

»Hast du noch nie welche gelesen?«

Das Grinsen wurde noch breiter. »Doch, natürlich, jeden Sonntag, wenn ddu es nnicht weitersagst. Die Oberrheinische Zeitung ist ziemlich fortschrittlich und die Mannheimer Zeitungen sowieso. Welche Zeitung hättest ddu denn gern? Wir haben 40 verschiedene abonniert.«

Das war ein anderer Ton. Etwas spitz, aber zusammenhängend und klar. »Ich weiß nicht. Ich habe lange keine Zeitung mehr gelesen und wollte hören, wie es steht mit der neuen Zeit.«

Jetzt glotzte er wieder verständnislos. »Ach, die junge Ddame hatte in der letzten Saison ein Aabonnement und möchte den genauen Stand der Revolution erfahren. Bitteschön, wenn die Gnädige wünschen, werde ich nnachfragen. Sicher wird es einem der Herren Professoren gefallen, ihr Auskunft zu geben.« Er kicherte.

»Bitte«, antwortete ich gequält. »ich weiß nicht viel. Aber im letzten Sommer gab es im Schwarzwald fliegende Blätter und der Lehrer dort hat sie erklärt. Und die neue Zeit angekündigt. So wie bei den Schweizern.«

»Ich glaube, da hat er recht gehabt«, sagte der Neffe jetzt ohne Spott in der Stimme. »Die Herren hier disputieren ziemlich laut und immer geht es um die Freiheit, die Gleichheit oder die Presse. Was ich dda zu hören bekomme, hört sich radikal an. Bei den Mannheimer Redakteuren gibt es einige, die häufiger im Gefängnis sitzen als daheim, weil sie die Vverschwendungssucht der Regierung anprangern oder Ähnliches. Interessiert dich das?

»Ich glaube, ja.«

»Erstaunlich. Weißt du was? Ich muss hier noch zwei Stunden Dienst tun, dann könntest du mich aabholen und ich schmuggle eine Zzeitung für uns heraus, die könnten wir gemeinsam lesen. Mit den Zeitungen von letzter Woche ist das kein Problem. Nnun schau nicht so misstrauisch, sseh ich aus wie einer, der junge Mädchen ins Unglück stürzt? Wir lesen zusammen Zzeitung, sonst nichts. Übrigens, ich bin der Christoph Mauch.« Er streckte mir die Hand hin.

»Emma Wessling.«

»Sehr erfreut.« Er stutzte, grinste schließlich. Blöd sah er nicht mehr aus. Besonders schlau allerdings auch nicht. Immerhin nett.

»Also, in zwei Stunden bin ich wieder hier.«

»Du kannst dir in der Zzwischenzeit das Münster anschauen. Die Messen sind alle vorbei.«

»Ich bin nicht katholisch.«

»Iich auch nicht. Aaber das Münster ist sehr schön. Ddu musst es anschauen.«

Ich zuckte mit den Schultern und ging los. In meine Richtung, nicht zum Münster! Durchs Schwabentor wieder aus der Stadt hinaus. Dort floss der Mühlbach vorbei. Ich hatte ihn auf dem Weg in die Stadt überquert. Jetzt wollte ich zu dem Gewerkskanal. Zur Insel und Gerberau, wo die Mez'sche Färberei lag. Eine Vorstadt, die Häuser klein, manche verfallen. Viele Handwerksbetriebe. Es roch scharf und faulig, nach Schlachtabfällen und Blut. Da musste die Metzig sein, das städtische Schlachthaus. Weiter unten ein paar Mühlen. Jetzt am Sonntagmittag waren kaum Menschen auf der Straße. Eine Frau rief mir aus einem Fenster etwas zu, freundlich klang das nicht. Das war eine Gegend, wie ich sie kannte, während die Kaiserstraße und die Grünwäldergasse sauber waren und mit ihren stattlichen Gebäuden etwas Beklemmendes für mich hatten. Vielleicht auch etwas Beängstigendes. Aber hier in der Vorstadt allein herumzulaufen, war ebenfalls nicht angenehm. Also weiter Richtung Kaiserstraße, die ich überquerte (der Kanal floss unter der Straße durch), dann las ich die Schilder »Mehlwaage« und »Gasthaus zum Hirschen«.

Einige junge Männer kamen auf mich zu. Ein Student wollte mich zu einem Bier einladen und dann würde er mir seinen »Wackernagel« zeigen. Das unverschämte Grinsen seiner Begleiter und sein Griff in den Hosenschlitz machten mir klar, was er wollte. Abrupt drehte ich mich um. Die Gegend an einer Stadtmauer war mir noch von Villingen her in schlechter Erinnerung. Also durch das Martinstor zurück die Kaiserstraße entlang und zu dem sauberen Bächle. Das dreckige Lachen hinter mir verfolgte mich noch eine Zeit lang. »Was tust du denn so keusch und rennst allein durchs Hurenviertel?«

In der Grünwäldergasse musste ich nicht lange warten, bis Christoph aus der Tür trat. Jetzt ohne Besen, stattdessen mit Zeitungen unterm Arm. Er führte mich durch schmale Gassen auf den Münsterplatz und bestand darauf, mir das Münster von innen zu zeigen. »Das musst du gesehen haben, es ist wirklich schön.«

Aber ich blieb stehen, ich wollte nicht.

»Wwie kann man nur so stur sein«, erklärte er kopfschüttelnd. »Hhast du schon einmal eine so große katholische Kirche gesehen?«

»Nein, um Kirchen mache ich einen Bogen. Die Gottesdienste in der Erweckungsgemeinde fanden in einer Scheune statt.«

»Du ssollst ja nicht beten. Schau das Münster wenigstens von außen an. Es zzieht sich in die Höhe, als wenn es direkt zum Himmel aufsteigen wollte. Die scheußlichen Figuren, da auch der, der uns sseinen Hintern zeigt, sind Wasserspeier, durch die das Wasser von den Dächern abläuft. Ddie Figuren da oben am Turm – du musst deinen Kopf weit in den Nacken legen – stehen für die sieben Todsünden, die es bei den Katholiken gibt.«

»Und das sind?«

»Der Eber dort oben steht für die Unmäßigkeit, der Dicke mit dem Sack für den Geiz und der dümmliche Ritter für den Hochmut.«

»Und wofür steht die junge Frau, welche die Hand in ihren Schoß schiebt?«

»Für die Wwollust natürlich, das siehst du doch.«

»Wollust, was für ein Wort.«

»Unkeuschheit, wenn dir das Wort lieber ist.«

»Unkeuschheit, an einer Kirche?«

»Die alten Kkirchen sind drastisch in ihren Bildern. Ddas ist ja das Interessante daran. Die ssollte jeder verstehen. Auch Menschen, die nicht lesen konnten.« Er kicherte gackernd und sah dabei aus wie ein Hahn. »Diese Sünden liegen mir fern. Ich habe weder einen Beutel voll Geld noch genug Kapaune, um mich zu überfressen.«

»Warum zeigst du mir sie dann?« An was für einen schrägen Vogel war ich da geraten? Wenn das seine Verführungskunst war, konnte er mir gestohlen bleiben.

»Ich ddachte, das würde dir gefallen. In deiner Erweckungsgemeinde wurdet ihr sicher vor dem katholischen Pomp gewarnt.«

»Nein, darüber wurde nie gesprochen. Ist auch schon lange her.«

»Das Mmünster ist übrigens eine Bürgerkirche. Von den Bürgern gestiftet. Der Eerzbischof ist erst vor wenigen Jahrzehnten von Konstanz nach hier gezogen. Wegen dem gibt es in der Stadt viel Ärger. Ssein Palais ist da vorne. Davor der Georgsbrunnen mit Drachen. Der ist allerdings alt und der Stein hat Risse. Die Demokraten der Stadt würden da lieber eine Figur unseres großen Rotteck aufstellen.«

»Wer soll das sein?«

»Nnoch nichts von unserem großen Rotteck gehört? Karl von Rotteck, Professor für Altertumsgeschichte und Recht, der wichtigste Abgeordnete der Zweiten Badischen Kammer, der die neuen Gesetze wegen der *Preßfreiheit* und so verfasst hat. Deswegen haben sie ihn sogar von dder Universität vertrieben. Da hat er die bürgerliche Lesegesellschaft gegegründet.«

»Über Professoren haben wir in der Dampfwaschanstalt selten geredet.«

»Iist auch egal. Er ist bereits tot. Jetzt ist sein Sohn Karl Sekretär der Lesegesellschaft. Und hhat den Konsumverein organisiert, ffür die öffentliche Suppenanstalt.«

Wir wandten uns nach links, er deutete auf ein großes vornehmes Gebäude Richtung Kaiserstraße: »Das ist das Museum, das Veversammlungshaus der konservativen Bürger. Sosozusagen die Konkurrenz zur Lesegesellschaft.« Wir überquerten den gesamten Münsterplatz, gingen am Hofgericht vorbei, am Kornhaus und Waisenhaus, durch die Pfaffengasse, die mit schmucken Häusern prunkte, bis zum Karlsplatz und setzten uns auf eine der Bänke dort. Vor uns lag eine große Fläche, die sich bis zum Schlossberg zog, an zwei Seiten umgeben von einer Mauer, auf der sich eine Promenade befand mit Bänken unter den Bäumen. Etliche Menschen gingen dort spazieren. Die Männer trugen hohe Hüte, Frauen breite, die mit Federn und Blumen geschmückt waren. Daneben auch Menschen in der Tracht dieser Gegend, alle ordentlich herausgeputzt. Christoph zeigte und erklärte mir alles, als wenn diese Stadt ihm gehörte.

»Du sprichst nicht wie die Freiburger. Fabrikant Mez betont die Wörter anders als du.«

Er kicherte wieder: »Ja, ich bin von der Schschwäbischen Alb. Trotzdem schwweife ich hier mit dem Besen, während daheim gekehrt wird. Bbäch-le haben die hier und Maid-li.«

»Und dann gibt es hier Rösser, keine Gäule.«

»Ich bbin noch nicht lange in der Schschtadt, aber sie gefällt mir.«

Jetzt lachte er, dann wurde er plötzlich ernst: »Mmein Vater war Schafhirte. Ist eines Tages vverschwunden. Mutter wartet immer noch auf eine Nnachricht. Aus Amerika. Aber da ist er nicht. Wir haben einen aamtlichen Brief bekommen, dass er sich in einem Wald erhängt hat. Weit weg von zu Hause, bei Geislingen.

Mmutter will es nicht glauben. Ich war dann beim Militär. Wwar nichts für mich, zu viel Drill und Gehorchen und Strammstehen und so. Bei den Schafen daheim war es ruhiger zugegangen. Tante Emerentia und ihr Mann haben mich im letzten Jahr gefragt, ob ich nicht bei ihnen ins Geschäft wollte, und das habe ich mir nicht zzweimal sagen lassen. Seitdem bin ich hier.« Er blickte mich erwartungsvoll an. »Ddu bist von noch weiter weg, oder?«

»Ja, aus dem Tecklenburgischen.«

»Wo liegt denn das?«

»Weit weg, in Preußen.«

»Wohl kein gutes Land?«

»Nein, kein gutes Land.«

»Na ja, ggeht mich ja nichts an.«

»Nein, geht dich nichts an.«

Er schlug die Zeitung auf. »Hhabe nur das Intelligenzblatt für Waldshut und Säckingen bekommen. Nicht das, was du suchst, aaber in anderer Hinsicht interessant. Hhier, hör mal: ... *ist im Rhein ein Leichnam gelandet. Derselbe mag schon 6-9 Wochen im Wasser gelegen haben und deshalb ist die Verwesung schon so weit vorgeschritten, dass man die Gesichtszüge nicht erkennen konnte. Am Fuße hängt noch ein Stück eines grauwollenen Strumpfes, gebunden mit einem Stück Gurtenband 1 1/2 Zoll breit, rot mit braunen Enden ...*«

»Das ist furchtbar! Hör auf damit.«

»Findest du? Na ja, vielleicht.« Wieder das Kichern. »Wie ist es mit folgendem Fall: *In der Nacht wurde auf dem Wege, der von Riedern durch den Wald nach Erzingen zieht, ein grauer Pfeffersack, worin sich zwei Zuckerhüte und 20 5/10 Pfund Pfeffer befanden, aufgefunden. Der Eigentümer ...*«

»Schon merkwürdig, aber das kann uns doch egal sein. Warum liest du das?«

»Ffinde ich interessant. Wir könnten jetzt raten, ob es Diebes- oder Schmugglergut ist. Eigentlich lese ich die Zeitung wegen der vielen Anzeigen. Über Fruchtpreise, was das Getreide kostet, wo Versteigerungen stattfinden. Ein Trtrödler muss die Augen offen halten. Manchmal werden schöne Möbel zu ggünstigen Preisen angeboten. Die Anzeigen in der Oberrheinischen Zeitung sind für mich allerdings wichtiger, weil die Versteigerungen meist in den umliegenden Ortschaften stattfinden. Aber auch da gibt es Anzeigen, die man bedenken muss, ob man zum Beispiel auswandern will, manchmal stehen da auch Kkuriositäten wie vorletzte Woche, dass fünf Millionen Gulden in zweieinhalbprozentigen Obligationen alter Staatsschuld, jede Schuldverschreibung einzeln auf Papier festgehalten, in einem zum Abriss bestimmten Häuschen mit diesem zusammen verbrannt wurden. Die Fuhre mit diesem ganzen Papier war so schwer, dass der Wagen acht Pferde und noch ffünfzig schiebende Menschen brauchte.«

»Ich wollte etwas über die Freiheit und Gleichheit lesen.«

»Das wäre schön, wenn man ddarüber so einfach lesen könnte. Aalle Zeitungen stehen unter Zensur. Wörter und Artikel über die Freiheit werden gegelöscht. Die fortschrittlichen Blätter setzen ihre Artikel in einer kleinen Schrift und schreiben lange Artikel, in der Hoffnung, dass die Zzensoren die freiheitlichen Gedanken nicht finden. Das ist echte Arbeit, sich da ddurchzufinden. Wenn in Amerika, Italien oder Afrika etwas passiert, steht das schon eher in der Zeitung, auch wenn es um einen Auaufstand geht. Manchmal steht da auch ein Gruß aus der ddemokratischen Schweiz. Dann weiß jeder, dass das ein Aufruf ist.«

»Und nie ein Artikel über die Freiheit, den ich verstehen kann?«

»Meist nur versteckte Hinweise oder lange Diskussionen über Gegesetzesvorlagen. Aber ich kann für dich etwas suchen. Wenn du nächsten Sonntag wiederkommst.«

Ein Trupp junger Männer zog in Reih und Glied über den Platz auf uns zu. Etliche trugen mehr oder weniger stattliche Vollbärte. Einige grüßten zu Christoph hinauf und grinsten: »Ein netts Maidli hasch du da, a rechte Mooskrotte. Da wollen wir nicht stören.« Weiter vorn blieben sie stehen und begannen auf Kommando Turnübungen zu machen, die Arme nach oben zu strecken und rundherum zu schwingen, die Knie zu beugen und sich wieder aufzurichten, die Schultern rundum zu bewegen. Schließlich liefen sie einmal um den ganzen Platz herum im Trab und dann in merkwürdigen Sprüngen. Schließlich zogen sie in Formation davon.

»Das sind die Tturner und ich ggehöre dazu«, erklärte Christoph stolz. »Die marschieren jetzt durchs Schwabentor zur Hess'schen Fabrik. Dort haben wir im ersten Stock unsere Turngeräte stehen.«

»Auch Querstangen und so etwas?«

»Ja, wieso?«

»Wir haben Turnstangen in unseren Schlafsälen. Da sollen wir uns dranhängen, um den Rücken zu strecken nach der Arbeit.«

»Der junge Herr Professor von Rotteck und der Herr Fabrikant Mez sind auch Turner. Waren aber eben nicht dabei. Wir Turner machen im Turnsaal viel aufregendere Bbewegungen als hier auf dem Platz, zum Beispiel Wwellen. Dabei drehen wir uns ganz um die Ststange herum.«

»Kann ich da mal zusehen?«

»Nein, ganz bestimmt nicht.«

»Gar keine Chance?«

»Auf unserem Turnboden bestimmt nicht. Da war noch nie eine Ffrau. Aber vielleicht ... ich wüsste eine Möglichkeit. Muss ich erst noch herausfinden. Wwenn du nächsten Sonntag wiederkommst.«

»Na gut, dann komme ich nächsten Sonntag wieder. Und du denkst an die Zeitung.«

»Bestimmt. Aber jetzt gehen wir zum Gasthaus Trenkle auf ein kühles Bier.«

Wir tranken unser Bier und wagten sogar einen Tanz, zu dem jemand mit einer Flöte aufspielte. Tanzen konnte Christoph allerdings miserabel. Er hatte kein Gefühl für die Musik und ich hatte selten getanzt. Trotzdem war es lustig und Flinders Schuhe zeigten sich von ihrer besten Seite. Christoph begleitete mich bis vors Schwabentor. Den Rest des Weges wollte ich allein zurücklegen. Ich wollte schließlich nicht in Verruf geraten.

Ein schöner Tag war das. Jetzt kannte ich schon drei Menschen in der fremden Stadt, die Fabrikmädchen nicht mitgezählt. Wenn mir das vor wenigen Wochen jemand gesagt hätte, dass ich in Freiburg in einer Fabrik wohnen, abends Gartenarbeit oder Stickerei machen und ein Sparbuch haben würde! Und mich sonntags mit einem jungen Mann treffen, um Zeitung zu lesen! Für einen Betrüger hätte ich den gehalten.

## 15

In der badischen Eisenbahn zwischen Offenburg und Mannheim, September 1847

Unsanft ließ sich Henriette auf die hölzerne Bank in der Eisenbahn fallen. Neben ihr plumpste Amalie Struve auf den Sitz. »Mein Gott, war das ein Tag. Ich bin total geschafft. Fast zu schön, um wahr zu sein. Dass wir das erleben durften.«

Henriette musste zugeben, dass auch sie begeistert war. Dabei hatte Amalie ziemlich lange gebraucht, um sie dazu zu überreden, zum Offenburger Verfassungstag mitzufahren. »Wir Frauen haben dort eh nichts zu sagen«, hatte sie geknurrt.

»Aber wir dürfen dabei sein, das ist doch ein Anfang.« Amalie ließ sich nicht so leicht von einem Vorhaben abbringen.

Im Morgengrauen hatten sie sich am Mannheimer Bahnhof gesammelt, sich um Hecker und Struve gedrängt. Der Mehlhändler Streuber war dabei, Grohe von der Mannheimer Abendzeitung, der Verleger Hoff, Elias Eller und natürlich Clemens Brentano. An jedem Bahnhof waren Gruppen von Menschen zugestiegen, bis es eng wurde. Ihrer guten Laune tat das keinen Abbruch. Durch die offenen Wagen zog der Dampf der Lok, es stank gewaltig, aber sie sangen gemeinsam und ließen die Veranstalter des Treffens, vor allem Hecker und Struve, hochleben. Gustav wirkte aufgeregt wie ein Schuljunge, knuffte Amalie immer wieder in die Seite, während Friedrich Hecker zwar seine Hände knetete, aber sonst ganz ruhig dasaß.

Die fünf Stunden waren im Nu verflogen. Auf dem Bahnhof in Offenburg hatten sie auf den Freiburger Zug gewartet und die Ankommenden mit Hurra begrüßt. Dann ging es durch den Ort zum Gasthof Salmen. Der Saal war gedrängt voll und auf der Galerie, wo auch Frauen Zutritt hatten, bekamen sie fast keine Luft. Mit 250 Menschen hatten die Mannheimer gerechnet, mindestens dreimal so viel waren gekommen.

Neben ihnen drängten sich ein paar Dienstmädchen, auf der anderen Seite eine Dame im teuren Kleid. »Siehst du«, meinte Amalie, »so wird es jetzt immer sein: Egal zu welchem Stand wir gehören, alle sind gleich in ihren Rechten.«

Hinter dem Rednerpult hingen Bilder von Großherzog Karl Friedrich, der die badische Verfassung gewährt hatte, und dem regierenden Großherzog. Direkt daneben auf gleicher Höhe Friedrich Hecker und Gustav Struve. Amalie war hingerissen, Henriette fand, dass beide nicht besonders gut getroffen waren, Gustavs Gesicht noch breiter gezogen, als es eh schon war. Sie sagte das natürlich nicht, lobte dagegen die Girlanden, mit denen die Bilder umkränzt waren.

Gustav Struve erklärte, dass sie hier zusammengekommen seien, weil es an der Zeit sei, das alte Herrschaftssystem zu stürzen. Vor allem dürfe man nicht länger bitten, sondern müsse endlich Widerstand leisten gegen die Willkür der Beamten, die stehenden Heere der Fürsten und den Deutschen Bund. Das Volk müsse sich die Macht nehmen, die Republik müsse her.

Applaus brandete auf und Struve räumte seinen Platz für Friedrich Hecker, der die Forderungen der Radikalen vortrug, all die Rechte, die Liberale und Radikale seit Langem forderten: *Preßfreiheit*, Gewissensfreiheit, Vereinsrecht, Volksbewaffnung, Abschaffung des obrigkeitlichen Polizei- und Justizwesens, Geschworenengerichte, nationale Einheit Deutschlands. Aber er ging noch weiter, vom Publikum ständig unterbrochen und bejubelt: Alle Vorrechte sollten abgeschafft werden, für jeden ordentlicher Unterricht zugänglich sein, den die Gesamtheit der Bürger finanzieren sollte, dazu brauche man eine Vermögenssteuer, wobei die Armen wenig und die Reichen ihrem Reichtum entsprechend viel zahlen sollten. Und die Macht des Kapitals müsse im Interesse der Unterschichten beschränkt werden.

Immer wieder brandeten Hochrufe auf. Ein Punkt nach dem anderen wurde einstimmig angenommen und dann war niemand mehr zu halten, wildfremde Menschen umarmten sich, lachten, sangen. Erst beim Essen der Kammerabgeordneten und ihrer Gäste wurde es ruhiger. Am Abend fuhren die Züge zurück, nach Norden und Süden gleichzeitig. Dass es in den offenen Wagen zugig und ziemlich kalt war, bemerkte niemand. »Ich glaube, selbst die vielen Spitzel, die uns Minister Bekk geschickt hat, haben sich von der allgemeinen Begeisterung mitreißen lassen«, meinte Gustav. »Jetzt gibt es kein Zurück mehr. Es lebe die Republik.«

»Unsere dreizehn Forderungen, das Offenburger Programm, wird in die Geschichte eingehen. Ich werde es so drucken, wie wir es beschlossen haben«, erklärte Verleger Hoff.

»Diese fliegenden Blätter werden in ganz Deutschland Aufsehen erregen.« Friedrich Hecker strahlte.

Sie waren wie im Fieber. Redeten, freuten sich, sangen.

»Entschuldigen Sie, Madame ...«

Unwillig schaute Henriette von der harten Eisenbahnbank hoch. Da stand jemand vor ihr, der ihr bekannt vorkam. Aber ja, das war dieser Kerl, der sich am Damm so unmöglich aufgeführt hatte. Doch war Artemis eine Stunde später noch da gewesen, das musste sie zugeben.

»Ja, bitte.«

»Ich glaube, Sie haben noch etwas bei mir gut, Madame. Sie haben sich bei der Verteilung des Mehls am Hafen in vorbildlicher Weise zurückgehalten. Wie wär's nun mit einer Besichtigung? Eine Führung durch den Mannheimer Hafen hätte ich anzubieten. Wenn es der Frau Reiseschriftstellerin recht ist.«

»Was bist du?« Amalie schaute irritiert auf.

Henriette, plötzlich im Mittelpunkt der Aufmerksamkeit, spürte, wie ihr die Röte ins Gesicht stieg. »Bitte, das ist hier jetzt etwas unpassend.« Sie stand auf und zog den jungen Mann in den Gang. »Sie haben Sinn für unmögliche Auftritte. Was soll denn das!«

»Das ist eine Einladung. Ich habe Sie heute auf der Galerie gesehen, wie Sie geklatscht haben über die Forderungen nach gerechten Steuern. Und da dachte ich, als Reiseschriftstellerin würden der Mannheimer Hafen und die Arbeitsbedingungen der Menschen dort Sie interessieren. Da Sie dort doch so gerne reiten.« Er lachte ein unwiderstehliches Lachen.

»Na gut, eine Hafenbesichtigung mit Erklärungen von wem? Ihren Namen habe ich mir nicht gemerkt.«

»Konrad Riesle. Seit ein paar Wochen Maschinist auf einem der Bugsierschiffe. Ich schmiere die Maschine und kontrolliere alle Schrauben. Kommen Sie?« Als sie nickte: »Ich schlage vor, übermorgen um drei Uhr an unserem Treffpunkt. Würden Sie mir Ihren Namen auch verraten?«

Henriette grinste: »Das kommt ganz drauf an, wie Sie sich bei der Führung benehmen. Vorläufig sollte Madame reichen. Also, übermorgen an unserem Treffpunkt. Au revoir.« Sie drehte sich um, ließ ihn einfach stehen und kehrte zu ihrer Bank zurück. Die Männer waren längst wieder ins Gespräch vertieft. Wenn sie Riesle überhaupt bemerkt hatten. Amalie grinste in sich hinein. »Gut schaut der aus«, flüsterte sie. »Wenn man von der schiefen Schulter einmal absieht. Und den Ölfingern. Das geht wohl gar nicht mehr ab.«

»Riechen doch ganz interessant. Irgendwie männlich herb.«

»Wo hast du den kennengelernt?«

»Das verrate ich nicht.«

»Wie man wohl so einiges über dich nicht weiß. Reiseschriftstellerin. Gar keine schlechte Idee. Du könntest unsere fliegenden Blätter mit auf deine Reise nehmen.«

Ein paar Wochen später, als Konrad bereits häufig die Nacht bei ihr verbrachte, fragte sie sich, wie er sie so rasch hatte bekommen können. Er war ein paar Jahre jünger als sie, ein hübscher, kräftiger Kerl, nicht besonders höflich, als Liebhaber zurückhaltend, manchmal wich er vor ihrem Liebesspiel zurück, stöhnte über Rückenschmerzen, wollte nur so daliegen und reden. Mit Flinder nicht zu vergleichen. Verrückt. Dass ihr überhaupt dieser Vergleich in den Sinn kam. Wenn Konrad redete, dann meist über den Hafen. Über ihn selbst war fast nichts herauszukriegen. Wie er nach Mannheim gekommen war zum Beispiel, denn den Mannheimer Zungenschlag beherrschte er nicht. Wenn sie fragte, reagierte er ruppig.

Er frage auch nicht nach ihrer Vergangenheit. Sie hatte sich nach der Hafenbegehung vorgestellt als Madame Henriette Pfister, eine begüterte junge Witwe aus dem Schwäbischen, die erst seit ein paar Monaten in Mannheim lebte. Das musste reichen. Doch mit jedem Tag wurde ihr Umgang miteinander selbstverständlicher, es war angenehm mit ihm, das durchaus. Und half ihr, auch das musste sie sich eingestehen, wenigstens für den Augenblick. Die Tage dehnten sich nicht mehr so leer vor ihr.

Wenn sie darüber nachdachte, was sie an ihm anzog außer den etwas melancholischen braunen Augen, die urplötzlich aufleuchten konnten, und der Locke, die ihm charmant über die Stirn ins Gesicht fiel, konnte sie nur den Hafen nennen. Es war lächerlich, ja. Er hatte sie voller Begeisterung durch den erst zehn Jahre alten Hafen geführt, ihr genau die Länge und Breite des neuen großen Hafenbeckens erläutert, das von Menschenhand oder, wie er sagte, von vielen Händen mit Schaufeln ausgehoben worden war.

»Man musste die Grabungsarbeiten mehrmals unterbrechen, weil es so stark regnete. Für die Arbeiter schrecklich, weil dann nichts zu tun war und sie abends kein Geld heimbrachten. Vermutlich leben viele von denen nicht mehr oder sind ausgewandert. Nach dem Hafenbau wurden sie wieder arbeitslos. Mit ihrer Hände Arbeit können sich in Mannheim nicht viele Menschen ernähren. Dabei gibt es so viele, die Arbeit suchen, irgendeine. Es ist zum Heulen mit dem Wetter in den letzten zwei Jahren, dass kaum einer aus den unteren Schichten satt wird, viele sogar verhungern, dabei floriert die Wirtschaft in Mannheim wie nie. Aber auf den Feldern ist halt nichts gewachsen.«

Einen Augenblick lang sah er traurig aus, sagte nichts. Dann brach es aus ihm heraus: »An dem Hafenbecken hätte ich gerne mitgearbeitet, als Ingenieur.«

»Sie sind Ingenieur?«

»Nein, leider nicht.« Er verstummte und Henriette wagte nicht weiter in ihn zu dringen. Er redete rasch wieder vom Hafen, vom Inlandshafen, der 96 zu 140 Meter umfasste, vom Auslandshafen mit seinen 54 zu 220 Metern. Riesle deutete auf die großen Kräne, welche die Schiffe entluden, und erklärte, wie sie funktionierten. Zu ihrem Erstaunen verstand Henriette das meiste. Er konnte gut erklären. Dann zeigte er auf die Menschen, die dafür sorgten, dass die großen Ballen und Kisten im vorgesehenen Schuppen landeten. »Menschenkraft wird in Zukunft nicht mehr so sehr von Bedeutung sein, es wird überall Maschinen geben. Aber die Verantwortung des Menschen wird größer. Die Menschen werden in Zukunft besser ausgebildet sein und ihre Arbeit besser verstehen müssen. Und lieben.« Ja, das sah man ihm an.

»Vor dem Bau der Hafenbecken gab es große Bedenken, zu teuer, undurchführbar. Ein Ingenieurgeneral Wilhelm von Traitteur, in seiner Jugend Generalmajor der russischen Armee, hat sich ziemlich wichtig gemacht. Versandung sei zu befürchten und so weiter. Er konnte den Bau aber nicht stoppen. Na ja, teuer wurde er dann, doppelt so teuer wie veranschlagt. Jetzt platzt der Hafen bereits aus allen Nähten und alle Unkenrufe sind vergessen. Eine wahnsinnige Organisation erfordert er, aber das kriegen wir hin. Und ich, ich stehe jeden Tag auf meinem Bugsierschiff, passe auf, dass die Maschine, alle Stangen, Kolben und Schrauben gut geölt sind und sich im richtigen Rhythmus bewegen. Riesenschiffe ziehen wir in den Hafen und an den Anleger. Wir sind dafür verantwortlich, dass es zu keinen Unfällen kommt.«

»Hat Ihre Maschine auch Treibriemen?«

Riesle stutzte irritiert. Dann lachte er: »Natürlich, sonst würde die Maschine nicht laufen. Woher kennen Sie denn Treibriemen?«

»Von einer Reise?«, erwiderte sie.

»Ja natürlich, die Reiseschriftstellerin.«

Henriette konnte nur staunen. Natürlich über den Hafen, sicher. Aber mehr noch über Riesle. Wie konnte ein Mensch seine Arbeit so lieben, so eine Begeisterung zeigen? Begeisterung fehlte ihr. Für alles in ihrem Leben. Konnte man das lernen?

»Mannheim ist jetzt ein Tor zur Welt. Wir können hier ein Schiff besteigen, erreichen in wenigen Tagen Amsterdam oder Rotterdam und von da geht es über den Ozean. Die Großschifffahrt endet in Mannheim, den Neckar hinauf und den Rhein nach Basel können nur kleinere Schiffe fahren. Bei uns wird umgeladen. Für den Weg rheinaufwärts von Amsterdam, früher von Treidelpferden und Menschen mühselig gezogen, brauchte ein Schiff sechs Wochen, heute mit Dampfkraft gerade mal sechs Tage. Das ist fantastisch, die Schufterei des Menschen ist zu Ende und der Reichtum der Welt unermesslich. Wir müssen ihn nur noch gerecht verteilen, wie der Herr Hecker gesagt hat, es gibt ein ziemliches Missverhältnis zwischen Kapital und Arbeit. Aber wenn ein Hafen doppelt so viel kosten darf wie veranschlagt, dann muss auch genügend Geld da sein, um die Arbeiter anständig zu bezahlen.« Beifall heischend blickte er sie an.

Sie sahen einem der Bugsierboote zu, das einen Lastkahn in den Hafen schleppte und schwarzen Rauch ausstieß, er winkte hinüber, der Schiffsmann am Steuer winkte zurück. Militärisch knapp. Dann deutete Riesle auf die runden Fensterbögen am Hauptzollamt: »Ganz neuer Stil, nicht mehr so zackig.« In seiner Stimme schwang ein Stolz, als wäre das Gebäude mit dem roten Sandsteinsockel sein Werk, genauso bei der hölzernen Jochbrücke, dem kleinen Rhein, der Kammerschleuse, um die 30 Zentimeter Höhenunterschied zum Neckarpegel auszugleichen. Ein kräftiges helles *Widewitt* lenkte ihre Blicke nach oben.

»Sehen Sie, da, die Schwalben, sie lieben den Hafen, nisten hier in jeder Mauerecke – sie sind hervorragende Häuslebauer. Und der Hafen nährt sie prächtig – Insekten gedeihen hier überall. Die Kunst dieser Vögel zu fliegen, zu schweben, bis an die Wasseroberfläche zu gleiten – da kann der Mensch noch viel lernen.«

Er liebte die Bauwerke und die Maschinen wie die lebendigen Wesen und war voller Ideen für Verbesserungen, die den Arbeitern zugutekommen sollten.

War diese Begeisterungsfähigkeit auf sie abgefärbt? Ein wenig vielleicht. Dass man die Arbeit, die man tat, ernst nehmen musste, hatte sie gelernt. Sie hatte inzwischen mehrere Artikel verfasst, einen sogar über Flinders Fabrik, einen satirischen über ihren Salon. Nur so für sich. Mit Konrad an ihrer Seite schärfte sich ihre Wahrnehmung, und die Lust zu schreiben wuchs von Tag zu Tag. Blieb abzuwarten, was daraus wurde.

Die Frauen, die auf das Auswandererschiff warteten, hatte sie ausführlich befragt, nachdem sie sich zu Hause etliche Fragen aufgeschrieben hatte. Die Frauen hatten ihr gerne geantwortet, sich Henriettes Münzen redlich verdient. Jetzt müsste sie nur noch eine Reise nach Amsterdam buchen. Doch das wollte sie nicht, wollte im Augenblick nicht weg aus Mannheim. Wollte die aufregenden Umbrüche nicht verpassen und Konrad noch ein wenig genießen. Sie war mit ihrem Leben nicht zufrieden, aber es kam dem nahe.

## 16

Freiburg, Herbst 1847

Am nächsten Sonntag wartete ich wieder in der Grünwäldergasse vor dem Haus der Lesegesellschaft. Diesmal hatte Christoph eine Oberrheinische und eine Freiburger Zeitung dabei. Wir setzten uns wieder auf unsere Bank auf dem Karlsplatz. Zuerst las Christoph aus der Oberrheinischen etwas über eine Volksdemonstration in Neapel, einer Stadt im Süden Italiens. Die Menschen dort hatten die Freiheit und die Unabhängigkeit hochleben lassen. Also auch so weit weg hofften die Menschen wie wir! Dann las er kichernd ein Rezept für aufgesprungene Haut. Ungesalzene Butter mit gelbem Wachs, Rosinen und Äpfeln in Rosenwasser gekocht.

»Verrückt.«

»Vielleicht gut zu wissen«, grinste Christoph. »Wenn du erst einmal einen der Herren Professoren geheiratet hast.«

»Ja, wenn die Sonne in der Nacht scheint und der Mond am Tag.«

»Ich denke, du schwärmst für die Revolution.«

»Aber doch nicht so.«

»Ich hhabe auch noch die Freiburger Zeitung dabei. Da steht diesmal etwas Freiheitliches drin. Das stammt uursprünglich aus der Mannheimer Abendzeitung. Willst du es hören?«

»Na los, mach schon.«

»*Wie ein Wüstentier stürzt sich der hohläugige knochige Geselle, der Hunger, über die deutschen Länder und ergreift seine Beute .... Es greift nur magere Beute. Wen frisst es nicht? Diejenigen die es gesandt haben, die zu viel Gewalt haben. Die Adligen hungern nicht, denn sie ...* Der Rrest des Satzes ist von der Zensur gestrichen. Müssen wir uns selbst denken. *Die Diplomaten und sonstige Spione hungern nicht ...* Zensur. *Die Herren der Börse hungern nicht ... Die hohen Pfaffen hungern nicht ... Und welches Recht und welches Verdienst haben sie voraus vor denen, die der Hunger zur Verzweiflung bringt? Keines. Kein einziges. Sie alle leben vom Unrecht. Die Knechtschaft und die Not sind Schwestern wie die Freiheit und das Glück. Der höchste Beamte der freiesten Republik in der Schweiz, der stets tätig und voll Einsicht und Volkseifer ist, bezieht ein Gehalt von ein paar tausend Franken im Jahr, während die meisten eurer ...* Müssen wir wieder selbst ergänzen. Wie wäre es mit: ... Herren nichts tun für das Volk, sich täglich vollfressen und unser Geld auf üppigen Festen verschleudern?«

»Ich kenne keine reichen Herren, Minister oder Könige.«

»Ja, aaber die tun das. Der Text geht noch etwas weiter: *Nieder mit den Despoten. Es lebe die Republik. Es lebe die Freiheit.*«

»Was ist ein Despot?«

»Eein Willkürherrscher, der sich nicht an Gesetze hält.«

»Das ist stark.«
»Hhört sich wenigstens stark an.«
»Glaubst du, die Revolution kommt?«
»Jja, das glaube ich. Ffast alle sind dafür, die Herren in der Zweiten Kammer machen neue Gesetze und wir Turner üben unsere Körper, damit wir der Republik tatkräftig zum Durchbruch verhelfen können.«
»Habt ihr auch Waffen?«
»Noch nicht. Aber bald. Und bei uns machen alle wichtigen Persönlichkeiten der Stadt mit. Professoren, Apotheker, Buchhändler, einfach alle.«
»Ja, ich weiß. Aber irgendetwas stimmt da nicht. Der Herr Fabrikant Mez ist ein freundlicher Mensch. Er redet mit uns Fabrikmädchen ohne Herablassung. Aber sie passen in der Fabrik sehr auf uns auf. Frühgebet, Abendgebet und Hinweise, dass wir auf keinen Fall tanzen sollen, da das schädlich für die Seele wäre. Passt das zusammen?«
»Na ja, der ist eben sehr religiös. Aber wenn der Mez über Politik redet, dann so wie in dem Zeitungsbericht. Fortschrittlich. Meistens ist er in heftige Diskussionen verstrickt. Im Augenblick gewöhnen er und sein Freund Rotteck sich das Rauchen ab.«
»Als ich nach einer Zeitung gefragt habe, hat er gesagt, dass die nichts für Frauen sind. Nicht einmal für seine Frau. Aber sonst – er isst mit uns im Speisesaal, das gleiche, was wir alle essen, und mich hat er sogar gefragt, ob ich zufrieden bin. Mich, eine Arbeiterin. Und – wir dürfen dort ...«
Christoph schien mein Zögern nicht zu bemerken. Ich wusste selbst nicht, warum ich ihm vom Singen nichts erzählen wollte. Ich fuhr fort: »Warum sind Menschen so? Hilfsbereit, freundlich, der Fabrikant zahlt gut, wir bekommen gutes Essen, dazu einen Tisch, der Buffet genannt wird, wo wir noch zusätzlich Kaf-

fee, eine Mehlspeise, sogar Brot, Milch und Butter kaufen können. Ich kaufe dort täglich, die normalen Speisen sind gut, reichen für meinen Hunger jedoch nicht.«

»Du siehst so aus, als wenn du noch etwas vertragen könntest. Im Winter hast du wohl nicht allzu viel bekommen.«

»In der Dampfwaschanstalt in Villingen gab es viel zu tun und kaum zu essen. Dagegen ist es beim Mez wie im Paradies. Nur das mit der Politik ...«

»Ich gglaube, wenn wir in der Lesegesellschaft Mitglied werden dürften, würden wir uns ddort nicht wohlfühlen. Die Herren sind alle sehr gelehrt. Und wenn die zusammensitzen und disputieren, verstehe ich kaum ein Wort. Zu allen festlichen Ereignissen kommen übrigens auch Ffrauen. Auch Hhandwerker sind Mitglieder. Und sogar eine Frau, eine Witwe, die kommt aber nur zu den Konzerten. Um Mitglied zu werden, muss man von jemandem empfohlen werden. Und jedes Jahr 5 Gulden und 24 Kreuzer Mmitgliedsbeitrag zahlen. Da haben wir beide keine Aussicht.«

Ich schluckte. »Zeigst du mir jetzt, wie du turnst?«

Christoph setzte eine wichtige Miene auf. »Ich hhabe mir überlegt: Ddraußen an der Zähringerstraße hinten im Garten des Blindeninstitutes stehen noch die alten Turngeräte. Dda sieht uns niemand. Dort haben neben den Blinden auch die Schüler des Lyceums geübt. Vor einigen Jahren ist dann das Turnen in der Schule vom Ststaat verboten worden. Zu gefährlich für die öffentliche Ruhe. Die Blinden sind am Sonntag vermutlich ausgegangen. Die machen lange Spaziergänge mit ihren Lehrern.«

Wir machten uns auf den Weg. Über die Ludwigstraße zum Zähringertor und weiter. Am Blindeninstitut schlüpften wir durch ein Seitentörchen und fanden hinten im Garten hinter Büschen die Geräte. Zwei Stangen nebeneinander, »Barren«, sagte Christoph dazu, und auch einzelne Stangen, »Reck«, erklärte Christoph. Dazu ein kleiner Turm zum Klettern. Christoph stellte sich in den Barren, sprang hoch und stützte sich mit den Händen auf den Stangen ab. Dann schwang er seinen Körper nach vorne und hinten, immer höher, höher, und dann stand er plötzlich, sich mit den Händen unten haltend, kopfüber auf den Stangen. Langsam senkte er die Beine wieder, sein Kopf war knallrot geworden, dann schleuderte er seine Beine und den ganzen Körper über die Stange und kam kerzengerade daneben auf dem Boden auf.

»Bravo. Das möchte ich auch können.«

»Uuntersteh dich.«

Aber ich hatte mich schon in den Barren gestellt und hochgestemmt. Ich schwang hin und her, immer höher, schließlich über die Seite ab. Und stand.

»Nnicht schlecht für den Anfang«, kicherte Christoph. »Vielleicht sollte man Frauen doch das Turnen erlauben. Aber dann brauchtest du andere Kkleidung.« Er ging zum Reck und zeigte mir, wie er eine Welle machte, dann nach hinten die Beine durch die Arme steckte, sich überschlug und wieder stand. Als ich das Reck anfasste, hielt er mich fest. »Hhöchstens eine halbe Welle. Dein Rock wird hochfliegen.«

»Ich dachte, hier könnte uns niemand sehen, weil hier Blinde wohnen.«

»Aaber es gibt auch Lehrer und Aufseher.« Er schwang sich auf das Reck und rollte sich kopfüber auf der anderen Seite herunter. Wieder machte ich es ihm nach. Mein Rock flatterte wild herum. Als ich mich wieder hochstemmen wollte, umschlang er mich von hinten mit seinen Armen. »Hör auf. Ddas gibt Ärger und ist auch gefährlich. Ich werde dir eine Hhose besorgen. Dann kannst du den Rock ausziehen.«

»Ist das nicht auch unkeusch?«

»Uunkeusch ist nicht so schlecht. Da wwüsste ich eine Menge, was wir machen könnten.« Er leckte mich hinter dem Ohr, was angenehm kitzelte, und bedeckte meinen Nacken mit Küssen. Er hatte sich in der letzten Woche nicht rasiert und die Barthaare prickelten angenehm auf meiner Haut. Seine Küsse waren nicht sanft und schmeckten nach Waldwiese, sondern hart und ich bekam seine Zähne zu spüren. Aber das war nicht unangenehm. Auch als er von oben in mein Kleid hineinfasste und meine Brüste knetete, genoss ich das. Dann gerieten seine Hände von unten zwischen meine Beine. Ich stieß ihn zurück. »Das will ich nicht. Ein Kind bekommen und mit Schimpf aus der Fabrik geschickt werden, das kann ich nicht brauchen.«

»Und wenn ich weiß, wie man das verhindern kann?« Er kicherte und erklärte dann ernsthaft, dass Onkel Richard in Straßburg ein Kistchen mit *Capotes Anglaises* eingekauft habe. Sündhaft teuer, aber er habe ihm zwei geschenkt.

»Und was soll das sein? Kapottangläs!?«

»Englische Kapotthütle.« Wieder dieses Kichern. »Ein Stück Lammdarm, an einer Seite zugenäht. Den kann der Mann über seinen Schwanz ziehen und seinen Erguss auffangen. Dann kann die Frau nicht schwanger werden. Man muss die Wurst hinterher gut waschen und trocknen. Dann hält sie lange. Hat ein Arzt in London erfunden.«

Er sah mich ernst und bittend an. Mit freundlichen Hundeaugen. Ich blieb misstrauisch. Da schlug er vor, bei Emerentia und Richard noch einen Kaffee zu trinken. Die würden sich freuen. Na gut, das hörte sich nicht verfänglich an. Wir hatten genug geturnt. Also zurück durch die Stadt. Nach dem Turnen eine ziemliche Anstrengung.

Emerentia freute sich, mich zu sehen. »Habe schon gedacht, du willst von mir nichts mehr wissen«, knurrte sie. »Bist du gut untergekommen beim Mez?« Bevor ich etwas sagen konnte, fragte Christoph seine Tante nach einer Turnhose für mich. Sie fand die Frage nicht ungehörig und hatte tatsächlich ein leinenes Beinkleid für die sportliche Dame in ihrer Truhe mit gebrauchten Kleidungsstücken. Christoph schenkte es mir. Dann verschwanden wir nach hinten, wo ich es anprobieren durfte. Währenddessen suchte Christoph in einer Schublade nach diesen Kapotthütle, zeigte sie mir triumphierend und wandte sich zur Treppe. Ich folgte ihm nach oben, wo wir eines davon unterm Dach in Christophs Kammer ausprobierten. Tante und Onkel hatten offensichtlich nichts dagegen.

So begann meine Liebschaft mit Christoph. Nicht zart und voller Wunder wie die mit Konrad, aber auch nicht so flüchtig. Die Sonntage wurden rasch zur Gewohnheit: zuerst Zeitung lesen, Turnen, ein Kaffee bei Emerentia, dann stiegen wir in Christophs Kammer hinauf. Wobei die Reihenfolge nicht immer die gleiche war. Es war gut so, manchmal musste ich allerdings auf dem Turnen bestehen, weil er lieber ins Bett wollte.

Aber da war er bei mir an die Falsche geraten. Die Kraft meines Körpers zu spüren, der mir gehorchte und offensichtlich nicht nur zum Schuften gemacht war, machte mir erst Lust auf anderes. Ich lernte versteckt hinter Büschen Wellen vorwärts und rückwärts, sprang im Bogen vom Reck, schwang mich auf den Barren, schleuderte meine Beine hoch, lernte überhaupt alles, was Christoph konnte. Manchmal kam einer der Blinden dazu, der auch turnte und uns beide ohne Schwierigkeiten duldete, nachdem Christoph sich als Freiburger Turner vorgestellt hatte.

Das Zeitunglesen blieb uns beiden wichtig, vorher oder nachher. Zusammen wühlten wir uns durch lange Artikel über Gesetzesvorlagen oder Ereignisse in Indien oder Polen. Sein Stottern wurde besser, nur an sein Kichern würde ich mich nie gewöhnen.

Ende August versprach Christoph mir an einem Sonntag einen schattigen Spaziergang durch den Wald. Er hatte nicht zu viel versprochen, hinter dem Schwabentor zogen wir auf den Brunnberg zu und dann einen bequemen Fußweg entlang. Links von uns ein Buchenwald, darüber Tannen, rechts im Tal gemähte Wiesen, die dufteten. Und ein Bach, dessen Wasser einen kühlen Luftzug brachte.

»Der schöne Wweg hat nur einen Nachteil, wir teilen ihn mit zu viel Menschen. Da vorn geht ein Pfad bergauf zur Kiburg, da wird es ruhiger sein.«

»Aber auch heißer.«

»Nein, es geht immer tiefer in den Wald hinein.«

Ich folgte ihm, es war anstrengend, aber die Freiburger Spaziergänger blieben bald zurück.

»Heute habe ich einen ganz besonderen Artikel dabei.«

»Aus welcher Zeitung? Lass sehen.«

»Halt. Das ist eine Überraschung.«

Wir wanderten bis zum Kibfelsen hinauf, tranken an einem sprudelnden Bach, aßen unser Vesper, genossen die Aussicht und machten es uns dann auf einem Felsen im Schatten einer Tanne bequem. Erst hier oben an den Felsen der Burg holte er sie aus seiner Tasche und las: »Die Mannheimer Abendzeitung: *Die Besitzenden herrschen und die Herrschenden besitzen; hier ist die Konstitution am Ende. Der Proletariatsfrage gegenüber knacken ihr die Knie.*«

»Verstehst du das? Was ist Proletariat?«

»Ich glaube, die ganz Armen. Mal gucken, ob dazu noch etwas kommt. Hier: *Wir verstehen, um praktisch die Sache mit dem kürzesten Wort zu benennen, unter Sozialismus die Lehre, die Zahl der Armen zu vermindern, den Menschen den Lebensunterhalt zu sichern, und als Mittel hierzu von Staates wegen die Arbeit zu organisieren* ... Den nächsten Satz lass ich weg, zu viele unbekannte Wörter, ... *und auf Verminderung der ungeheuren Ungleichheiten in den Vermögensverhältnissen hinzuwirken.*«

»Hört sich gut an. Aber was soll damit gemeint sein? So etwas wie die Mez'sche Fabrik?«

»Es muss um Fabriken gehen, die der Staat gründet. Der republikanische Staat. Bei den Franzosen ist manchmal von staatlichen Werkstätten die Rede, ohne einen Besitzer, der den Hauptteil des Gewinns bekommt.«

»Der Herr Mez bekommt, glaube ich, ziemlich viel Geld. Die Fabrik gehört ja ihm.«

»Mit Sicherheit. Auch wenn er euch nicht schlecht bezahlt.«

»Wie viel bekäme er in der staatlichen Fabrik in Paris?«

»Vermutlich schon mehr als die Arbeiter, aber der Gewinn, der würde geteilt. Und dann muss Geld gespart werden für neue Maschinen und so.«

»Die hat der Mez selbst erfunden. Darauf ist er sehr stolz.«

»Hier unten ist übrigens noch der Brief einer Dame.«

»Lass mich lesen! *Meine Herren! Der göttliche Funke der Freiheit schlägt auch in weiblichen Herzen. Wir Frauen sind von lebhaftestem Interesse für die Emanzipation der Menschheit durchdrungen. Es gibt keine Frau von Geist, die nicht ein bisschen George Sand wäre* ...«

»Warum liest du nicht weiter?«

»Ich muss sehen, wer das geschrieben hat.«

»Hier steht es, etwas geheimnisvoll: *Henri.*«

»Das hat Henri geschrieben«, schrie ich. »Ich wusste es.«

»Henri, eetwa Henriette, Henriette Fflinder?«, fragte er.

Ich starrte ihn entsetzt an. »Du kennst sie?«

Er nickte, schaute ernst. »Ich mmuss dir etwas sagen. Ees iist schwer zu erklären. Wwomit soll ich aanfangen? Als Fabrikant Flinder starb, war ich Gendarm in Mühldingen ...«

»Das glaube ich nicht, das kann nicht sein. So einen Zufall gibt es nicht. Du bist ein Spitzel! Hast mich verfolgt, die ganze Zeit über! Wie gemein können Menschen sein! Ein Spitzel in der Lesegesellschaft! Wie viele hast du dort bereits verpfiffen? Ein Spitzel, unglaublich. Wirst du mich jetzt verhaften?«

»Eemma, bitte, sprich leiser. Ich bin Dedemokrat wie du und nicht mehr Gendarm. Ich habe um meine Eentlassung ersucht und dem ist stattgegeben worden. Ich wollte nicht mehr Gendarm sein, schon gar nicht in wwürttembergischen Diensten. Nicht nach dieser Geschichte mit Fflinder.«

»Und du denkst, ich glaube das? Da hast du dich getäuscht. Ich glaube dir nicht, ich kann dir nicht glauben, nie mehr. Und was ist das überhaupt, ein Demokrat? Eingewickelt hast du mich mit deinen Zeitungen. Aber ein Geständnis kriegst du nicht von mir, da kannst du verfaulen bis dahin. Ganz einfach, weil ich es nicht gewesen bin. Ich habe Flinder nicht umgebracht.«

»Bitte Emma, lass uns reden, in Rruhe.«

»Das würde dir so gefallen, und dann ziehst du plötzlich Handeisen aus der Tasche.«

»Ffang nicht an zu spinnen. Handeisen, in meiner Hhosentasche, die müsste aber ordentlich aausgebeult sein.« Er versuchte ein Grinsen, aber darauf fiel ich nicht herein. »Du bist nicht ververdächtig gewesen. Nie. Der Fall ist gelöst, es wwird nicht mehr ermittelt.«

»Wie das?«

»Lässt du mmich ausreden und hhörst zu?«

Ich zitterte, aber was sollte ich tun? »Also gut. Zuhören kann ich ja. Aber dann geh ich.«

»Ich will mich nicht rausreden. Während meiner Ermittlungen habe ich auch deinen Namen gehört. Madame Fflinder geriet in Aufregung, als ich ihn erwähnte. Das war irgendwie merkwürdig. Ein paar Tage habe ich gedacht, die Frau Fabrikantin sei ddie Täterin, aber das konnte ich mir einfach nicht vorstellen. Zzu dir führte keine Spur, außer dass du verschwunden warst. Und Fflinders gute Schuhe, allerdings schon seit Wochen vorher.«

»Wann hast du mich an ihnen erkannt?«

»Erkannt nicht, Emma, Vvermutungen angestellt und beiseite geschoben. Ich wollte mit diesem Fall nichts mehr zu tun haben! Aber nicht nur wegen dir. Llass mich weiterreden. Diese Untersuchung liegt mir immer noch wie Blei auf der Brust. Ich muss das loswerden. Viel verdächtiger als du oder Henriette Flinder erschien mir der Buchhalter Hofheintz. Er hat eindeutig Vorteile vom Tod Flinders gehabt. Hofheintz hatte sich wohl Hoffnungen auf eine Teilhaberschaft gemacht, die zerplatzt waren. Denn Flinder hatte mit einem englischen Ingenieur verhandelt, der in die Fabrik als Teilhaber mit einsteigen sollte. Dadurch wäre Hofheintz ausgebootet worden. Das hat ihn in Panik versetzt. Er hat jeden anzuschwärzen versucht, auch dich, auch Henriette Flinder, selbst diesen Ingenieur Branson. Ich bin fast sicher, dass Hofheintz es war. Den Ingenieur Branson hat man übrigens nie gefunden.«

»Meinst du, Hofheintz hat auch den ...?«

»Durchaus möglich. Aber das Schlimmste war: Der Kkommissär aus Ludwigsburg wollte von Anfang an, dass es der Landstreicher war, der Johann Wehrle, ein Schafhirte, der arbeitslos war und bei Flinder bettelte. Der Kkommissär hat ihn nach Ludwigsburg holen lassen. Ich kann mir vorstellen, wie sie ihm dort im Verhör zugesetzt haben. Da hat er gestanden und sich in seiner Vverzweiflung erhängt. Und ich habe ihn ausgeliefert.«

»Hättest du etwas anderes tun können?«

»Ich weiß nicht. Ich hätte ihn laufen lassen können. Aber ich war es, der ihn ausgeliefert hat. Einen Mann voller Hoffnungslosigkeit wie mein Vavater.«

»Vielleicht war das so. Aber mich hast du hintergangen und belogen. Wochenlang.«

»Es tut mir leid. Sehr leid. Ich hatte Aangst vor einer Szene wie dieser. Dass du mir nicht mehr vertraust.«

Schweigend wanderten wir nebeneinander den Berg hinab bis zum Dorf Wühre. Dort verabschiedete ich mich.

»Kkommst du wieder?«

»Weiß ich noch nicht.«

Glaubte ich Christoph? Ich wusste es nicht. Ich fühlte mich betrogen, ohne genau sagen zu können, warum. Schließlich hatte ich auch mein Geheimnis. Es Christoph anzuvertrauen, das kam jetzt nicht mehr infrage. Wer weiß, was er damit machen würde. Traute ich ihm einen Verrat zu? Eher nicht. Aber sicher konnte ich nicht sein. Wollte ich weiter mit ihm turnen, mit ihm ins Bett gehen? Ein klares Nein.

Am nächsten Sonntag blieb ich in unserem Garten, während die meisten Mädchen in die Stadt wollten. Bis zu uns waren die Nachrichten gedrungen, dass in Offenburg eine große Versammlung der Demokraten stattfinden sollte. Von Freiburg aus sollte ein Extrazug dorthin fahren. Und unser Herr Mez würde natürlich dabei sein. Aber ohne genaue Nachrichten aus der Zeitung würden das Gerüchte bleiben, für die ich mich nicht interessierte, nicht interessieren wollte. Nie mehr.

Für den Garten war es die schönste Zeit des Jahres. Die Obstbäume prangten in diesem Herbst mit bunten Früchten, Äpfeln, Birnen, Pflaumen, Mirabellen, die Kartoffeln waren längst geerntet, auf den Beeten gab es reichlich Gemüse – Mangold, verschiedene Salate, gelbe Rübli, wie die Möhren hier hießen, Butterrübli, Rahnen, rote Bete, Kohlsorten, Bohnen, Kürbisse, alles reichlich und gut. Und die Frauen in der Küche kannten wohlschmeckende Arten, Gemüse zuzubereiten. Brägele, wie hier die Bratkartoffeln hießen, waren köstlich und manchmal gab es ein gebratenes Ei dazu. Die Kürbissuppe mit gerösteten Kürbiskernen schmeckte mir und den meisten Mädchen am besten. Hier gab es also genug für mich zu lernen.

Den ganzen Winter würde ich beschäftigt sein. Schon eine Musterzeichnung mit feinen Stichen aufs Papier zu übertragen und von dort auf den Stoff, bereitete mir Vergnügen. Dann mit der Seide zu arbeiten – wunderbar. Das feine Garn zwischen den Fingern zu fühlen, mit der Nadel rasch und genau in den edlen, straff im Stickrahmen sitzenden Stoff zu stechen, von unten wieder hoch, Stich für Stich, ein Muster, bis ich das Fadenende fast unsichtbar vernähte oder, wie die Mädchen sagten, verräumte. Das Tuch wurde auf beiden Seiten bestickt, damit die linke Stoffseite der rechten in ihrer Schönheit nicht nachstand.

Wir hatten in unseren Räumen auch zwei kleine Webrahmen stehen, um feine Seidenbänder für die Markgräfler oder Schwarzwälder Trachten zu weben, in verschiedenen Farben. Immer die gleichen Muster, ich lernte rasch, es lag mir im Blut. Manchmal bedauerte ich, dass mein Vater nie wissen würde, welche wundervollen Dinge unter den Händen seiner Tochter erstanden.

Jeden Sonntagabend schwirrte der Schlafsaal noch lange. Keine wusste Genaues, aber die Mädchen erzählten, dass in Offenburg Forderungen aufgestellt worden waren, die uns alle betrafen. Was genau – Schulterzucken. Ein paar Wochen später begann in Baden die Vorbereitung der Wahl für die Zweite Badische Kammer, auch in Freiburg. Wahl, wie das klang. Natürlich wählten nur die Männer, alle über 25 Jahre, ausgenommen Dienstboten und Knechte.

Da würde Christoph wohl wählen dürfen. Er war nicht Knecht bei seinem Onkel, sondern Gehilfe, und bald sollte er das Geschäft übernehmen. Und die Rochats waren nicht arm.

In Freiburg mussten fürchterliche Gerüchte herumschwirren, denn eines der Mädchen behauptete, dass wir alle noch ärmer werden würden, wenn die Liberalen gewännen.

»So ein Unsinn«, entrüstete sich Margarete, deren Vater seinen Hof in Simonswald während des letzten Hungerjahres verloren hatte. »Unser Herr Mez ist Liberaler, der will doch nur, dass es uns besser geht, dass uns Gerechtigkeit widerfährt.«

»Ja, der Herr Mez«, erwiderte Ursula. »Aber mein Bruder sagt, der Großherzog wird Freiburg wegen seiner liberalen Sudelküche bestrafen, der Stadt die Garnison wegnehmen und die Universität. Und dann verdient niemand mehr etwas in Freiburg. Mein Bruder ist Soldat, der weiß, wie viel Geld die Soldaten in Freiburg lassen.«

»Warum gibt es dann Wahlen im ganzen Land? Und überall Liberale? Aber die Ultramontanen, das sind die Kirchenleute, die auf einem ganz hohen Ross sitzen, sagt mein Vater, die können es nicht ertragen, wenn die Pfaffenherrschaft zusammenbricht.« War das die Stimme von Alvine?

Da passierte einiges. Vielleicht brach die neue Zeit mit dieser Wahl an. Und ich wusste von nichts. Ich hatte die Lust an allem verloren. Zog mich in den Garten oder hinter meine Stickerei zurück, starrte in die Luft. Im Garten war es noch am besten auszuhalten. Das Licht, die Blumen, die Äpfel und Birnen, die wir ernteten. Die neue Zeit, so ganz ohne mich und nur, weil dieser Gendarm Mauch mich hintergangen hatte. Immerhin hatte er gestanden, während ich über mich weiter geschwiegen hatte.

Bei diesem Gedanken wurde mir heiß. Was sollte ich ihm gestehen? Er verdächtigte mich nicht. Und das andere? Lieber nicht dran denken. Das ging nur mich etwas an. Die Geschichte, dass er nicht mehr Gendarm war, war eigentlich überzeugend. Mühldingen gehörte zum Königreich Württemberg, die schickten ihre Spitzel sicher nicht ins Großherzogtum Baden. Vermutlich brauchten sie die dringend im eigenen Land. Und Henri war auch nicht verhaftet worden, sondern lebte in Mannheim und schrieb öffentlich für eine Zeitung. Mein Herz begann zu klopfen. Meine Henri. Was hätte Henri mir in diesem Konflikt geraten? Nimm die Männer nicht so wichtig, ein neues Leben, Freiheit, das ist viel wichtiger.

Die Liberalen gewannen und wir alle gratulierten artig dem Herrn Mez. Sonst geschah nichts. Im Winter hörten wir des Öfteren von Katzenmusiken, welche Studenten für unbeliebte Professoren des Nachts vor ihrem Haus veranstalteten. Auch tagsüber sollte es Umzüge geben. Aber wer sie veranstaltete und wozu, war nicht herauszubekommen.

Einmal musste ich in die Stadt, um mir einen warmen Unterrock zu besorgen. Ich überlegte lange, ob ich bei Emerentia nachfragen sollte. Ich hatte mich dagegen entschieden, zögerte aber am Schwabentor und bog in die Wolfshöhle ein. Wie immer thronte Emerentia neben der Tür auf ihrem hölzernen Sessel. Sie freute sich, mich zu sehen, das war deutlich.

Wir wechselten ein paar Sätze, sie zeigte mir einen wollenen Unterrock, der nur ein paar sorgfältig gestopfte Mottenlöcher aufwies. Wir feilschten nicht lange. Als ich mich zum Gehen wandte, sagte sie: »Schade, dass du nicht mehr kommst. Ich habe mich immer gefreut, dich zu sehen. Und der Christoph ist ohne dich nicht mehr derselbe.«

Schroff drehte ich mich um und verließ grußlos ihren Laden. Auf dem Heimweg kreisten meine Gedanken gegen meinen Willen um Christoph, um uns. Was erwartete ich eigentlich von ihm? Hätte er mir seine Geschichte ganz am Anfang erzählen sollen, als er mich das erste Mal ausführte? Was hätte ich getan? Wäre dann nicht alles aus gewesen? Als der Name Henri unvermittelt in der Zeitung auftauchte, war er sofort mit der Wahrheit herausgeplatzt. Das war ein gutes Zeichen. Misstraute ich ihm wirklich? Oder war ich enttäuscht, weil er nicht wie Henri oder wie Konrad war? Er hatte mir sogar klarzumachen versucht, dass ich nichts Böses mehr zu erwarten hatte. Von ihm nicht und von der württembergischen Polizei auch nicht.

Aber ich, ich hätte Christoph gestehen müssen, dass ich den Lehrer erschlagen hatte. Vom Wunsch zu töten getrieben immer wieder auf ihn eingeschlagen hatte. Und dann das Geld, das ich der toten Witwe gestohlen hatte. Das hatte ich tief in meinem Strohsack versteckt. Lag es da noch? Ich hatte lange nicht mehr danach gefühlt. Wie konnte ich das loswerden? Und wollte ich das? Schämte ich mich vor Christoph?

# 17

## Freiburg, Februar 1848

Am Samstag, den 26. Februar liefen Gerüchte durch die Fabrik, König Louis Philippe in Frankreich sei gestürzt und nach England geflohen. Irgendjemand schrie laut durch den Fabrikhof: »Die Franzosen tanzen auf den Straßen. Frankreich ist eine Republik. Es lebe die Republik!« Keine im Saal wagte etwas zu sagen. Hatte diese Nachricht Bedeutung für uns? Bedeutung für das Land Baden und Freiburg?

Nach der Arbeit lief ich einfach in die Stadt, rannte die Kartäuserstraße entlang und baute mich vor der Lesegesellschaft auf. Nichts geschah. Ich lief die Grünwäldergasse ein paar Mal auf und ab und plötzlich stand er vor mir. Mit dem gewohnten Grinsen im Gesicht. Das veränderte auch der Bart nicht, der inzwischen eine stattliche Länge hatte. »Nna, möchte die junge Frau die nneuesten Nachrichten lesen? Weißt du, was wwir zur Feier des Tages tun werden? Du kommst mit in den Llesesaal und wir suchen uns dort die neuesten Nachrichten heraus.«

»Meinst du nicht, die schmeißen mich raus?«

»Iich bin der Hausmeister und es ist Revolution. Dda soll mal jemand etwas sagen.«

Ein paar Köpfe schauten kurz auf und senkten sich wieder über die Zeitungen. Christoph bot mir einen Stuhl an einem der Tische an und brachte uns eine Zeitung, die wir mit hochroten Köpfen eng aneinandergedrückt lasen. Von Petitionen war die Rede, das alte System liege in Trümmern, jetzt beginne die neue Zeit, Volksbewaffnung wurde gefordert, Geschworenengerichte brauche man, die Turner sollten Freischaren bilden. Alle Klassen der Gesellschaft sollten vor dem

Gesetz gleich sein. Ein deutsches Parlament müsse her, die Kleinstaaterei ein Ende haben. »Warte«, meinte er dann, der Deutsche Zuschauer ist gerade frei geworden, den hole ich mal kurz her.« Leise las er vor: »*Dem Volk muss jetzt durchgreifend geholfen werden, seine Lasten müssen erleichtert, sein Elend in Wohlstand, Bildung und Freiheit verwandelt werden.* Das hat ein gewisser Gustav Struve geschrieben«, flüsterte Christoph. »Der gehört zu den Radikalen, der auf der Seite der unteren Volksschichten steht.«

»Also auf unserer Seite?«

Christoph nickte.

»Und auf welcher Seite stehen die Liberalen?«

»Auch auf unserer, aber viele von denen sind reiche Heherren, denen geht es in erster Linie um den freien Hahandel, dass sie ihre Geschäfte machen können, ohne dass Heerscharen von Beamten alles kontrollieren und sich bezahlen lassen. Aber Gesetze, die für alle gelten, wollen die auch.«

»Was wollen die nicht?«

»Das Ggeld mit anderen teilen.«

Noch auf dem Heimweg redeten wir. Über Frankreich, über die Liberalen, dass die Turner auch in Freiburg ein bewaffnetes Corps bilden wollten, zusammen mit dem Arbeitergesangverein, Deutschland würde eine Nation werden und ich fragte Christoph, ob die preußische Polizei dann auch in Baden zuständig sei. Er sah mich merkwürdig an, als würde er auf etwas warten. Schließlich versuchte er mich zu beruhigen. »Nicht die großherzogliche Ppolizei, sondern die eines demokratischen Landes. Die Polizei ist sicher weiterhin nur für bestimmte Regionen zuständig.«

Als wir hinter dem Schwabentor im Schaich'schen Bierhaus noch ein Bier trinken wollten, mussten wir in die Gaststube drängeln. An allen Tischen wurden die politischen Ereignisse besprochen. Die jungen Leute auf der Bank an der Wandseite rutschten für uns noch ein wenig zusammen. Jemand gab eine Runde aus und wir stießen auf die Freiheit und die neue Zeit an. Christoph beteiligte sich eifrig an der Diskussion und wusste besser Bescheid als alle anderen. Das machte mich stolz. Er stotterte an diesem Abend fast nicht.

Anschließend begleitete Christoph mich bis zum Tor der Fabrik, das ganz gegen die Gewohnheit noch offen war. Christoph verabschiedete mich mit einem Handschlag und lief dann in die Stadt zurück. Bei allem Reden hatten wir den ganzen Abend über ein Thema sorgfältig vermieden: Über uns hatten wir kein Wort gesprochen.

Zwei Tage später fand im Saal der Lesegesellschaft eine politische Versammlung statt – 800 Personen hätten sich dort gedrängelt, behauptete Christoph später. Eine Deputation wurde nach Karlsruhe geschickt, um eine Petition mit den Forderungen des Volkes bei der Badischen Kammer abzugeben. Von überallher seien solche Deputationen gekommen, wusste Christoph. Gustav Struve aus Mannheim habe die Mannheimer Petition an Friedrich Hecker für die Badische Kammer übergeben, die Freiburger und Offenburger ihre eigenen, und am Abend nach ihrer Rückkehr seien die Männer mit einem Fackelzug am Freiburger Bahnhof abgeholt worden. Da war Christoph mit seinen Turnern natürlich dabei. Petition, Deputation, fremde Wörter, die Christoph mühelos von den Lippen kamen.

Von jetzt an wollte ich mich jeden Sonntag mit Christoph in den Räumen der Lesegesellschaft treffen. Niemand verwehrte uns die Oberrheinische Zeitung, die Mannheimer Abendzeitung, die Seeblätter, das Mannheimer Journal oder den Deutschen Zuschauer. Fortschrittliche Mannheimer Zeitungen gab es genug. Wir trafen uns immer gegen Mittag, wenn die bürgerlichen Herren zum Sonntagsbraten nach Hause eilten, dann hatten wir die Chance, eine der Zeitungen zu ergattern.

»Schade, dass wir nicht in Mannheim sind«, flüsterte mir Christoph zu. »Dort ist jeden Tag etwas los.«

Der badische Innenminister Bekk hatte inzwischen ein rein liberales Kabinett gebildet, im Kraichgau und Odenwald gingen Rentämter und Burgen in Flammen auf. Wir hörten im Lesezimmer besorgte oder auch herablassende Kommentare über diesen Pöbel. »Puh«, flüsterte Christoph, »die sasatten Bürger haben gut reden. Die kennen den Hunger der Bauern nicht und wissen nicht, wie die von ihren Herren geschunden werden.«

Am folgenden Sonntag fiel unsere Lesestunde aus. Christoph war zur großen Versammlung nach Offenburg gefahren. Als ich morgens früh in die Grünwäldergasse kam, lag die Harmonie verwaist vor mir. Ich war enttäuscht. Natürlich, das in Offenburg war in erster Linie eine Versammlung von Männern und Christoph war bestimmt mit seinen Turnern gefahren. Die hätten gelacht, wenn er eine Frau mitgeschleppt hätte. Auch wenn er mich als Turnerin vorgestellt hätte. Ich lachte bei dem Gedanken in mich hinein.

Aber in der Grünwäldergasse hatten sich die Verhältnisse auch geändert und niemand schimpfte, wenn ich mit Christoph dort saß. Hätte er mich nicht fragen können? Mir am Samstag Bescheid geben? Der Pförtner hätte mir seine Nachricht bestimmt zukommen lassen. Enttäuscht lief ich in der Stadt herum. Ich traf ein paar Mädchen aus der Fabrik und machte mit denen einen Spaziergang. Aber nach Gesprächen über Liebschaften und ihre Aussteuer stand mir der Sinn nicht.

Abends riskierte ich den Unmut der Hausmutter und holte Christoph am Bahnhof ab. Er war aufgekratzt, ich sah ihn nur kurz, er müsse mit den Turnern ins Gasthaus, feiern, während ich unbedingt heim musste. Zum Glück drückte er mir ein fliegendes Blatt in die Hand. »Es gibt große Neuigkeiten, nicht nur in Offenburg.«

Lesen konnte ich die Seite wegen der Dunkelheit erst am nächsten Morgen, aber noch vor dem Frühstück am großen Tisch, da war es hell genug. Bereits am 5. März hatten sich deutsche Parlamentarier aus verschiedenen Staaten in Heidelberg getroffen. Sie planten ein deutsches Vorparlament in Frankfurt, das Wahlen in ganz Deutschland vorbereiten sollte. Gustav Struve und Friedrich Hecker waren dabei, von Herrn Mez konnte ich nichts finden. In Berlin und Wien tobten heftige Straßenkämpfe, Fürst Metternich musste fliehen. Ich begann zu zittern. Von der Zeitung wurden diese Kämpfe als das Ende des alten Regimes gefeiert. Auch in Preußen?

Ich zuckte zusammen. Die Hausmutter, Fräulein von Falkenstein, hatte mir auf die Schulter geklopft. Vermutlich missbilligte sie meine Lektüre. Doch lächelte sie und bat mich etwas verschämt, ihr das Blatt zu leihen. »Es stammt aus Offenburg«, erklärte ich.

»Ja, deswegen«, hauchte sie.

Von der Volksversammlung am kommenden Sonntag, dem 26. März, erfuhren wir sogar durch einen Aushang. Immerhin, einige von uns Mädchen wollten hingehen. Es war unbeschreiblich, schon frühmorgens war die Kartäuserstraße voller Menschen, die singend und rufend in die Stadt zogen, selbst das Münster war mit schwarz-rot-goldenen Fahnen geschmückt und der Herr Mez hielt die Eröffnungsrede. Bei aller aufgeregten Freude hatte ich Angst, von ihm gesehen zu werden. Der hatte uns mehrmals deutlich gesagt, dass die Politik für uns Fabrikmädchen nichts sei. Um die Politik zu verstehen, fehle uns der Sachverstand, und so führe sie uns nur auf Abwege.

Christoph beruhigte mich: »Es sind so viele Menschen hier, der kann dich nicht in der Masse erkennen.« Karl von Rotteck sprach als zweiter Redner, immer wieder unterbrochen vom Jubel der Menschen. Dann betrat ein kleiner Mann das Podest, Gustav Struve vom Deutschen Zuschauer, dessen Artikel wir kannten. Unzählige Stimmen ließen ihn begeistert hochleben.

Struve sah ziemlich unscheinbar aus, aber während seiner Rede hielt ich den Atem an, so starke Worte benutzte er. Worte, die ich ohne Weiteres verstehen konnte. Hinter uns liege Knechtung, Aussaugung und Verdummung, vor uns die Zeit der Freiheit, des Wohlstandes, der Bildung. Ich vergaß allen Anstand, klatschte und brüllte begeistert mit den vielen Menschen mit.

Es folgten noch etliche Redner – aus Simonswald, Waldshut, Müllheim, Kippenheim und Lörrach. Forderungen wurden gestellt und beschlossen: *Sofortige Erleichterung der arbeitenden Klassen des Mittelstandes.* Und *Trennung von Kirche und Staat.* »Das ist für die Lehrer«, grinste Christoph. »Die werden von den Pfarrern überwacht.« Noch einmal sprach Gustav Struve, der den preußischen König »einen Bürgertöter und Schauspieler« nannte. Unglaublich. Ich spürte, wie mir flau wurde. Christoph legte den Arm um mich und drückte mich an sich.

Um zwei Uhr am Sonntagmittag schloss unser Herr Mez die Versammlung. Die Stadt feierte den ganzen Nachmittag lang. Am Abend gingen Christoph und ich gemeinsam zur Wolfshöhle und berichteten Emerentia und Richard. Später folgte ich Christoph in seine Kammer und blieb die Nacht dort. Emerentia überraschte uns mit einer Morgensuppe, die sie mit Nüssen verfeinert und mit Honig gesüßt hatte. Dann musste ich rennen, um pünktlich zur Arbeit zu erscheinen. Beim Mittagessen blickte ich Fräulein von Falkenstein herausfordernd an. Doch ihr Tadel blieb aus. Es war wirklich eine neue Zeit angebrochen.

## 18

Mannheim, 9. April 1848

»Ob das noch was wird mit unserer Revolution?« Konrad und Henriette saßen mit Amalie und Gustav am Küchentisch der Struves, gerade war Pedro, Amalies Bruder, dazugekommen.

»Konrad, ich bitte dich, so schnell darf niemand aufgeben.« Amalie legte Gustav eine Hand auf den Arm. »Schlimm ist das schon, was da passiert, aber nicht das Ende.«

Gustav nickte. »Der Friedrich Hecker ist gestern Abend auf der Versammlung des Vaterländischen Vereins bleich und ohne ein Wort aus dem Aulasaal geschlichen. Ich bin später noch bei ihm vorbeigegangen. Wir machen uns beide große Sorgen. Keinen einzigen Mann haben wir Republikaner in den Fünfziger-Ausschuss zur Vorbereitung der Nationalwahlen bekommen, keine sozial-demokratische Forderung einbringen können. Und das nur, weil die Liberalen eingesessene Bürger mit Einfluss sind, die wissen, wie man sich durchsetzt. Mit Mehrheitsverhältnissen oder gar dem Willen des Volkes hat das nichts zu tun. Wer die vielen Bürokraten dort hineinlanciert hat, will an der Herrschaft des Großherzogs mit Sicherheit nicht viel ändern. Die Beamten sind doch alle Kreaturen des bestehenden Regimes.« Struve seufzte tief auf.

»Friedrich hegt große Befürchtungen, dass die Spaltung zwischen Liberalen und sozialen Demokraten in dieser Stadt endgültig ist. Und jetzt die Geschichte mit Mathy. Was der sich in Karlsruhe geleistet hat, ist unverzeihlich. Den Josef Fickler einfach aus dem Zug heraus verhaften zu lassen! Glaubt Mathy, er sei der Polizeichef? Ein gewählter Abgeordneter ist er, nicht mehr und nicht weniger. Wie wichtig Josef Fickler von den Seeblättern in Konstanz für uns ist, kann nicht in Worten ausgedrückt werden. Er hat Kontakt zu den Schweizern aufgenommen. Wenn die uns militärisch unterstützen, haben wir eine reelle Chance.«

»Glaubst du, es kommt zu einem Krieg?« Amalie war bleich geworden.

»Zu einem Krieg vermutlich nicht, aber wir werden zeigen müssen, dass wir Zähne haben. Geübte ehemalige Offiziere hat die republikanische Seite genug. Etliche Offiziere haben um ihre Entlassung gebeten und stehen auf unserer Seite. Und aus Frankreich wird eine deutsche Legion zu uns stoßen, unter der Leitung von Georg Herwegh, einem Dichter.«

*»O Freiheit, Freiheit! Nicht wo Hymnen schallen,*
*In reichgeschmückten fürstlichen Arkaden –*
*Freiheit! Du wohnst an einsamen Gestaden*
*Und liebst die Stille, wie die Nachtigallen.«*

»Was soll denn das jetzt, Henriette?« Konrad starrte sie verärgert an. »Was Gustav erklärt, ist wichtig für uns alle.«

»Das ist ein Gedicht von Georg Herwegh, ich wollte nur deutlich machen, wo er politisch steht, falls du das nicht gemerkt hast«, gab Henriette pikiert zurück.

»Kommt, streiten könnt ihr euch daheim.«

»Das Gedicht ist wirklich schön«, grinste Gustav. »Ein wenig romantisch, aber voller ruhiger Hoffnung. Während wir hier in Mannheim wie Feinde miteinander umgehen. Dass Mathy noch die Unverfrorenheit hatte, gestern vom Rathausbalkon sein Handeln zu rechtfertigen. Er als Retter des Vaterlandes! Ekelhaft.«

»Noch schlimmer, die Bürgerwehr hat ihn geschützt.« Konrad sprach leise, hielt die Fäuste geballt. Henriette spürte, wie der Zorn, der in Konrad seit Tagen wütete, immer mehr die Oberhand gewann.

»In der Aula ist es anschließend anders zugegangen. Die Liberalen wurden ausgebuht und haben den Saal verlassen. Habt ihr wenigstens erzählt«, versuchte Amalie zu beschwichtigen.

»Ja, aber die aufgeheizte Stimmung dort war nicht hilfreich. Ein paar wilde Typen haben sogar ihre Messer gezogen.«

Konrad lief rot an: »Solche blöden Gerüchte kannst du nicht als bare Münze nehmen, Pedro. Mag sein, dass da zwei Betrunkene waren. Die Arbeiter und Gesellen müssen sich einem harten Lebenskampf stellen, da geht es anders zu als bei den feinen Leuten, die mit artigen Worten etwas formulieren, was niemand versteht. Nur, dass die Arbeiter sich dann plötzlich draußen vor der Tür wiederfinden.«

»Ach ja, unser Herr Vorzeigearbeiter mit den Ölfingern. Der wie ein Walfisch stinkt und die Frauen mit seinem Raubtiergeruch betört. Es gibt auch andere Menschen, die nichts haben und …«

»Pedro, bitte bleib ernst. Ein Walfisch, wie kommst du denn auf so etwas?« Amalie schaute ihren Bruder entsetzt an.

»Auch auf die Gefahr hin, dass ihr mich für ein dummes Huhn haltet, würde ich gerne verstehen, was das für ein Streit in der Stadt ist um Bürgerwehr und Freicorps.«

»Ach, Henriette! Wale, Hühner, als wenn Wale Fische und Hühner dumm wären.« Konrad grinste gequält. »Im Ernst, dieses Kapitel ist so kompliziert, dass niemand es versteht.«

Gustav erklärte: »Es geht immer um die gleiche Frage: wer zum Volk gehört. Für die Bürgerbewaffnung sind eigentlich alle, aber wer ist nun Bürger? Nur die, welche Besitz in Mannheim haben und somit das Bürgerrecht, oder auch die Gesellen und Handwerker, sprich das Volk? Franz Sigel, ehemaliger badischer Leutnant, hat ein Freicorps gebildet, dort kann jeder mitmachen. 500 Mann hat er bereits zusammen. Das liberale Innenministerium des Herrn Bekk will natürlich nur eine reine Bürgerbewaffnung, auch wenn unser Gemeinderat findet, dass man mit der Bürgerwehr keine gute Erfahrung gemacht hat.«

»Auf der anderen Seite wird das düstere Bild von marodierenden Arbeitern von den Liberalen heftig genährt«, warf Konrad ein.

Gustav schüttelte den Kopf. »Aber wir wollen keine Bürgerwache. Wir haben Protest dagegen angemeldet, der gesamte Turnverein.«

»Hat das zu etwas geführt?« Henriette wollte es genau wissen.

»Ja, wenn das auch keine geradlinige Entwicklung war. Zuerst hat das Sigel'sche Freicorps die Sache unterlaufen. Dort kann jeder mitmachen, der über 18 ist.«

»Hört sich nicht schlecht an. Wie hat das Stadtamt reagiert?« Auch Amalie wollte Einzelheiten wissen.

»Das Stadtamt hat zwar behauptet, das Freicorps wäre ungesetzlich, aber nichts dagegen unternommen. Ja und dann hat der große Ausschuss des Gemeinderates beschlossen, dass alle waffenfähigen Einwohner in die Bürgerwehr aufgenommen werden.«

»Ziemlich hintertrieben. So behält die Stadt die Kontrolle, wer mitmachen darf. Richtige Waffen bekommen die einfachen Einwohner nicht.«

»Während das Freicorps die Bürgerwehr zu unterlaufen versucht, indem Sigels Leute der Bürgerwehr beitreten. Das funktioniert ganz gut. Du hast doch auch ein Gewehr bekommen, Konrad.«

»Aber nicht offiziell von der Stadt.«

»Immerhin, Henriette und Amalie, ist die Bürgerwehr auf zwanzig Kompanien angewachsen, das Oberkommando hat Friedrich Hecker, die Hauptleute sind gewählt. Ich bin auch einer und wir exerzieren ganz offiziell auf dem Markt – und dem Paradeplatz.«

»Mathy und Bassermann sind auch Hauptleute und die stehen auf der anderen Seite.«

»Die Situation hat sich seit gestern verändert. Wir werden die Sache vom Oberland aufrollen. Dann sind wir die fremden Soldaten erst einmal los. Friedrich Hecker ist schon auf dem Wege nach Straßburg. Ich folge ihm morgen früh mit dem ersten Zug nach Heidelberg und fahre dann weiter nach Triberg. Werde immer nur für kleine Strecken eine Fahrkarte kaufen. Dann verwischt sich die Spur. Damit die Behörden unsere Aufenthalte nicht so leicht nachvollziehen. Sigel macht sich auch auf den Weg. Die deutsche Legion aus Frankreich ist unterwegs. Hecker und ich werden nach Konstanz reisen. Von dort werden wir auf unterschiedlichen Wegen durchs Oberland ziehen. Die Menschen werden uns spontan folgen. Josef Fickler ist sich sicher, dass sich uns 50.000 anschließen werden. In Freiburg haben sich ja bereits 25.000 getroffen. Freiburg soll dann unsere provisorische Hauptstadt werden. Die Alternative ...«

»Die Alternative heißt, die württembergischen, nassauischen und bayrischen Truppen, die gerade nach Rastatt verlegt werden, übernehmen das Kommando. Dann gute Nacht.«

»So schwarz muss man die Situation nicht sehen, noch lange nicht.«

Konrad überlegte: »Ich habe eine Zeit lang im Schwarzwald gelebt. In vielen Orten stehen die Lehrer auf der Seite der Republik. Und die haben auf die Leute Einfluss. Da werden viele mitmachen.«

»Aber man muss auch mit ziellosen Bauernaufständen rechnen, wie die Nachrichten aus dem Kraichgau und Odenwald zeigen«, wandte Pedro ein.

»Nein«, gab Konrad zurück. »Da ist nichts ziellos. Die kämpfen um ihre Existenz. Wenn sie Rentämter überfallen, wollen sie von den Abgaben befreit werden. Ihr wisst nicht, wofür sie alles zahlen müssen, und bestimmte Frondienste gibt es auch noch.«

»Ich dachte, die Bauern wären befreit«, wagte Amalie einzuwerfen.

»Sind sie in mancher Hinsicht. Aber sie müssen für diese Freiheit bezahlen. Ganze Gemeinden sind hochverschuldet und können kaum die Zinsen zahlen.«

»Wie sieht es eigentlich in Berlin und Wien aus?«, warf Henriette ein.

Gustav winkte ab. »Das sollten wir vorerst vernachlässigen. Für uns geht es um Baden.«

Dass Pedro und Konrad Struve nachreisen würden, war selbstverständlich. Aber auch Amalie wollte mit. »Henriette und ich haben für den Petitionstag in Karlsruhe schwarz-rot-goldene Schleifen gebunden. Ganz nett, aber eine typische Frauensache. Jetzt geht es um mehr, da wollen wir nicht zurückstehen.«

Erstaunlicherweise fand Gustav die Idee gut. »Wer weiß, wofür wir die Weiber brauchen können. Bei denen vermuten die Behörden ja nichts Revolutionäres. Und vielleicht brauchen wir Kuriere. Meiner Amalie traue ich alles zu.« Falls Konrad und Pedro anderer Ansicht waren, wagten sie nicht, Gustav zu widersprechen.

# 19

## Freiburg, Ostern, 21.-24. April 1848

Das Osterwochenende verbrachte ich bei den Rochats. »Verwandte von mir«, hatte ich Fräulein von Falkenstein gesagt.

»Geh nur«, antwortete sie. »In der Stadt ist es sicherer als hier draußen.«

Friedrich Hecker und Gustav Struve hatten am 14. April in Konstanz die deutsche Republik ausgerufen und waren dann mit Freischärlern über Waldshut Richtung Bernau gezogen. Zwei weitere Freischarenzüge zogen über Donaueschingen und am Rhein entlang.

Bereits am Karfreitag war die Fabrik geschlossen. Jeden Tag trafen neue Nachrichten in der Stadt ein, die Christoph uns am Abend erzählte. Nicht aus Zeitungen, es gab nur Gerüchte. Am Karfreitag hieß es dann, dass Heckers Volksheer in Kandern eine Niederlage erlitten hätte. Gleichzeitig wurde behauptet, der Befehlshaber der badischen Truppen, Friedrich von Gagern, sei im Kampf gefallen. Dann konnte es um die Freischaren doch nicht so schlecht stehen. Dachten wir. Christoph war wütend auf Karl von Rotteck, der behauptete, Hecker sei in die Schweiz geflohen.

Am Samstag hörten wir schon früh bewaffnetes Volk laut singend und Trommeln schlagend in die Stadt einziehen. Christoph nahm mich diesmal nicht mit auf den Münsterplatz. Das hier sei eine Sache der Männer. Er berichtete später von weit über tausend Bewaffneten auf dem Karlsplatz. Sie alle warteten auf die Scharen Heckers. Die Stadt erklärte sich für neutral. Was Christoph geschickt fand, denn dann könnten die Herren sich gegenüber der Regierung rausreden und die Freischaren in der Stadt in Ruhe machen lassen. Karl Mez rief die Freischaren zur Besonnenheit auf, Rotteck legte seine Ämter wegen der angeblichen Niederlage Heckers nieder, woraufhin Georg von Langsdorff von den Turnern und anderen Bewaffneten zu ihrem Oberkommandierenden gewählt wurde. Der habe die Lage im Griff, meinte Christoph. Er kam nach der Versammlung nur kurz in der Wolfshöhle vorbei. Er müsse los, um mit seinen Turnern auf ihrem Turnboden Kugeln zu gießen. Mich bat er, in der Wolfshöhle bei den Alten zu bleiben und sie zu beruhigen.

Am Ostersonntag wurden Barrikaden gebaut, Christoph schuftete den ganzen Tag am Schwabentor in strömendem Regen. Diesmal packte ich mit an, einen alten Balken und verschiedene Wagen an das Tor zu schleppen und ineinander zu verkeilen, Steine zu tragen. Dann zog Christoph mit seinen Turnern los, um die Kanonen der Stadt zu holen. Sie würden sich die Kanonen nehmen, Gegenwehr von den ängstlichen Bürgern sei nicht zu erwarten. Kuriere machten sich auf den Weg, um nach den Freischaren aus dem Wiesental Ausschau zu halten. Am Abend brachte Christoph vier Männer aus Simonswald und Furtwangen mit, die völlig durchnässt und erschöpft waren. Genauso wie Christoph. Emerentia schnitt ohne ein Wort zu sagen die Reste des Osterbratens in die Suppe. Bier holen wollte sie mich nicht lassen: »Zu viel unbekanntes Volk auf den Straßen. Wir haben noch Wein da. Wenn wir den verdünnen, wird es reichen.«

Auch am Ostermontag warteten die Freiburger Freischärler auf die Truppen Heckers und Sigels. Zuerst traute ich mich noch bis zum Schwabentor vor, dann hörte man Schüsse und aufsteigenden Rauch aus Richtung Günterstal, schließlich kam Bürgermeister Josef von Rotteck, ein Cousin unseres Rottecks, und verkündete, dass von allen Seiten badische und hessische Truppen herangeführt würden, etwa 6.000 Mann, wohlgerüstet mit Artillerie und Kavallerie. Gegen die hätten die Freischaren keine Chance.

Später erfuhren wir, dass sie irgendwo im Sternwald und in Horben warteten. Durchnässt, müde nach langen Eilmärschen. Wie sollten die in die Stadt kommen, ohne vom Militär aufgerieben zu werden? Die fremden Truppen waren mit der Eisenbahn gekommen und umlagerten von außen alle Tore, auch das Schwabentor.

Christoph befahl mir, im ganzen Haus die Läden zu schließen und mich im Notfall mit Emerentia und Richard in den Keller zurückzuziehen. Er war unglaublich wütend. »Wie konnte es nur zu diesem Schlamassel kommen? Nicht einmal die Munition für die Kanone wird reichen. Aber jetzt können wir nicht mehr zurück.«

Stundenlang saßen wir zitternd im Dunkeln, hörten Kanonenschüsse, denen ein dumpfes Grollen antwortete, Einschläge, das Krachen von Steinen, Schüsse, Rufe, Pferdegetrappel, Schreie. Wütende Schreie, verzweifelte Schreie. Wo blieb Christoph? Was würde ich machen, wenn er nicht mehr käme, nie mehr käme? Während der nächsten zwei Stunden, in denen ich um ihn zitterte, wurde mir klar, dass ich ihn als Mann wollte, ihn und keinen anderen. Wenn er diesen Tag überlebte, würde ich ihm alles über mich erzählen, alles, nichts auslassen. Wenn er nur gesund zurückkam!

Dann Stiefeltritte auf dem Pflaster am Schwabentor und Trommeln, die ihnen den Schritt vorgaben. Ein nicht endender Lindwurm. Und immer wieder Schreie. Schließlich krachte es an unserem Tor, fremde Soldaten in Uniformen. Wenn wir nicht sofort öffneten, würden sie das Haus in Brand stecken. Zitternd sahen wir zu, wie die Kerle das Haus durchsuchten, ihre Säbel in unsere Matratzen stießen, in alle Schränke schauten, auf Emerentias teure Spiegel einschlugen, etliche Vasen mit dem Gewehrkolben vom Tisch rissen, schließlich noch in Richards Stoffballen stachen. Dann verlangten sie Suppe, Brot und Schnaps. Wenn Christoph jetzt käme, was dann? Schließlich verließen die Soldaten, nicht mehr ganz sicher auf den Beinen, das Haus.

Den ganzen Abend über immer wieder Schüsse. Erst kurz vor Mitternacht, die Stadt war noch nicht zur Ruhe gekommen, klopfte es von hinten an den Fensterladen. Das musste Christoph sein! Ich riss das Fenster auf und da standen sie: Christoph mit einer Frau, dahinter, auf einen Stock gestützt, ein Mann. Ich sah vom einen zum andern und begann zu zittern. Das konnte nicht sein. »Henri?«, flüsterte ich ungläubig und dann lauter: »Konrad?«

»Pscht«, flüsterte Christoph und hielt mir den Mund zu. »Frag jetzt nichts. Die beiden brauchen Hilfe. Der Mann ist schwer verletzt.«

Henri und Konrad, mein Konrad! Mit einem Schnauzbart und Flaum auf den Wangen, aber unverkennbar Konrad. Richard und ich halfen ihm durchs Fenster, er fieberte und erkannte mich nicht. Dann kletterten Henri und Christoph herein. Christoph trug Konrad zum großen Tisch und wickelte den Verband an seinem Bein ab. Er bestand aus einem Streifen Stoff, der aus einem Hemd gerissen war und notdürftig die Wunde zusammenhielt. Emerentia hatte schon Wasser und Leinwand bereitgestellt und reinigte die Wunde. Dann wollte sie den Schnitt mit einer Salbe versorgen. Die Wunde hatte wieder zu bluten angefangen.

Christoph schob sie zur Seite. »Nein, der Schnitt ist zu groß. Den muss ich nähen. Ein scharfer Säbelschnitt im Oberschenkel. Der wächst mit Salbe nicht gut zusammen. Außerdem verliert er dann womöglich noch mehr Blut.« Es sah schlimm aus und Konrad zitterte jetzt am ganzen Körper.

»Seit wann bist du ein Chirurg?«, knurrte Emerentia Christoph an.

»Nur ein Schäfer, der muss die Wunden seiner Tiere versorgen. Das habe ich von meinem Vater gelernt. Beim Menschen wird das kaum anders sein.«

Ich flößte Konrad einen Trank ein, der ebenfalls aus Emerentias Vorräten stammte. Vermutlich Laudanum, Mohnsaft, denn Konrad entspannte sich sichtlich und schlief rasch ein.

Emerentia räumte den Platz, schaute Christoph aber misstrauisch auf die Finger. Der hatte sich von mir eine Nadel und festes Garn holen lassen und eine Kerze. Er hielt die Nadel in die Flamme, bis sie glühte, dann stach er in Konrads Fleisch. Der stöhnte auf, während Emerentia und ich ihn auf den Tisch drückten. Ich staunte, wie rasch und geschickt Christoph mit der Nadel umging. Er stichelte mehrmals durch das Fleisch, bis eine Naht entstand, nicht ganz regelmäßig, aber die Wunde war verschlossen.

Emerentias misstrauischer Blick hatte sich in Bewunderung verwandelt. Schließlich kam ihre Salbe auf die Wunde und ein Verband. Dann trugen Richard und Christoph den Verletzten die Treppe hoch in Christophs Kammer. Erkannt hatte Konrad mich nicht, jedenfalls hatte er sich nichts anmerken lassen.

»Wir haben gewartet, bis die Soldaten sich in die Innenstadt zurückzogen«, erklärte Christoph uns, als er wieder herunterkam. »Die marodieren in der ganzen Stadt und feiern. Es ist furchtbar. Die beiden hier haben die Nacht im Wald verbracht. So sehen die Reste von Heckers Freischaren aus. Der hat sich wirklich in die Schwschweiz abgesetzt.«

Henri saß unten in Emerentias Stuhl, immer noch völlig durchnässt. Sie bekam etwas Heißes zu trinken, während ich für sie warme Sachen aus der Kleidertruhe suchte und ihr beim Umziehen half. Ich spürte, dass sie auf meine Schuhe starrte und ein Grinsen wagte. »Wahrhaftig, Flinders Schuhe. Hat er doch wenigstens in einem recht behalten: Englische Herrenschuhe scheinen von bester Qualität, unverwüstlich.«

Ich grinste zurück: »Die haben eine Menge erlebt, sich aber nie beschwert.« Weiter wusste ich nicht. Wir schauten aneinander vorbei und schwiegen uns an.

Als wir später gemeinsam am Tisch saßen, starrte Henri Christoph eine ganze Zeit an. Schließlich sagte sie: »Was ich hier sehe, kann nicht sein. Wenn ich mir den Bart wegdenke, dann ist das Gendarm Mauch, in Freiburg, zusammen mit Emma. Was ist das für ein Komplott? Wollen Sie mich verhaften?«

»Nein«, antwortete ich. »Christoph lebt schon lange in Freiburg. Er betreibt hier mit seinem Onkel einen Trödel.«

Henri schüttelte den Kopf. »Und wie kommst du hierher?«

»Was machst du hier mit Konrad?«

»Kennst du ihn?«

Und ob ich ihn kannte. Mir war plötzlich nach Heulen zumute. Dabei hätte ich mich fast gefreut, Henri wiederzusehen. Aber so?

»Ich glaube, mit Erklärungen warten wir alle bis morgen. Vermutlich seid ihr für diese Nacht hier sicher. Morgen sehen wir weiter.«

»Ist unsere Sache verloren?«, fragte ich Christoph.

»Für den Augenblick schon. Warten wir ab, wie es morgen in der Stadt aussieht.«

Wir gingen alle zu Bett, überließen Henri und Konrad Christophs Kammer und suchten uns unten ein

Bett. Als Christoph mich in seine Armbeuge ziehen wollte, drehte ich mich von ihm weg. Was war los mit mir? Vor ein paar Stunden wollte ich ihn um jeden Preis als Mann, und jetzt? Bedeutete mir Konrad so viel? Wenn er mit einer anderen hier aufgetaucht wäre, das hätte ich vielleicht ertragen können, aber ausgerechnet mit Henri!

Henri erzählte uns am nächsten Morgen, dass sie sich um Amalie Struve, mit der sie befreundet sei, Sorgen mache. Große Sorgen, schließlich seien ihr Name und ihre Gesinnung allgemein bekannt. Ich bot mich an, mit ihr in die Stadt zu gehen trotz Christophs Warnungen, dass Frau Struve bei den Rottecks gewohnt habe und dort etliche Freischärler Rat gesucht hätten. Für uns sei es zu gefährlich, quer durch die Stadt dorthin zu gehen. Brüsk entgegnete ich, wir würden unsern Weg schon finden, für ihn sei es allerdings zu gefährlich, sich in der Stadt sehen zu lassen.

Draußen hätte ich meinen Entschluss fast bereut. Die Straßen sahen furchtbar aus: zerschossene Hauswände, Dachziegel auf den Straßen, zerfetzte Fensterläden und fremde Soldaten, die hinter uns her grölten. Schweigend hielten wir uns aneinander fest. Ich wählte den Weg durch die Gerberau, weiter durch die Gärten auf den Remparts. Was sich als guter Einfall erwies, denn dort war es ziemlich ruhig. Ich führte Henri zum Rotteck'schen Haus in der Egelgasse nicht weit vom Predigertor. Dort wollte man uns zuerst nicht einlassen, schließlich fertigte uns die Magd im Flur ab, der Herr sei verhaftet und verschleppt, Amalie Struve habe ein paar Tage im Hause gewohnt und mit der Eisenbahn die Stadt verlassen, die gnädige Frau sei völlig aufgelöst.

Henri wurde kleinlaut, als sie das hörte. »Dafür habe ich dich wieder einmal in Gefahr gebracht«, schluchzte sie. Ich schüttelte nur den Kopf. Schweigend gingen wir den weiten Weg um die Stadt herum zurück und waren beide froh, als wir wieder am Schwabentor ankamen. Zweimal waren wir angehalten worden und mussten uns ausfragen lassen. Die Soldaten machten uns Angebote und rissen freche Witze über uns, die ich zu Henris Erstaunen ebenso frech zurückwies.

Am Mittwoch kehrte ich in die Fabrik zurück, ohne mich von Henri und Konrad zu verabschieden. Auch von Christoph nicht. Es wurde eine traurige Woche. Unsere Fabriktore blieben geschlossen, vor marodierenden Soldaten wurde gewarnt. Dazu kamen jeden Tag neue Nachrichten. Manches lasen wir in der Oberrheinischen Zeitung, die weiterhin erschien. Unsere Hausmutter legte sie täglich auf den Tisch.

Anderes wurde von Mund zu Mund weitergegeben. Friedrich Hecker, unser aller Held, hatte sich wirklich in die Schweiz abgesetzt, weil er den Feldzug für verloren hielt. Herweghs Legion, die bei Straßburg auf einen Einsatzbefehl wartete, hatte er gar nicht angefordert. Als die Legion im Schwarzwald auftauchte, war es zu spät. Bei ihrer Flucht in die Schweiz wurde die Truppe von württembergischen Soldaten aufgerieben. Herwegh und seine Frau entkamen, als Bauern verkleidet, in die Schweiz.

Viele Bürger bekamen Einquartierungen ins Haus und mussten die Soldaten beköstigen. Georg von Langsdorff, Sigel, Mögling und Struve konnten fliehen, Karl von Rotteck und alle die bekannten Demokraten der Stadt wurden in die Gefängnisse von Bruchsal und Rastatt gebracht, die Lesegesellschaft geschlossen.

Am Samstagabend bestand ich darauf, in die Stadt zu gehen. Auch andere Mädchen wollten zu ihren Familien. Jede Nacht hatte ich die drei im Haus in der unteren Wolfshöhle vor mir gesehen. Der Gedanke an

Konrad schmerzte am meisten. Er hatte mich gelehrt, was Gleichheit bedeutet, auch in der Liebe. Und diese Liebe brannte, loderte ganz anders als meine Gefühle für Christoph. Alltäglich kamen die mir jetzt vor, unbedeutend. Konrad, der Weiher, die Wiese davor... Die Bilder bedrängten mich. Ich musste sie mir verbieten.

Und Henri? Empfand ich Abneigung ihr gegenüber, weil sie mich so leichtsinnig, nur auf ihr Wohl bedacht, in ihre Mordgeschichte hineingezogen hatte? Und damit nicht genug – Henri war mit Konrad gekommen. Sie waren offensichtlich ein Paar. Mussten sich gerade diese beiden Menschen treffen? Um mir zu zeigen, wie weit ich unter ihnen stand? Wie gut ein angehender Ingenieur und eine Fabrikantenwitwe zueinander passten?

*Freiheit! Du wohnst an einsamen Gestaden*
*Und liebst die Stille, wie die Nachtigallen.*
*Du fliehest das Geräusch der Marmorhallen,*
*Wo trunkne Schlemmer sich im Weine baden,*
*Du lässt in Hütten dich zu Gaste laden,*
*Wo Tränen in die leeren Becher fallen.*

Im Laufe der Woche waren mein Zorn und mein Schmerz noch gewachsen. Aber auch die Sorge meldete sich. War Konrads Fieber schlimmer geworden? Waren die beiden entdeckt, war Christoph verhaftet worden? Ich wollte wissen, wie es um alle stand. Am Sonntag sollten ja auch die Wahlen zur Nationalversammlung stattfinden.

Das Geschäft in der unteren Wolfshöhle war geschlossen, auf mein Klopfen hin öffnete Emerentia. Sie freute sich wie immer, mich zu sehen. Ja, alle drei seien unentdeckt. Niemand habe Christoph verhaftet oder vorgeladen. Am Tisch hockten sie beim Essen, jeder ein Glas Wein vor sich. Ich blieb im Türrahmen stehen.

Henri stand auf, umarmte mich. Was ich bewegungslos geschehen ließ.

Sie schaute mir in die Augen und flüsterte: »Bitte, es wird Zeit, dass ich mich bei dir entschuldige. Ich habe es schwer bereut, wie ich dich in diese Geschichte um Flinder hineingerissen habe. Aber ich glaube, ich habe seitdem das Leben und die Menschen besser kennengelernt. Und mich selbst. Ich war ein verwöhntes, egoistisches Geschöpf. In dir habe ich zum ersten Mal eine wirkliche Freundin gefunden und wiedergefunden. Lass uns Freundinnen bleiben.«

Konnte jemand dem Blick aus ihren Augen wiederstehen? Ich spürte, wie mein Zorn zusammenschmolz. Doch da meldete sich Konrad, der noch blass aussah und mich zur Begrüßung nur verlegen angegrinst hatte: »Ein merkwürdiger Zufall, dass ihr beiden Frauen euch kennt. Henri hat mir von dem unaufgeklärten Mord an ihrem Mann erzählt und inzwischen auch von der Freundschaft zwischen euch beiden. Jetzt weiß ich endlich, warum du dich damals im Schwarzwald vor den Gendarmen so gefürchtet hast. Besonders den württembergischen. Und ich verstehe, warum du es mir nicht erzählen konntest.« Täuschte ich mich oder sah ich in seinem Gesicht so etwas wie Bedauern? Jetzt grinste er breit: »Und jetzt hast du dir ausgerechnet diesen Gendarmen ausgesucht.«

»Vielleicht zeigt unser Zusammentreffen nur, wie sehr wir alle die gleiche Gesinnung haben«, versuchte Christoph zu erklären. Er sah mit dem frisch rasierten Gesicht ziemlich verändert aus. Aber das musste wohl sein.

»Henriette und ich wollen Deutschland verlassen. Wie Hecker und all die anderen nach Amerika aufbrechen. Und wir würden uns freuen, wenn ihr mit uns kämt. Nach allem gehören wir wohl zusammen.«

Wieder fühlte ich mich erstarren. Schließlich fragte Christoph: »Wo wollt ihr denn hin?«

»Nach Philadelphia. Dort soll es viele Deutsche geben und ich kann vielleicht für eine deutsche Zeitung schreiben oder auch Berichte nach Deutschland schicken.«

»Auch ohne badische Staatsprüfung kann ich dort bestimmt als Ingenieur arbeiten. Die werden in Amerika überall gebraucht.«

Eine Zeit lang blieb es still. Ich schaute Christoph an und hörte ihn sagen: »Ich möchte hier bleiben und mit Emma dieses Geschäft führen. Emma ist die geschickteste Näherin und Weberin weit und breit. Emerentia liegt mir schon seit einiger Zeit damit in den Ohren, dass Emma hier im Haus mit den Freiburger Seiden ein Hut- oder Modengeschäft aufmachen könnte oder auch etwas anderes. Wie sie will. Und ich bleibe bei den Möbeln. Außerdem glaube ich nicht, dass die Kämpfe hier bereits zu Ende sind.«

Ich hörte, wie Henri gluckste, und als ich sie anschaute, übergoss sie mich mit ihrem strahlenden Lächeln: »Siehst du, ganz wie ich es dir vorausgesagt habe.«

Ich hatte noch nicht richtig verstanden, was Christoph da gerade gesagt hatte und was es für mich, für uns bedeutete. Und was redete Henri da? Dann strahlte auch mein Gesicht auf. »Ja, wirklich, du hast mir gesagt, nach der Revolution könnte ich ein Geschäft eröffnen. Ich habe dich für verrückt gehalten. Ein Geschäft, ich. Der pure Unsinn.«

»Mit Möbeln und Seide könnt ihr auch in Amerika Erfolg haben.« Konrad wollte offensichtlich, dass wir mit nach Amerika kamen.

»Wenn Emma mitgehen will, sieht das anders aus.« Christoph wandte sich mir zu: »Ich möchte dich als meine Frau, Emma, und wo du hingehen willst, werde ich mitgehen. Wenn du mich willst.«

Ich starrte verlegen auf den Boden. Christoph hatte die ganze Zeit kein einziges Mal gestottert oder blöde gelacht. Das war neu. Die anderen schwiegen. Alle warteten auf meine Antwort. »Ich will bei Christoph bleiben«, brachte ich zu meinem eigenen Erstaunen hervor. »Aber vorher muss ich euch noch etwas sagen.«

»Ich ahne, was das ist. Und ich kann dir bereits jetzt sagen, dass es meinen Entschluss nicht verändern wird.« Christoph legte seinen Arm um mich und küsste mich auf den Kopf. Eine zarte Berührung, wie ich sie von ihm nicht kannte. Ich rang nach Luft, löste mich aus der Umarmung und gestand vor allen, dass ich eine Mörderin war, als Kind den Lehrer erschlagen hatte. Nicht nur einmal zugeschlagen, sondern so lange, bis er tot war.

Als es heraus war, brach ich in Tränen aus: »Er war so grausam, ging mit dem Ochsenziemer auf mich los, wollte wissen, wo mein Bruder Peter geblieben war, der war fort nach Holland, ich wollte es ihm nicht sagen, damit er ihn nicht zurückholt. Und er hat geschlagen und geschlagen ...«

»Mein Gott, das ist es, was du so schwer mit dir herumgeschleppt hast, sodass ich dachte, du misstraust mir weiterhin«, meinte Konrad. Es klang wie eine Entschuldigung.

»So ein Schwein«, erklärte Henri. »Du hast dich doch nur verteidigt. Dafür kann man doch niemanden bestrafen, erst recht kein Kind.«

»Natürlich hat sie sich in ihrer Not nur gewehrt«, erklärte Christoph. »Aber gerechte Gesetze gibt es in Deutschland nicht, noch nicht. Noch kann die Polizei willkürlich verhaften und jemanden ohne Gerichtsverfahren im Gefängnis faulen lassen. Die preußische Polizei hätte Emma vermutlich ins Arbeits- und Zuchthaus gesteckt und dort wäre sie irgendwann verhungert oder dahingesiecht. Aber das ist lange her, darüber gibt es sicherlich keine Akten mehr.«

»Die Schulzeugnisse der Kinder werden in Preußen vom Staat gesammelt, hat mein Vater immer gesagt. Da stand über mich nichts Gutes drin. Dass ich aufsässig sei und für meine Zukunft nichts Gutes zu erwarten. Aber vielleicht wissen sie wirklich nichts. Ich hatte als Kind einen anderen Namen. Ich habe nach meiner Flucht das Geld, das ich in einer Fabrik verdient habe, ein Jahr lang an meine Kostgeber abgegeben, die mir dafür die Papiere ihrer verstorbenen Tochter überlassen haben.«

»Und wie alt warst du damals?«, fragte Henri mit Entsetzen in der Stimme.

»Dreizehn.«

»Und ganz allein?«

»Ja, natürlich. Frag Konrad, der war auch immer allein.«

Henriette wurde verlegen. »Ich weiß. Ich hatte es als Kind sehr viel besser. Eigentlich keine Sorgen, gar keine. Die fingen erst mit Flinder an.«

Ich weiß nicht, warum, aber über das Geld der Witwe sagte ich nichts, auch nannte ich meinen Kindernamen nicht oder den Ort, an dem ich die Familie Wessling kennengelernt hatte. War ich misstrauisch oder einfach Vorsicht gewohnt? Es reichte, wenn sie vom Tod des Lehrers wussten.

Für weitere Geständnisse Christoph gegenüber war in dieser Nacht keine Zeit. Als Henriette und Konrad, Richard und Emerentia die Treppe zu ihren Kammern hochgestiegen waren, zog Christoph mich an sich. Er hatte es eilig, hatte offensichtlich auch keinen Sinn dafür, ein Kapotthütle von oben zu holen. Er umarmte mich fest, grob, schob meinen Rock hoch und hob mich einfach auf einen Tisch. Zuerst war ich verschreckt.

Was für Saiten wollte Christoph jetzt aufziehen? Aber dann merkte ich, wie mich seine Lust mitriss.

Danach wurde er ruhiger und wir halfen uns gegenseitig beim Ablegen der Kleidung. Im Bett war er sofort wieder bereit. Die Bretter knarrten und ich gab leise Quietscher von mir, worauf er mit Grunzlauten antwortete. Es war uns egal. Wir trieben uns die Angst vor den fremden Soldaten, vor dem Kampf und einer ungewissen Zukunft gegenseitig aus, bis selbst kräftige Turner wie wir erlahmten und erschöpft einschliefen.

Am Sonntag wurde beratschlagt. Christoph und Richard wollten trotz der Gefahr, verhaftet oder verhört zu werden, an den Wahlen zur Nationalversammlung teilnehmen. »Ich würde auch gerne wählen«, sagte ich.

»Falls dir das ein Trost ist: Ich darf wählen, aber gewählt werden kann ich nicht. Dazu müsste ich viel Geld oder Grundbesitz haben«, meinte Christoph. »Und ob heute ein guter Wahltag für die Demokraten ist, halte ich für fraglich.«

»Da müsste man schon ein Wahllokal in Straßburg oder der Feste Bruchsal eröffnen.« Konrad schien wieder munter zu sein, zumindest im Kopf.

Später besprachen wir, wie es mit Konrad und Henri weitergehen sollte. Sobald Konrad wieder laufen konnte, ohne zu hinken, würde Emerentia die beiden mit ihren vornehmsten Kleidern und Hüten ausstatten. Dann würde Richard sie zum Bahnhof bis Emmendingen kutschieren. Das würde unverdächtig wirken. Mit dem Zug sollte es dann nach Straßburg gehen und von da quer durch Frankreich bis zum Atlantik. Vermutlich würden sie in Paris auf die Struves warten. Der Name gab mir einen Stich. Offensichtlich war ich doch nicht Henris einzige Freundin. Henriette würde sich von ihrem Onkel Geld nach Paris transferieren lassen. Ich würde bereits heute von Konrad und Henriette Abschied nehmen müssen. Wir würden uns vermutlich nie mehr wiedersehen.

»Hoffen wir für euch, dass sich die Verhältnisse hier ändern«, sagte Konrad.

»Wenn nicht, müsst ihr nachkommen«, ergänzte Henriette.

Christoph hatte seinen Arm um mich gelegt und schüttelte den Kopf. »Wartet ab, das war nur der Anfang hier. Der Großherzog wird gehen müssen, wenn nicht heute, dann morgen.«

Als Henriette auf mich zuging und mich umarmen wollte, begannen wir beide zu weinen. Ich beugte mich zu ihr hinunter. »Emma, beste Freundin, bleib mir gewogen, egal, was geschieht«, flüsterte sie. Ich nickte und schnäuzte mich in meinen Ärmel. Wann hatte ich je in meinem Leben geweint?

»Auch Konrad umarmte mich. »Für mich keine Tränen?« grinste er. »Wenigstens ein paar, für unsere Zeit im Steinbruch?«

»Im was?«, riefen Henriette und Christoph gleichzeitig.

»Im Steinbruch«, erklärte Konrad hoheitsvoll. »Wir hatten die Ehre, einen ganzen heißen Sommer lang in einem Steinbruch im Schwarzwald zu schuften. Diese Dame hier stand den Männern an Kraft und Geschick in nichts nach. Das solltest du bedenken, Christoph, wenn du Emma zur Frau nimmst.«

»Wir haben etwas viel Besseres zusammen gemacht. Ich hatte die Ehre, Emma zur Turnerin auszubilden. Sie wird bald Ehrenmitglied in unserem Turnverein.«

»Ist das ein Scherz?«

»Nein, ich kann euch gerne ein paar Wellen vorwärts oder rückwärts vorturnen, wenn ihr denn eine Stange für mich hättet.«

An Christophs verändertes Aussehen hatte ich mich noch nicht gewöhnt. Seinen Bart hatte er gründlich abrasiert, damit er nicht als Demokrat auffiel. Als ich über seine Wange strich, fühlte sie sich glatt und weich an. Einen Augenblick hielt er meine Hand darauf fest.

Er wollte mich die Kartäuserstraße entlang bis zur Fabrik begleiten. Die Soldaten hielten sich zwar zum großen Teil in der Stadt auf, aber wer wusste schon, ob sie nicht auch außerhalb der Tore patrouillierten. Ich hielt dagegen, dass die Soldaten es auch auf ihn abgesehen haben könnten. Das beeindruckte ihn kaum. »Wir nehmen halt den Weg oberhalb, am Schlossberg.« Als ich in der Tür stand und mich noch einmal umdrehte, sah ich, wie Konrad sich über die Augen strich. Wenigstens das!

An der Runze, dem Kanal, der das Dreisamwasser in die Stadt leitete, war es still, kein Mensch weit und breit. Zeit für mich, Christoph endlich den Diebstahl des Geldes der Witwe zu gestehen. Zögernd brachte ich die Geschichte heraus. Zu meinem Erstaunen lachte er: »Wir leben in einem Land, in dem jeder Reiche den Armen das Geld nimmt, woher sollten sie es sonst nehmen? Mit Frondiensten, Abgaben, geringem Lohn. Das Geld dieser Witwe hätte der nächste Polizeidiener einkassiert oder es wäre in die Staatskasse geflossen. Von da zum Großherzog. Und der hat große Ausgaben, wenn er das Volk weiter unterdrücken lässt. Was allein der Aufenthalt der Freischärler im Gefängnis kostet, die Verfolgung der Flüchtlinge. Nein, das war schon recht, dass du es genommen und deine Wirtsfamilie vorm Hungertod bewahrt hast.«

»Etliches habe ich für mich behalten.«

»Mehr als du für deinen neuen Namen bezahlen musstest?«

»Ungefähr so viel.«

»Nun hast du es zurück.«

»Du findest das nicht schändlich?«

»Du hast niemanden bestohlen, Emma. Vermutlich hast du so viel Wäsche für die Frau gewaschen, wie das Geld wert ist. Nur dass du das Geld für die Arbeit nicht bekommen hast, sondern der Besitzer der Wäscherei. Emma, ich bin nicht mehr Gendarm, weil ich die schreiende Ungerechtigkeit bei Ermittlungen und Strafen nicht mehr ertragen konnte. Behalt das Geld als Notgroschen. Und wenn wir später mal zu viel haben sollten, geben wir es an einen Armen weiter.«

Der Gedanke gefiel mir.

»Wir sollten unsere Hochzeit möglichst schnell abhalten. Wer weiß, was alles noch passiert.«

»Soll ich weiter in der Fabrik arbeiten?«

»Wenn du das möchtest, vorerst ja. Das Geld können wir gut gebrauchen. Und vielleicht redest du mit Herrn Mez darüber, was du in deinem Geschäft anbieten willst.«

Ich musste lachen. »Der hat gerade Zeit, sich über die Geschäfte seiner Arbeiterinnen Gedanken zu machen. Der verhandelt jeden Tag mit den Besatzern über die Entlassung der vielen Gefangenen der Stadt. Und über eine Amnestie für die Flüchtlinge. Das müsstest du doch besser wissen als ich. Aber mit Fräulein von Falkenstein kann ich reden. Die kennt sich aus.«

In der Fabrik war alles still, das Tor abgeschlossen. Ich musste klopfen und rufen, bis jemand aufschloss. Im Schlafsaal waren immer noch etliche Betten frei. Die Mädchen hatten wohl Angst vor dem Rückweg gehabt. Eine nach der anderen tauchte in den nächsten Tagen wieder auf. Bis auf Bärbel, die im falschen Augenblick in Freiburg aus einem Fenster auf die Straße geschaut hatte und von den fremden Soldaten erschossen worden war.

Wochenlang blieb die Stimmung in Freiburg gedrückt. Der Regierungskommissär von Reitzenstein hatte den Ausnahmezustand verhängt. Viele Häuserfronten waren noch kaputt, die Toten hatte man längst weggeschafft, aber ihr Blut trocknete auf dem Pflaster. Überall fremde Soldaten. Jeder, der zu irgendeiner Beunruhigung oder Irreführung der Behörden beitrüge, sollte verhaftet werden. Wer von den Männern in der Stadt geblieben war, versuchte sich unsichtbar zu machen. Christoph und seine Kameraden aus dem Turnverein wagten sich auf der Straße kaum zu grüßen. Der Verein war verboten und blieb es lange Zeit. Christoph verließ in den ersten Wochen das Haus kaum, sondern machte sich in der Werkstatt hinten im Hof zu schaffen.

Christoph hatte eine Zeitung gekauft, als die Wahlergebnisse feststanden. So konnten wir am Sonntag endlich wieder gemeinsam lesen. Diesmal allerdings hinterm Haus in der Werkstatt. Zuerst freuten wir uns, denn trotz allem waren in Baden viele Demokraten gewählt worden. Doch dann folgte die Nachricht, dass in den anderen Staaten Deutschlands vor allem Staatsdiener des alten Regimes aus Justiz und Verwaltung gewählt worden waren. Sie hatten über die Hälfte der Stimmen bekommen. Professoren, Rechtsanwälte und andere Akademiker machten ein weiteres Viertel aus. Aus dem Handwerk kam so gut wie niemand. Aber die hatten ja auch nicht genügend Geld vorzuweisen. Unsere Enttäuschung war groß. Auch mir war klar, dass das nichts Gutes bedeuten konnte. Diese Leute wollten doch keine Gleichheit!

Am 19. Mai eröffnete Heinrich von Gagern die gewählte Nationalversammlung in Frankfurt. Dann hörten wir lange Zeit nichts von dieser Versammlung. Die Abgeordneten tagten und tagten; in der Zeitung stand, dass sie eine gesamtdeutsche Verfassung ausarbeiteten. »Das kann Monate dauern«, erklärte Christoph.

Als die Lesegesellschaft nach Wochen wieder öffnete, hatte sie sich verändert. Es gab noch die Oberrheinische Zeitung, aber schon der Deutsche Zuschauer, den Struve nun in Basel redigierte, fehlte. Und das Schlimmste, die vertrauten Gesichter waren nicht mehr da. Die Räume sahen furchtbar aus, denn dort waren Soldaten einquartiert gewesen. Christoph hatte viel zu tun. Zum Glück schien ein Hausmeister für die Behörden unwichtig, niemand hielt ihn für einen Demokraten und lud ihn vor. Er konnte täglich die Oberrheinische Zeitung lesen und uns zuhause erzählen, was passiert war. Aber wohl fühlte er sich dort nicht mehr und mich nahm er auch nicht mehr dorthin mit. Anfang Juni wurden der Verleger Emmerling und andere Demokraten gegen Kaution aus der Haft entlassen. Karl von Rotteck musste in Rastatt bleiben, obwohl ihm noch nicht einmal mitgeteilt worden war, was man ihm vorwarf, so die Zeitungen.

Emerentia umarmte mich fest und drückte sich ein paar Tränen aus den Augen, als sie hörte, dass wir heiraten wollten. »Jetzt werden Richard und ich wohl aufs Altenteil geschickt und sind bald nicht mehr Herren im eigenen Haus«, lamentierte sie augenzwinkernd.

»Du bist doch die Kupplerin«, gab ich zurück. Wir grinsten uns verschwörerisch zu. Von meinem ersten Auftauchen in ihrem Geschäft an hatte sie diese Ehe im Sinn gehabt, da war ich mir sicher.

Hatte ich Richard im Hause Rochat bislang nur im Hintergrund grummeln hören, so hörte man ihn jetzt manchmal vor sich hin pfeifen. Er setzte sein Testament auf, Christoph sollte sein Erbe sein und dann könnten sich Emerentia und er endlich vom Geschäft zurückziehen. »Dass der Christoph ein umsichtiger Kaufmann ist und mit den Möbeln umgehen kann, weiß ich ja bereits, und du, Emma, siehst nicht so aus, als ob du nicht zwei und zwei zusammenzählen könntest.«

»Beleidige meine Braut nicht«, scherzte Christoph. »Die kann viel mehr, als bis vier rechnen.«

»Und ich werde von meinem Sessel vertrieben.«

»Was bisch denn hütt scho widder so bruddelig!«, erwiderte ich stolz. »Du bist das Beste hier. Ohne deine freundliche Begrüßung vor der Tür würden die Kunden den Weg in den Laden nicht finden.«

»Und vor allem«, ergänzte Christoph, »die Leute kennen dich und du sprichst wie sie. Das ist wichtig fürs Geschäft.«

»Und isch, spreesche ich nisch wie die Meenschen ier?«

»Ach, Richard, wie oft soll ich dir noch erklären, dass du immer noch einen französischen Akzent hast?«

»Aber *un tout petit accent c'est charmant.* Eine Prise davon für die Damen und schon sind sie bereit, mir die alte Truhe, die unbeachtet auf dem Dachboden steht, zu verkaufen. Gut für mein Geschäft. Die Kunden sollen mich schließlich für einen weitgereisten Kaufmann halten. Die können ruhig hören, dass meine Wiege in Nyon am Lac Léman gestanden hat.«

»Und wie sprechen wir?«

»Wie e Schwob un e Preuß.«

Das saß. »I trau mi halt nit. I schwätz halt so, wie mi de Schnabel gwagse isch. Und das hört sich eben anders an. Aber ich übe ...«

Sie lachten mich aus. »Wenn du öfter bei Emerentia sitzt, wird sie dir das Alemannische schon nahebringen«, versuchte Christoph mich zu trösten.

Als ich allen dreien nacheinander, zuerst Christoph, dann den beiden Alten, erzählte, dass ich ein Kind erwartete, sah ich Emerentia zum ersten Mal die Fassung verlieren. Nicht etwa, weil sie es unmoralisch fand, dass wir des Nachts beieinanderlagen, sondern aus Freude. Sie strahlte Richard an: »So werden wir doch noch Großeltern.« Er strahlte zurück.

Richard hatte angefangen, mit Christoph zusammen umzuräumen. Sie räumten vorn im Geschäft neben der Tür, damit ich möglichst viel Licht bekam, einen Platz für mich frei, stellten einen Tisch und eine Kommode für mein Nähzeug auf. Dann gingen sie den Trödel durch und brachten vieles in den Werkstattschuppen hinten im Hof. Wo Christoph sich darüber hermachte. »Vieles kann man aufarbeiten«, meinte er. »Ihr werdet staunen. Richard hortet in seinem Lager richtige Schätze. Die müssen nur gründlich gereinigt werden.«

Wir mussten nachts nicht mehr mit der kleinen Kammer unterm Dach vorliebnehmen, sondern sollten in den ersten Stock ziehen. Ein gewaltiges Ehebett würde dort für uns aufgestellt werden. Christoph hatte von seinem Vater im Winter das Holzschnitzen gelernt und nach dem Verschwinden seines Vaters beim Bruder der Mutter in der Drechslerei ausgeholfen. Beides half ihm jetzt. Das Bett hatte ungenutzt im Schuppen gestanden, weil die Füße kaputt waren, einer sogar gänzlich fehlte.

»Buchenholz«, meinte Christoph bewundernd und ließ mich über die frisch eingeölte Fläche streichen. »Auf der Rückseite musste ich ein Kiefernbrett einsetzen, denn das Außenbrett war zersplittert. Deswegen hat Richard es billig bekommen. Die neuen Füße werde ich drechseln, die sind noch nicht fertig. Ich habe einen Kanten Walnussholz gefunden, der für einen Fuß reicht. Der zweite wird aus Kirschholz. Du wirst staunen über die prachtvolle Maserung.«

Auch eine Wiege stand im Schuppen. »Da habe ich ja noch ein wenig Zeit«, grinste Christoph. Meine Bewunderung für diesen Mann wuchs von Tag zu Tag.

Eine Aussteuer brachte ich nicht mit, aber das Geld für das Bürgerrecht hatten wir zusammen, womit auch die Eheerlaubnis zu bekommen war. Christoph hatte ordnungsgemäße Papiere und was mir in dieser Hinsicht fehlte, ersetzte ein Leumundszeugnis von Karl Mez. Wir gehörten beide zu der kleinen Gruppe evangelischer Christen in Freiburg und meldeten uns beim Pfarrer in der evangelischen Ludwigskirche an. Keine große Hochzeit, Verwandte hatten wir beide nicht. Christoph lud zwei Turner ein und ich fragte Fräulein von Falkenstein, ob sie kommen wolle.

Emerentia kramte mal wieder in ihren Truhen und holte einen dunkelgrünen Rock hervor. »Genfer Tuch, etwas ganz Besonderes«, erklärte sie. »Eine sehr feine Wolle und ganz leicht, obwohl der Rock üppig gefältelt ist. Hat mir Richard zur Hochzeit von einer Reise in seine Heimat mitgebracht. Mir passt er schon lange nicht mehr, aber an dir wird er wunderbar aussehen.« Ein breit verbändeltes Leibchen aus wasserblauem Damast nähten mir die Mädchen und Frauen aus der Fabrik, während Herr Mez mich ein paar Tage vor dem Ereignis mit einem Mailänder Halstuch überraschte. Ein Fürtuch, eine graue seidene Schürze, bestickte ich mir selbst. Emerentia fand noch einen hohen steifen Hut für mich, von dem schwarze Seidenbänder herabhingen. An Flinders Schuhen bewirkte sie noch einmal Wunder. Sie bekamen beim Schuster neue Sohlen und wurden auf Hochglanz gewienert.

Für Christoph nähte ich ein leinenes Hemd und ein Seidentuch, das ich mit den Anfangsbuchstaben meines neuen Namens schmückte: Emma Mauch. Er wollte nicht herausgeputzt werden. »Wir sind schließlich nicht katholisch.« Aber mit der hellgrauen Odenwälder Jacke, die Richard für ihn hervorzauberte, und der langen engsitzenden Hose, die Emerentia aus einem Stoffballen dunkelgrauen Wolltuchs nähte, sah er richtig vornehm aus.

Den Vogel schoss allerdings Richard ab. Am Festtag erschien er in einem feinen indigoblauen Anzug aus flandrischem Tuch, einem dünnen, schimmernden Wollsatin, den er bereits zur eigenen Hochzeit getragen hatte. Der dem dürren Mann immer noch passte, während Emerentia selbst während der Hungersnot nur ein paar Pfunde eingebüßt hatte und sich aus ihrem Trödel etwas aufarbeiten musste. Wie immer schimmerte an ihr die mehrlagige Silberkette, die ihren Kropf bedeckte.

Richard bestand auf einem Essen im Roten Bären.

»Fallen wir da nicht zu sehr auf?«, fragte ich.

»Wenn wir die Hochzeit nicht feiern, fallen wir auf«, bestimmte Richard. Er schaute mich jetzt manchmal mit einem Stolz in den Augen an, als wäre ich seine eigene Tochter. Und blickte mir immer wieder auf den Bauch, als könnte er dessen Rundung nicht erwarten.

Richard hatte ein richtiges Festessen bestellt. In dem traditionsreichen Roten Bären wurden wir mit einem Hirschbraten und Spätzle verwöhnt. Etwas so Köstliches hatte ich noch nie gegessen. Dazu wurde schwerer roter Wein ausgeschenkt. Anschließend gab es ein Dessert. Eine Weinschaumcreme. Wie bei vornehmen Leuten!

Trotzdem waren wir froh, als der Hochzeitstag vorbei war. Er hatte etwas Unwirkliches an sich. Alles war so schnell gegangen, ohne dass sich uns irgendetwas in den Weg gestellt hatte. Eng aneinandergedrängt hielten wir uns in der Nacht in unserem Prachtbett mit den gedrechselten Füßen gegenseitig fest. War das alles nicht etwas zu groß für uns? Am Hochzeitsmorgen hatten Richard und Emerentia uns mit der Nachricht überrascht, dass sie das Haus auf uns überschrieben hatten.

Sie vertrauten uns wie eigenen Kindern. Eigentümer des Hauses zum grünen Häslin in der unteren Wolfshöhle! Das war fast zu viel.

Von hier aus würde ich jeden Morgen den Weg zur Fabrik zu Fuß zurücklegen. Eine Freiburger Bürgerin, die mit ihrer Familie wohlanständig im eigenen Haus in der Nähe des Stadttores wohnte und von den Nachbarn und in der Fabrik mit der Anrede »Frau Mauch« gegrüßt wurde. Und bald ein Geschäft eröffnen würde. War wirklich ich das, das Heuerlingskind aus Schuckenbruch, die Weberin in Bielefeld, die Arbeiterin bei Flinder und im Steinbruch? Manchmal dachte ich, es wäre ein Gaukelbild, aus dem ich unsanft aufwachen würde. Christoph ging es wohl ähnlich. Doch die Art, wie er mich manchmal ansah, seinen Blick über meinen Körper wandern ließ, das Aufleuchten seiner Augen, wie er mich an sich zog, das war alles wirklich und ließ keinen Zweifel zu.

Christophs Zeitungsberichte zeigten uns die andere Seite der Wirklichkeit. In Freiburg blieb es den Sommer über zwar ruhig. Doch immer wieder berichtete Christoph uns, dass in der Welt die Flamme der Revolution noch nicht erloschen war. In München gärte es weiter, auch in Wien, in Ungarn, Italien und besonders in Paris. Im Juni las Christoph von Arbeiteraufständen in Paris, die niedergeschlagen wurden, Tausenden von Toten und der Schließung der Nationalwerkstätten.

Ein paar Tage später regten sich die Menschen im Wiesental und luden zu einer Volksversammlung. »Die können das gut von der Schweiz her organisieren und im Notfall dorthin entweichen. Da wäre ich zu gern dabei.« Mit einem Seitenblick zu mir zuckte er bedauernd die Schultern. Ich atmete auf.

## 20

### Freiburg, September 1848

Im September erreichte uns die Nachricht von Straßenkämpfen in Frankfurt. Einen Tag später rief Gustav Struve zusammen mit Karl Blind in Lörrach erneut die Republik aus und marschierte mit einer Truppe los, um Kämpfer um sich zu sammeln. Er hatte in Basel bis dahin weiter seine Zeitung redigiert. Henriette und Konrad warteten also vergeblich auf die Struves in Paris. Hoffentlich warteten die nicht zu lange.

Es war ziemlich schnell vorbei mit diesem Kriegszug. Die Struves wurden auf der Flucht in der Nähe der Schweizer Grenze verhaftet. Auf dem Weg nach Freiburg kamen Gustav Struve und Karl Blind in Müllheim vor ein rasch zusammengesuchtes militärisches Standgericht, eigentlich ein Hinrichtungskommando, wie Christoph mir erklärte. »Merkwürdigerweise haben sich die Militärs für nicht zuständig erklärt«, berichtete Christoph. »Darüber wird in der Lesegesellschaft heftig diskutiert. Weil das zu denken gibt. Wenn Offiziere nicht wagen, Struve hinzurichten, ist das ein gutes Zeichen.« Die Struves wurden dann nach Freiburg gebracht. Amalie Struve blieb in den nächsten Monaten im Turm in der Stephanienvorstadt, Struve und Blind wurden in eine der Festungen gebracht.

Im Dezember wurde Karl von Rotteck endlich gegen Kaution entlassen. Christoph erzählte, dass er erschöpft aussehe und abgenommen habe. Er stürze sich aber gleich wieder in die politische Arbeit und organisiere von der Lesegesellschaft aus eine politische Demonstration zu Ehren des Abgeordneten Robert Blum, der in Wien ermordet – standrechtlich erschossen – worden war. Ich wusste nicht, wie ich dazu stehen sollte. Wien war so weit weg und der arme Mann tot, mussten sich hier die Männer deswegen gefährden? Wie Christoph glaubte auch Karl von Rotteck noch nicht an das Ende der Revolution, während ich mich ein wenig schämte, dass ich mich nicht mehr richtig dafür erwärmen konnte. Aber ich wollte meinem Kind seinen Vater zeigen können.

Weihnachten hörte ich in der Fabrik auf zu arbeiten. Im Januar wurde unsere Tochter Henriette geboren, gesund und kräftig schreiend ihre Mahlzeiten einfordernd. Ein rundes Glatzköpfchen mit meinen blauen Augen und meinem entschlossenen Mund, fand Christoph, während ich eindeutig sein Kinn wiedererkannte, bei der Nase war ich nicht sicher, was daraus mal werden würde. So lang und spitz wie die von Christoph schien sie jedenfalls nicht zu sein.

Ich überstand die Geburt gut, war aber in meinem Zustand unsicher und nah am Wasser gebaut und hatte Alpträume, in denen ich versuchte, aus Flinders Fabrik, dem Steinbruch oder der Dampfwaschanstalt in Villingen wegzulaufen. Meine Füße waren wie Blei, ich kam nicht vorwärts, weil meine Beine versagten und die Luft wegblieb. Wenn Henriette schrie, brauchte ich eine Zeit, bis ich die Schwere auf meiner Brust überwand und nach ihr sah. Doch sobald ich meine Tochter im Arm hielt, wusste ich, dass ich allem entronnen war. Ich hatte ein Kind, eine Tochter, die ich mit meiner Milch ernähren konnte, die an meiner Brust saugte und schluckte, bis sie vor Erschöpfung einschlief. Konnte es ein größeres Glück geben?

Alle im Haus waren närrisch nach ihr. Emerentia hätte sie am liebsten den ganzen Tag über in ihrem Sessel im Arm gehalten und allen, die durch die Wolfshöhle gingen, vorgeführt. Christoph ging es ähnlich wie mir. Wenn er mich mit dem Kind an der Brust sah, kamen ihm die Tränen. »Unglaublich«, flüsterte er. »Die Tochter von Hungerleidern, die als Kinder das Wort *satt* nicht kannten und jetzt so ein feines, speckiges Kind ernähren können.« Bei Tisch setzte Emerentia mir die fettesten Bissen vor, die ich oft zurückweisen musste, weil mir übel wurde. Ich war ja die vegetarische Kost in der Mez'schen Fabrik gewohnt. Dann gab ich die Fleischstücke an den Vater weiter, der sie gierig verschlang. Christophs Hunger war nie zu stillen, während Richard mit kleinen Bissen auskam, aber die zartesten Fleischstücke für sich einforderte.

Die ungeklärte politische Situation blieb beunruhigend und war ein bitterer Tropfen in unserem Glück. Umso mehr freute ich mich, dass dieses Kind in der Welt mehr Rechte haben würde, denn die Nationalversammlung hatte zum Jahresende 1848 die *Grundrechte* für alle Deutschen verabschiedet. Christoph wischte meine Freude darüber mit einer knappen Bewegung weg. »Ob unsere Tochter als Frau irgendetwas davon hat, ist mehr als fraglich. Das sind Rechte für die Liberalen, Gleichheit vor dem Gesetz gerade mal, aber alle sozialen Grundrechte fehlen, die Reichen dürfen also weiter ausbeuten, wie sie wollen. Dein Herr Mez wird entsetzt sein. Der will doch den christlichen Kommunismus, da sonst die Welt nicht bestehen könne.«

Immerhin, mit den Grundrechten war das Recht, sich zu versammeln, in Kraft und landauf und landab wurden Vereine gegründet. Christoph war einer der ersten beim republikanischen Volksverein, der Turnverein lebte wieder auf und der Arbeiterverein. Und die Bärte durften wieder wachsen. Sogar ein Verein der Frauen und Jungfrauen zur Unterstützung der Männer wurde gegründet. Ich gehörte nicht dazu. Wie sollte ich auch so kurz nach der Geburt, ich war mit anderen Dingen beschäftigt, musste mich nach Aufträgen umsehen und nähte oft bis in die Nacht hinein, arbeitete Trödelkleider auf oder stickte. Und dass dieser Frauenverein sich im Besonderen der Versorgung von Verletzten widmen wollte, was das bedeutete, daran wollte ich nicht denken.

Das ließ sich allerdings nicht immer vermeiden. Nicht mit einem Mann wie Christoph. Der Prozess am 20. März 1849 im Saal des Hofgerichts gegen Gustav Struve und Karl Blind war der erste Geschworenenprozess in Deutschland und erregte somit großes Aufsehen. Geschworene – Männer aus dem Volk – sollten entscheiden, ob die Angeklagten schuldig waren, die Richter durften nur das Strafmaß festlegen. Zu Geschworenen machte man hauptsächlich Männer aus dem Umland, Handwerker, Bürgermeister, gediegene Leute. Christoph war einer der wenigen, die einen Zuschauerplatz im Hofgerichtssaal am Münsterplatz ergatterten. Da war seine Arbeit im Hause der Lesegesellschaft einmal von Vorteil. Aber uns in der Werkstatt fehlte er zehn Tage lang, ging morgens ins Hofgericht, kam abends zurück. Mal wirkte er gelassen, dann war er unwirsch, wütend oder bedrückt. Herauszukriegen war wenig aus ihm. »Ständig werden Urkunden verlesen und Zeugen befragt. Obwohl die alle dasselbe sagen.« Christoph schäkerte noch ein wenig mit Henriette, strich ihr vorsichtig über den kahlen Schädel, dann verschwand er im Bett.

Mitten in den Prozess hinein platzte die Nachricht, dass die Nationalversammlung für ein Deutschland ohne Österreich entschieden hatte und der preußische König die Kaiserkrone, die ihm die Nationalversammlung zugedacht hatte, ablehnte. Ein Hundehalsband soll er sie genannt haben. Ich atmete auf, als ich das in der Oberrheinischen las. Die hatten wir nämlich inzwischen abonniert und Emerentia und Richard waren zu eifrigen Zeitungslesern geworden. Kein preußischer König! Während alle entsetzt waren, denn damit war die Arbeit der Nationalversammlung gescheitert, fiel mir ein Stein von der Seele. Mit einem preußischen König würden wir ja wohl alle irgendwie zu Preußen, auch wenn Christoph und die Zeitung anderes behaupteten. Preußisch werden, nur das nicht, das wäre für mich eine Katastrophe. Am nächsten Tag las ich dann von den vielen Petitionen der Volksvereine und dem Ruf nach Neuwahlen. Die Demokraten hatten deshalb fast alle die Zweite Badische Kammer unter Protest verlassen.

Am Abend des 30. März kam Christoph laut singend und bereits von einigen Bier und mehreren Schnäpsen gestärkt nach Hause. »Man glaubt es nicht«, setzte er uns mit schwerer Zunge auseinander, »Es gibt noch Wunder. Sie haben Struve und Blind in allen wichtigen Anklagepunkten freigesprochen, obwohl sie geständig waren.«

»Das kann doch nicht sein. Wie haben die Geschworenen ihre Entscheidung begründet?« Richard sah ungläubig aus.

»Sie mussten mit Ja oder Nein auf die Fragen des Gerichts antworten. Also haben sie auf die Frage, ob Struve während des Heckerzuges im April die badische Staatsverfassung hätte umstürzen wollen, geantwortet: »Nein, weil es im Laufe der Revolution geschehen ist.« So ging das weiter. Jeder Anklagepunkt wurde vorgelesen, Struve hat genickt, und dann die Entscheidung der Geschworenen: nicht schuldig, nicht schuldig, nicht schuldig. Ihr hättet das sehen müssen. Das Gefecht in Staufen wurde einfach als nicht geschehen erklärt. Und das nach diesem Aufwand, über neunzig Zeugen und dann so etwas. Dem Richter ist fast die Nase aus dem Gesicht gefallen. Ein merkwürdiger Menschenschlag, die Freiburger. Der mir gefällt. Auf so eine Idee wäre auf der Alb niemand gekommen.«

»Die Freiburger hatten lange Zeit zu üben, wie man die Macht der Herrschenden unterläuft, in den Zeiten, als sie zum habsburgischen Reich gehörten. Ich habe bereits mehrfach eine Geschichte in der Stadt erzählt bekommen, dass es einen Weiberkrieg gegeben hat wegen zwei Jägern, die nach Emmendingen ans badische Gericht als Jagdfrevler ausgeliefert werden sollten«, wusste Emerentia zu berichten. »Die Frauen haben den Turm gestürmt und schließlich musste Wien nachgeben und den Grafen von Schauenburg zurückbeordern.«

»Sind die Angeklagten Struve und Blind nun freigesprochen worden?«

»Nein, so weit haben die Geschworenen es nicht getrieben. Acht Jahre Zuchthaus haben sie für den eigenmächtigen Freischarenzug im September bekommen, darüber hat Struve gelacht und gerufen, dass das Volk sie in ein paar Monaten wieder in Freiheit setzen würde.«

»Dann gibt es ja auch Hoffnung für Amalie Struve. Die sitzt immer noch im Turm und es soll ihr nicht gut gehen. Ein heftiger Gesichtsschmerz plagt sie.«

»Ja, Ernestine Landholt hat davon berichtet. Sie hat Frau Struve ein wenig während ihrer Haft umsorgt. Ihr Vater ist ja Aufseher im Turm.«

»Nach diesem Tag glaube ich wieder an die Republik. Und es wird bald losgehen.«

Man sah Christoph an, dass er dazu noch mehr sagen wollte, es dann aber unterließ. Mir vertraute er im Bett an, dass ein gewisser Amand Goegg für die Volksvereine eine gewaltige Organisation aufbaue und überall würde unter den Soldaten geworben. »Wenn die zu uns überlaufen, können wir es schaffen«, grunzte er, bevor er in den Schlaf hinabsank. »Diesmal sind wir besser gerüstet.« Und dann, fragte ich mich. Würde Christoph mit in die Schlacht ziehen? Würden sie Erfolg haben? Wenn er nun verletzt zurückkam oder, schlimmer noch, tot – oder eingekerkert würde wie Karl von Rotteck? Ohne einen solchen Prozess, wie Gustav Struve ihn gehabt hatte? Lieber nicht daran denken.

## 21

### Freiburg, 1849

Am 10. Mai nahm Karl von Rotteck auf dem Kanonenplatz Soldaten der in Freiburg stationierten Garnison das Gelöbnis ab, bei einem bewaffneten Aufstand nicht auf das Volk zu schießen. Dann meuterten die Soldaten in der Festung Rastatt und Christoph reiste zur Volksversammlung nach Offenburg. »Der Kampf zwischen den Fürsten und den Völkern ist aufs Neue eröffnet«, mit diesen Worten wurde die Versammlung begrüßt. »35.000 Menschen waren in Offenburg, die weiter nach Rastatt gezogen sind, um sich mit den Soldaten zu verbrüdern«, erzählte Christoph ein paar Tage später immer noch aufgekratzt. Karl von Rotteck hatte in Karlsruhe die Übergabe der Regierung von Innenminister Bekk gefordert.

Alles geriet in Aufruhr. Bürgermeister Joseph von Rotteck floh, am 13. April sogar der Großherzog, der im Elsass Zuflucht suchte. Einen Tag später bildete sich eine provisorische Regierung des Volkes. Mitten in dem Trubel fand in Freiburg der Geschworenenprozess gegen Wilhelm Liebknecht statt. Nicht einmal der Anklagevertreter forderte eine Strafe für ihn. Und so konnte er im Triumph den Hofgerichtssaal verlassen. Der Kommandeur der in Freiburg stationierten Bundestruppen zog in Richtung Dreisamtal ab. Andere Soldaten strömten in die Stadt. Freiburg wurde das Sammelbecken für Kämpfer von überallher, Freischärler, Schweizer, Franzosen, Revolutionäre aus ganz Europa. Die täglich auf dem Kanonenplatz oder Karlsplatz aufmarschierten oder bewaffnet durch die Stadt zogen und Kriegsgerät zusammentrugen, aber nirgendwo Unheil anrichteten.

Ein langer Eisenbahnzug mit Bewaffneten reiste nach Rastatt, unter ihnen mein Christoph. Eine verfassungsgebende Landesversammlung sollte gewählt werden. Jetzt konnten wir nur warten und hoffen. Die badischen Volkstruppen standen unter dem Befehl des polnischen Generals Wieroslawski. Was sollte da noch passieren?

Ich hielt es kaum aus. Meine Sorge steigerte sich von Tag zu Tag. Emerentia versuchte mich zu beruhigen: »Junge Mütter regen sich leicht auf. Du bist von der Geburt noch geschwächt. Versuch dich mit deinem Kind abzulenken. Diesmal sind doch alle ernsthaften Männer dabei. Die werden einen Weg finden. Karl von Rotteck ist kein leichtsinniger Mensch, das hast du letztes Jahr erlebt. Wenn der mitmacht, brauchen wir uns nicht zu sorgen. Also, was willst du noch?«

Ja, was wollte ich? Mir ging es jeden Tag schlechter und Henriette weinte manchmal, weil ich nicht genug Milch hatte. Wir hatten zwar jetzt eine Ziege im Verschlag hinter der Werkstatt, aber die Milch vertrug Henriette nicht gut. Sie spuckte viel, schlief schlecht und ich noch schlechter.

Meine Alpträume bewahrheiteten sich. Die Nachricht verbreitete sich blitzschnell. Ich wusste von Christoph, dass über die Eisenbahn Kuriere Eilnachrichten von Stadt zu Stadt trugen. Und so erfuhren wir über rasch gedruckte Blätter, dass der Großherzog noch vom

Elsass aus preußische Truppen ins Land gerufen hatte, 60.000 Mann, preußisch gedrillt, mit großer Artillerie und Kavallerie. Was konnten unsere Soldaten da ausrichten? Das konnte nur das Ende sein.

Die Nachrichten von den Niederlagen der Freiheitskämpfer kamen Schlag auf Schlag. Aber keine Nachricht von Christoph. Die Stadt füllte sich wieder mit Soldaten, diesmal waren sie auf der Flucht. Sie rasteten nur kurz und liefen weiter durch das Höllental Richtung Schweiz. Es herrschte ein heilloses Durcheinander. Ich wurde fast verrückt vor Angst, traute mich kaum noch vor die Tür. Es könnte ja sein, dass Christoph kurz hereinschaute, bevor er weiter flüchtete. Dann müssten wir etwas ausmachen, wo und wann wir uns treffen würden.

Auch die Revolutionsregierung hatte sich nach Freiburg zurückgezogen und tagte im Hofgericht. Ich hörte, dass Gustav Struve mit seiner Frau im Föhrenbach'schen Gasthof wohnte. Als die konstituierende Versammlung sich auflöste, sind sie wohl in die Schweiz geflohen. Ob noch jemand an den Sieg glaubte? Im Grunde warteten wir alle auf die Ankunft der feindlichen Truppen.

Und dann kamen sie: Achttausend Preußen sollen es gewesen sein, die schließlich Freiburg besetzten. Freiburg hatte nur doppelt so viele Einwohner – auf zwei Einwohner kam ein Besatzer! Geführt wurden sie vom preußischen Kronprinzen Wilhelm. Karl Mez wurde sofort als Leiter der Stadtgeschäfte entlassen. Die Freiburger hielten die Luft an und versteckten sich wieder in ihren Kellern. Aber das nützte nichts, die Männer wurden gewaltsam hervorgezerrt und abgeführt. Das Kriegs- und Standrecht Preußens griff unerbittlich zu. Preußische Offiziere saßen zu Gericht über die Bevölkerung, die zur Denunziation aufgefordert wurde. In den

Gasthäusern hockten Spitzel, Wirte wurden verhaftet, wenn in ihren Gasträumen politisiert wurde. Und natürlich mussten die Preußen beköstigt werden.

Die Versammlungsfreiheit – das hieß jetzt verbotene Zusammenrottungen. Die Zeitungen voller Steckbriefe, die Oberrheinische Zeitung natürlich von der Bildfläche verschwunden. Wer von einer Ausscheidungskommission als belastet eingestuft wurde, verschwand augenblicklich in der Haft. Alle Gefängnisse der Stadt waren überfüllt, Vermögen wurden beschlagnahmt, den Gläubigern bei Strafe verboten, an Revolutionäre wie zum Beispiel Karl von Rotteck Schulden zurückzuzahlen. Seine Familie war rasch bitterarm.

Drei Todesurteile wurden ausgesprochen und vollstreckt. Die Namen haben sich mir eingebrannt: Max Dortu, ein preußischer Offizier, weil er gegen preußische Truppen gekämpft hatte, Friedrich Neff, ein Student aus Rümmingen, und Gebhardt Kromer, ehemaliger badischer Soldat. Die Toten wurden dort, wo sie hingerichtet worden waren, verscharrt, während sich Kronprinz Wilhelm mit einem Festbankett im Zähringer Hof von Freiburg verabschiedete. Er soll sich besonders entsetzt gezeigt haben über die religiöse Verstocktheit der Hingerichteten.

Die Freiburger vergaßen die Toten jedoch nicht. Soldaten errichteten ein Holzkreuz an der Stelle, wo die Toten verscharrt waren. In der Nacht wurden immer wieder Lichter dort aufgestellt und Blumen auf die Totenstätte gestreut. Elf junge Mädchen wurden schließlich als Täterinnen verhaftet und zu Arreststrafen verurteilt. Was waren das für Unmenschen, die nicht einmal die Trauer um die Toten respektierten!

Das Schlimmste für mich: kein Christoph weit und breit. Keine Nachricht, ob er gefallen, verhaftet oder geflohen war. Für Henriette fand Emerentia eine

Amme, denn ich lag fiebernd zu Bett, ich hatte keine Kraft mehr, keine Zuversicht. Mein großes Glück – zerronnen, obwohl es gerade erst begonnen hatte. Wären wir doch mit Konrad und Henri geflohen!

Erst nach Wochen kam ein Mann vorbei, der erzählte, dass er mit Christoph bei der Schlacht von Waghäusel gekämpft habe. Christoph sei schwer verletzt worden, ein tiefer Säbelstich unterhalb der rechten Schulter, die rechte Hand zerschmettert. Sie hätten mit einigen anderen zusammen fliehen können. Einer unter ihnen sei Arzt gewesen, der habe Christoph notdürftig versorgt. Er selbst habe bei der Operation assistiert. Danach sei er geflohen, Christoph habe darauf bestanden. Der Arzt sei mit Christoph zurückgeblieben und beide wohl von den Preußen gefangengenommen worden. Vermutlich sei er in der Feste Rastatt. Aber ob Christoph die Haft überleben würde, das wage er zu bezweifeln.

Sollten wir dem abgerissenen Mann glauben oder wollte er nur eine Belohnung oder gar uns denunzieren? Wir teilten eine Mahlzeit mit ihm, dann steckte Emerentia ihm etwas Geld zu und schickte ihn fort. Als in der Nacht und am nächsten Tag kein Verhaftungskommando vor unserer Tür stand, beschloss ich, dem Fremden zu glauben. Christoph lebte, das war die wichtigste Nachricht. Aber er würde die kleine Henri vorerst nicht aufwachsen sehen. Emerentia nahm mich in den Arm und ich hielt mich an ihr fest.

Unsere Leidenszeit war noch lange nicht zu Ende. Auf dem Karlsplatz drillten die Preußen jetzt badische Soldaten. Da musste selbst Richard, der über meinen Preußenhass immer gelacht hatte, zugeben, dass das preußische Exerzierregiment etwas Furchtbares war. Ein Drill, um dem Soldaten seine Würde zu nehmen. Richard und Emerentia waren auch still geworden. Von Richards Fröhlichkeit, mit der er allen den Tag versüßt hatte, war wenig übriggeblieben. Manchmal legte er tröstend den Arm um mich, wenn wir gar zu niedergeschlagen waren.

Die Stadt versuchte verzweifelt, die großherzogliche Huld zurückzuerlangen. Zu diesem Zweck pilgerten etliche Delegationen nach Karlsruhe. Bis schließlich seine Großherzogliche Hoheit Prinz Friedrich von Baden nach Freiburg kam und sogar an einem Ball in den Räumen der ehemaligen Lesegesellschaft teilnahm. Da werden wohl alle Mitglieder blau angelaufen sein.

Politik war jetzt nur noch etwas für die da oben. Karl Mez musste sich aus der städtischen Politik ganz zurückziehen. Die höheren Stände zelebrierten wieder ihre alten Privilegien. Sie zahlten keine Steuern, die unteren so viel, dass alle Anstrengungen zu nichts führten.

In der unteren Wolfshöhle drängten sich immer mehr Menschen zusammen. In manchen Häusern lebten ganze Familien in einem Zimmer. Auch wir nahmen Mieter für die Dachkammern auf. Richard kaufte und verkaufte kaum etwas. Wenn er über Land zog, knallten die Hoftore vor ihm zu oder es wurden Hunde auf ihn gehetzt. Unterwegs bekreuzigten sich viele Menschen dreimal hintereinander, wenn er freundlich grüßte. Ich fragte in der Fabrik an, ob ich dort wieder arbeiten könnte. Und überließ mein Kind über Tag Emerentia. Abends beim Nähen sang ich Henriette mit dem Lied in den Schlaf, das überall in Baden leise gesungen wurde:

*»Schlaf mein Kind, schlaf leis,*
*Dort draußen geht der Preuß!*
*Zu Rastatt auf der Schanz,*
*Da spielt er auf zum Tanz,*
*Da spielet er mit Pulver und Blei,*
*So macht er alle Badener frei.*
*Der Preuß hat eine blut'ge Hand,*
*Die streckt er übers bad'sche Land,*

*Wir alle müssen stille sein,*
*Schlaf, mein Kind, schlaf leis,*
*Dort draußen geht der Preuß!*
*Gott aber weiß, wie lang er geht,*
*Bis dass die Freiheit aufersteht.*
*Schlaf, mein Kind, schlaf leis.«*

Eines Tages bekam ich einen Brief gebracht. Emerentia legte ihn abends für mich auf den Tisch. Das musste eine Verwechslung sein. Wer sollte mir schreiben? Das Schreiben war voller Stempel aus verschiedenen Ländern und offensichtlich mehrmals geöffnet worden. Ich hielt es ratlos in der Hand. Schließlich machte Richard es auf.

*Liebe Emma, es wird Zeit, dass du endlich von mir hörst. Ich bin in Amerika und es geht mir gut. Nach etlichen Umwegen bin ich in Philadelphia gelandet. Hier gibt es eine große deutsche Gemeinde und ich habe angefangen, für eine deutschsprachige Zeitung zu schreiben.*

*Zuerst bin ich mit dem Herrn Ingenieur weit nach Norden und Westen gereist. Von New York ging es zuerst über den Hudsonfluss bis zum Eriekanal meist mit Dampfschiffen, zwischendurch mal mit der Eisenbahn und dann weiter zum Eriesee, über mehrere riesige Seen bis in die Stadt Chicago. Die Landschaft überall üppig und nahezu unberührt. Natürlich gibt es Wilde hier und man muss aufpassen, darf nicht allein und unbewaffnet reisen. Wir haben nur einmal aus der Ferne vom Eisenbahnwaggon aus eine Gruppe Wilder auf ihren Pferden dahinjagen sehen. Aber uns ist nichts passiert. Konrad wurde während unserer Reise immer aufgeregter und hat die ganze Zeit geschimpft, dass er für den Kanalbau zu spät gekommen sei. In Chicago ist er bei einer Compagnie vorstellig geworden, die weitere Kanäle plant, bis an den Mississippi, einem mächtigen Strom, der dieses Land von Norden nach Süden durchschneidet. In diesem Land ist alles so gewaltig, die Seen, die Städte, die Flüsse, die Berge. Konrad war vom ersten Augenblick an hingerissen und suchte nach großen Baustellen, Brücken oder Kraftwerken, um dort zu arbeiten.*

*Ich habe schnell bemerkt, dass ich ihn an die Technik verloren hatte. Und so habe ich mich entschlossen, mein Leben nicht länger an das seine zu binden. Denn weder er noch ich eignen sich für eine bürgerliche Ehe.*

*Die Rückreise allein mit der Eisenbahn war noch abenteuerlicher, hat mir aber Gelegenheit gegeben, meinen Traum von der Reiseschriftstellerin zu verwirklichen. Auch über meine Reise durch Frankreich habe ich geschrieben. In Paris, wo wir uns länger aufgehalten hatten, ist irgendwann Agnes angekommen, der Frankreich gar nicht gefallen hat. Vergebens suche sie dort nach dem republikanischen Geist. Sie ist mit ihrem Mann dann zurück nach Deutschland. Inzwischen habe ich gehört, dass die beiden in New York leben. Vielleicht werde ich sie einmal besuchen.*

*Ich wohne jetzt in Philadelphia im Osten der USA, weil es dort eine große deutsche Gemeinde gibt. Dort habe ich jemanden kennengelernt, nein, nicht was du denkst, kein Geliebter oder Ehemann, aber ein verlässlicher Freund. Lange habe ich überlegt, was mir an ihm so bekannt vorkam und woher ich den Namen Peter kannte. Und irgendwann, als wir gemeinsam ausgeritten sind, wusste ich es plötzlich. Seine Bewegungen, während er das Tier beruhigte und leise schnalzte.*

*Er ist Kaufmann geworden, hat eine rundliche, lustige Holländerin zur Frau und zwei Söhne. Er ist nicht reich, aber vermögend, lebt am Rande der Stadt in ländlicher Umgebung mit Pferden und einigen Schafen.*

*Ich soll euch hierher einladen, du wirst bald von ihm selbst hören.*

*Ihr seid hier jederzeit willkommen. Peter schickt viele viele Grüße und Küsse.*

*Much love für Christoph und deine Verwandten, herzlich umarmt dich deine Anette*

Sprachlos starrte ich das Papier an. Zuerst verstand ich überhaupt nicht, aber dann half Richard mir. Anette – ette – Henriette. Wegen der Zensur war sie vorsichtig und verschlüsselte die Namen. Agnes – das war Amalie Struve. Nur Peter war echt. Peter, meinen Bruder Peter, hatte Henriette getroffen und es ging allen gut. Ich zitterte, das konnte ich nicht so einfach glauben. Richard versicherte mir mehr als einmal, dass dieser Brief echt sei, die vielen Stempel, einer aus Philadelphia, niemand könnte sich eine solche Geschichte ausdenken. Ich nahm schließlich die kleine Henriette hoch und drückte sie an mich. Was für ein Leben hätte auf uns in Amerika gewartet! Stattdessen hockte ich hier eingeklemmt und musste nun auf Nachrichten von zwei Männern warten.

Wochen später stand ein Bote des Bankhauses Krebs in der Tür und erklärte, für Richard Rochat liege ein Schreiben aus Amsterdam in der Bank und eine Banküberweisung. Der Herr Direktor erwarte ihn persönlich. Emerentia schickte den Boten mit dem Hinweis zurück, dass ihr Mann erst in ein paar Tagen von einer Reise zurückkomme, sich dann umgehend melden würde.

Geld und ein Brief aus Amsterdam! Merkwürdig. Richard erwartete keine Geldsendung, schon gar nicht aus Amsterdam. Konnte beides von Peter kommen? Wir hielten es kaum aus vor Ungeduld. Schließlich kehrte Richard von seiner Reise zurück und ging als Erstes zur

Bank. Mit einem gut gefüllten Geldbeutel und einem großen Umschlag kam er nach zwei Stunden zurück. Ein Brief aus Amsterdam, der einen kleineren enthielt, beide ohne Spuren der Zensur.

*Schwesterherz,*
*zwar habe ich jede Neueinwanderin in Philadelphia einer genauen Musterung unterzogen, ob nicht du es bist, aber mehr und mehr hatte ich die Hoffnung aufgegeben, dich je wiederzusehen, bis Anette mich erkannt hat. Das Leben führt uns merkwürdige Wege.*

*Aus Baden hört man hier Furchtbares, dass ihr großen Drangsalen ausgesetzt seid. Aber ich hoffe, dass es dir und deiner Familie gut geht. Ein wenig finanzielle Unterstützung werdet ihr sicher brauchen können und mir wird das Geld nicht fehlen. Es ist für mich immer noch unfasslich, aber ich habe hier mein Glück gemacht. Aus der Heimat habe ich nie wieder etwas gehört, obwohl ich des Öfteren Briefe an unseren Vater geschrieben habe. Er wird wohl nicht mehr leben. Möge er ruhen in Frieden, im Leben hat er ja Frieden und Ruhe nicht gekannt.*

*Ja, mir geht es gut. Ich habe eine wundervolle Frau und zwei richtig amerikanische Jungen, welche die Schule besuchen. Um die mache ich mir keine Sorgen, die sind so klug wie ihre Tante! Und in diesem Land haben sie viele Möglichkeiten. Antje ist eine fleißige Frau, welcher der Schalk im Nacken sitzt. Meistens ist sie guter Laune, lacht und singt. Sie hat mich gelehrt, mit den Boys herumzutoben. Sie reiten teuflisch gut und schnell, da habe ich das Nachsehen. Manchmal mache ich mit den Boys Hausaufgaben, nicht um ihnen zu helfen, sondern um von ihnen zu lernen. Sie lieben ihre Eltern sehr, behandeln uns aber nicht mit der Demut und Unterwürfigkeit, die in Europa üblich sind. Sie sind echte freie Amerikaner.*

*Ich handle mit Tuchen, denn davon verstehe ich etwas. Die Tuche werden hier zum größten Teil mit Maschinen hergestellt. Ich liefere einfaches Baumwolltuch nach Europa und beziehe aus Amsterdam, Antwerpen oder auch Frankreich edle Qualitäten. Viele Menschen hier haben genug Geld, um auch teure Tuche zu kaufen, und alles, was aus Europa kommt, hat einen guten Ruf.*

*Ich habe mich damals von Amsterdam aus als Schiffsjunge auf einem Überseesegler eingeschifft. Es war eine harte Zeit, auch hier noch die ersten Jahre. Aber ich habe mich durchgekämpft und mein Glück gemacht.*

*Ich würde dich so gerne wiedersehen. Schreib mir auf dem gleichen Weg zurück.*

*Ganz lieb grüßen auch Antje, George und Julian, in Liebe dein Peter*

Ich legte das Papier vor mich auf den Tisch, dann saß ich bewegungslos da, bis die erste Träne über meine Wange lief, und dann schluchzte ich, steigerte mich bis zum Schreien, heulte und weinte. Emerentia knurrte: »Du machst dem Kind ja Angst – und mir auch.« Dann nahm sie den Brief an sich: »Der zerfließt sonst noch.« Henriette hatte sich in einem Schrank zusammengekauert. Ich holte sie hervor und nahm sie auf den Arm. Wiegte sie und mich hin und her. Jetzt könnte doch alles gut sein, wenn – wenn Christoph wieder daheim wäre. Immer wieder sagte mir jemand, dass mein Hoffen sinnlos sei, kaum einer solange in der Festung überleben könne. Schon gar kein Krüppel.

## 22

Freiburg, 1852

Zwei Jahre später ließ der großherzogliche Stadtdirektor Uria-Sacharaga verkünden, dass das Kriegsrecht nun aufgehoben sei. Das hörte sich gut an, aber an unseren Ängsten und Sorgen änderte das nichts. Das alltägliche Unrecht war schlimm genug und die Angst vor der Obrigkeit blieb. Von einer Amnestie war nicht die Rede. Wir kamen einigermaßen zurecht, ich verdiente beim Mez das Nötigste für uns vier, war dort geachtet und geschätzt. Und was ich am Abend noch schaffte, war auch nicht wenig. Außerdem gab es das Geld von Peter. Ich versuchte, mit dem Unvermeidlichen klarzukommen. Aber Christoph fehlte mir jeden Tag mehr.

Als Emerentia eines Morgens in ihrem Sessel vor der Tür aufschrie und dann der Sessel umfiel, dachte ich, sie hätte sich verletzt. Doch da stand Christoph vor dem Haus, schmal und blass, mit grauem Haar und um Jahre gealtert. Wir starrten uns lange bewegungslos an. Endlich zog ich ihn ins Haus und umarmte ihn. Er ließ es geschehen.

Ich zeigte Henriette ihren Vater, in seinem Gesicht freundliche Höflichkeit. Und das blieb lange so. Er redete nur das Nötigste, schon gar nicht über die Zeit in der Feste Rastatt. Wie ein fremder Schatten schlich er durchs Haus. Er aß wenig und blieb kraftlos. Den rechten Arm konnte er kaum bewegen, zwei Finger fehlten, die drei übrigen an der Hand waren steif. Meist saß er auf einem Stuhl in der Gasse und blickte ins Leere. Wenn ihn jemand ansprach, antwortete er höflich. Wenn ich ihn am Abend in den Arm nahm, drückte er vorsichtig meine Hand oder meine Schulter.

Unter den Turnern, die nach Freiburg zurückgekehrt waren, sprach sich Christophs Heimkehr rasch herum. Der erste, der Christoph an einem Sonntagmorgen besuchte, war der Apothekengehilfe Hans Ehrat. Er erzählte, dass Uria-Sacharaga, der in Mannheim in den Jahren vor der Revolution ein unerbittlicher Zensor gewesen war und immer noch wütend über seine Versetzung nach Freiburg, zu einem neuen Schlag gegen die Lesegesellschaft, oder was von ihr noch übrig war, ausgeholt hatte.

»Stell dir vor, gerade noch vor Aufhebung des Kriegsrechts hat Uria-Sacharaga das Haus in der Grünwäldergasse versiegeln lassen. Das großherzogliche Geschmeiß hat die Wohnung von Salomon Fehrenbach durchsucht. Salomon ist der neue Sekretär der Gesellschaft. Sie haben tatsächlich ein paar alte Exemplare der Oberrheinischen Zeitung gefunden. Die ist ja weiterhin verboten. Und dann lagen da noch mehrere Drucke der Verfassung der Paulskirche. Du erinnerst dich, Salomon war gewähltes Mitglied der Nationalversammlung. Fehrenbach ist zu zwei Monaten Kriegsgefangenschaft mit schwerer Zwangsarbeit verurteilt worden.«

»Mein Gott, Herr Ehrat, ist das das richtige Gesprächsthema für einen gerade Zurückgekehrten?«

»Lass nur, Emma, das muss ich wissen, wie soll ich mich sonst in dieser neuen Welt zurechtfinden?« Christoph hatte ein wenig Farbe ins Gesicht bekommen. »Was hat der Herr Spitzel denn sonst noch gemacht?«

»Wer? Uria? Im letzten Jahr hat er die Büste des alten Rotteck vom Franziskanerplatz entfernen lassen. Seitdem ist sie verschwunden.«

»Und was wird aus der Lesegesellschaft, der großen Bibliothek?«

»Da muss unser Mez wohl wieder einmal aushelfen. Er hat das Haus und die Bibliothek gekauft und das bleibt so, bis die Lesegesellschaft sich neu gründen darf.«

»In was für einer Welt leben wir jetzt nur?«

»Das wird sich wieder ändern.«

»Das glaubst du? Demokraten gibt es nicht mehr. Wer nicht im Kerker seinen Willen eingebüßt hat, der ist tot oder nach Amerika ausgewandert. Krüppel wie ich werden in Zukunft bestimmt nichts bewirken.«

»Das musst du auch nicht, Christoph«, sagte ich mit fester Stimme. »Aber wir haben ein Dach überm Kopf und ein Auskommen. Und eine Tochter. Das ist viel.«

Christoph nickte pflichtschuldig.

Doch belebte dieser Besuch Christoph ein wenig. Wenn Henriette jetzt zu ihm hin hüpfte, streichelte er ihr übers Gesicht und lächelte. Sie zählte immer wieder die Finger an Christophs Händen, dann ihre eigenen und schüttelte den Kopf. An einem Sonntagmorgen setzte sie ihre Puppe Tine auf Christophs Schoß, weil sie selbst in die Gasse hinaushüpfen wollte. »Pass gut auf den Papa auf«, erklärte sie ernst. »Du darfst nur mit, wenn der Vatter mitkommt.«

Christoph stand ächzend auf, nahm sie an der Hand und ging mit ihr in die Wolfshöhle hinaus bis vor das Schwabentor. Ich folgte ihnen langsam. Dort draußen blickte Christoph im Sonnenlicht zum Sternwald hinüber, in all das frische junge Grün und auf die glitzernde Dreisam, die jetzt im Frühling wild daherrauschte. In der Nähe begann eine Grasmücke zu schnabbeln. Henriette deutete gespannt auf den Busch, an dem sich bereits Knospen entfalteten. Da nahm Christoph seine Tochter auf den Arm, drückte sie an sich und begann zu weinen. Henriette hielt still und sagte nichts.

Von da an machten die beiden fast täglich Ausflüge auf den Schlossberg, holten mich manchmal am Abend am Fabriktor ab und Henriette erzählte von den Vögeln oben in den Ruinen und den kleinen schreienden Spechten, die gefüttert werden wollten. Im Wald hätten sie sogar einen Fuchs gesehen und Eichhörnchen, die weit springen könnten, von Baum zu Baum. Die beiden schauten sich im Fabrikgarten um und trafen ein paar Mal den Herrn Mez, der ihnen bereitwillig Auskunft gab, wie und wo er die fremdartigen Bäume und Büsche gefunden und in kleinen Töpfen mitgenommen habe. Bis in die Türkei war der Herr Mez gereist!

Eines Tages kam der Herr Mez zu mir an die Maschine und erkundigte sich intensiv nach Christophs Befinden. Dann drückte er mir ein Buch aus seiner eigenen Bibliothek in die Hand: »Unseren großen Dichter Johann Wolfgang von Goethe hat Christoph sicherlich noch nicht gelesen, aber das Buch ist eine gute Medizin für die Seele. Trotz des schmählichen Endes des Helden. Vielleicht aber auch gerade deswegen, denn der Dichter hat den Freitod seines Helden beschrieben, um sich von solchen Gedanken zu befreien. Das Niederschreiben dieser Geschichte bedeutete für ihn Reinigung seiner Seele. Das wünsche ich Christoph auch. Und diese Flasche vom Schlossbergwein ist für beides gut: Körper und Seele. Grüße dürfen Sie natürlich auch nicht vergessen auszurichten, Frau Mauch.«

Ob dieses Buch das richtige für Christoph war? Wenn der Herr Mez das meinte, lohnte sich ein Versuch. Während ich abends nähte und stickte, las Christoph mir nun vor. Wir begannen mit den Leiden des jungen Werthers: *Dass das Leben des Menschen nur ein Traum ist, ist manchem schon so vorgekommen, und auch mit mir zieht dieses Gefühl immer herum. Wenn ich die Einschränkung so ansehe, in welche die tätigen und forschenden Kräfte eingesperrt sind …*

Ich hätte nie gedacht, dass Bücher so viel Trost enthalten können. Wir weinten mit Werther, wir lachten mit ihm, wir hofften für ihn und fanden uns selbst in dem Buch wieder. *Ich will das Gegenwärtige genießen und das Vergangene soll mir vergangen sein. Gewiss, du hast recht, Bester, der Schmerzen wären minder unter den Menschen, wenn sie nicht – Gott weiß warum sie so gemacht sind – mit so viel Emsigkeit der Einbildungskraft sich beschäftigten, die Erinnerungen des vergangenen Übels zurückzurufen, ehe denn eine gleichgültige Gegenwart zu ertragen.*

Langsam tauten wir beide auf, die innere Kälte zerfloss, wir begannen uns zu fühlen und unsere Nähe zu schätzen. Mit diesem Buch begann für uns eine neue Zeit und eine neue Liebe zu uns und der Dichtung. An den Sonntagen zogen wir wieder hinaus ins Freie, manchmal nur bis in den Mez'schen Garten am Schlossberg oberhalb der Fabrik, oder weiter bis zur Quelle St. Odilien, in den Sternwald oder bis zum Lorettoberg, immer war Goethe, später auch der eine oder andere Dichter, unser Begleiter. *Eine wunderbare Heiterkeit hat meine ganze Seele eingenommen, gleich denen süßen Frühlingsmorgen, die ich mit ganzem Herzen genieße. Ich bin so allein und freue mich so meines Lebens, in dieser Gegend, die für solche Seelen geschaffen ist, wie die meine.*

Die vielen Seelenzustände des jungen Mannes, sein Schwärmen für die Natur, die Käfer, die Blumen, so viele unscheinbare Dinge – wir kannten solche Gefühle, hätten aber niemals Worte dafür gehabt. Und der junge Werther litt, an den gesellschaftlichen Verhältnissen, der Unnatur des fürstlichen Hofes, den Ungerechtigkeiten des Lebens. Wie wir. Und liebte, schwärmte. Wir weinten, sehnten und liebten mit ihm. Dann waren wir uns nah. Und keine Henri in Philadelphia oder kein Bruder Peter war für uns beneidenswert, kein Amerikafahrer, kein Fürst, und auch nicht Konrad.

Ich ging weiter in die Fabrik, nähte und stickte am Abend. Hin und wieder kaufte jemand ein Tuch oder auch eine Schürze. Aber die meisten Leute waren mit dem Geld so knapp wie wir. Irgendwann versuchte Christoph in der Werkstatt ein wenig zu drechseln, baute die Drechselbank seinen Bedürfnissen entsprechend um, sodass er ein eingespanntes Werkstück über eine Kurbel drehen konnte, die er mit den Füßen antrieb, und dann das Werkzeug mit der anderen Hand führen konnte, die er allerdings aufstützen musste. Er konnte nur langsam arbeiten und schimpfte häufig über seine Ungeschicklichkeit. Mit der Zeit ging es besser und schließlich waren die Schalen oder Bettfüße so schön wie eh. Richard hätte ihn gern auf seine Reisen mitgenommen, er sollte ja das Geschäft übernehmen, aber zu solchen Vorschlägen schüttelte Christoph nur den Kopf.

Henriette verließ immer öfter ihren Platz auf Emerentias Thron an der Haustür und folgte Christoph in die Werkstatt. Er baute ihr ein kleines Bett für ihre Puppe und ein Kinderstühlchen für sie selbst. Sie hielt ihm die Nägel und lernte schnell mit dem Hammer und anderem Werkzeug umzugehen. Christoph sang mit ihr, sie plapperte Reime, die sie von Emerentia kannte, und schließlich schrieb der Vater für sein Kind Buchstaben auf eine Tafel.

1854 gründete sich im Haus der Lesegesellschaft die Harmoniegesellschaft, die Christoph als vollwertiges Mitglied aufnahm. Jetzt hatten wir fast unbegrenzt Zugang zur Literatur. Aber die Harmonie war nicht mehr die alte Lesegesellschaft, in der Hauptsache fanden dort gesellige Abende statt, Konzerte, Bälle, Theateraufführungen. Christoph weigerte sich konsequent, diese bürgerlichen Festivitäten zu besuchen. »Da passen wir nicht hin«, behauptete er. »Soll ich mir ansehen, wie die akademischen Bürger mich mitleidig betrachten und sich auf die Brust klopfen, weil sie einen solchen Krüppel und Habenichts bei sich dulden?«

Das stimmte so nicht mehr, denn mit unserer Kleidung wären wir dort nicht aufgefallen. Immer mehr Beschränkungen wurden aufgehoben und so besserte sich die wirtschaftliche Lage der Freiburger nach und nach. Auch bei mir wurde mehr gekauft und bestellt. Bis in die Nächte hinein nähte ich an Musselinkleidern mit schmalen Taillen, unter denen weite Röcke schwangen, meist geschmückt von mehreren Schichten Volants. Die weit sich nach unten öffnenden Keulenärmel bildeten ein weiteres Element der Stofffülle. Dazu flatternde breite, bestickte Seidenbänder, edle Schals, Täschchen.

Zuerst hatte ich Schwierigkeiten, mein Geschäft anzumelden. Da ich nicht bei einem Schneider eine Lehrzeit durchlaufen hatte, durfte ich eigentlich nur in den Häusern der Auftraggeber arbeiten. Der Herr Mez vermittelte freundlicherweise mit den Behörden, sodass ich irgendwann die Erlaubnis erhielt, zu Hause zu arbeiten. Solange ich nicht die gleichen Preise wie die Schneider nahm. Das erwies sich dann nicht als Nachteil, denn mein Geschäft wurde rasch beliebt. Von Jahr zu Jahr musste ich mehr Stoff für ein einziges Kleid verarbeiten. Ich bezog inzwischen die *Modenwelt*. Die Schnitte der Kleider darin wurden mit jedem Jahr teurer und verrückter.

Eines Tages wurde in der unteren Wolfshöhle eine schwere Kiste angeliefert: eine Überseesendung von Peter. Darin befand sich eine schwere eiserne Maschine, der Antrieb funktionierte über eine Kurbel und einen Treibriemen bis zu einer Holzplatte am Boden, die mit den Füßen zu treten war. Nicht unähnlich der Drechselbank von Christoph. Der verstand auch als erster, dass dies eine Maschine zum Nähen war. Peter hatte die Gebrauchsanweisung genau ins Deutsche übersetzt. So dauerte es nicht lange, bis ich mit der Nähmaschine umgehen konnte. Die mühselig und immer gehetzt gestichelten Nähte entstanden nun in kurzer Zeit. Wie ein Wunder ratterte die Maschine den Stoff entlang, man musste aufpassen, dass es nicht zu schnell ging und der Faden riss.

Die Arbeit in der Fabrik gab ich auf und schaffte nur noch auf eigene Rechnung. Nach kurzer Zeit konnte ich bereits zwei Nähmädchen einstellen. Dass Henriette mithalf, war selbstverständlich. Richard überzeugte mich davon, dass wir die Stoffe nicht in Freiburg kaufen sollten, sondern nach Lyon fahren, um direkt in den Webereien beste Qualität zu kaufen. Er selbst fühlte das Alter in sich und würde nicht mehr lange regelmäßig nach Lyon oder Zürich reisen können.

Christoph wollte nicht mit, gemeinsam überredeten die beiden Männer mich jedoch, Richard zu begleiten. »Du hockst hier den ganzen Tag und Abend und schuftest und siehst höchstens am Sonntag das Sonnenlicht. Der Mensch braucht aber auch ein wenig Vergnügen und im Zweispänner reist es sich nicht schlecht. Henriette und ich sind doch gut bei Emerentia aufgehoben.«

Mich brauchte man nicht lange zu überreden. Ich übte mit Richard französische Sätze und dann fuhren wir los. Richard fand meine Fortschritte in der französischen Sprache nicht so übel und die Fahrt und Lyon waren überwältigend. Ich reiste im Zweispänner wie eine Dame von Welt, denn meine Garderobe konnte sich natürlich sehen lassen und Richard trug seinen Hochzeitsanzug. Lyon war eine riesige betriebsame Stadt, und ich hielt täglich Stoffe in den Händen, die weich und zart und doch warm auf der Haut lagen, glitzerten oder matt schimmerten.

Noch zweimal reiste ich mit Richard, dann wollte er nicht mehr. Er sei zu alt und damit basta, erklärte er. Schade, aber unserem Geschäft schadete es nicht. Wir hatten jetzt feste Lieferanten und das seidene Näh- und Stickgarn bezogen wir vom Mez. Seine Seidenfäden wogen wesentlich weniger als die anderer Hersteller. Seide zu färben, die leicht war, war ja seine ureigene Erfindung.

Christophs gute Beziehungen zur bürgerlichen Harmonie zahlten sich mit vielen Aufträgen für uns aus. Daheim arbeitete er Möbel auf und seine kostbaren Schalen oder Büchsen wurden gerne von Apothekern gekauft.

Da Peter uns regelmäßig weiter Geldsendungen zukommen ließ, schickten wir Henriette zu den weißen Lehrschwestern in die Adelhauser Lehranstalt. Das war ja nicht weit von uns. Das Institut hatte einen guten Ruf in der Mädchenerziehung weit über Freiburg hinaus. Die Mädchen wurden gleich behandelt, egal welchem Stand die Eltern angehörten. Außerdem unterrichteten die Schwestern Mädchen aller Konfessionen, auch evangelische und jüdische. Den evangelischen Religionsunterricht bekam Henriette zusätzlich in der neuen evangelischen Schule in der Ludwigstraße. Unsere Tochter ging gerne in die Schule, trotz der Strenge dort, aber Henriette lernte leicht und gut und wusste sich zu benehmen.

Im Handarbeitsunterricht konnte sich kaum eine mit Henriette messen. Ihr Ausdruck im Deutschen war – nach Aussage der Schwestern – nicht schlechter als der von Professorentöchtern. Was sie nicht von unseren Dichtern gelernt hatte, brachten ihr die Schwestern bei. Am liebsten mochte Henriette die französische Sprache. Die lehrte Schwester Clementine Schreiber, die besonders streng war, den Mädchen aber mehr beibrachte als viele andere. Wenn Henriette mir beim Nähen half, versuchte ich immer ein wenig von Henriettes Französisch zu profitieren und mit ihr zu parlieren. Selbst Geografie und ein wenig Mathematik und Physik gehörten zum Unterricht.

Wir hatten ein Klavier gekauft, denn die Lehrschwestern hatten uns erklärt, dass zu einer guten Ausbildung die Musik gehöre. Henriette übte gerne, sang dazu und wir alle freuten uns an den vielen Liedern deutscher Dichter und Komponisten. Daneben aquarellierte Henriette sehr hübsch. Die Bilder von unseren Lieblingsplätzen auf dem Schlossberg und im Sternwald bewunderten Christoph und ich sehr. Doch die Lektüre Henriettes unterschied sich von unserer mehr und mehr, sie las französische Literatur bald im Original und im Deutschen Dichter wie Achim von Arnim oder Franz Grillparzer, deren Bücher uns zu rätselhaft-romantisch oder moralisch waren und Christoph und mir wenig sagten. Aber was wussten wir auch schon.

Nach Abschluss der Schule nähte Henriette monatelang an ihrer Aussteuer und dann schickten wir sie auf Anraten der Schwestern für ein halbes Jahr in die Schweiz zu Verwandten nach Nyon, wo sie die feine Küche und gehobene Umgangsformen erlernen sollte.

Emerentia war alt geworden, kämpfte mit der Luft und verließ kaum noch ihren Thron an der Haustür. Richard mochte nicht mehr reisen. Der Rücken, die alten Knochen. Er saß jetzt meist auf einem Stuhl neben seiner Frau. So verkauften wir nur noch selten Möbel, manchmal brachte uns jemand ein altes Stück, das Richard oder Christoph aufbereiteten. Meine Schneiderwerkstatt dagegen brachte genug ein.

Als Henriette zurückkam, erkannten wir sie kaum wieder. Dass sie nach der neuesten Mode gekleidet war, war selbstverständlich, darauf hatte ich immer geachtet. Aber jetzt trug sie den Kopf höher und manchmal hatte ich den Verdacht, dass sie auf ihre Eltern hinunterschaute. Sie verpasste keinen der Bälle in der Harmonie und schwärmte uns von den vornehmen jungen Männern dort vor. Ihr Auserwählter war ein junger Mediziner, Leopold Baumgärtner, der bereits als Dozent an der Universität lehrte. Für seine Mutter nähte ich seit Jahren. Eine angenehme Frau, immer ein freundliches Wort auf den Lippen und mit meiner Arbeit höchst zufrieden.

Sie bestellte mich zu sich, um sich ein neues Kleid anmessen zu lassen, wählte sorgsam den Schnitt und den Stoff. Dann lud sie mich ein, auf ein Tässchen Tee zu bleiben und führte mich in ihren Salon. Dort war der Tisch gedeckt, winzige bunte Küchle lagen auf einer Platte. Das Mädchen schenkte uns Tee ein, fragte, ob ich Milch dazu nähme und ein Stückchen Zucker und schaufelte ein Küchlein auf meinen Teller.

»Nun, liebe Frau Mauch, ich habe sie hier um ein privates Gespräch gebeten, dessen Anlass Ihnen vermutlich bekannt ist. Unsere verwandtschaftlichen Verhältnisse werden sich ja wohl in Kürze ändern. Wir sind nicht gerade begeistert, haben auf eine bessere Partie für unseren Sohn Leopold gehofft, eine, die ihn beruflich vorwärts bringt. Was auch hieße, eine katholische Braut. Da bahnte sich bereits etwas an. Aber nun ja, er hat sich anders entschieden und wir gehen mit der Zeit, wir werden ihm da nicht im Wege stehen. Henriette ist ja ein liebes Kind und hat durchaus Manieren. Meine Hochachtung. Aber, liebe Frau Mauch, auf ein Minimum an Verständnis Ihrerseits dürfen wir doch hoffen?«

»Ja, natürlich. Was erwarten Sie denn von mir?«

»Nun, dass Henriette in der Öffentlichkeit ein wenig präsentabler auftritt, vor allem keine Kleidungsstücke mehr austrägt und auch in Ihrer Werkstatt nicht mehr mitarbeitet. Sicher, Arbeit schändet nicht, aber wir müssen auf unseren Ruf achten. Und schließlich ist es Ihre Tochter, die von dieser Heirat profitiert.«

Ich war wie vor den Kopf geschlagen, sicherte der Frau alles zu und machte mich auf den Heimweg. Mein Petit four, so nannte Frau Professor das Küchle, blieb angegessen auf meinem Teller liegen. Wusste Henriette von diesem Gespräch? Und sollte ich Christoph davon erzählen?

Ich entschied mich dagegen, weihte allerdings Henriette ein, die sich nicht über diese Bitte der Frau Professor Baumgärtner wunderte. Ihre zukünftige Schwiegermutter sei von Adel, erklärte sie mir. Da gälten andere Maximen als bei uns. Dann fing sie an, über ihr Brautkleid zu reden, sie wolle in Weiß heiraten, das sei im guten Bürgertum jetzt in Mode, Seide wäre natürlich am schönsten, aber ich könnte auch verschiedene Stoffe nehmen, einen guten Musselin und natürlich Tüll. Eine Krinoline, welche die Stofffülle erst sichtbar mache, sei ihr größter Traum. Sie habe sich in einer Schneiderei einen solchen Unterrock aus Draht bereits angesehen, den werde man wohl kaufen müssen. Ach ja, auf dem Kopf werde sie einen leichten Myrtenkranz tragen. Das sei jetzt so üblich.

Auf die Krinoline musste sie dann doch verzichten. Mindestens zwei Meter Durchmesser für den Kleiderrock, das war einfach zu viel. Das sah auch Henriette ein. Stattdessen kauften wir einen steifen Unterrock aus Rosshaar. Sie strickte sich Strümpfe aus reiner Seide und bestand darauf, dass ich auch für mich ein teures Kleid nähte und mir einen Hut kaufte, schließlich sollten wir keinen schlechten Eindruck hinterlassen. Flinders Schuhe hatten längst ausgedient und so bekam ich auch ein paar elegante neue.

Der junge Professor Baumgärtner erschien eines Sonntagvormittags in Anzug und Zylinder und mit einem Blumenstrauß für mich, er wolle um Henriette anhalten. Er war ein wenig schüchtern und wirklich nett. Er betonte, dass seine Familie katholisch sei, aber er schätze die evangelische Konfession seiner Braut. In Baden sei es vielleicht hilfreich, sich mit beiden Kirchen gut zu stellen. Ihre gemeinsamen Kinder würden natürlich katholisch erzogen, das ginge nun mal nicht anders. Dann entschuldigte er sich, ein angehender Professor verdiene nicht viel, selbst wenn er zum ordentlichen Professor ernannt würde. Da würde sich in absehbarer Zeit nichts ändern. Aber seine Familie verfüge über Vermögen, sie könnten ihre Wohnung in der Villa der Eltern nehmen, es sei also für alles gesorgt.

Wir wussten nicht so recht, was wir dazu sagen sollten, nickten nur und Christoph öffnete eine Flasche Wein aus Lyon, um auf die Verlobung anzustoßen. Am Polterabend nahmen wir nicht teil, wir wussten gar nicht, was das war. Henriette erklärte uns, dass das ein Fest im Kreise von Leopolds Freunden sei, und zwei Freundinnen von der Adelhauser Lehranstalt und ihre Ehemänner habe sie eingeladen. Das Fest solle das Glück auf die Brautleute herabrufen und da Scherben Glück bringen würden, müsse jedermann einen Teller, eine Tasse oder Schüssel an der Türschwelle zerschmettern. Als sie mein entsetztes Gesicht sah, lachte sie: »Ach, Mütterchen, du darfst dein Geschirr behalten, unsere Gäste müssen es für uns zerschlagen.«

Die kirchliche Trauung fand im Münster statt – Henriette hatte sich doch noch katholisch taufen lassen. Für Leopolds Fortkommen an der Universität sei das von Vorteil und eine Feier im Münster etwas ganz Besonderes. Ich war noch nicht oft im Münster gewesen. Der Raum war so unvorstellbar hoch, die Orgelmusik füllte ihn mit jubelnder Musik, kleine Mädchen in weißen Kleidern streuten Blumen. Dann folgte Henriette am Arm ihres Schwiegervaters, der sie vor dem Altar in die Hand des Bräutigams übergab. Henriette wollte es so, Christoph gefalle es sicher nicht, in einer solchen Prozession durch den Mittelgang zu schreiten. Womit sie recht hatte.

War das wirklich unsere Tochter, diese elegante Braut, die zum Altar schritt, als hätte sie nie etwas anderes getan? Ich sah Christoph an, er zuckte mit den Schultern. Der Einzige von uns, der dieses Spektakel in vollen Zügen genoss, war Richard in seinem Hochzeitsanzug. Emerentia war daheim geblieben, da sie sich kaum noch auf den Beinen halten konnte.

Anschließend fand in der Harmonie ein großes Fest statt. Wir aßen ein Menü voller unbekannter Köstlichkeiten, eine feine Fleischbrühe mit Griesklößchen, dann Weinbergschnecken, Forellen und ein Meerestier, von dem ich noch nie gehört hatte. Etliche Fleischsorten, Pasteten, Reis und Pilze, danach Zuckerwerk und schließlich edle Käse aus Frankreich. Dazu gab es süße und schwere Weine und echten Kaffee. Henriette hatte vorher mit uns den Gebrauch der verschiedenen Bestecke geübt, sodass wir bei Tisch nicht unangenehm auffielen.

Dann führte der Schwiegervater Henriette zum Tanz. Unsere Tochter hatte Leopold darum gebeten, mich nicht aufzufordern, sondern zu warten, bis sein Vater sie freigäbe. Auch dies hatte Henriette mit Rücksicht auf Christoph und mich so arrangiert. Die neuen Tänze seien uns unbekannt und Christoph in seinen Bewegungen eingeschränkt. Erleichtert hatten er und ich zugestimmt.

Ich hätte stolz sein müssen an diesem Abend und war es auch. Unsere Tochter war wunderschön anzusehen.

Der Bräutigam natürlich auch, er war gerade gewachsen, das lockige Haar umrahmte den länglichen Kopf. Wie Christoph hatte er eine spitze lange Nase, aber sie war viel kleiner, der Mund schmal, aber nicht verbissen. Ein angenehmer Mann. Einmal kam er zu uns, um sich für unsere Tochter zu bedanken. Er sei froh, eine so gebildete, fleißige und wohlgeratene Frau zu bekommen. Er verspreche, sie glücklich zu machen. Man sah ihm an, dass es ihm ernst war, denn er vergötterte sie offensichtlich. Wir dankten ihm herzlich.

Henriette wurde an diesem Abend beständig zum Tanz geführt, jeder der anwesenden jungen Herren wollte mit ihr auf das Parkett. Sie lächelte, tauschte mit ihren Tänzern Höflichkeiten aus, bewegte sich anmutig. Das akademische Milieu passte Henriette wie maßgeschneidert. Was machte es da schon, wenn Christoph und ich uns schlecht fühlten?

Wir saßen zwar oben am Tisch, redeten aber außer den paar Sätzen mit dem Bräutigam, bei der Begrüßung mit dem Schwiegervater, Herrn Professor und der Freifrau mit kaum jemandem. Und das ging über ein paar Glückwunschfloskeln nicht hinaus. Als das Brautpaar verabschiedet wurde, machten auch wir uns auf den Weg nach Hause. Richard wäre gerne noch geblieben. Der hatte sich sogar einmal für einen Tanz mit der Braut auf die Tanzfläche gewagt. Zum Glück am frühen Abend, als er noch nicht viel Wein getrunken hatte.

Ich fasste beide Männer unter, da sie mir nicht mehr ganz sicher auf den Beinen schienen. »Traurig?«, fragte Christoph.

»Ja, ein wenig. Aber unsere Tochter hat es gut getroffen. Sie weiß, was sie will.«

Christoph lächelte: »Aber das ist nicht unsere Welt, in der sie leben wird.«

»Was ist schon unsere Welt?«

»Vorsicht«, rief Christoph.

Da war es schon passiert, Richard stand mitten im Bächle und schaute entsetzt seine nassen Schuhe an. »Jetzt muss ich eine Freiburgerin heiraten«, lallte er.

Wir halfen ihm auf die Straße zurück. »Du bist schon mit einer Kaiserstühlerin verheiratet. Was willst du mehr?«, antwortete ihm Christoph.

»Und hast eine Enkelin, die Freiburgerin ist.«

»Ja«, strahlte Richard. »Wir haben jetzt richtig vornehme Verwandtschaft.«

»Was wir davon haben, wirst du noch sehen. Wir können froh sein, wenn unsere Henri weiterhin mit uns redet. Und ob wir Enkelkinder im Arm halten dürfen?«

Ich sah, wie Christoph mit den Tränen kämpfte, und nahm ihn in den Arm. »Unsere Tochter mag die neue Umgebung genießen und andere Wege gehen als wir. Aber sie ist aus unserem Holz geschnitzt. Da bin ich mir sicher.«

»Hoffen wir es.«

Ich hatte Richard losgelassen, der zwei Schritte vor uns die Straße entlangtrudelte. »Liebster«, flüsterte ich Christoph zu. »Wir haben doch bislang alles gemeinsam durchgestanden. Das wird so bleiben.«

Die Zweifel in den Augen von Christoph wichen nicht. Hilflos schaute er mich an. Ich versuchte zu lächeln. Doch wusste ich, dass der Kloß, der mir den ganzen Abend schon schwer im Magen lag, nicht von den üppigen Speisen des Abends herrührte.

## Literaturnachweis

Textzitate:

| | |
|---|---|
| S. 42/3/ 99/114/236/249 | Artikel Georg Herwegh, Wikipedia |
| S. 70: | Hippel, S.278 |
| S. 94/ 96/114 | Schieder , S.202 |
| S.96 | Steinitz II, S. 22 u. 159 |
| S.276/6 | Dreßen, S. 159 |
| S.285/86 | Johann Wolfgang Goethe, S. 198/9, Sämtl. Werke, hrsg. v. K. Richter, 1.2, München (Hanser) 1987 |

Das Material über Carl Mez stellte mir freundlicherweise Götz Peter Lebrecht, Freiburg, zur Verfügung. Den Lebensgeschichten von Mathilde Franziska Anneke, Emma Herwegh, Amalie Struve und nicht zuletzt Louise Aston verdanke ich viele Anregungen.

Benutzte Literatur:

Der Große Steinitz II: Deutsche Volkslieder demokratischen Charakters aus sechs Jahrhunderten, deb 1979

Deuchert, N.: Vom Hambacher Fest zur badischen Revolution: politische Presse und Anfänge deutscher Demokratie 1832-1848/9, Stuttgart (Theiss) 1983

Dreßen, W.: 1848-49 Bürgerkrieg in Baden / Chronik einer verlorenen Revolution, Berlin (Wagenbach TB) 1975

Haumann, Heiko: Vom Makel des Revolutionismus (1815-49), in: Geschichte der Stadt Freiburg im Breisgau, Bd.3, Stuttgart (Theiss) 1992

Hippel, W.v.: Politische Handwerkerlyrikaus der Zeit des Vormärz . Die Gedichtsammlung des Mannheimer

Gesellenvereins (1844/7), in: Zeitschrift für die Geschichte des Oberrheins, Bd. 125, Stuttgart (Kohlhammer) 1977
Hochbruck,W. /Bachteler, U./ Zimmermann, H. (Hrsg.): Achtundvierziger - Forty-Eighters, Münster (Westf. Dampfboot) 2000
Hummel-Haasis, G.: Schwestern zerreißt eure Ketten – Zeugnisse zur Geschichte der Frauen in der Revolution von 1848/9, dtv-dokumente, 1985
Lipp, Carola: Schimpfende Weiber und patriotische Jungfrauen – Frauen im Vormärz und in der Revolution 1848-49, Moos & Baden-Baden (Elster) 1986
Nieß, Ulrich (Hrsg.): Geschichte der Stadt Mannheim, Bd .2, Heidelb/Ubstadt-Weiher/Basel (Verlag Regionalkultur) 2007
Freiburger Biografien, Stadtchronik 1120-1995 – 875 Jahre Freiburg , Freiburg (Promo Verlag) 1995
Freitag, Sabine (Hrsg.): Die 48er – Lebensbilder aus der deutschen Revolution 1849/49, München (Beck) 1998
Reimann, M.: Der Hochverratsprozeß gegen Gustav Struve und Karl Blind – Der erste Schwurgerichtsfall in Baden, Sigmaringen (Thorbecke) 1985
Rödling, U. / Siebold, H.: Der Münstergeneral - Menschen und Ereignisse / Freiburg in der Badischen Revolution, Lahr (Verlag Moritz Schauenburg) 1998
Schieder, W.: Anfänge der deutschen Arbeiterbewegung: die Auslandsvereine nach der Julirevolution von 1830, Stuttgart (Klett) 1998
Struve, Amalie und Karl: Heftiges Feuer – Die Geschichte der badischen Revolution 1848, Freiburg (Rombach) 1998
Wirtz, Rainer: ‚Widersetzlichkeiten, Excesse, Crawalle, Tumulte und Skandale‘ - Soziale Bewegung und gewalthafter sozialer Protest in Baden 1815-1848, Ullstein Materialien 1981

Zilling, B.: Helfen kann nur die große That... Die Radikalisierung in Baden 1848, Freiburg (Wolf Mersch) 1984